万葉集原論

中西　進

講談社学術文庫

学術文庫版まえがき

考えてみると、そもそも『源氏物語原論』とか『西鶴学原論』とかという書物は、あるのだろうか。

少くとも読んだことはないし、何か耳馴れない気がする。

これが『聖書学原論』、『カント原論』とでもなるとあってもよさそうだが、しかしはたしてあるのかないのか、調べるのを怠けている。

『万葉集原論』とは、そのようにずいぶんふしぎな気がする書名だが、ある時期から心の中で「原論、原論」と呟き出して一冊にまとめると、あって当り前のようになってきて、今は少しも違和感がないのは、なぜだろう。

じつは今回、拙著を講談社学術文庫に入れて下さるというお話を頂いた時、わたしは思わず、あの冴えた群青色の背中を書架にずらりと並べる「講談社学術文庫」の大壮観を思い浮かべ、ただただ恐縮した。

以前に拙著の『柿本人麻呂』（筑摩書房、一九七〇年。のち講談社学術文庫、一九九一年）を入れて頂いているから初めてではないのだが、あの群青の書架列は、ソフィアの集積、知の塊りのように思えていたから、まさにその架列に加わることは「知の殿堂入り」といっていいだろう。

当今は活字離れしているから、つねに本は安易で軽妙でなければならないといわれているが、その中にあって、この殿堂は軽がるしい流行を他所に、十分学術的に難解であっても許されるのだ。ギリシア以来のソフィアの厳粛さが、ここでは輝きとして存在する——。日本がどんなに安っぽい流行に冒されても、これだけは譲れないという、良心の砦の如きがこの殿堂だと、わたしは思っていたのだった。

そこで今つくづくと、あまり例のないような「原論」などを、かつてなぜ出版する気になったのか、当時を考え直してみた。

そして忘れていたことに気づいた。

この本に収めた諸稿はほとんど一九七〇年前後に書かれたものであった。そして出版は七六年五月。

まさにそのころ大学は、七〇年安保で大揺れに揺れ、それでいてまるで悪夢ででもあったかのように事は平静化していった。

学問が問われつづけた時だったのである。

わたしはその戦列に加わることも、甚だしい被害を蒙ることもなかったが、大きな空洞を体に感じてフランスの哲学者モーリス・メルロ゠ポンティに救いを求めたりしていた。

年齢的にも三十代の末から不惑にさしかかる時期であった。現職を辞めて中国文学専攻の大学院に再入学したくて、当時の職場に辞職を申し出たこともあった。根源を問わざるをえなかったのである。

しかし何事もなかったかのように世の中は収まり、わたしの空洞を見守っていて下さったかのように七六年三月、恩師久松潜一先生も世を去られた。お送りした二日後に、原本の「後記」を書いた。そして戦塵の後の空洞は、みごとに静かであった。

いや、こんな傷痍を読者に見せたいわけではない。しかし空洞の中からなお古典に縋り、古典の本質を見つめて心の糧にしようとしていた著者の意は、汲んでほしい。『万葉集原論』はそんな傷痍を、十分背負っていた。

傷痍といえば、若書きの誤りもある。たとえば大伴家持の名歌「うらうらに……」の解釈（本書八七頁）にしても、今のわたしには不満である。総体的に以後にもう少し思索を深めた点もあることを、理解して頂きたい。

こうしたお願いもふくめて新たに読者へと一冊を手渡して下さる、講談社の皆様、とりわけ御世話になった岡林彩子さん、解題を書いて頂いた犬飼公之さんに深く感謝したい。

令和二年令月

著　者

目次

凡例

一、本書は、桜楓社から一九七六年に刊行された。底本には『中西進万葉論集』第七巻（講談社、一九九五年）に収められた『万葉集原論』を使用した。

一、本書の万葉歌の本文は、原則として中西進編『万葉集――全訳注原文付』（全四巻、講談社文庫、一九七八―八三年）によるが、読み下しは原本である桜楓社版の読みを生かしたものもある。

一、本書の校訂にあたり、日本古典の文献は『日本古典文学大系』（岩波書店）・『新訂増補国史大系』（吉川弘文館）・『寧楽遺文』（東京堂出版）・『記紀歌謡集』（岩波書店）に依った。

一、本書における引用和歌の歌番号は、『万葉集』および勅撰集については『国歌大観』に基づいて略記した。たとえば「(5八三〇)」は、『万葉集』あるいは各勅撰集の巻五、八三〇番を示している。また古事記歌謡と日本書紀歌謡は『記紀歌謡集』（岩波書店）の番号に依った。たとえば「(記三一)」は、『古事記』の三一番を示している。

万葉集原論

一　万葉集研究の方法

文学史の方法――その「歴史」について

一　序

文学史とは文学の歴史のことであり、「それぐ\の作品や作家に有機的関連を与へ、それぐ\の定位を与へる作業」（久松潜一博士『国文学通論』）であることは、多言を必要としないであろう。したがって文学史は根底において「歴史」と不可分に結び合っている。これは自明のことである。

しかし、たとえば作品を成立年代順に並べてみても、「有機的関連」があるとはいえないし、「定位を与へ」たことにはならない。そこで、文学史における歴史の問題が、俄然重大になって来る。またhistoryということばは、元来一つの解釈・観方によるものである（“a learning or knowing by inquiry, an account of one's inquiries”(O.E.D.)）。そのhistoryの中に作品を定位せしめることは、文学そのものの見方とかかわって来る。それが「文学理論を根底に有しない文学史はあり得ない」（同上）といわれるゆえんでもあるし、日本文学書史、日本文学者伝記史の如きは「未だ日本文学史そのものをなすに至らない」（同上）とされる理由でもある。文学史における「歴史」の問題は文学史論のみならず同時に文学論としてその質を決定する問題なのであり、残念ながら、この問題に対する明快な解答は、まだ得られていない。

二　従来の諸説

わが国近代における文学史は、その歴史を文明史としてとらえることから、まず出発した。明治以降、近代国文学における草分け的文学史は三上参次・高津鍬三郎の『日本文学史』であろうが、文学史は「歴史、特に文明史」の一部分なること「固《もと》より言を待たず」といい、その態度は芳賀矢一（『国文学史十講』）においても、藤岡作太郎（『国文学全史　平安朝編』）においても継承されたものであった。これは明治的ナショナリズムの中における近代国文学の思考として、当然あり得たことであったし、国学の伝統に併せて、一九〇〇年から一九〇二年にかけてドイツに留学した芳賀矢一の、むしろ斬新な科学でもあったというべきだろう。

これはかのランソンの考えた文学史の範疇において考えることができるが、文学史の最終の目的をヨーロッパ文学あるいは文化の発展との関係においたランソンは、文学的作品を様式・流派によって類聚《るいじゅ》するという、文学の、いわば因果化が、総体としての歴史を保有するという思想をもった。しかし、これらにおいては、文学は一つの材料たるにすぎないのであって、それを素材として形成される歴史が文明史・文化史を出ないことは言を俟たない。スピンガーンがこれに対して一つの「仮説」をもつことを主張したのは、きわめて正当であった。

それでいてかかる文学史の見方は、なお積極性をまして試みられている。最近三島由紀夫氏は「「古事記」と「万葉集」――〈日本文学小史〉の内」（『群像』昭和四十四年八月号）なるエッセイを書いているが、氏は、文化内成員の行動を規制し、それを様式化するものを「文化意志」ということばで表現し、たとえば能については「強烈な文化意志によつて洗ひ上げられ、今見るやうな清澄な能の舞台芸術にまで成つたといふ、道程を経てゐる」、そういう「結果としての作品こそ文学史が編まれてゆく対象」だとする。その中で『古事記』は「神人分離の文化意志」、『万葉集』は「国民的民族詩の文化意志」と認定する。文学が結果として文明・文化の総和の中に参加し、また逆に文学現象を文化的様式から規定することは可能であろう。しかしかかる総体的評価が人間の行為としての文学をどれほど捕捉し得るかが大きな疑問を残すだろうことは、かの明治における文学史と同一である。

こうした文化史的文学史では、歴史は作品の外側にすでに存していて、いわばその因果の間に文学相互の消息を組み入れる形になるが、つぎに、この外的因果としての歴史に対して、作品それ自身の中に歴史を求める思考が可能である。対象が表現として与えられた時に歴史学になると考えた、ディルタイのいわゆる生の哲学は、その中でも作品を生む作者の中により多くの歴史認識をもったものであったし、美学者大塚保治（『大塚博士講義集』）が歴史的理解の三つの類型を相異なる人間知によって考えようとするのも、文学史的立場からいえば、人間に主点を据えて歴史を捉えようとしたものであった。

こうした考えはヨーロッパにおいてはいっそう具体的にかつ法則性に向かって深化せしめられていくのだが、わが国においては従来顧みられることが少なかったように思われる。というのは、この「生」それ自体が一面として非歴史的性格を有しているからで、文学史学として、いかに精神科学を超克するかという問題が存するからだと思われる。だから岡崎義恵博士は歴史と美との構図を、つぎのように描く。すなわち、文芸の根幹となる美は歴史的事実から発見できないのであって、歴史を人間性の構造に還元し、その総体の内部構造から美的文化意志たる文芸意志を見出し、その「様式の層序を展舒する」ところに文芸学の特性を見る（『日本文芸の様式』）。この構図は文学史的なるものを様式史という形においてしか容認しないわけであって、そこにしいて史的なるものを求めようとすれば、それは精神史的なものにしかならないだろう。博士において文学史は否定されるかに見受けられる。これは美学者大西克礼が『幽玄とあはれ』を論じて「美式概念」を「体系」およびその特殊という形で理解しようとしたのとも似ている。

したがって、この作家主体に歴史を求めようとする考えは、歴史の法則性を、様式・形態の中に求めていかざるを得ない。チザルツの形態学やエルマティンガーの法則は、その試みである。その一人、シュトリッヒの様式史学によって、わが高木市之助博士が倭建命の浪漫的精神を捉えた業績は、今になおすぐれた文学史的成果として輝いている（『吉野の鮎』）。

　しかし、この「法則」についての疑義も、むろん存する。最近の発言では杉捷夫氏（「文学史の方法について」『文学』昭和四十四年五月号）が歴史の構成原理を首肯しつつも、それを法則の名で呼ぶことが「ふさわしいものかどうか疑問」だとし、文学的事実と歴史的事実との相違によって「無原理に甘んずる」立場を主張している。

　一方これに対して、「様式」を時代様式としての形態について考えるとき、かのジャンル論が求められて来る。そのもっとも明確な先駆的業績は土居光知氏の『文学序説』であり、それによると、「時代」と「文学形態」と「精神類型」との対応に論の根幹が据えられている。このようにジャンル論は、作家主体の中にかかわりながら、その作品のあり方に歴史を求めていこうとするもので、人間論に焦点を求めた文学史が、それ自身を食い破らざるを得なかった時に、きわめて有効な歴史認識であった。げんに現在のもっともすぐれた文学史家西郷信綱氏は終始一貫してこんにちにいたったジャンル論者である（『日本古代文学史』『詩の発生』など）。たしかにジャンルという文学の側の様式によって、その時代が反映されるであろうし、歴史・社会という下部構造の問題を文学に思考するときに、このジャンル論は、救世主のごとく輝かしい存在にちがいない。ジャンルという、一見何の積極性も持たないかに見えるものが、その時代精神の、しかも文学の必然的器であることにおいて、このジャンル論は今後もなお検討されるべきものであろう。ただジャンル論の根幹は、「類型」にある。すでに岡崎義恵博士が、階級様式と作品群の様式との区別をいわれるように（「文芸

における ジャンルの問題」『国語と国文学』昭和二十五年十月号)、そこに、大きな文学史叙述を許容しながらも、これをもって「文学における歴史」の結論とはし難い点があるのであって、ここにジャンル論という大器のとりこぼす宿命があるのではないかと思われる。

このような危惧は、つぎの如き文学史の中にも存する。すなわち、何らかの形で生活を契機として文学を理解しようとするものがそれで、かの著名なテーヌの『英文学史』などは人種・環境・時代などの外的条件に歴史を認めようとする。わが国においては、津田左右吉の『文学に現はれたる(我が)国民思想の研究』をあげることができる。氏も、結局は自家の眼がねによって事物を見ることではあるが、「対象の全体に通じた観察」「一貫した解釈」を施すべきものとして、国民の生活過程を取上げ、その時代の一般的傾向によって作者や作品を判断するのである。こうした見方は、先述の人間論の脆弱さを「生活」によって代替し、そこに歴史を導入するものとして、きわめて高い価値を有しているといえるが、津田氏の論にいみじくも証明されているように、そこに導き出されるものは国民思想の様態であって、文学ではない。

同様のことはいわゆる民俗学的な観点についても立言が可能ではないか。柳田国男が「文学史家の批判を受けて見たい」という抱負にみちて提出したものは「新たなる文芸史学の酵母として作用せんとする民間伝承」であったが(『口承文芸大意』『民間伝承論』)、たしかにここに重んじられた生活意識は文学の出発を握るものとして、また可視的な文学の世界を、それこそ歴史的に操る見えざる糸として、看過しえない契機を有していると思われる。そしてさらに、その弟子折口信夫は、柳田学説をいっそう整備した形において、他の学説を顧慮しつつ、生涯をかけて自説を作り上げていった。その初期の『古代研究』においても哲学的思索を前提として、類似の事象の記憶、論理の直観、資料という三者が研究方式の中にとり入れられているが、かの神授の文学説、すなわち過去を現実化して説く呪言（よごと）から現実の歴史的基礎を説く叙事詩（ものがたり）が発生し、さらに抒情部分がうたとなったという見取り図は、その独自の体系を予測せしめるものとして見事な文学史であった。氏の文学観が体系的に示されるのは晩年の『日本文学研究法序説』などであるが、そこでも「富み」「流行」という力を重んじ、文学の階層を類別し、言語、比較文学、言語伝承に注意がはらわれている。

こうした柳田・折口学は従来の文学史が見落して来た「生活」を強く取上げた点に大きな業績を残すものであった。しかしこの視点のみがひとり文学的事象を措いて先行するときには、かの柿本人麻呂の分析において残念ながら折口氏が失敗したように、津田説同様の画一的弊害をともなって来ることになる。あるいはまた、これが神秘的な民族主義に悪用される危惧すら有するかと思われる。最近保田與重郎氏が『日本の文学史』を書いている。この文章が氏における敗戦体験のどのような内省によって書かれたものかは知るよしもないが、その中で彼はきわめて折口的な口吻をもらした後に、おのが血肉にひそむものの中に日本的なるものを見ようとしている。折口学の尊厳さはかかる神秘主義と区別されるところにあるのに、にもかかわらずこのような習合を許すものは、折口学の「生活」への傾斜にはぐくまれていたといってよい。

しかし同時に、このような神秘主義は、まったく正反対にマルクス主義美学の中にはぐくまれていることも事実である。たとえば「文化的事象を動かす窮極原因は、社会経済的事物である」ということばをもってハウゼンスタインがその『芸術と唯物史観』を書きはじめ、あるいはまたプレハーノフが「あらゆる民族の芸術はつねにその民族の経済ともっとも密接な因果関係に立っている」（『宛名のない手紙』）というときに、そのこと自体がすでに文学を否定するひびきを、われわれは感じるだろう。つとに、文学は歴史的社会の規定を受け、人間感情も内容性において歴史的に規定されていると認めながら、それが直ちに文学そのものを規定するものではないとして、文学の固有の原理を形式に求めようとした三木清の批判（『文学史方法論』）のごとく、また西郷信綱氏が「従来の歴史社会学派の方法が実は直観主義や鑑賞主義のメダルの裏面でしばしばあった」（「文学史の方法」第一稿『日本文学の方法』所収）というごとくである。

このマルクス主義にたいし「全く正当であった」と西郷氏によって評される（『風巻景次郎全集』一巻「解説」）のは風巻景次郎であるが、風巻氏はこれに対して「今一つ、文芸研究の歴史的立場による統一」の可能を信じようとした（「日本文芸学の発生」『文学の発生』所収）。それが「歴史的文芸観」であり、これは「鑑賞」を駆逐して、これに入れかえるものとして提示されている。終始歴史的なるものを求めながら、風巻氏の基盤にはつねにこの享受者の自己があった。これは系譜的には早く五十嵐力が「読者の鑑賞」（『新国文学史』）

を説き、土田杏村が「直覚的方法」(『国文学の哲学的研究』)をあげたのと一致するが、風巻氏の場合は「自我の成立史」として文学史をとらえようとするところに由来したものであった。

しかし、この風巻氏の試みは西郷氏によって「「主体的体験」は真に歴史的にではなく、生の哲学によって理解される恐れがある」と評され（上掲「文学史の方法」第一稿）、主観的側面と客観的側面との二元論の中に「方法的挫折」があったといわれる（上掲「解説」）ように、風巻氏の、一つのロマンでもあった。そこにおいて、正しい唯物史観の中に歴史的科学性を保有しつつ、作品との歴史的・主体的交渉を考えるのが西郷氏である。すなわち唯物史観による歴史の究極の決定的要素としてエンゲルスのあげる「生命の生産及び再生産」を確認し、文学は独自のしかたで下部構造にはたらきかけてゆくものと考え（上掲「文学史の方法」第一稿）、文学がいかに歴史性をもつか、いかに規定されるかを認めることが文学史であると考え（同第二稿）、風巻説のごとき二元論はフッサールの現象学によって真の出発点に立ちかえり得る（上掲「解説」）とするのである。作品を「現代という共時の場」に連れ出し、自分もその一員として参加し、いかに感受し理解するかが文学史の問いである、という。これは「文学史の複雑な多旋律」「多様な歴史的文脈の意味」をとらえる為なのだが、このように「主体的享受」の立場を貫きつつ、文学史の歴史性を唯物史観に支えられて保有しようとするところに氏の文学史がある。

フッサールの現象学への注目は、われわれを曖昧《アンビギアス》な存在と考え、その生活世界における経験を重んずる立場が実感と科学性の二元性を解消するものとする（西郷氏「学問のあり方についての反省」『展望』昭和四十四年二月号）のだが、また丸山静氏によっても新しい科学の原点としてフッサールは提出されている（「人間の科学をもとめて」『展望』昭和四十四年七月号）。メルロ＝ポンティは「主体と客体との古典的な二分法をのりこえる」ものとして、その現象学を論じているが、その具体的な文学史論ないし文学論への適用については、何れからも示されていない。あるいはまた、西郷氏が近著『古事記の世界』に到る過程に示された、フレーザー以後の英国文化人類学的な方法の応用が、これら総体の中に組み入れられた構図も、明らかではない。

三　主体的享受と歴史

「文学と歴史との連続と非連続との独自の関係」（西郷氏「文学史の方法」第二稿）を認識するということは、すでに三木清が「事実としての歴史」と「存在としての歴史」との区別によって明快に説こうとしたところだが、第二の視点、「主体的享受」というものはフッサールの先験的なものを原点とする場合どのような存在なのであろうか。享受するものは自己の主体であっても、享受されるものは、もはや自己を主体とするものではないはずである。その一致とは何か。あまりにも有名なことだが、小林秀雄氏が「歴史の魂に推参した」「なま女房」の姿を『一言芳談抄』に見出している（『無常といふ事』）のは、改めて考えてみる必要があるのではないか。

夜うち深け、人しづまりて後、ていとうていとうと、つづみをうちて、心すましたる声にて、とてもかくても候、なうなうとうたひけり。

この「なま女房」はまさに曖昧《アンビギアス》な存在として推参し得たのであって、かかる存在として作品をとらえるときに、作品はまた歴史的にとらえられたというべきであろう。この「歴史」は、「解釈を拒絶して動じないもの」であった。ふつう、われわれにはすでに一つの「解釈」があって、たとえばこの場合には無常を「解釈」によって理解しようとするのだが、このなま女房には解釈はなかった。そこに小林氏のいう「歴史の魂に推参した」理由がある。

しかし、これは歴史の彼方に存する、そのなま女房の中にだけ可能な「推参」ではないのであって、むしろ小林氏が鷗外の考証、宣長の『古事記伝』をあげているように、われわれにおいても、このなま女房が「とてもかくても候、なうなう」といったと同じ歴史の実感によってのみ、真実の歴史の把握が可能になるのではないか。

小林氏は『歴史と文学』においても、同じような発言をしているが、『万葉集』の「見る人の　語りつぎてて　聞く人の　鏡にせむを　あたらしき　清きその名ぞ」(20四四六五)という家持の長歌をあげて、「万葉の詩人は、自然の懐に抱かれてゐたやうに歴史の懐にもしっかりと抱かれてゐた。惜《あたら》しと想へば全歴史はおのれの掌中にあるのです」といっている。「惜し」という慨嘆が、家持の現在と過去との中に口をあけた、はげしい落差から発せられ、そのゆえに「名」の歴史をことごとく担った表現と読みとることは、考証的にも正しいであろう。いまの家持と歴史とは、この「惜し」という感慨の中において結ばれていたのである。したがって家持は「惜し」というその感慨において、歴史の実体とふれ合うことが可能であった。

われわれが『万葉集』を享受するということは、この歴史を理解することではないか。われわれが歴史を求めるとしたら、このように『万葉集』が内感としてふくみ持った歴史を探る以外に、何が存在するだろうか。

このような小林氏に対して、西郷信綱氏は「作品をダシにして己れの夢をかたる自己享受《ゼルプスト・ゲヌース》の名人である」(『風巻景次郎全集』一巻「解説」)と批評しているが、これこそ、右のような小林氏の強烈な主体性の逆説にもなろう。両者の基本的な相違は史観の肯否にあるのだが、風巻景次郎氏の「享受」が自然状態的であるとして否定した西郷氏は、さらに反省・忍耐・凝視といった能動的働きかけを要求している。これはフッサールやメルロ＝ポンティの主張した「直観」「反省」をふまえたものと思われるが、このエポケーから導かれた態度と史観とは、氏の中においてどのように調和するのであろう。また、自与性のものとして対象が見られていないとするものが「夢」だと西郷氏はいわれるわけだが、この自与性と氏のいう「歴史的文脈の解明」とを、いわゆるノエシスとノエマとの関係において理解しようとすれば、そこに史観はどのように位置づけられるのか。ここに史観を位置させれば、これまた「主体の夢」でしかならなくなるとも言えよう。けっきょくは、西郷氏が「方法的挫折」とまで呼んだ、主観と客観との風巻式二元論が、またありありと示顕して来るではないか。「史観」の中に歴史はない。

「対象をその固有性において認識し、理解しようと努める」といったのは三木清（『文学史方法論』）だし、もはや凡庸なことですらあろうが、それを歴史において考えることは、必ずしも自明のことではない。主体の享受に発する歴史の把握が、その対象の固有性において認められたときに、つまり享受される対象の主体に到達したときに、この主客の二元性は一元のものとなるはずである。それをこそ主体の「歴史的理解」と呼ぶべきであり、マルキシズムが不当に膨脹するときには、ついに一元論の彼岸はないのではないか。

マルキスト三木清の試みも、またそこに発している。氏によればティボーデの三つの批評は、ニーチェの三つの歴史に対応して考えられる。その中で専門的批評は古物的歴史と対応することとなるが、この、過去を過去として意識する古物的歴史は、古典においてわれわれをどれほどか悩まして来たであろう。古典をたんに過去の文物とだけ考える人は存在すまいが、古典が「過去」の呪縛をふりほどかないかぎりは、いかに現代において享受するといってみたところで、永遠に「古物的歴史」の枠外に出ることはむつかしい。そこに古典学が特殊世界にのみ閉塞し、現代に生きた奉仕を果たし得なくなる危険性もある。三木清はそうした「専門的批評」を排除する。氏は「専門的批評」の機能を構成による批評だと考えているが、それに享受・創造という（おそらくはティボーデの自然的・作家的批評を顧慮するのであろう）機能を加えて、創造的批評を含んだ文学史にして真に発展的歴史といわれ得る、と考えるのである。

もちろんこれは、個人が「時代の子供」（ランケ）であるという認定のもとに行なわれるものである。「天才」という一見非時代的存在、しかも三木文学史学においてはきわめて重大な問題であった存在も、社会的なものであり、文学の形成も歴史的・社会的に変化するはずだし、人間の感情も内容性において歴史的に規定されている、と認定された上での論である。つまり歴史から浮遊することなく右の文学史論が導かれているのであり、この文学史はけっして歴史に背くものでもなければ、また歴史に埋没してしまうものでもない。

歴史は、少しでも自らを逸脱し、自らに媚をうる者に対して、それだけの負債を冷酷におしつけようとする。

三木清の文学史構図の結論は、「歴史の二重の意味及び両者の弁証法的対立及び統一の把握によつて文学の世界の構造の理解」が得られる、というものであり、さらに「文学の固有の原理」は「形式」にある、とする。極端にいえば、昨今の唯物論文学史の発言もこの三木構図を少しも出ていないようにも思われる。現代のもっとも誇るべき国文学者の一人たる西郷信綱氏が、かの「文学史の方法」からちょうど二十年後の今日も、つきつめた結論として「時代の意味」と「形式」の永続性、独自の意味という二点をあげるのを知ると、そう考えざるを得ない。もとより私とて唯物史観そのものを否定するつもりはないし、ましてや史観なくして歴史が捉えられるはずもない。しかし、史観によって文学が捉え得るか。史観の不当な拡大は、この三木構図ならびに西郷論を破壊してしまうであろう。

　そこで西郷氏はもう一つ「享受」の問題にふれて、自我と世界、詩人と歴史家を対話させることを主張する。現代という共時の場に作品を連れ出して、自分もその一員としてそこに参加するというわけなのだが、これは現象学的還元でもなく、主体的享受という以上に、どのような意味がふくまれているのであろうか。氏は「通時的に継起の秩序のなかに線とし配置する」のではないといい、連れ出した結果「多旋律の世界がそこに現前して来」るという。つまり『古事記』と『源氏物語』、あるいは『今昔物語』や『平家物語』といった作品間の、現代的享受における異旋律を、すなわち作品の本質の相違を、これによって得ようとするかに読みとれる。この「現代」というのは、おそらく「発展的歴史」（ベルンハイム）を予測してのものだろうから、ここにおける異旋律は、やはり風巻氏いうところの「自我の成立史」に還元してしまわないともかぎらない。

　そして、もしこれがまったく無方策的に行なわれるものだとすれば、「鑑賞」に他ならないだろうし、あるいはまたそこにこそ唯物史観が要請されるとすれば、この旋律は唯物史観による発展に組みこまれることを予想した旋律であって、何ら主体的享受とはなり得ないだろうと思われる。

　われわれの享受において、いわゆる歴史はまず最初に棄てられるべきではないか。鷗外や宣長は自らの小主観を棄てて厖大な考証や『古事記伝』をしるした。この中には主体がないと、何人がいうであろうか。まさしく、かかる自我を棄てて歴史の中に参画してゆくことが、鷗外や宣長の主体的享受であったのであって、この主体性のゆえに、歴史は輝いて顕現したのである。あるいは、かの折口信夫があれ程強烈におのれの体臭を放ちながら、もっとも古代的なる世界に味到し得たのも、同じことである。

四　生と歴史

文学史の行為においては、もとより「批評」を欠くことはできない。したがってシェーラーのいうように、前科学的な段階としての哲学的な段階が、文献学的方法に移行することによっては、文学史は構築され得ない。科学性の名のもとに批評を放棄することになるからである。

文献学的ないわゆるランソン主義が「作品の周囲を明らかにしただけ」(三木氏)だといわれるのは、その文献学的方法が作品の内実にはふれずに煩瑣な周辺のトリビアリズムと化したところに頑なな批評の拒否を生んだからであって、「低級な作品や既に忘れられてしまつた作品」を「作品の周囲」とすることに、批評の硬化がある。およそ文学史の主役は、大作家や歴史ばなれした作品では、けっしてない。亜流とか先駆的とかという歴史的位置づけは、他のある作品にとっては必ずや必要なことであろうが、その作品・作家自身の歴史的位置ではない。その点で天才的文学史は一つの定められた総体の図式であって、作家・作品それ自身の把握ではない。このような歴史的因果の方法によって文学史を把握する世界には、批評は死滅せざるを得ない。

したがって批評は、すべての「天才的な作品」も「低級な作品」も、作品がつねに歴史的であるという点に据え直してみなければ、成立しない。非歴史的に見える傑作をいかに歴史化するかが問題であると同時に、いかにも歴史的であるかのごとき概念の中に埋没してしまっている、群小作品の個性をとり出すことが必要である。杉捷夫氏の最近の発言（「文学史の方法について」『文学』昭和四十四年五月号）が「モルネの労作の行きすぎを適正規模に引き戻すところに文学史構築の地盤が発見できる」といわれるのも、この事と甚しい差異をもっていないと思われる。

そこで文学史の批評はこうした作品の歴史性において働くものとなり、三木清のいう「創造的批評」にどう具体性を与えるかが問題となって来るが、その場合もっとも直接に考えられる方法は、いわゆる歴史的方法であろう。しかし精神科学的方法と呼ばれるものも、必ずしもこの歴史的方法と矛盾するものではない。いうところのディルタイの生の哲学も、これが静的な個性として捉えられ、それが同時に時代的考察となる点に欠点を有するのであって、それは作品の基底に有する発展の因果と見なすべきではないか。ともどもに文学の本質を得るものと考えるときに、精神科学的方法と歴史的方法とは矛盾して来るのであって、文学の独自性を認めれば、本質はたんに歴史的方法によって得られるものではないし、一方文学の存在は唯一精神科学的にのみ処理し得るものではない。文学の内実は精神科学的方法

（と呼ばれるもの）により近く、人間学的方法によって理解されるだろうし、その存在は同時に、歴史内存在としてあるべきはずのものである。

エルマティンガーの四つの法則も「文学的個性を、一般的な必然的な妥当性を有する思惟形式として想定する」（三木氏）ものであるが、彼が必然性・妥当性の中にあまりにも殉じすぎてしまったきらいはあるにしても、個性をかく法則化するものは、歴史にほかならない。この形態の把握は、いわば個性の存在様式なのであって、シュトリッヒの説く二つの永遠への志向が古典主義と浪漫主義とを生むとすれば、これらは歴史に媒介されることなくしては不可能であろう。存在様式の法則的把握に必ずしも左袒するつもりはないが、こうした思考は精神科学固有の歴史性として十分首肯されるものを有している。

このような考えに立つ時には、二つの方法の対立を越えて、むしろ積極的に、生もまた歴史的なものだというべきであろう。いうまでもなく、生が時性に、しかも集団的時性において成り立っているからである。

こうした考えと類似の観察は、すでに数多くの文学史論においてとられている。生をとりまく、あるいはこれを成り立たせるものとして、いわく自然、いわく種族、いわく国家等々。しかしこれらの観点はいずれも文学（ならびに文学史）をじかに決定するものとして位置づけたところに欠点があった。たとえばナードラーが個人と人類との中間に種族・風土を考えたのは、類型・法則という総体化およびその逆の類別化への手がかりであり、論理それ自体としては誤っていないにもかかわらず、文学の説明にはならないのである。種族・風土、せまくいえば集団・地域などは、ディルタイの「世代」とかチザルツの「形態」とか、あるいは一般的に運命とかいったものを決定するだろうし、文学にとっては様式となるだろう。これらは文学にはたらきかけるものではあるが、文学それ自身ではない。われわれはこの中に個性を喪失していくだろうし、文学が様式において拡散し霧消してしまうことを、惧れなければならない。

この外的なものが、働きかけるものではあるがそれ自体ではない、という立場を、私は明瞭に把握したい。集団や地域は、存在そのものではないが強力に働きかけるものである。文学はそれらの働きかけて来る「存在」の上に成り立つものだ。

マルクス主義の説く生産機構も、またかくの如きものではないか。世に一部の学者たちを歴史社会学派と称するのは、歴史と社会とが同質等量に並んでいるように聞こえて奇妙である。歴史と社会とはあくまでも別物で、当面の「歴史」という課題にとっては、この両者の区別の方が大切であるが、「社会」は（用語の多少の差を無視していえば）右にあげた集団・地域のある形態を指すものと考えることができよう。生産機構をふくめて、それは存在に濃厚に働くものである。いやもっと積極的に、存在は社会集団を離れてはあり得ないとさえ言うべきである。その社会に働くものが歴史であり、それは決定的ですらあるだろうが、しかし社会そのものではない。一方「存在」もまた歴史的であり、文学も同じく歴史的である。しかしこれらは相異なる概念の上にある歴史で、前者、社会に働く下部構造としての歴史は、この後者とは異質のものなのである。それを同一視しかねないところに生産機構説の陥穽があって、歴史社会学派という呼称は、いみじくもそれを露呈させているように思われるのである。

五　文学の歴史的定立

そこで私は、ようやく結論めいたものを書きつけ得る段階に到達したように思う。文学を生むものは、あくまでも主体的な生でしかない。これはつねに主体的であって、存在自身としては独立したカテゴリーをもつものである。しかしその存在は社会的なるものの掣肘を逃れることはないだろう。いかに「天才」といえども「非連続の関係」などというものは有しないのであって、三木清も事実としての歴史の、存在としての歴史への非連続ということしか言っていない。さらにその弁証法的対立および統一ということをいうのであって、即物的に歴史（下部構造）と非連続なら、関係はないのである。しかもこの社会的なるものの存在へのはたらきかけは、むしろ「集団」という名で呼ばれるのがふさわしいはずであり、社会という機構を有する以前の、時としては不可視の生活形態ですらあるものは、生活の様式とか風俗とかいうものよりさらに内奥の精神構造まで、おのが掌中に収めているだろう。

そして歴史的なるものは、またこの集団をその根底において包摂し、集団にはたらきかける。それを直接文学にはたらきかけるものと考えることは、くり返し述べたように総体化・類型化という疏網の中に、もっとも真実の文学をこぼしてしまう結果になるだろう。またこの歴史は個々の生命に因果としてはたらくものでもない。幾千年、何万年を論ずる考古学にあっては、それも可能かもしれないけれども、文学という行為にあっては、古代においてもそれは許されない。ことに近代のように、たとえば時代的風潮がいかに演出されようとも、それが集団化しなければ、文学にはたらくものとはならないだろう。生はつねにこの社会集団の中にあって、歴史の中にはない。もしその両者を不可分のものとする手段が文学史に用いられるとすれば、大仰にかまえた牛刀であるにすぎない。文学という鶏は切れない。

文学はこうした歴史・社会・存在という三層に支えられて成立する。したがってこの三者の関連を正しく把握するところに文学の位置づけがあり、その総体が文学史と呼ばれるものとなるだろう。われわれは一々の文学の位置づけをすればよいのであって、各作品を因果の流れの中に組み込むことではなく、文学史は結果としての総体の中に現われてくる。

この文学の定立は、文学の批評によって行なわれる。もちろんこの批評は創造的批評であるはずで、そのためには「専門的批評」――ジャンルの秩序、伝統の秩序、あるいは同時代また場所の秩序といった秩序づけを機能とするものではいけない。それは結果として「古物的歴史」をしか生まないからで、かりにこれを、過去を過去として見る「古物的歴史」から離れて、過去を現在と対応させてみても、「記念物的歴史」でしかない。われわれには大変な決断をしてみても、せいぜいこの過去を現在と対応せしめる「自然的批評」しかできないという低迷さがあるのではあるまいか。いやおそらく作家的に「批判的歴史」を得たとしても、文学は不完全だというのが正しいであろう。

しからば、この過去とも現在・未来とも対応を失った古典の過去はどうなるのであろう。そこにベルトラムの正しさがあると思われるが、ベルトラムは、歴史とは「過去の現実の現実性を除くこと、それを存在のひとつの全く他の範疇に移し入れること」だという。周知のようにこれは個人の伝説について語られたものだから、それをそのままの形で導入することはできないのだが、およそ文学史における歴史とは、このようなものではないか。われわれが過去を過去として意識することは（古典はまさしくこの前提の上にあるのだが）、われわれの時点を現在として、過去・現在・未来という歴史の上に過去を置くことであって、そこにティボーデならびにニーチェの三様の対応が生じるのである。だからこれを全く他の範疇に移すことによって、それはそれ自身としての定立を、はじめて得るはずである。過去のその生活性、その現実としての存在は、もはやその時点で終っているのであり、それを過去とする歴史とはまったく別の存在としてそれに接することが、もっとも純粋な歴史的行為であるはずだ。要はわれわれの囚われた「過去」を追放することなのだ。そこに真の過去そのものの姿があらわれて来るだろう。ハイデッガーのいう歴史的実行もけだしくはそれであろうし、小林秀雄氏が「飴の様に延びた時間」を斥けようとしたのも、結局はそうした囚われた過去性を棄てたかったからであるはずなのだ。

文学史という古典への対応は、この「過去」を棄てた批評からはじまる。それは、古典もわれわれも、ともに時間内存在であるということによって保証された、主体的享受であり、同時に古典そのものの主体的内実の声を聞くことでもある。

そして上述のように文学が三層によって支えられたものだとすれば、この批評による作品の定立はおのずからに歴史的なるものをふくむこととなる。換言すれば作品の定立という批評は「歴史的な理解」なのであり、ルナンは真実の理解は歴史的理解であるという。真実に作品を定立することは、歴史的理解以上でも以下でもないはずで、それが真実の理解なのである。

したがって、文学史とは、けっして歴史的な流れの上に文学をとらえるという意図によるものではない。「過去」を追放し、文学それ自体について、歴史的理解という定立を試みることであり、この主体的享受によって歴史の魂に推参することが、文学史を構成することである。

六　結

このように文学史を考えた後には、もはやこれを実践によって語るしかないし、実践のない文学史は無価値にひとしいという負目を、文学者（哲学者ではなくて）は背負っているのだが、右に述べたことを古代文学史に照らしていえば、文学現象を社会集団の生存の表現として捉えることは、もっとも基本のことと思われる。したがって「個性」といったものも、これを基本として、社会集団の要請したものとして位置づけるべきであろう。その場合にはたとえば柿本人麻呂などがもっともたやすく想起されるであろうが、極端に個人的と思われる場合、たとえば『日本書紀』の筆者のようなものも、史官という名の集団における無名の行為者であった。その文章の中にはそれぞれの筆者たちの背負いもった素養がうかがわれるが、歴史が彼らにおのずから選択せしめたものが、その素養の内容をなしている。彼らの座は八世紀初頭の日本の宮廷における下級官吏という位置にあり、その周辺には日々の生活があり、脳裏には海彼よりの書籍がある。書紀の記述とは、その中における彼の行為の結果である。文学史はこれを対象として、右の在り方を逆に内側から問いかけていって、こういう事実がそこに存在することを見きわめなければならない。

古代人は自己の生について語るに、あまりにも寡黙である。だからその生を理解することは容易ではないが、たとえば『万葉集』における無名作者群も、その一首一首との対応から作歌行為を探っていくしかないし、その行為は、無名作者群という集団性のものとして考えねばならない。その実体が基本にあって、全万葉像も文学史の上に把握されることとなろう。

さらに溯れば古代文学史には難解な文学の発生の問題がある。その段階に個人の生を措定してみたとて、まったく他と紛れてしまうものであろうが、しかしあくまでも文学は個別の生存者の行為であって、集団性はその共通性として考えられねばならない。またその集団として明確ではない場合も多い。しかしそこには歴史に要請される集団が推測されるであろうし、それなくしては文学の発生もなかったはずである。つまりは方法の問題であって図式の不備を示すものではない。

これらは古代文学史にかぎった、ほんの二、三の事例だけれども、文学史は主体的な歴史的実感によってこれらを定立していくときに、可能となるであろう。

文学研究の方法

一　人間の学

　神の死を宣言したニーチェが死んでから、七十年が経った。わが国においては、それは敗戦を契機とする転換の時から四半世紀が経過したことでもあった。しかしわれわれの中には──あるいは私自身の中には──神は空しく死んでいる。わが国文学の近代学としての誕生は、周知のように明治的ナショナリズムの中における文献学によってであったが、その文化学的な拡散への批判ならびに文献主義に対する主体的享受の尊重は、大正的鑑賞主義として登場して来る。だがこれが学としての方法論や体系をもった主張ではなかったことと、一方「自然科学の方法を唯一の至当な基準として承認するに至」った（テイミエニエッカ）という今世紀の世界的趨勢とをもって、文献派と鑑賞主義との安易な併存を許すこととなった。鑑賞が学的体系を主張し得ないままに、もっぱら素人的な思いつきとして文献学から貶しめられたことは、正当な報酬であっただろうが、このことによって文献学は、一途に非素人的に、つまり職人としての道を歩むことになったのであり、人間不在の空しい殿堂を国文学の上に構築する結果となった。

このような昭和国文学の亀裂に対して美学的体系をもって文芸の自立を求める立場があった。文芸学と呼ばれる岡崎義恵博士の業績は、その最たるものであったし、より広汎な立場に立つ高木市之助博士の立言もそうであったが、しかし学界はこれを「文芸学的研究」として国文学の一分野と化することによって、自身は揺るぎなく生き長らえた。また終生を文学や文学史の方法論に費した風巻景次郎氏も、おびただしい業績を風巻美学の軌跡として世に残しながら、或る「自己批判」「自己限定」の中に文学を夢みて生を終えざるを得なかった。

考えてみれば明治・大正の国文学が右のような意識をもって興ったことは、その政治的・社会的背景に照らしてまさしく至当なものであった。昭和の右の諸氏の試みは、それの安易な昭和へのなだれ込みを厳しく自己の問いとして成立した学説だったのだが、このように政治社会と国文学の体質とが濃厚に結びついているとすれば、昭和の国文学として興るべきものは、まさに唯物論的な体系化であろう。世に称せられる「歴史社会学派」はその今日的自覚の中に芽生える。しかしこの派をもって称せられる人々が多く歴史学者であり、中心的な国文学者西郷信綱氏が民俗学に接近し、文化人類学を顧慮し、近くはまた現象学を探らざるを得ないということは、大きな問題をわれわれの上に投げかけて来るではないか。マルクス主義がそれ自体として国文学理論を構成し得ていないという現状は、けっして問題の終焉を意味していない。意味していないにもかかわらずその終焉の状況のままに、一方では岡崎美学の壮麗な容姿をきわだたせながら、文献学は鑑賞を貶しめつつ聳立しているのである。人間科学の危機の中にあけた二十世紀の三分の二以上が経過したのに、自然科学の模倣を唯一の方法として、文献学は大正的個人主義の波にも昭和の敗戦にも、その足をさらわれることはなかった。

われわれの課題はこの点に存する。ことばを換えていえば、自然科学の模倣によって文学を喪失し人間を放逐していった学問に対して、人間学に正当な人間の復権を要求することである。これはもとより無原理な鑑賞を容認しようというのでもなければ、国文学を美学に帰属せしめるというのでもない。さりとてまた政治・歴史・社会あるいは思想といったものを手段として国文学を測ろうとするものでもあってはならない。なぜなら、それは、「鑑賞主義は文献学のメダルの裏側」（西郷氏）ということばをかりていえば「歴史社会主義は文献学のメダルの裏側」にすぎないからである。したがって私は右に文献学の弊を述べたけれども、それは自然科学の模倣学として文献学を捉えたからで、もし文献学に人間の復権が可能であれば、文献学の否定されるべきいわれはないのである。

もっともここでさらに問題とならなければならないのは、この「人間」とは何かということであろう。右においても、自然科学の急激な進歩とそれに伴う人間の稀薄化という形で人間を捉える、そうした一般論理に私は従ったけれども、今日において、果してこのようなヨーロッパ哲学のイデーに確信された人間存在の、そのままの回生が可能かどうか、あるいはまた正しいか否かは、あらためて論じられねばならないはずである。現代における自我の喪失を現代における危機として認めること自体が、すでに問題化している、そうした中からの人間の復権が、新たなる人間諸科学であらねばならない。対象の中に人間を問うことは、同時に自己の中に自我とは何かを問うことでなければ、今日の真の人間学は成立し得ないだろう。自然科学は敵ではない。つとに自然科学と人文科学との懸隔を認めたチャールズ・P・スノーは、最近の発言でも、両者の背景に共通を認めることによって現代の危機を乗切ろうとしている（朝日新聞昭和四十四年十月十日付夕刊）。自然対人間という素朴な信仰の中にも、病根は潜んでいるというべきだろう。

一体に自然科学や社会科学という他の科学領域に対して、いわゆる人文科学はそもそも人間にもっとも深くかかわり合うはずの科学であった。人間不在は、その魂を「自然の数学化」に売り渡したときからはじまったのだったが、その反面、売り渡すことによって人文科学は学問の法則性や客観性を手に入れることができた。それが誤りだとしたら、もはや人文科学に残されているものは、まさしくこの「人間」の中に法則性や客観性を求める以外に方法はないように思われる。その人間の中核をかりに自我と呼ぶとすれば、この自我の問いつめの中に人文科学は成立し、人間は復権し来るわけである。この自我は今日の歴史、社会また経験の中に存する。その意味において国文学は政治や社会と縁の遠いものではない。

私は先に時代の流れと国文学の方法との不可分だった歴史を見たけれども、この政治と文学、広く学問ということについて、最近若い世代からの次のような発言に接した。すなわち「学問の継承と拒否」をめぐって、現在の資本主義社会を否定すべき学問を追究すべきで、唯物マルクス科学だけがそれである、しかし現在のブルジョワ学でも真理に妥当するものは継承しつつ、社会を変革する学問を追究する必要がある、というひとりの発言があり、ついで、他のひとりからマルクス主義的学問をやっていればいいというわけではなくて、研究者は専門家であると同時に政治家としてあるべきだという応答があった（毎日新聞昭和四十四年七月三十一日付朝刊）。もっとも直接に社会の変革を目ざすことは自然学の本質的なありかたにおいては、距離があるだろう。そうした観点からは社会科学以外はみな政治的には「虚学」である。それをあげて「真理に妥当するようなもの」と呼んだのであろうが、もしそうであるなら非自然科学たる人間学は、人間の学たるにおいて社会的にも政治的にも虚学ではあり得ない。マルクス主義的学問対ブルジョワ学という単純な図式が妥当か否か、その直截な国文学理論が一九四九年の西郷氏の「文学史の方法」（第一稿）以後明瞭な成果をあげ得なかった現状を知っているわれわれとしては、疑問なきを得ない。ブルジョワ学か否か、虚学か否かは、こうした手段、さらに深入りしても立場という外側にあるのではなくて、さらに深く人間そのもの、危機の自我の中にこそ握られている問題ではなかろうか。人間学においては、それを抜きにした「真理」は存在しないはずである。

一九七〇年の国文学が置かれている位置はこのようなところにあると、私は判断する。この状況を突破することが今後の課題であり、その中に自ら果されるべき「分野の発展」も、存在するのであろう。だからさし当っては分野の検討などは、まばゆい彼岸でありすぎる。上代文学において一九六〇年という時期は『万葉集大成』や『古事記大成』の刊行後の時期である。前者は一九五三年—一九五六年、後者は一九五六年—一九五八年の刊行で、一九六〇年以後とは、『大成』以後と呼ぶべき時代であったが、その曙光はいまだ現われてはいない。

二　歴史の意識

こうして今日もっとも要請されている問題が自我への問いかけであるとすれば、それを基軸として人間復権の科学は、いかように可能なのか。そこにあらわれる問題点は研究の主体がどのように研究にかかわるかという点、その場合に科学性はどのように保有されるかという点、そしてわれわれは文学に何を求めるべきかという点、であろう。

この主体性ということについて、逆説的な言い方をすれば、かの鑑賞はもっとも主体性をもった態度だったということもできよう。それが学問以前にとどまらざるを得なかったのは、これがひとり印象・直観・主観にのみ基くものであったからである。そこに、この主体がいかなるものとして自らのものとならねばならぬかという問題が起こって来よう。そしてかかる主体として、最近現象学をもう一度見直そうとする傾向の高まって来ていることは、たしかに正当なことと思われる。すでにティミエニエッカがいっているように、フッサールの発見は「ヨーロッパの学問一般に大いに影響を及ぼした」が、わが国文学界においても西郷信綱氏は、学問における「理論と実感」のあり方をめぐって、フッサールの生活世界

(Lebens welt) における知覚・直観・経験を重視し、そこにとどまりながら、この前科学的世界の原的構造によって学問の理性的動機づけを探究することを主張され(「学問のあり方についての反省――「理論と実感」の問題によせて」『展望』昭和四十四年二月号)、また理論と実感という二元を一元論とするためには、フッサールの現象学を考える以外にはないとも言われている(『風巻景次郎全集』一巻「解説」)。同様丸山静氏も、主体は志向的意識にまで還元されて、その意識に現象するかぎりでの対象から出発しなければならないとし、学問変革の原点は、フッサール的意味での先験的なもの (le transcendantal) であろうといわれる(「人間の科学をもとめて」『展望』昭和四十四年七月号)。氏はその具体的な続篇ともいうべきものの一部を言語と文学との間に求めて論述されたが、そこではジャック・デリダやジャン＝クロード・ピゲの理論に導かれながら、言語の様式化ということを「経験的から批判的へ移行させる」ものとしておられる(「言語と文学」上『文学』昭和四十四年九月号)。

「神が死んだ」のち、学問的な真実をもはや観念論的なイデーの中に見据え得なくなったわれわれにとっては方法は現象の中にしかないという意味で、最近の新しい理論が現象学に求められていることは、まったく正しいことに違いない。あるいは自然科学の自己喪失の中から人間学が己れを回復するためには、経験的・知覚的基盤しか持ち得ないということも疑いの余地のないことである。

フッサールによれば自我は認識論的なもの、認識作用の主体となるものではなくて、すべての作用にアクチュアルに生きているもので、純粋意識は志向性（Intentionalität）をもつ、という。この志向性はその師ブレンターノから継承したものであるが、これによって意識と意識されるもの、つまり作用と対象との相関関係を説明しようとしたのであって、それは彼を能識（Noesis）と所識（Noema）とによって捉えようとする。すなわち純粋意識のノエシスによって知覚されたそのものをノエマと考えるのであり、この志向的意識において、対象は意識に自らを与えるものとして、自ら与えられたものとなる、わけである。

われわれの研究が対象と向かい合う時に、その関係の根底はおそらくこれを措いてはないだろう。しかしフッサールは人間事象としての知覚を見事に思索してみせたのではあったが、われわれはさらにこれを具体的作品との対応において、行為としてのそれを追究しなければならない。たしかに先験的なものの中に純粋意識を求めていくとき、そのノエシスが恣意的な小主観を超越することは可能であろう。しかしこのいわゆる超越論的主観性は、いかなる事実（理論ではなく）によって保証されるのであろうか。フッサールは絶対的領域として右の純粋意識を定めながら、共通主観的世界（le monde intersubjectif）を設定することによって、自我と他我の関係を説明しようとした。それも先験的な共通性にまで還元することによって得られるものだが、事実としてこの先験的共通主観性を保証するものは何であるのか。

ここに現象学の観念性、主知主義性があるのであり、往々にして陥る、理論が理論でしかなくなるという陥穽に、われわれは大きな警戒をせねばなるまい。新田義弘氏がいみじくもいったように、『イデーンI』における右の図式は、「一種のモザイク模様を想わせるきわめて形式的な静（態論）的分析」（『現象学とは何か』）であって、生きた事実の学としての国文学にとっては逕庭《けいてい》の大きな形而上学たらざるを得ない。経験的ないし本質的直観（フッサールのいう意味の）の中に、そもそも現象学の本来とする「事実そのものへ」という態度が却って忘れられていく危険もある。そしてそれは事実へ帰ることを経験へ帰ることと同一視しようとしたフッサール自身もつとに認識するところであったと思われ、後期のフッサールが批判や弟子たちの所論の中から「生ける現在」（lebendige Gegenwart）の思索へと進んでいったのも、その証拠であったろう。フッサールは、けだしくは偉大なる先駆的提言者であって、その所説はその後の実存論の中に底流しているとはいえ、われわれの科学の地平を拓くものは、すでに丸山氏がデリダやピゲをあげたように、その後の実存的現象学にあろうと思われる。

私は右に「超越」論的主観性や「共通」主観性の具体的な生ける姿を問題にしたが、この自我を越えること、自我と他我との関連は、さらにそれらの根源においてたしかに実存するものを得なければ、その存在そのものを保有することはできないだろう。純粋自我は何に基いて純粋であり、また何によって共通たり得るのか。そこに要請されるものが、世界の概念、時間の概念であろう。もちろん世界の概念はフッサールのすでに説くところであったが、フッサールがそれを極限現象の地平として見出したのに対して、G・ブラントは世界内の自我を、世界に向っての自己超越と考え、世界経験における自我の脱自存在を「自己疎外の自己遂行」と呼ぶ。自我は「世界の内に存在するものとしてのみ存在し」、「世界経験の生」として、ある。またメルロ＝ポンティは意識を世界へ向う存在と考え、世界は「自らが思惟するものではなく、自らが生きるもの」ととらえる。フッサールのいう志向性も、対象として措定する志向性を「世界とわれわれとの自然かつ先賓述的な統一を形成するもの」とする。これはフッサール自身でも後年に「世界経験の生と、構成された世界との、相関的アプリオリ」と把握されたものとひとしいであろう。

こうした認識措定においてフッサール自身観念論の譏りを免れることができようし、現象学は確実に実存的人間学へと歩を進め得たのだったが、まさにわれわれにとっても、研究者は文学の「世界」にある。この地平をわれわれが学の総体として手に入れるときに、経験的生はものとして対象に働きかけ得るはずである。アプリオリな自我は「世界」の生として、構成された文学世界に志向をさしのべていくことが可能である。その方法は「自己疎外の自己遂行」でしかあり得ない。この超越（脱自）は、よく恣意や小主観を排除し得るだろう。印象などというものも、アプリオリな自我への還元の中で、雲散霧消してゆくに相違ない。鑑賞主義は、この世界経験の生として、はじめて発言の緒をつかむことだろう。その点からいえば、われわれはむしろ鑑賞主義を問いつめることによって、新しい研究の主体性を獲得することができるように思われる。

すでにフッサールは意識が対象に臨む志向的意識の働きを「直観」と呼んでいるが、鑑賞主義とて根底となるものは、素朴な直観であろう。ことはこの感覚的な認定から出発するのだが、それを問いつめるとは、どのような行為なのか。メルロ＝ポンティはこれについて「反省」を考えるが、毛沢東がきわめて懇切に説いている、つぎのような過程も思い合せられる。すなわち、感性的認識は、事物の全体、事物の本質、事物の内部的法則性を反映するために、確実なもの、真実なもの、内面的なものへと進むことによって理性的認識に発展する（『実践論』）。この感性的認識と理性的認識という措定は弁証法的に説明されることにおいて、当面の論述に誤解をまねくおそれがあるけれども、少なくとも「理性的なものが信頼できるのは、まさにそれが感性に由来するからである」という断言は、大切であろう。西郷信綱氏が風巻説の「主観的側面を客観的側面に転移せしめる」ことに対して「感性をおいてきぼりにした理性」は「もはや真の理性ではなく、それはむしろヘーゲルのいわゆる悟性という抽象物へと変じている」（上掲全集一巻「解説」）といわれているのもそれと同じで、当面の問題に即していえば、経験が、事物の全体・本質・内部的法則性において、確実な真実なそして内面的なものたり得るのは、「世界経験の生」においてでしかない、ということなのである。これは理性的認識と不即不離の感性においてであろう。

このように、われわれは「世界」によって主体性を学問の体制に組入れることが可能だと考えるのだが、右に述べたことは、主として現代の文学を念頭においてであった。つまりそこに同時間性が保たれている場合なのだが、古典の場合にそれが存在しない。ここに必然的に起こって来るものは、「時間」の把握でなければなるまい。古典は過去を背負っている。ことにそすなわち「歴史」に包まれた文学に対して、われわれはどう対処すればよいのか。

の古典の、しかも文学史と呼ばれる学問においては、この「歴史」の存在こそ唯一の問題点であるといってよいのだし、従来さまざまな文学史論が行なわれて来たのも、この「歴史」をどのように捉えるかという点にあった。私にとってもこの問題は久しい課題であったが、その過程において考えたことは、作品間の歴史を考えるのではなく、個々の作品にこそ歴史があると考えるべきであり、その定立こそ文学史を構成するだろう、ということであった。そう考えてこそ文学史の研究は同時に文学の研究となるだろう。そのように文学自身における歴史は過去の文学（古典）の最大の生命でもあるのだが、そのような私の結論を支持してくれたものは、ハイデッガーの思索であった。

すでにディルタイが「われわれは歴史の観察者たるよりも以前に、歴史的存在である」といったときに、われわれの存在は歴史的なものとして捉えられているのだが、死への先駆の中に存在を問いつめていったハイデッガーは、人間を「世界内存在」(innerweltlich Seiendes) と規定することによって、人間存在の基底を歴史においた。もとより、すでに述べたようにフッサールにおいても「時間」の考察は試みられており、彼は体験そのものの本質的な時間を「現象的時間」(phänomenologische Zeit) と呼び、超越論的生そのものの考察の中に「わたしはわたし自身を流れる現在として見いだす」といっている。フッサールはこうした存在論によって「超越」を明確に肉化することができたのだが、デカルトらの哲学者に対して、つぎのようにいっている（新田氏上掲書による）のは、われわれにとって示唆深いものがある。すなわち、彼らを歴史事実に照らして批判するのではなく、われわれ自身が「歴史的に生成したもの」として歴史的状況のなかに自己を発見し、この状況のなかで自己自身を徹底的に自省していくときに、歴史の意味が開示され、これらの哲学者が何であったかが決定されてくる、というのである。われわれが古典に対して「歴史に照らして批判する」弊を、いままで持たなかったろうか。いわば世界内存在という空間的な関係を時間的な関係にひき当てて、自省が対象と交渉するのでなければ、われわれも、また古典も「存在」しないはずなのである。

こうした時性を徹底的に思索したハイデッガーの論述によれば、彼の歴史性は、存在がその世界に所属するものたることを根拠として導かれる。だから存在が「歴史の内に立っている」ために「時間的」に存在するのではなくて、存在の根本において時間的に存在するが故に「歴史的に実存し、かつ歴史的に実存し得る」ことになる。したがって、われわれは、文学を歴史の中において考えることが許されない。その文学がいかに歴史的に実存し、かつし得ているかを、古典に問わなければならないはずである。

また、「世界＝歴史的なもの」という考えは、一つには「世界は脱自的＝地平的時性に基いて、その時性の時熟に属している」という、統一の内における世界であり、一つには、その都度世界の歴史の内へ引き入れられているという、経歴の動性をもつ。われわれはある古典について、それが超越論的な生においてその世界に属していると同時に、つねにそのものの動性の性格を有することを認識しなければならないだろう。

現存在をこのように考えるハイデッガーは、直接これを学問についても考える。「現存在が根本から決定的に歴史的であるとすれば、その場合には如何なる事実的な学も、現存在が歴史的であるという、この経歴に拘留されていることは明らかである」と。これはわが古典学においてもいえることであり、「脱自的＝地平的時性に基いて彼の既存性に関して開かれて存在する限り、実存の内で遂行され得る「過去」の主題化ということは、総じて開かれた軌道をもっている」ことになる。「開かれた」とは、主題化がその都度すでに「過去」の開示されてある時にのみ可能だという意味である。過去は「現に既に存在した現在という存在の仕方をもたざるを得ない」。そう考えることによって、「現に既に存在した世界に属する過ぎ去らぬものとして、現代にとって「歴史学的に目前に」見出され得るようになる」。したがって歴史学は、その都度ただ事実的に被投的な実存としてのみ存在する故に、世界の内に既に存在したことを、そのことの可能性から理解し、ただ叙述することを、いっそう単純にいっそう具体的になせばなす程、歴史学は可能的なるものの静かな力を開示するだろうということ。この点においてハイデッガーはディルタイの歴史理解とははなはだしく距たって来るのであって、その生の哲学によれば、自己を感性的な形態として客観化した表現の全体が「歴史的世界」であった。その意味で人間の総体は歴史の中にあるのであり、そうした存在によって歴史の観察者となると考えたのであった。ハイデッガーに従うかぎり、われわれはすでに歴史を観察することは不可能である。被投的な実存として存在するものを、単純に具体的に開示せしめることこそ、古典学の根本として保有すべき歴史性であろうと思われる。

そこで想起されることは、かつて小林秀雄氏が「飴の様に延びた時間といふ蒼ざめた思想」を排除して、歴史をそれぞれの内感に求めた（『無常といふこと』）ことで、これはある意味からいえば、はなはだ実存的である。西郷氏はこうした小林氏の態度に対して「経験的な自我がそのものとして固定された」とし、小林氏の「無私の精神」も「無私の精神という「私」であるに外ならない」といわれている（前掲「学問のあり方についての反省」）が、G・ブラントのいわゆる「自己疎外による自己遂行」（西郷氏が「自我の極における自己忘却としての、あるいは理念的共同体としての普遍性」といわれるのに相当しよう）ではないと西郷氏のされる根拠が、私には理解しがたい。小林氏が、われわれが封建主義という言葉から理解しているところは、当時の人々には何の関係もない考えであるといい（『歴史と文学』）、史観をはげしく批判するのも、歴史が尺度ではないことをいいたいのだと思われ、存在自体として歴史を捉えようとするものと考えられる。

もっともハイデッガーの「歴史」に対しての反論もある。K・レーヴィットはその『世界と世界史』において、いわゆる歴史主義を「一つの自然的コスモスを多数の歴史的世界に解消した」ものとして、「人間の常に同一な本性」に対する近代的迷誤であるとする。これはひとりハイデッガーのみならずヘーゲル、ディルタイまたマルクスに対するものであるが、「自然に生きる人間は単純に歴史的な実存と等置されないというレーヴィットの見解は、「自然でさえも歴史的に存在する」（『存在と時間』）という命題にどれほど答え得るのか、あるいはまた「世界的存在を越えて持続する」世界の実体がいかなる形をとるのか、疑問なきを得ない。

　またM・エリアーデは「回帰的な周期性の神話」「永劫回帰の神話」は歴史的な時間を「宇宙的で回帰的で無限である時間の中の位置へと復帰させる企て」であるといい、この原型的で非歴史的な古代的概念と対立する、近代的で歴史的な「歴史主義」の概念が、歴史の恐怖とともに威信を失うだろうと考える（茅野良男氏『歴史のみかた』による）。エリアーデの考察は「歴史的な人間」の「存在」それ自身が実存ではないという観点を示すことにおいて高く評価されるであろうが、ハイデッガーの考えた歴史は「非歴史的」と呼ばれ、それが「原型的」と称せられるものと対置されるような、構造的なものではなかった。宇宙的で回帰的でまた無限でもあった時間にはぐくまれて古代人があったことは、その古代人の存在自体においてすでに歴史が存在するのであり、わが古代文学は、まさしくこの永劫回帰の神話を所有しつつ、実存するのである。すでにハイデッガーも『形而上学とは何か』に到って実存の根底を無に見出し、この存在の無化がサルトルにおいて発展させられることは周知のごとくである。エリアーデのいう「歴史の恐怖」も、この無をおかすことはできまいと思われる。

　かくて人間の実存を時間（歴史）にもとめることによって、われわれは他者たる文学に対応する基底を獲得し得ると考える。これは先の世界の概念とならんで、主体性の科学性を保有するものとなるはずであり、メルロ＝ポンティの現象学がこの歴史世界を徹底化して成ったように、世界＝歴史的存在としての研究者自らを問うことによって、国文学の研究も可能となるであろう。

三　真理とは何か

最近「われわれの学問」と題する座談会（『文学』昭和四十四年八月号）を興味深く読んで、多くの示唆に富む発言を知ることができた。ここでも右に論じて来たような主体性と科学性の問題が一つの焦点となっているが、近藤潤一氏は「個人的感動を抜きにして作品の内部構造をほとんど物として解明していく」手段の未発達をいわれ、「現代を歴史的に相対化していくような一つの幻想をつくる」ことをいわれている。座談の片言から真意を探ることはこの上もなく危険だけれども、後者を「幻想」と呼ばざるを得ない心情が「個人的感動を抜きにする」という覚悟を強いたのであろうか。個人的感動を重んじ、作品を物化せぬところに、作品の現代への歴史的相対化があることを、以上に述べたのだった。また磯貝英夫氏の発言も「自己限定と自我存在との緊張関係」に鋭く目を注ぎながら、「対象の客観化」「向う側に確かなものを措定する」ことを主体的要求と同じものとして考えておられる。私はこの意見に強く賛成するけれども、「客観化」「確かなもの」の中に分け入っていく主体的要求の背後に、美しきリゴリズムの翳りを感じてしまう。「自分自身の青春を動かしていく道」は、それを意味するのではないか。自我存在は対社会的なリゴラスな自己からではなしに、社会的な埋没の中に実存するのだともいえよう。

最初に設定した問題の内、われわれは何を追究すべきかという点は、一言でいえばそれは人間の文学行為であり、その領域論的検討が必要であろう。藤井貞和氏は「感受性と想像力の構造的理解」としてそれを捉えておられる（「バリケードの中の源氏物語——学問論への接近の試み」『展望』昭和四十四年七月号）が、この二者も文学行為の領域論的な措定の中で確立されるはずのものである。

そしてこの対象ともまた主体性・科学性ともかかわる問題として、文学には特有な「ことば」の問題が残されているのだが、これも簡単にいえば、「ことば」をものとしてそこに科学性を求めることは不可能のように思われる。すでに丸山氏の論を掲げたが、同じく現象学・実存主義の影響をうけたG・ギュスドルフは「言語活動についての反省」は「世界における自我の肯定と確立との様式を言葉の中に見出す人間的事象から確立すべきである」（『言葉』）といっている（言語活動とは langage、言葉とは parole のこと）。やはりわれわれの人間学は、われわれの存在そのものの中から科学性を摑まねばならないのであって、唯一自然科学の模倣の排除からでしか、その可能性はない。すでにフッサールも、科学的認識をさえ基礎にすれば存在者すべてを余すところなく意のままにできるという信頼がわれわれを支配していることを指摘している。「真理といふものは確実なもの正確なものとはもともと何の関係もないものであるかもしれない」（『モオツァルト』）という小林秀雄氏の意見は、自然科学的な「予見における間違ひのなさ」（ヴァレリー）の限界を指摘して、正鵠を射たものといわなければならないだろう。

万葉集研究の方法

一　方法の基本

『万葉集』には、古来おびただしい研究が行なわれて来た。のみならず、研究の萌芽はすでに『万葉集』自体の中にもある。たとえば、ある反歌をとり上げて、これは反歌としてふさわしくないとか（1一五左注）、歌意を考えると、この「妹」は「君」でなければいけないとか（13三二八四左注）と、記されるごとくである。いや、『万葉集』の編集そのものが、一つの批評的行為であり、ことに一々の作歌事情を考定して位置づけ、類をもって纏めるといったことは、個々の歌に対する批評と称することができるだろう。防人歌に対して「拙劣《つたな》き歌は取り載せず」といったことは、さらにそれに先立つ批評である。

『万葉集』は、こうした時点の研究から出発して、今日までさまざまに研究されているのであり、そこにはあらゆる「方法」が用いられて来たことも事実である。そして、その方法が『万葉集』をさまざまな角度から研究することに随伴して起こるものであるなら、研究の方法は『万葉集』研究の諸面とあい応じたものであることも事実である。私はかつて『万葉集』研究の主題を考えてみたことがあった。この篇末に付載したものがその稿であるが、骨子は次のような区別であった。

一　文献学的研究
　1　書誌学的研究
　2　本文批判的研究
　3　訓詁注釈的研究
二　文学的研究
　1　文芸学的研究
　2　歴史社会学的研究
　3　民俗学的研究・風土的研究・比較文学的研究

今から考えると、きわめて常識的である反面、たとえば文学史的な視点など、重要なものがあいまいで、はなはだ未熟な体裁だが、これを更めてもち出したのは、実は一つの目的があるからである。もしかりに、右のような一覧を目にして『万葉集』を研究するということになると、それぞれについて、大凡の見通しのようなものはたやすくつくであろう。たとえば第一のものを例にとれば、『万葉集』の書物としての体裁を、多くの古写本にわたって考え校定する、そのためにはこれこれをする、といった手順の見通しは、それほど立てるに困難なことではない。

しかし、そこに待ち構えている陥穽は、このような研究主題の、分野ごとの区別がまるで研究方法の区別であるかのような錯覚を起こすことである。

たしかに、右の具体的な場合にしても、書誌上の事柄を明確にするための有効な方法というものは、それなりに必要であろうし、それは必然的に選択されて来るにちがいない。右に、立てるに困難ではない見通しのことをいったのは、この必然性の強さにもよっている。まさに文学作品を対象として研究する場合に、文献としての性格を明らかにすることは不可欠であり、虚妄の事実の上に、如何ように文学性を云々したとて、何の足しにもならないだろう。文献学という分野は重要なものであり、そこに一つの学的体系を構築するものであってよい。

しかし文献学は文学とは別物である。そこに許容された方法が、そのまま文学の研究方法にはならないし、研究の方法がさまざまにあるのだということにもならない。思うに、文学ということばは不幸なあいまいさをもっていて、対象とするものが「文学」である場合も、研究行為をもふくめる場合とがある。文献学は後者の如き文学ではないという独自性の中に、誇るべき学的体系の栄光があるはずである。

それにしても、私は愚にもつかぬ常識を並べているのであろうか。最近、久米常民博士は近業をまとめられて大著を刊行した。その書物は『万葉集の文学論的研究』という。その直後に上梓を見た高木市之助博士の『大伴旅人・山上憶良』には、随所に「文学論的に」ということばが見られる。つぶさには存知しないが、おそらくは高木博士の長年の強靱な学的体質である「文学論的」な研究を久米博士が継承したのであろうと思われるが、私は、この久米博士の力作に接した時、名状しがたい感懐にひたったことを告白したい。文学の研究なら、その論が文学論であることは自明のことである。にもかかわらず「文学論的研究」という断りをせざるを得ないところに、『万葉集』研究の現在おかれている位置があるのだと思った。けだしくは、高木博士・久米博士は、逆に文献学の厳然たる尊さを知っておられるのであろう。右の書名や方法の提示は、逆にその事を示すものともとれるが、しかしそれは、イロニーではないのか、私をひたした感懐はかくの如きものであった。

とすれば、やはり私は文献学を文学から区別しておかなければならないと思う。むしろ、方法的にいえば、文献学は今日言語学がそうであるように、それ自体として体系なり分野なりをもつべきものであろう。文学研究は、今日作品を対象としておのずからに研究者や組織を別にしているようだが、文献学はそれにともなって細分されるのではなくて、独自の、文学、言語学と並ぶべきものであってよい。もちろんその内部で対象ごとの細分化があっても、それはよい。

要は、文献学が文学を侵し、文学が文献学をあいまいにしているところに、問題がある。そこに区別がないと論はきわめて模糊として来るだろう。

さて、そのように区別してみた場合の文学研究において、文献学に許容される方法が文学において許容されない、ないしはその逆も同様であるとすれば、文学研究はそれなりに独自のものでなければならないが、なおその上においても、先にあげたごとき文学的研究の個々については、基本的に相違があってはならないのだと考える。たとえば先にあげた歴史社会学的研究にしても民俗学的研究にしても、それぞれの分野の相違に応じて研究のスタイルに相違があると考えることは、大変危険ではないか。それぞれの中で扱われる条件や材料は歴史的・社会的事象や生活習俗的行為として異なるものがあることは当然だが、それらをもって赴くところは、『万葉集』の文学性でなければならない。

先に私は文学史一般の性格を考えた（「文学史の方法」本書所収）。文学の位置づけに歴史・社会上の要件が必須であることはいうまでもない。さりとて一つの文学作品の時代的背景を解明することが、すなわち文学の歴史社会学的研究だということにはならない。歴史的・社会的条件というものは、まず人間に働き、その人間の固有の働きに文学が誕生するであろうということが、そこで考えたことであった。文学創造の過程で、人間固有の働きを無視することはできないし、また、その結果として創造された文学そのものの独自性も、厳然として排他性をもっているはずである。まさしく「飴の様に延びた時間」の上に文学をおいて、時間の差から文学の差がうまれて来るといったことは、あろうはずがない。ましてや、文学を文献として歴史の解明に用いて、一見『万葉集』の研究であるかのごとく自ら錯覚することは、あってはならないことである。

このことは、いわゆる民俗学的研究と称せられるものについて、一層いちじるしい。『万葉集』を資料として、そこから古代の民俗がかくのごとくわかるといった体の研究がもしあるとしたら、これは「『万葉集』による民俗の研究」であって、「『万葉集』の民俗学による研究」ではない。歴史社会学的とか民俗学的とかいう、この「的」ということばは、きわめて便利な用語であって、右のようなすりかえをともすれば許容しがちだが、「民俗学的」といえば、民俗学プロパーの方法があって、その方法を応用しながら、結果としては文学性を探るということに他ならない。歴史社会学というのも、同様であろう。そうでなければ、『万葉集』という文学を研究することには一切ならないのは自明のことなのだが、果して私は、言わでものことを言っているのであろうか。

風土的研究と称したものも、同じである。『万葉集』に登場する地名がどこであるのかが知られなければ、歌一首の吟味が十全に出来ないことは、言を俟たない。その意味で何百年かの研究史は多くの地名を考証してくれ、われわれに残されている所在不明の地名は、ごく僅かである。この基礎研究の上に委ねられた文学の風土的研究とは、風土によって限定された特質、文学と風土との相関の中に芽生えて来る文学性といったものを考えることであろう。

文学は思いの外に風土と深いかかわりがある。それは単に素材のみならず、人間が風土と分ち難い関係をもつことからも必然的になるのであろう。『万葉集』の歌は大和を主にしている。この単純な一事が九州や北陸、東国の歌をも『万葉集』の中に呼び込んだともいえるのだし、これらの歌が大和の歌に対して如何ように風土の相違をもっているのかは、一つの大きな問題である。万葉が大和を母体としているということは、万葉の歌がどのような文学だといえるかを、問うべき鍵である。

個々の歌についても、風土は大きく文学にかかわって来る。たとえば、例の、有間皇子が自ら傷んで松の枝を結んだという一首、

磐代の浜松が枝を引き結び真幸くあらばまた還り見む（2一四一）

にしても、死の予感の中に表現された皇子の心情は、多く語られて来た。しかし、しからばなぜ磐代なのか。ここで唐突に運命の前途を思いみたのであって、ここまでは何の不安もなかったのか。もし途次をつねに不安にかられていたとすれば、もっと手前で歌ってもよかったはずであり、またさらに白浜よりでよんでもよかったはずである。しかるに、なぜ磐代か。都から牟婁の湯にいたる途中、磐代を通る道は、今は国道が切目崎の先を廻って通じているが、かつては王子社のある峠を越して磐代へおりたようである。この峠をこした時、つまり磐代へ出た時に、はじめて牟婁の湯の白浜は遠望できる。それまでは切目崎に遮られて白浜は見えないのだ。皇子は今日もそうであるように、磐代に来てはじめて、多くの海岸線の出入の彼方に遠く、斉明や中大兄のいる白浜を目にしたにちがいない。曾遊の地であればこそ、さらに不吉な予感があればなおのこと、その地は目ざとく捉えられたであろう。そこに待ちうける運命を思うと、絶望の中にも松の枝を結ばざるを得なかったのである。そうした

皇子の心情は、磐代の地を考えることにおいてはじめて理解できるように思われる。

これは一例である。このように風土というものも『万葉集』の文学性を考える過程の一つの材料だとすれば、以上の歴史学や社会学、民俗学がそれぞれ万葉学と別個の学的方法を『万葉集』研究に提供するのと同じような、結論に到達するときの一つの経路にすぎなくなって来る。

最後にあげた比較文学的研究が同様であることを述べるのは、もはや蛇足であろう。比較文学ということばは comparative literature の直訳で、この限りでは文学作品そのものを指しているが、学としての体系をもつことによって文学研究の意味も随伴して来る。したがってこれは右の歴史学や民俗学と同類の方法を命名したものと考えねばならぬ。その学的体系もいろいろに論じられていて単一ではないが、そのどれをとるにしろ、比較文学固有の方法によって『万葉集』の文学としての特質を解明するのが、この研究である。だから私は、時として comparative と区別される parallel もこの中に包含して有効な成果をあげるべきであろうと考える。

このように考えれば、先に文学的研究と称したものは、すべて何を素材として文学の解明に到達するかという相違のみで、その目的とするものはすべてに共有されるものでなければならないことになろう。これは、研究の方法が、研究媒材の相違をもって、それぞれ異なるのだという表現を、きわめて危険なものだと感じさせるものがある。私は、まず分野の別が方法の別にはならないのだということを、言いたい。方法とは、そのように表面的なものではないからである。

ただ、右のように言えば、すべては先の分類による文芸学的研究に集合してしまうことにもなりかねない。ある面から言えば、そうであることを、私は首肯したい。しかし先にあげたものは、主として岡崎義恵博士によって樹立された、いわゆる文芸学を念頭にしたものであった。けっしてこの文芸学がそう単純に律し切れるものではないが、ごく大まかな武断が許されるなら、この中心の一つである美学的な態度を、排他的な方法として考えることは可能ではないか。もしそうだとすれば、文学の存在のしかたは、美の様式だということもできることをもって、それを一つの分野と考えうるはずである。

しかし、右のように述べて来た私は、もろもろの分野の研究がすべて美学的方法に帰すると考えるわけではない。美の様式として考えることも、過程の媒材の一つであって、これらは綜合された方法の上に、文学的特質の解明に向かわねばならないと考えるのである。

二　美的評価

そこで、この文学的特質と呼んで来たものは、具体的に一体いかなるものかが問題になって来よう。われわれが文学的特質とか文学性とかと通常称するものも、実はきわめてあいまいであり、流動的であり、幅のあるもののようである。それをつきつめずして、文学性の解明などといっても、それはまったく意味をなさないだろう。

私は、文学性と呼んでよいもの、そう呼ぶべき内容を、その作品の美的価値と歴史的価値とだと考える。美的価値を定め、歴史的価値を求めるのが文学の研究であろうと思う。それを結論した時に、方法は正しく存在したといえるのではないか。

美的価値というのは、熟さぬ表現だが、研究という行為は、一つの評価でなければならぬと考える。評価の対象はつねに価値であろう。しかしてそれは美における価値ではあるまいか。美なるものを解釈することも世にさまざまだけれども、今は単純に、これを感動ということばにおきかえてもよい。感動のない文学は存在しないはずだし、その感動の様々相を美の様々相に査定することが、文学の研究ではないだろうか。

いかにも素人くさい言い分だが、私は文学に感動したい。それは作者の感動の追体験であってもよいが、むしろ積極的に読者に創造された感動の方が、より正しい感動のはずである。作品とは、そのように自立した世界の持ち主だからである。感動は、したがって研究の出発点にして帰着点であるべきだし、もし研究というものが感動を拒否するものであるとしたら、研究などという代物は、あればあるほど、有害なのであろう。

私は先に、研究者の主体や態度、研究の方法を『万葉集』にかぎらず考えてみた（「文学研究の方法」本書所収）。その時点で示唆深く考えられたものは、フッサールの現象学の方法であって、平易にいいかえれば、ある事象への直覚の上に物の見えて来るというこの知覚の方法は、今になお私にとってただ一つ正しい方法のように思われている。われわれの『万葉集』研究の方法も、まず作品を直覚するところから始まらねばならないのではないか。われわれには、消化し切れないほどの研究書や、入念な研究の手引きの量が与えられている。たとえば現代語の範囲からは脱落してしまっていることばに出あうと、すぐに辞書によってそのことばの意味を知ろうとする。辞書には、一般化、抽象化した、いわば脱けがらのような意味しか記されていないのに、それを手がかりとして一首の歌を理解するところから始める。そこには直覚や感動など、およそ入り込む余地がないだろう。

数年前のことになるが、あるテレビ局のスタジオで私は一つの貴重な体験を得た。それが誰のどういう意図によるものかまったく知らないのだが、スタジオには高校生三人が招かれており、かねて依頼されていたらしい絵を、彼らはそれぞれ画面に出した。それはあの、

熟田津に船乗りせむと月待てば潮もかなひぬ今は漕ぎ出でな（一八）

という額田王の一首を読んで感じたことを、それぞれ絵にしたものであった。

その絵を見て、私は複雑な物思いにとらわれた。一人の生徒が一軒の家をかき、そこから手を振って別れていく少年の姿をかいていたのだった。彼らは通信教育で高校課程を履修しつつある、働きながら学ぶ高校生だったが、その内の一人、右の絵をかいた少年は、その絵を、いよいよ家を離れて働きに出る時の絵だ、と解説した。

額田王の歌と、農村から都会に就職して上京する少年の風景とは、果してどう結びつくだろうか。この一見の唐突さは、その場にいたすべての人々にあっただろう。むろん私にもあ

った。そのゆえか、誰からも適切な発言のないまま、その絵は画面から消えてしまい、私も名状しがたい感受を、その少年と別れるまでの時間の中で、ついにことばにすることができずに、スタジオを去ったのだった。

しかし、その後にもこのことは私の胸の中で長く尾を引いた。この少年の胸の中には去りがたく離郷の日の印象があって、この強固な枠の中に一首をとじ込めてしまったのかもしれない。余りに自己に引きつけすぎているかもしれないのだが、しかし王の一首はこの少年の胸中とまったく無関係だろうか。私は、少年がこの歌に張りつめられた一種の凛然さを感じとったのだろうと思った。事柄としてもこれは船出の歌である。一つの決意がある。それは、この少年にしてみれば家郷出立の日のことだったのだろうと考えた。

これはいわば解説である。直覚には解説などという廻りくどい手段の介入の余地はないはずで、私が第三者的に両者をつなげただけのことだから、少年にこんなことをいってみても、彼は意識していないにちがいない。文字どおり、これが彼の直覚なのであった。それを私は貴重なものに考える。作品理解の方法は、一見唐突な、このような出発点から始められるべきなのだ。ひょっとすると、われわれが作品の理解と考えているのは、情景の再現にすぎないのかもしれない。いやそうなのだ。詩の理解は情景を同じくするなどというものではない。だからこの少年の絵は、出発の直覚ではなくて、情景をすでに通り越した後に残るものかもしれないのである。その面からは帰着点でさえもある。

しかし文学研究が学問であることによって、恣意は許されない。右の絵にしても、それが情景として提出されたものであれば、これは誤りであろう。一体、文学の研究というきわめて主観的なものを、学問として成立せしめようという困難な仕事をあえて遂行しようとするならば、それは主観をいかに客観化するかに依っていよう。

そこで思い及ぶことは、従来鑑賞と呼ばれて来た作品理解の方法である。鑑賞ということばを素朴に理解すれば、鑑みて賞するということであり、「鑑」たることにおける透徹さと、「賞」たることにおける評価とをもったことばとして、このことばは、よく理にかなっているように思われる。かつて藤村作博士によって『解釈と鑑賞』という雑誌が発行されはじめた時、それは訓詁注解を主とした国学以来の伝統の中で、斬新にして正確な指標と主張とをもっていたであろう。また、さらに先立って島木赤彦が『万葉集の鑑賞及び其批評』を出版した時、そこには積極的な主体の作用するもくろみがあったはずである。

しかし、鑑賞と称される作業が、従来学問的にはさほど大きな業績を残して来なかったと見るのは、私の僻目であろうか。有名な、赤彦の右の書物に記された赤人の歌、

み吉野の象山の際の木末にはここだもさわく鳥の声かも　(6九二四)

の、天地の寂寥相に合しているといったことばは、今日になおその輝きを失っていないだろう。私なりに理解すれば、赤彦は、作者の天地に包摂されてしまうような生命感を感じとっていたにちがいない。後に高木市之助博士がこの歌をもって集団からの離脱をいわれた

（「万葉集の歴史的地盤」『万葉集大成』一巻）のも、やがてはそこにつらなっていくものであろうし、現象界の細部を切ってすてた目に見えていたものが、右の情景であったのだろう。常凡の目をこえて物を見ることに詩人の栄光があるとすれば、赤彦の表現は、それをい い当てているともいえよう。

しかし、惜しむらくは、赤彦の評語はこれにとどまっている。それを客観化する手段を、彼は講じなかった。斎藤茂吉が人麻呂と出逢ったように、赤彦と赤人との出逢いをわれわれは痛いように感じはするけれども、それらは、ついに茂吉や赤彦の生の範疇を越えては来ないのである。その点で『万葉秀歌』や『万葉集の鑑賞及び其批評』は、それぞれの実作と並べて彼らの文学者としての大きさを計るべきもののように思われる。果して赤彦や茂吉は、自らのこのような仕事を「学問」と考えてやったのだろうか。彼らはすぐれた歌人であり、その、むしろ栄光ある文学行為としてこれらを著述したのではなかったかと思われる。

そういうことを言うことが不遜でなければ、従来、鑑賞という方法を学問の分野として体系化しようとした方法論は、あったのだろうか。『万葉集』を対象として多少考えてみても、それは管見の中には見当らない。そこにこそ、冒頭で述べた「文学論的研究」と銘打つ研究の現われる必然性があったのではないかと思われる。そして、本来主観的である文学研究を、学としての客観的作業にゆだねる時の、もっとも大きな根本的な対立要素は、この鑑賞の中にあるからだということにも、考えは及んでいく。しかし、それを避けていては、文学研究は成立しない。現象学の方法は、そこに俄然重大になって来るのであろう。

フッサールは、直覚の中から、やがて開かれた地平が見えて来ると考える。開かれた地平を、もし客観や普遍に包摂された直覚と解するなら、この直覚の修正や深化によって作品は普遍的な価値を研究者に見せて来ると考えることができる。

しからばこの普遍への到達は、何によって可能なのか。結局のところ、作品における言語の働きのあり方を、究明する以外にない。いうまでもなく、言語はその作品の中に生きているのであって、作品を離れて言語はない。作品が異なれば、言語はまた異なるだろう。言語には固有の意味がある。しかしそれは共通する意味ではない。すべての作品を集約して、ある言語のある意味をいうことはできるが、それは一つの範囲を決めるにすぎないのだろう。それほどに言語は作品に密着して生きているものである。国文学に限らず、近代の学問の諸分野は、まず整理、分類という形で進んで来たように思う。未分の現象を、そのような形で手に入れることが、事実への探求であって、それはそれとして十分有効なことであった。しかし、そのように大局を手に入れるのは、最初の手がかりであって、その後には、ふたたびそれぞれのあり方が問われるはずである。裁断したものを元に戻して、そこに何があるかを考えねばならぬ。事実は抽象された、観念的存在ではない。もっと混沌とした有機的な、そのゆえに生命あるものであろう。

文学に限ってみても、われわれはことばを分類して理解するという方法を、長くとって来た。辞書の作成という人類の英知がそれである。しかしこの最初の手がかりの次に、もう一つそれを文脈に戻して考えてみることが必要なはずである。このことは、別に「かなし」ということばについて述べた（「古代文学の言語」本書所収）が、もう一つの例を述べてみたい。それは「にほふ」ということばで、分類的研究によって、これは第一として彩りの美しいこと、第二として香のただようこと、と理解されて来たと思う。そして奈良時代には第一のものに用いられ、平安時代には第二の意味に用いられると解説されることが普通である。たしかに、

紫草のにほへる妹を憎くあらば人妻ゆゑにわれ恋ひめやも　大海人皇子（1二一）
馬の歩み抑へ駐めよ住吉の岸の黄土ににほひて行かむ　安倍豊継（6一〇〇二）
春の苑紅にほふ桃の花下照る道に出で立つ少女　大伴家持（19四一三九）

といった『万葉集』の諸歌を見るとき、右の説明は完全なように思われる。

しかし、今まで彩りの美しいという意味に用いられて来たことばが、時代が変ったからといって香に転換するということが、ありえるだろうか。本来視覚に属するものが嗅覚に所属をかえる、ということが。ことばが一定不変のものだなどと私は考えていない。しかし変化はつねに連続的であり、必然性をもっている。右にはそのような関連がない。

思うに、「にほふ」ということばは、ある動態を示すことばで、ゆらめく状態、動き蕩揺することを内容とすることばだったのではないか。それは色でもよい、香でもよい、何にせよそのような物象の状態を語ることばが「にほふ」であろうと思う。

右の三つの歌でも「にほふ」ものは紫草、黄土、紅であって、古代人たちは、それらの色彩を、動くものと考えた。色が動くとは、何とも驚くべきことだが、そう驚くのは近代的思考法になれたわれわれの話であり、彼らにはごく自然のことだった。右の第二首、住吉の岸を歩くことによって黄土が「にほふ」とは、その点で比喩でも何でもないのである。だからこれと同類の歌はパターン化してさえ現われる。

　引馬野ににほふ榛原入り乱れ衣にほはせ旅のしるしに　　長奥麻呂（一五七）

引馬野におそらくは馬を乗り入れるのだろう、そこを逍遥することによって引馬野に「にほ」っている榛は衣に「にほひ」着いて来る。ちょうど香が、ある物に発して漂い来ってこちらの鼻に着くように、榛の「にほひ」は作者たちの衣に着くのである。榛の木が今日の「はん」だとしたら、その黄葉が旅のしるしとして何故に衣を「にほは」せるだろう。現実の付着と考えるとしたら、それは到底不可能なことである。そのゆえに萩なら衣に付着することが可能だというふうに発展していくなら、事はますます歪んで来る。

しかし古代人といえども、付着しない色は動かないものだということを認識するようになる。すると従来香を中心として同じような動態を表わすことばであった「かをる」の領域と重なり、やがては香についてだけ「にほふ」が用いられるようになっていったようである。

しかし現代語の中にも「におうような美しさ」といった表現の中で、この原義は生きているわけである。

色彩は動く――この古代人のみずみずしい感受は、第一の意味はこれこれ、第二はこれこれと分類してしまった時には、跡形もなく潰え去ってしまうだろう。また「にほふ」を香にのみ限定してしまうと、平安時代人のことばも実質が失われていくように思う。あの『源氏物語』が、もっとも主要な主人公の四人のうち、三人にまで「ひかる」「にほふ」「かをる」と名づけるのは、そこに貫通する美意識があって、そこから同類の三つの単語が選択されたにすぎないのであり、衣通王、かぐや姫までふくめても、すべて美しき主人公たちは、美の動態の所有者であった。

私は以上に述べたような意味あいにおいて、ことばの分類化・抽象化を手段としてのみ考えたいのである。そしてさらに、ことばはそれぞれの作品の中にある。さらに作品の中に据え、その吟味の中にわれわれの感動を深化させ普遍化させてゆくところに、作品の美的価値が現われて来るだろう。

それではさらに具体的に、この言語の働きを吟味するということが、何を目標とし、何を手段として行なわれるべきか。それは様々にあろうし、そこにこそ研究者の生命もある。私は、すぐれた研究とは、独創的な研究だと考える。ことに『万葉集』は冒頭にも述べたように余りにも長い研究の歴史と重みとをもっているから、その錯綜した諸説を整理することにも、価値がないとはいえない。そして甲乙いずれの説が正しいかを判定しても、結構論文の体裁をとることができたようにも思われる。

しかし、この研究は、いじらしくこそあれすぐれた研究ではない。読者に新鮮な感動を与えるものこそすぐれた研究であり、そこに独創の輝きがなければ、新鮮な感動は、もちろんともなわない。他者の糟糠を舐るごとき論文を、われわれは抹消しようではないか。

そして、この独創とは、就中、着眼と方法とにあろう。これこそ研究者は胆をなめて腐心すべきものであり、そこに求められたものが、その研究者にとって最も大切なものだと私は考えている。研究の結論は、着眼と方法に随伴するものであり、独創的な着眼・方法は、おのずからに独創的な結論をうむにちがいないが、もっとも大切なのは結論よりむしろ着眼や方法である。しかるに研究者の間では結論として提出された事柄に関しては、それを援用するときに著作権を明らかにする習慣があるが、もっとも大切な着眼や方法については、まったく明らかにしない傾向がある。第三者の立場としてA・B二つの論文をよむと、例えばそれぞれが歌人論と成立論といった、あい異なるもので一見何の関連もない、したがって両者のつながりなど問題にならないように見えるものでも、明らかに着眼や方法を真似ているものがある。一つの事柄を明らかにするのに、どのような鍵を用いるか、それが夢にまで見て案出した方法であろうのに、以後に忽ちに十や二十の合鍵が出来てゆく。しかも鍵の出所は隠して、結論において否定されるときに前の著作者の名前がでて来るといった具合に。研究の方法を書くべく筆を進めている私には、他者の方法に対してモラルをもつべきだということも、書き加える責任があるように思われる。

さて、そのように、具体的な方法は研究者個々に委ねられているのだし、絶望を感じるものは研究を放棄しなければならないわけだが、一例として紹介したいと思われるものが一つある。それはかつてパリに遊んだ平岡篤頼氏がパリ通信として新聞に寄せた、フランスにおける新しい文学研究の動向であって（「文学研究の新動向」朝日新聞昭和四十五年三月二十三日―二十四日付夕刊）、氏は一方における旧態依然たる大学の現状を紹介しながら、他方に起こりつつある新しい研究集団の研究を指摘している。この示唆深い記事の中から直接必要な項目のみを抜き出すと、文学の研究すべきものは、次のごとくである。

想像力の過程
言語の特質
特有の構造
修辞の技巧

私はこれを非常に適切な手がかりだと考える。想像力とは、それがほとんど詩人であるということのシノニムでさえあるように、詩人の要件の最大のものであろうから、これは詩の根幹にせまる問題を導き出して来るにちがいない。平岡氏は短い文章のこととて、何も具体的には提示されていないし、どのような内容のものとしてこれを提出されたかも不明だが、私なりに「想像力の過程」なるものを、恣意的に敷衍すれば、これには二つの問題がふくまれているように思う。二つとは、原因と結果といった、過程なるものが当然包含するであろうものである。

一つの作品の「想像」は、形象（イマージュ）として結果して来る。散文ではプロットなどをも決定するものになるだろうが、詩歌でも一篇の歌うべき情況を、どのようなものとして捉えるか、ないしは構成するかという点に、作者の想像が働き、その総量が詩の形象として読者に与えられることになるわけである。そしてこれは、けっして現実と一致するものではない。文学はつねに主体の中にあるから、現実をもって作品を推し測ることもできないし、逆に作品によって作者の体験としての現実を知ることもできない。この、いわば作品をうむ契機ともいうべき現実を出発として置き、右にあげた結果としての形象を他極に据えて、そこに位置づけられるものが「過程」である。平岡氏が、あえて「過程」という点をあげられたのは、まことに正しいと思われる。つまり作品の評価は、この一つのムーブマンにある。静態としての現実や形象では不十分なのである。

柿本人麻呂のことを、私はかつて「「天」の詩人」と呼んでみたことがあった（『中西進万葉論集』七巻『柿本人麻呂』三六四頁）。よく歌の用語を分類して、どのようなことばを多く使うかということを析出する研究があるが、それが用語の統計に終れば、それは「想像」の研究ではない。たとえば「天」なることばを多用する作家が人麻呂だというだけでは、文学研究にならないだろう。その上に、「天」なるものの形象が人麻呂の詩を決定しているのだということを論証したときに、研究の一半ができあがる。そして他の一半は、それが現実のいかなる契機に由来しているかを確かめ、その両者の間における運動を詩の形象化に向かって辿ったときに、研究は完成するのであろうと思われる。

次に、言語の特質というものがある。これも幅広い研究領域を示唆していると考えられる。広くは『万葉集』自体の言語の特質があり、狭くは作家個人さらに作品一篇のそれがあろう。言語はすべて個別的に存在するのだといってもよいだろう。たとえば同じ枕詞「あしひきの」「ひさかたの」「ぬばたまの」といった多用されるものにしても、それらはそれぞれ個別のことばであるはずである。

ぬばたまの夜霧は立ちぬ衣手の高屋の上に棚引くまでに　舎人皇子（9一七〇六）
天の原雲なき宵にぬばたまの夜渡る月の入らまく惜しも　作者未詳（9一七一二）
いとせめてこひしき時はむばたまの夜の衣をかへしてぞきる
小野小町（『古今集』12五五四　恋二）

これらの「ぬ（む）ばたまの」という枕詞にしても、すでに常識的なことではあるが、漆黒の夜のイメージは、『万葉集』にあって小町の歌にはない。作者未詳の歌はとくに月の明度にとって「ぬばたま」が必要だったのだし、舎人皇子の歌にしても、「までに」というところに、白々と冴えつつ夜空を流れる霧への驚きがあって、そのためには「ぬばたまの夜」が何としても重要であった。それに対していえば、小町の歌には、さほど夜の漆黒さは必要でない。恋にさいなまれた心の闇として、それが重要なのだというとしたらそれはいささか強弁にすぎるし、多少ともそれを認めたとしても、それはすでに万葉の漆黒のイメージとは違う。一層抽象化され、心理化されたものであって、可視的なものではないのである。

さらに枕詞の発生は神詞にあるという説を最有力の考えとするなら、それの発展過程において、枕詞の神的心意は、さまざまな濃淡をえがくはずである。常凡の歴史的物言いをすれば、古い時代の作家と新しいそれとは違うし、作者個々の境遇に応じても相違がなければならない。たとえば東歌には自然が生きているという。私も同感だが、そこに用いられた自然物は具象として抽象たる心理にかかわってゆく。そのような中の枕詞は、またもう一つ異ったあり方をするだろう。

文学は言語が表現のすべてである。枕詞のみならず言語の特質は、作品の特質に他ならない。それは先にも「言語の働きを吟味する」といったとおり、方法のすべてにわたるといえよう。その点第一の想像力が詩人の詩性として根幹のものであったと同様、言語も詩人の表現の根幹である。

第三に特有の構造とは、完結した作品の総体の存在のしかただと理解したい。しかもそれを第一の想像力の過程と区別して論ずるからには、第一のものを通って到達しえた固有の世界を、それ自身として理解せねばならないだろう。

ことに『万葉集』にあっては、他の歌集との相違点として長歌を多く含有するという特色がある。構成をもたずして長大な叙述はあり得ないのだから、長歌の構造は『万葉集』の研究にとって不可欠になるはずである。実は私は、今ごろになって山上憶良の長歌がことの外に整理された構造をもっていることに驚いている。すでに述べたことだが（『中西進万葉論集』八巻『山上憶良』）、たとえば古日の歌（5九〇四―九〇六。これはまったく憶良の作として異論がないというのではないが）などは整然たる筋立ての中に叙述が展開していき、片方に論理を強靱に信じようとした彼のあり方に、密接に関係をもっているのである。

しかし、構造は不完全な構成の指摘をも同時に含むはずで、完全さの指摘にだけ有効なのではない。むしろこの完全と不完全との間にその作品の特有の構造は秘められているだろう。たとえば柿本人麻呂の詩には、往々にして、矛盾と飛躍がある。顕著な例でいえば高市皇子の挽歌（2一九九）には、よく問題にされる主格の二重性があり、読者を混乱におとしいれているし、近江荒都の歌（1二九）には論理上の均斉を欠く表現があらわれて来る。しかして、この矛盾や飛躍が担うものこそ作者の感情なり無意識の制約なりであろうから、そこを解明することに、特有の構造を知る手がかりがあるというべきだろう。むろん憶良にもそれがあり、一方人麻呂にも整然たる構成もある。

右には構成についてのみ述べたが、構造とはそれにのみ局限されるものではないはずで、先程から見て来ている想像にしろ言語の特質にしろ、また次にあげられている修辞にしろ、これらはすべて詩の構造の中に摂取されてもよいだろう。それほど構造の問題は広く深く、かつ結論的な問題だといえそうで、結局のところ、詩の研究は作品の構造にせまることだとさえいえるだろう。

したがって、最後にあげた修辞の技巧という点にしても、構造の一部を分担するものとしての修辞だということになる。しかしここであえて修辞なるものをとり上げるのは、そこに積極的な作詩の領域があるからに他ならない。たしかに修辞の働きを欠いて詩は成り立たないし、むしろ積極的に修辞を駆使することに詩人の生命もかかっているというべきだろう。『万葉集』でもすでに防人歌などに対して「拙劣き歌」という評語が見え、橘諸兄は家持の歌の末尾を訂正している（19四二八一左注）点をもってすれば、十分に彼らの作歌は意識的であったということになる。

ただ、この修辞について私には多少の疑点がないわけではない。修辞というものをまったく技巧的、技術的なものと考えると、それは享受者からの観点が、詩の十分なあり方に対して不当に拡大されていると思うからである。果して、詩人はそれ程に作意的なのであろうか。ことに『万葉集』の歌にはその危惧が大きい。右にも述べたように、彼らが自然児として歌ったのではないことは無論なのだが、さりとてきわめて深く作意を考えることは、正しくないだろう。真の詩人は天然の詩人だということのみならず、この万葉のあり方は尊重されねばならない。

むしろ『万葉集』の個々の歌を制約した技巧は、別のところに由来した。たとえば巻十といった、作者名に関係なく歌を類聚したと思われる部分でも、連続して作られた歌を載せていると思われるところがある。秋の雑歌、「詠鹿鳴」の十六首にはそれが顕著で、

山の辺にい行く猟夫《さつを》は多かれど山にも野にもさ男鹿鳴くも（10二一四七）

山辺には猟夫のねらひ恐けど男鹿鳴くなり妻が目を欲り（10二一四九）
秋萩の散り過ぎゆかばさ男鹿はわび鳴きせむな見ずは乏しみ（10二一五二）
何そ鹿のわび鳴きすなるけだしくも秋野の萩や繁く散るらむ（10二一五四）

といった各組は、連衆の作かとさえ思われるものである。そうした作歌の場を考えてみれば、修辞もふくめて、彼らの技巧の由来するところはむしろかかる連帯にあったというべきだろう。

さて、平岡理論をたどって考えられることは右のごときであるが、こうしたものを具体的な一つの目標として鑑賞は果されるべきであろうし、その中に作品の美的価値が評価されるのだと思われる。その学的操作によって鑑賞なるものを学としてのレベルにおくことが必要であろう。あるいは、それを従来の鑑賞と区別する必要があれば、これは批評と呼んだ方がよいかとも思われる。

用語などというものは、所詮約束にすぎないのだから、どう呼んでもよいのだが、私は批評ということばの中にある主体性を強く意識し、高く評価したい。研究という用語が、ややもすれば主体性の不在をイメージとしてともないがちであり、むしろそこに開き直った特質に固執しているかにも思える点からいえば、それは批評と呼ぶ方がふさわしいであろう。したがって批評は、次に述べるもう一つの目標における方法をも包含しており、研究なるものの主体の行為すべてを、批評と呼ぶべきなのである。

三　歴史的評価

次に、美的価値と並べて先に示した歴史的価値について述べたい。歴史的評価とここで称するものは、作品が歴史的存在として存在する場合の、その歴史性を評価することのつもりである。

ごくありふれた常識だが、存在は一つとして歴史の枠をはずれることはない。存在が時間や空間の制約を免れることはないからである。したがって作品は、つねに歴史との緊張関係を保って存在し、歴史的に存在する以外にない。先にあげた美にしても、大きくは歴史性の中にふくまれてしまうはずのものですらあろう。それを私が、あえて美と歴史といったふうに対置させるのは、ひょっとすると、歴史を超越した美が普遍として存在するかもしれぬと考えるからである。そして、そのように鮮烈に文学への殉教精神をみなぎらせていった時に、存外文学は正直に本性を見せてくれるかもしれぬという意向をもつからである。

だから、ここで考えようとする歴史は、先に見たような個別性に対しては総体性のもの、抽象性に対しては具体性のもの、理念的な思弁性に対しては現実性のものである。といって、むろんこの歴史は、いわゆる年表的歴史ではない。現実の事件は歴史などではない。しいて言えば、作品をしてそのように存在させているもの、それをここでは歴史とよんで美と範疇の対応するものと考えたいのである。

そこで、この歴史的価値を評価する場合には、およそ三つの側面が考えられる。その第一は時間、第二は文学としての様式、そして第三は人間である。もちろんこの三つが合計されたときに歴史ができるなどと無謀なことをいうのではなくて、先にあげたごとき〝作品を存在させるもの〟としての三つであって、それらを手段として作品の存在価値がたどれるということである。

時間といった側面を換言すると、作品の時間の上に占める位置といったことにもなろう。今の場合にはいうまでもなく古代という時間であり、その作品が古代という時間の中で、どのような特質を帯びているかを解明することによって、作品は一つ評価されるのではないだろうか。だから作品の特質は、時間によってはぐくまれ、逆に時間を作品の中に示し、また時間を超克する、という形をとるのではあるまいか。著名な歌だが、大伴家持の、

うらうらに照れる春日に雲雀あがり情悲しも独りしおもへば（19四二九二）

という歌がある。勝宝五年二月二十五日の作で、二日前の「春の野に霞たなびき……」（19四二九〇）以下三首、家持の代表作として世に知られるものの内の一首である。

そして著名な歌なりに、この一首に対して与えられる評語は、きわめておびただしいものがある。たとえば当時の大伴氏の衰勢の中からこの悲唱がうまれたのだという意見、『古今集』をさえつき抜けた、近代的な繊細さがあるという考えなどがそれである。今試みにあげ

たこの二つの見解は、それぞれ、素直にこの歌を見た時の印象として首肯されるだろう。

しかし、考えてみれば、この両者は矛盾するものを含んでいる。前者は当時というその時間性をたっぷりと所有していることになるのだし、後者は近代的だという印象の中に、それを切って捨てているはずである。これはどうしたことか。それに対して、いや、だからこそ人間の感情は不変なのであって、かりに家持の境遇がそうであっても、そこから抽出されて来た心情において時間は超越されるのだ、といえば、私はこれはすでに美の範疇に入った議論だと思う。

私は、この詠嘆とて、古代的なのだと考える。この連帯を欠いた「独り」のゆえの詠嘆には、まだ個人が確立していない様相が見える。それでいて、その連帯とは、いや栄えゆく大伴氏の繁栄といった可視的な一次元の代物ではない、と思う。もっと深く、人間が人間であることのありようにおいて感じられた「独り」であろう。それをのみ見つめていけば、それはまた近代的だという評語をも許容することになるのだ。しかしてこの詠嘆は近代人のものそのものではない。かりに近代の憂愁を歌った朔太郎なら朔太郎を拉し来ってみても、それは明らかだろう。

このような一首のあり方において、時間というものは濃密にかかわっているのだし、それは過不足なく詩において指摘されねばならぬと思われるが、さらにそうした判断の中で、さて家持がこの一首をよんだ時の、この作歌行為ならびにその結果としての歌の評価を、われわれは与えねばならぬだろう。右に述べたような時間という所与のものを相手どった時の詩の価値は、どのように評価されるべきなのか、を。その点においても、私はやはりこの一首をきわめてすぐれた詩だと考えざるを得ない。

今私は、この稿の目標にはややそぐわない複雑すぎる例を出したかもしれない。もっと平明な物言いをすれば、たとえば民俗学的研究というものがある。冒頭にふれたとおりだが、この民俗といったものこそ、もっとも歴史的なものだと私は考える。まさに詩が存在するのはそのただ中にあるのだから。その点で民俗学的研究者とも称せられる折口信夫氏が『古代研究』なる著書を不朽の代表作としているという事実を厳粛に思わぬわけにはいかない。民俗は時間にかかわらぬものだという表現はきわめて危険なのであって、むしろ民俗こそもっとも時間にかかわるものだといった方が正しいことを、このあり方は示しているのである。折口博士は、詩における歴史といえるものを、もっともよく知っていた人だったのではないかと思う。

次に文学の様式といったものに話題をかえたい。文学の様式といえばことばが難しいが、いいたいことは、当時の詩歌のあり方である。『万葉集』の歌々は、当時の社会にとって、また人間にとって、どのような表現として存在したのか。この関係は抜き難いものであろうし、その関連の中に作品の特質も存在したはずである。

たとえば先にも少しふれたように、『万葉集』に独自な歌体として長歌がある。この多分に祝祭の要素をもった詩形が『万葉集』に特有なものとして存在することは、『万葉集』の性格を強く物語っているだろう。長歌そのものもこのようなあり方の中で検討されねばならない。またすでに片歌という記紀の歌体は『万葉集』に存在せず、これを二度唱和する形で発展して来た旋頭歌は、民衆詩を中心として『万葉集』をいろどっている。そしてまた仏足石歌体と称せられるものは完全にそれと思われるものが一首あり、旋頭歌ともども『古今集』以降に消滅してゆく。これら口誦詩の運命は、そのまま『万葉集』の歌の、詩歌史上における位置を示しており、そのあり方の中で『万葉集』の諸歌は捉えられるべきことを教えているだろう。

これら歌体のあり方は、当時の歌が人々にとってどのように位置したかを示すものだが、そこに割り出されて来る結論は、個々の歌のあり方を研究する場合の手がかりになる。つまりその歌の動機とか目的とかといった、個々の作品の専有する内部を、大枠で捉えるべきものとして、われわれに提示されたものであろう。

だから、この大枠の中において作品を見る時に、作品の歴史性が知られて来る。具体的にいえば、右にあげた長歌にしても、人麻呂における長歌は、先のような祝祭性を機能とした作品であり、いかに彼が恋を歌おうとも、この伝統は彼の胸の中に高らかに響きつづけている。これに対して家持も多く長歌を作ったが、後半生のそれはむしろ賦に近づいている。彼自身、越中において二上山の賦とか布勢水海遊覧、立山などの賦と銘うっているごとくで、それは単に命名の遊戯だけではなかった。また虫麻呂がそうしたように、「詠――」といった長歌を作る。これも題詠の類であって、必ずしも記紀長歌謡の伝統を受けつぐものではない。そうしてみると、この伝統と創造の中に家持の長歌の歴史性があるわけであり、そこに独自の価値をもつということになろう。また当の人麻呂に先立って、額田王は春秋争いの長歌（1一六）を作っている。常凡の文学史の流れに対して、しばしばこれを妨げるのが額田王という作家であり、これもその一つに過ぎないのだが、しからばそれは何に由来し、彼女の如何なる要請をもって現出したのか。恐らくは語部たちや詞の嫗《おみな》たちが散文をもって語っていたであろうことばの機能を、韻文によって果たしたところにこの歌の必然性があり、それを成功させたところに、この歌の価値があったのだろう。作品論としてその機構《メカニズム》を解明し得たときに、額田王の歌の歴史的価値は評価されたというべきである。

また、右にあげた口誦歌にしても同じである。本来、片歌なるものは、まさに「片」歌であって、一首としての完結性のないものであった。旋頭歌とちがって、これは記紀にちゃんと「片歌」と記されている。彼ら自身がそう認定していたのである。ということは、片歌が当然次に来るべき一首を要求していたことを物語っているし、それを獲得したものが、はじめて旋頭歌という標題の下に『万葉集』に収録されたのでもあった。

しかしその旋頭歌とて、もはや『万葉集』では完全に旋頭歌ではない。巻七や巻十一のような、ほとんどが衆庶の作と思われるものまでが、片歌の唱和たる性格を失おうとしている上に、貴族階層の作家たちが何の必然性もなく、旋頭歌を作るのである。これは歌体が五七七、五七七だというにすぎないのであって、それ以外には旋頭歌とよばれるべき特質をほとんど持ってはいない。極端な例でいうと、

萩の花尾花葛花瞿麦《なでしこ》の花　女郎花また藤袴朝貌の花（8一五三八）

といった憶良の旋頭歌など、旋頭歌でなければならぬ理由はほとんどないといってよいであろう。『万葉集』の旋頭歌はそのような段階に達していたし、逆に旋頭歌の任意の一首を考える時に、その作のもつ歴史性も、そのような中で認められなければならなくなる。

右にあげたことは、詩歌史に照らして知られる長歌や旋頭歌の特質であるが、しかし私がいいたいのは、その特質の指摘ということではない。たとえば右にあげた家持の場合でいえば、彼の賦は、そのような詩歌史上の性格をもっていたわけだが、さてかかるものとして制作されたところに、この賦の歴史性がある、ということである。長歌の伝統を踏まえながら、彼は「長歌」ではなく「賦」を作った。この賦は、そうした制作の動機を内蔵し、作者の庶幾や結果としての成功のもろもろを含みもつ存在として示されている。そのような存在的な面を評価することが、歴史性の評価であろうと考えるのである。

このように考えて来ると、作品のもつ歴史性は、ほとんどが作者たる人間の問題であることに気づく。作品が歴史的であることも、人間が歴史的だからに他ならないのである。結局のところ、作品の歴史性は人間の考察なくしては明らかにならないだろう。そこに第三としてあげた、人間の側面が浮上して来る。

一体、文学の研究とは何を研究することか。そうした問いはあまりにも初心者じみていてほとんど問題にならぬのかもしれないが、実際それがわからなければ研究は始まらない。こうした問いに対して、やはり私は人間が大きな対象なのだと、答えざるを得ない。これも数年前のことだが、古代文学会が研究の方法をめぐってセミナーを開いたことがあった。二日ほどにわたる、この熱心な討議の中でも、やはり何をわれわれが考えるべきかという論点がさそい出されて来た。私はその時も人間を強く主張したのだが、それに対して奈良橋善司氏が、口ごもったような、半ば呟くような声で「やはり人間ですか」といわれたのを、鮮明に覚えている。

それはまったく声高な発言ではなかったのだが、私には余りにも強くひびいた。驚きと共に、研究の苦悩の全過程がこの人と私とよく似ているのだという共感のようなものが一瞬にわきおこり、私を重苦しくしたのであった。きっと氏の中にも、われわれは何をなすべきかという問いが長く重く低迷していたにちがいない。誤解なら訂正せねばならぬが、事はまことに重大なのであって、誰も例外ではないはずである。

私を重苦しくしたというのは、その瞬間にまたしても私に研究なるものの全重量が感じられたからに他ならないが、それでもなお、この全重量の中で、私は人間を強く主張したい。その第一の理由が、人間存在の歴史性にある。先にも述べたことだが、文学が歴史的であるのは、文学が人間によってうみ出されるからに他ならないし、その人間が歴史的だからである。われわれはこの人間を通して、歴史的価値を問うことができるのではないか。

もちろん、これは作家論を意味しているのではない。作家論は作品論と往復関係にあるものだろう。きわめて没主体的に（ということが可能かどうかは疑問だが、観念的にそうした態度を立てれば）追究された作家の事実の証明も、私は作品論のために奉仕するものだと考えるし、作品論はまた人間論を支えるものであろう。あるいは、作品を内蔵した歌人として見るときに、作家論は成り立つのだと考える。したがって人間に目を向けるということは、克明な作家論をするというのではない。やはり個々の作品あるいはその総量としての『万葉集』という文学作品の価値を問うことが目的であり、そこに重大な要素として人間が関与してくるであろうと思われる。

一遍、われわれは人間不在の研究を追放してみてはどうか。むろん過去に今日の成果を築いて来た諸研究を抹消せよというのではなく、今後に向かって、われわれの胸中から人間不在の態度を追放してはどうか、ということである。「してみてはどうか」というのは、一度そうした極点に研究者の態度を置いてみることによって、正しい方向が示現して来るのではないか、と考えるのである。

文学作品の面白さは、結局のところ人間に帰する問題がそこにあるからだろう。人間が文学を作る。そこに人間が語られる。その人間が人間に吸収される。結局文学はそんないじましい循環にすぎないのだから、われわれはそのいじましさに殉じていかなければならないのだろう。

人間を考えることは、万葉の時代や生活、また言語を考える上にも生きていなければならぬ。その論文が史学の論文か文学の論文かを決める区別点は、この人間にあるのではないかと思う。私は史学に昧《くら》くて何も解らぬから、それによって史学が成り立つとはいえないが、少なくとも文学の研究には人間が不可欠だとだけはいえそうである。生活にしても、その生活形態の中でどのように人間の様相が存在したかが、文学の最終の論点であろう。言語もまた同様で、これの研究が言語学と袂を分かつ最大の点は、人間行為として言語を見るか否かにあろう。その点、たとえば表現といったものは、言語学の主題であると同時に、文学の主題であろうと思われる。

『万葉集』の編集という論点についても同じことがいえそうである。編纂論は今が盛りだそうだが、面白いことに私の見るところでは昭和の初年にそれが集中的に存在し、戦後は伊丹末雄氏が発表しているぐらいで、ほとんど見られなかった。私が関心をもったそのころ、十年ほど前のことになるが幾つかの編纂論（『中西進万葉論集』六巻）を書いてみた。そんな折東京教育大学の国文学会のシンポジウム（「万葉集をめぐって」昭和四十一年九月）で報告をする機会があり、席上大久保広行氏から、お前の編纂論はちょっと違うがという質問をうけた。私は静態としての編纂論ではなく、人間を関与させた編纂論を書きたいのだと答えた。私の編纂論への願いはまさにその点にあり、人間の行為として『万葉集』の集成を考える時に、それは文学論たりうるのだという考えが強い。もちろん私の編纂論がその点で成功しているとは、いささかも思っていないし、それは右にも「書きたい」と答えたとおりなのだが、少なくとも『万葉集』を編纂するという、まことに文学的な行為を評価するためには、人間への視点を措くことができないだろうと考えるのである。

しかも『万葉集』では編纂というより形成と呼ぶ方がふさわしいあり方をしている。『万葉集』を形成することに彼らの文学行為があり、おのずからに形成されて来たところに『万葉集』の文学性がある。その両者が文学の歴史性を物語るものとして解明されねばならないのである。

以上のような歴史的評価が美的評価と並ぶ作品批評の二大方法であろうと私は考える。そして、その際私の強く述べたいことは、『万葉集』の研究が一にも二にも文学の研究でなければならないということであり、その場合の「文学」とは、美的価値と歴史的価値を意味する、ということであった。このともどもの評価に向かうべき手段が、『万葉集』研究の方法であろうと考えるが、それはまさしく独創的でなければならない。右にはかりに平岡理論を紹介したけれども、さらに具体的な方法論を中心とした「万葉の詩学」を、われわれは具体的に実践しなければならないだろう。

【付　載】

万葉集研究の主題

一　はじめに

天暦五年（九五一）、いわゆる古点の業が始められて以来昭和二十六年まで一千年の歳月が流れている。そしてこの年を契機としてまた万葉に関する三学会が新たに発足した。さらに左注に研究の萌芽を認め、和歌史に繰返された万葉復帰を考え合せると、まこと万葉追慕は日本人の見はてぬ夢だといってよいであろう。

『万葉集』の研究テーマは、この容易に顕現しない古典の姿を求めて無数にかつ複雑に存するのだが、それらは大きく文献学的研究と文学的研究とに区別される。『万葉集』の本質を明らかにする事は無論文学的研究によるのであるが、古典を古典として研究し得るように基礎づける作業が文献学的研究である。文学的研究は、いわば累積された近世文献学の必然的所産であって、国文学が文献学に終始するのを戒める事は出来ても、その基礎的研究を否定する事はできないのである。以下この二項に従い、テーマの所在を中心として『万葉集』研究の諸相を述べてみよう。

二　文献学的研究

基礎的研究としての文献学的研究にはおよそ三つの区別がある。即ち書誌学的研究・本文批判的研究・訓詁注釈的研究がそれで、すべて本文の正しい提示を目的としている。このため第三についてもそれは言語学と異なるのであり、たとえば特殊仮名遣による『万葉集』本文の改訓等の如く、一度言語学への展がりを通って還元される順序をとる。いきおい、ここに音韻研究・用字研究が入って来るが、究極の目的は本文の訓注にある事を留意すべきである。言語学はこの場合基礎研究たる訓注のさらに基礎研究たる形をとるのである。

さて第一の書誌学的研究には諸本の考察、『万葉集』成立の問題が含まれるが、前者は佐佐木信綱博士ほかの多年の労によって数多くの姿が明らかにされて来た（『万葉集事典　文献篇』）。しかし平安時代古鈔本の系統はなお不明であるし、仙覚本との関係も考察の余地がある（久松潜一先生『万葉集研究史』）。それらの蒐集も松田好夫氏（『万葉集書目綜覧』）・藤森朋夫氏（『万葉集大成　研究書誌篇』）らによって精細になりつつあるが、近世書入本の類の発掘は後日に俟たねばならない。後者、成立の問題は勅撰・私撰、家持撰・諸兄撰、そして撰定年代が『古今集』以来論じられ、択一的な結論に導くことが誤りである事はいう迄もないが、それを具体的に確定する事は至難の業に属するようである（武田祐吉博士「万葉集の成立」『万葉集大成』一巻）。手がかりとしていえる事は各巻の比較（殊に巻十七以下の付加された事情）、用字・左注・配列順等の考察があろう（賀茂真淵・山田孝雄・徳田浄・大野晋諸氏）。

第二の本文批判的研究も元暦校本以来久しいが、近年『校本万葉集』の出現によって空想的説字説が斥けられ、合理的な推定本文をとる次段階に進んでいる（佐竹昭広氏）。完全な定本はまだ出来ているとはいい難く、原本が失われている以上この作業は永久に続けられる事になるが、この場合にも客観的な類例に基づかねばならないし、意味上の都合や類歌のみに基づくのは危険である。転写の含む危険性（誤字・脱漏・転位・改字・添加・重複・筆癖等）と同時に、既存本の不都合が徹底しない場合もあるし、後代のものでは伝誦という不気味な存在が無視出来ないからである。

第三としての訓詁注釈的研究は基礎研究中もっとも重要な部分を占め、長年研究されて来た（澤瀉久孝博士）にもかかわらず、『万葉集』には余りにも難語難訓がありすぎる。源順の逸話もさる事ながら、十世紀を経た今日でも二十指に余る訓が試みられるまま定訓を得ないものがある。これらに当っては『日本霊異記』その他の同時代作品の分註、古経訓点（春日政治博士他）、古辞書（平安・鎌倉期に九種。さらに必要があれば江戸期のもの）の訓を参照し、『日本見在書目録』に見られる中国の辞書から用字の意味を理解する事が必要である。これに伴って様々な研究が起るが、漢字研究は木村正辞博士に研究がある他、後日をまつものがある。特殊仮名遣の研究（本居宣長・石塚竜麿・橋本進吉・大野晋諸氏）は万葉研究に長足の進歩をもたらしているが、この発音が何によって起ったか、甲乙両類の外国語との関係の比較考察の要が認められる（重紐との関係について頼惟勤氏）。両類に活用する法則もなお考えられてよいし、仮名遣にしても方言とか、技巧とか以上の説明があるかもしれない。枕詞等においても特殊仮名遣で従来の説明が否定されたままのものがある。用字研究も『万葉用字格』以後研究は少なく、その体系確立も願わしいが、新しい取扱いとして文学的用法の考察が近年行なわれている（吉沢義則博士・高木市之助博士・星加宗一氏・久松潜一先生）。「八隅知之」、「よし」（淑・良・吉・好・芳）の書分け、「孤悲」（恋）等に意味を伴う用字を考え、語の解釈を試みるのであるが、これも取扱われているのはごく一部で、大半が残されている。

この方法は従来音のみに解釈を求めようとして来た弊を衝くと同時に、二様にも三様にも解釈される事になり、言語意識にとって甚だ不安なこの点まで克服しなければなるまい。これら訓注の作業について痛切に感じられる事はかく周辺的基礎研究の成果がありながら、ただちに万葉本文の解明に役立てるように整備されていない事である。古訓点も古辞書もすべての研究者が座右にし得る形になったら、万葉学は飛躍的に進歩するだろう。特殊仮名遣による語彙集もない。古註集成も万葉七曜会で進められているが前途程遥かである。無論これは書肆の文化的良心と相俟つ事であるし、卒業論文ならそれを学問として受取る教授の識見が必要だが、研究者自身にもかかる地味で重大な基礎研究がまだまだ山積している事を思うのである。以上基礎的研究としての文献学的研究を述べたが、その何れも文学的研究の礎石となる重要なテーマである。

三　文学的研究

次に文学的研究として取扱われる問題について述べよう。これはおよそ、文芸学的研究・歴史社会学的研究・周辺的研究の三つに分つ事が便宜のようである。

第一は専ら作品そのものの分析によって文芸性を捉えようとするものであり、第二は作品・作家の社会的姿勢を究明しようとし、第三は更に民俗学的・風土的・比較文学的研究に細分される。第三の三者は何れも方法論的に周辺を濾過して『万葉集』の本質を顧みようとする点を等しくしている。

またこれら文学的研究はすべての内部に、文献学的研究とは別個の基礎研究を含み持っている。したがって文学的研究は文献学的基礎研究によって求められた本文に基づいてさらに基礎的調査・研究を行ない、その上に論じられるものとなる。たとえば歴史社会学的研究においては当時の政治経済ならびに文化全般が基礎的に明らかになる必要があろう。基礎的調査・研究とはそうした研究を指すのであり、『万葉集』解明の究極目的に達する為の底辺的事象百般の研究を意味する。一々の文学研究がかかる基礎の確かさの上に行なわれる必要があるのである。もとより『万葉集』研究の大団円はそれらの綜合にかかっている。偏狭さを捨てて、時と処とに応じてすべてが動員されるべきものとして、一応かかる研究態度の分類が行なわれるのである。

第一の文芸学的研究については古く大西克礼・岡崎義恵両博士によって範疇論的・類型学的美学が唱えられ、「まこと」を唱えた真淵に濫觴を求める事が出来るが、それが一面的な捕捉に終りがちであった事を最近の北住敏夫氏の発言はよく物語っている。すなわち氏は従来が様式論的・体系的な立場であった事を認め、㈠芸術的世界の様相を明らかにすると共に、㈡文芸の歴史的な発展過程の中における位置を定め、㈢高度の鑑賞・批評の能力に媒介せられつつも客観性を志向し論理的に整えられねばならないとされている。

これは文芸の歴史的自律性と客観性とを認めようとするものであり（風巻景次郎氏・高木市之助博士の文芸学は夙に歴史性・社会性を論じている）、文芸学的研究の未来を示唆するものといえるが、その中で不可思議な人間の創造能力を捉える事が出来よう。作品の人間的内容とか、生命的共感とかはこうした態度を措いては捉えられぬであろう。

いわゆる鑑賞が学問として成り立つのは右のような操作に立ってであって、『万葉集の鑑賞及び其批評』（島木赤彦）から『古代和歌』（五味智英先生）への歴史がそれを語っている。既に語の理解としてあげた用字の文学的用法も、一歩を進めて作者の心情の在り処へ進む事ができようし、文章心理学的に言語の内部組織から観念や思考の模様を探る事もできる（青木生子氏『日本抒情詩論』）。枕詞についても従来意味と修飾関係とにのみ研究が限られて来たが、発生・表現効果・修辞上の位置の考察の上に、さらにそうした表現に託された心情を組立てる事が当然行なわれなくてはならない（枕詞・序詞については土橋寛氏諸篇）。

この文芸学的研究では人間社会とのかかわり合いというマルクス主義美学の力点が度外視されたわけであるが、その点を取上げようとするのが第二の歴史社会学的研究である。この研究は作品を歴史的に位置づける事から出発し、文学史のジャンルによる発展法則を解明しフォークロアの再認識を辿って来た（西郷信綱・石母田正・北山茂夫・川崎庸之他諸氏）。そして文芸の歴史はある個性を通して変化し非連続的に発現しながら、同時に歴史社会的に連続性を含むものとして展開する、とするのである。

例えば氏族社会の形成発展と文芸との関連、記紀から初期万葉への流れ（田辺幸雄氏『初期万葉の世界』）、暗黒の魅惑にみたされた万葉と古今との間、といったものが研究テーマとして取上げられるだろう。民族の伝統と創造との問題である。フォークロアへの顧慮からは民謡を契機として貴族と民衆、個人と集団、文字と口誦といった絡み合いが残されている（民謡について高木市之助博士・杉浦明平氏・五味智英先生他）。先の文芸学的研究がある作家意識や能力を主として問題にしたのに対して、これは歴史社会の包含する人間の姿を捉える事になるのである。

しかし前者が社会的対決を認め、後者が下部構造の作品の持込みを拒否し、文学の自律性・特殊性を出発点として認めている現在、択一的な方向のとられない事は事実である。かかる観点において、文芸的個性の現実生命が中心テーマとなるべきであると思われる。

次に周辺的研究の第一として民俗学的研究がある。同様な意味で考古学もこれに参与する

（樋口清之氏「万葉考古学序説」『国学院雑誌』）が、民俗学は柳田国男氏の伝説研究による信仰の研究から折口信夫博士の国文学・民俗学の融合による研究によって発達し、今や高崎正秀博士によって文献博捜の後に不足を民間伝承に探る方法が唱えられている。

たしかに汎神的古代生活に生れる作品は共同社会的生命を担っている。文学研究が特殊な才能や主体的感情にのみこだわるとしたら完全な把握とはいえないであろう。すでに触れた歴史社会学的研究のフォークロアへの関心はこうした点にあったわけであり、風俗・習慣そして信仰への基礎研究を通して作品の心を理解する事は重大な文学研究の一環である。ただここで注意されるべき事は、時の区切りも固有名詞も悠久な凡俗生活には存在しないとする態度で、原始人の心も「芸に遊ぶ」と言った家持の心も同一ではありえない。万葉時代の内容に亘っても神の概念は変遷している。そしてまた同時代にあってすら貴族圏の抒情と東歌のそれとは違うのである。

従って、民俗学的研究に当っては知識・素材・背景として用いられている場合と、生命そのものが集団社会の中にある場合とを分ち、更にタマという呪縛を脱し、真の民俗一般に発展して研究すべきである。大まかないい方が許容されれば、『万葉集』には原始生活の残映がある。信仰にしても伝説にしても習俗にしても、それがどう作品形成に関与しているかが、長く未来に興味深いテーマである。

次に風土的研究と呼んだものは風土と文学とのかかわり合いを認める前提に立ち、夙に提唱されて来た文学的研究であるが（和辻哲郎博士・高木市之助博士・久松潜一先生他）、自然・風土・動植物等に結ばれた文学を明らかにしようとするものである。特に生活感情が自然と結びついている古代文学にあっては純一な文学性はむしろ少ないといってよいだろう。基礎研究として歌枕から出発した地名考証が従来行なわれて来たが、進んで作品との関連が近年求められようとしている（犬養孝氏『万葉の風土』）。動植物の基礎研究も近世以来続けられているが、本質的研究は未だしの感が深い。その関連、その感情の変化等を求めて、新しく研究の要請される所以である。

最後に挙げるべきものは比較文学的研究である。古く『万葉代匠記』にみられる用字の分析から昭和初期の先蹤的研究（林古渓氏・五味智英先生・和辻哲郎博士）の後、戦後は神田秀夫・小島憲之両氏を中心として（尾山篤二郎・星川清孝・橋川時雄・伊藤博・杉本行夫諸氏他）進められているそれは、ほぼP・ヴァン・ティーゲムのフランス比較文学の方法がとられている。中国との関連を通して『万葉集』の本質を明らめようとするもので、基礎研究として彼我の交渉状況や民族形成の判断を必要とし、文献学的には『万葉集』の成立・構成に関する問題や用語の典拠の問題等がある。たとえば成立と『詩経』との関係、相聞・挽歌という部立の由来、六朝から初唐にかけての文学との関連等が研究テーマとして求められる。この研究は現在基礎研究の域を出ないといってよく、精神史的流れや、文学的態度に関する研究は全く未開拓である。ただこの場合にも万葉的世界への思慮が同時になければならぬ事はいう迄もない。

四　おわりに

以上研究テーマの所在を分類的に述べて来たが、既述した如く、実はこれらの態度と方法とを綜合しなければ『万葉集』研究の究極に到達する事は出来ない。作家論と呼ばれる操作はその最もよい例であろうが、作品の本文を確かめ、訓を決定し、釈義を正す事から始めて、作品の時代を探り（土屋文明氏『万葉集年表』参照）、用字・書式を考察して出自・生涯に及び（阿蘇瑞枝氏「人麻呂集の書式をめぐって」『万葉』二〇号）、予め整えられた時代環境・思潮、源泉文学、中国文学との比較考察を通って、立返って作品を文学的に調査する事によって心情表現の組織的・文学史的位置が求められるのである。さらに額田王の場合には難訓の問題・作品確定・年齢推定が大きく浮かび上り、人麻呂の御用詩人論争（長谷川如是閑・斎藤茂吉）・歴史性論争（西郷信綱・北山茂夫両氏他）はその歴史社会的な関連に関してであり、彼にはまた、歌集との関係が問題として加えられる事になる。家持には山柿門、類歌、宝字三年以後といった諸問題が挙げられる（五味智英先生「家持論の展望」『国語と国文学』二九巻一〇号）。よってこれら諸研究の在り方が知られるであろう。

かく研究テーマの山積を述べ来って最後に二つの事を記すならば、その一は万葉学の究極の目的は万人の業績の綜合にあるという事である。一篇の論攷の究極は各々の分野の分析解明にあって然るべきで、徒らに厖大なテーマは却って本質を見逃すような、虚しいものになってしまうであろうという事である。

その二としては今日の万葉学が過去の営々たる努力に支えられているという事がいえるだろう。あらゆる研究に当って過去が振返られるのも、一言隻句の訓詁にも古写本へ溯るのも、他ならないこの為であり、それがまた新たな研究を生むのである。

最後に参考文献をあげると、同様テーマに関する論文は単行本に『日本文学入門』(近藤忠義編、日本評論社)の「上古文学」(森本治吉)、『日本文学研究入門』(麻生磯次・守随憲治編、東京大学出版会)の「上代序記」(五味智英)・「和歌」(犬養孝)、『日本文学研究入門』(高木市之助監修、ミネルヴァ書房)の「古代歌謡」(高木市之助)・「古代和歌」(窪田章一郎)、『日本文学講座Ⅷ』(河出書房)の「日本文学研究法序説」(折口信夫)、『日本文学講座Ⅰ』(日本文学協会編、東京大学出版会)の「日本文学研究法――古代文学」(杉山康彦)、『国文学の栞』(西下経一・志村士郎編、寧楽書房)の「記紀歌謡と初期万葉」(久松潜一)他四篇、『万葉集の新研究』(久松潜一、至文堂)の「万葉集を取扱ふ態度と成立の歴史」、『万葉集入門』(久松潜一、要書房)の「万葉集の研究法」、雑誌では『解釈と鑑賞』に「上代文学のとりあげ方」(二〇巻四号、久松潜一)・「どんな新しい研究領域があるか――上代」(二二巻五号、犬養孝)・「研究問題のヒント――長歌・和歌・歌論」(二四巻五号、藤森朋夫)の他、関係特集号(二六巻一〇号「日本文学史の新しい見方」・一八巻二号「日本文学研究の手引き」)、『国文学』に「万葉集を研究する人のために」(一巻三号、保坂弘司)、『文学』に「国文学研究への提言」(二五巻六号、諸氏)・「上記提言を読んで」(二五巻八号、諸氏)、『学苑』に「万葉集研究の諸問題」(昭和三十三年八月号、五味智英)がある。その他研究の現段階の展望(『万葉集大成』月報二号、藤森朋夫・同三号、小島憲之・『国文学』三巻一号、伊藤博)、『万葉集講座』(春陽堂、創元社)、『万葉集大成』(平凡社)、『日本文学大辞典』(新潮社)及び『日本文学史』(至文堂)の「万葉集」の項、雑誌の『万葉』及び『上代文学』等が研究テーマを得るに便であろう。

研究と批評

I　古典論と古典研究

一

近ごろ、いわゆる専門家以外の人たちによる古典論が盛んである。もとより専門家以外という表現も実は問題であって、古典の研究を主な仕事にしているいわゆる研究者と区別して、他分野の人とか創作を主としている人とかを、かりにそう呼ぶだけの話で、これらの人たちに専門的知識がないなどということでは毛頭ないが、さてその非専門家の古典論としては、梅原猛氏の『水底の歌』、田辺聖子氏の『文車日記』、中村真一郎氏の『日本文学における性と愛』などがあり、雑誌では『文藝春秋デラックス』や『太陽』らの古典特集にも作家、詩人、歌人その他が名をつらねている。

もとより古典論の盛行といっても、内容にはぴんからきりまであって、中には専門家の常識を退屈にくり返すものもあれば、むしろ誤解して祖述しているのもある。それらはとるに足らぬものであろうが、学界から見て有益なものも、少なくない。おそらく、これら非専門の、他分野において力量ある人の仕事の有効性は、それがどのような視座を学界に据えながらおのれを位置づけているか、読者の側からいうと、どのような問題を担ったものとして学界との接点をきめるかにあろう。そしてそれによって学界はどのようにおのれを修正してゆくか、そうした非専門と専門との接点めいたものの三者における意味を明確にし、相互に動揺してゆくところにみのり豊かな収束が期待されると思われる。

二

梅原猛氏の『水底の歌』は文芸季刊誌『すばる』にまる一年にわたって連載されて来た柿本人麻呂論で、この（昭和四十八年）六月の一二号で完結した。新見にみちあふれた、一千二、三百枚の大作である。

まさに四十年ぶりに、あの斎藤茂吉の『柿本人麿』に拮抗するような力作だが、梅原氏はこの茂吉によって作られた通説を、はげしく攻撃する。そしてもう一人の通説創始者、賀茂真淵をも論難して新説を開陳する。従来、人麻呂は持統・文武朝に舎人として出仕し、島根県湯抱《ゆがかえ》の地に没したと考えられて来たのだが、氏は、人麻呂が正史に登場する柿本猨（佐留とも書く）と同一人物で、持統朝にイデオローグとして活躍したが律令制の中で失脚し、おとしめられて名をサルと改められ、江《ごう》の川河口の鴨島で刑死した、しかし平城朝に怨霊慰撫のため正三位をあたえられた、とし、平安初期の歌人猿丸大夫とは伝承の中の人麻呂のことだ、と考えるのである。

これは驚くべき結論である。しかし、この結論の当否を言えと性急にいわれれば、私は必ずしも完全無欠だとは答えられない。一つの大きな鍵を握るかに思われる人麻呂歌集のことが、どういうわけか一つも問題になっていない。小野氏の人麻呂信仰にもふれながら深入りしない。『古今集』序文の読解や人麻呂の官位推定にも、いっそうの論証が必要のように思われるし、何よりも『万葉集』には、もっと非事実の闇があるのに、氏の論は明快にすぎる。

しかし、私はこの論の出現をきわめて高く評価する。最近の学界の動向をダイナミックに象徴するものだと考えられるし、未来への示唆をふくんだものということができるからである。これは私ひとりの偏った考え方かもしれぬが、事実を明らかにした結論というものを、私はさほど重要だとは考えない。なるほど研究論文というものは新しい事柄を追究して人に示すものかもしれぬが、それが人を感心させればさせるほどよい研究だというだけなら、それには曲芸師が最適である。私とて曲芸に感心しないわけではないが、学者の本質は、結論として提出されたものより、むしろその姿勢にあろうと思う。たとえば人麻呂がこうだといった事柄は一回かぎりのものだが、着眼や方法は無数の未来の研究に波及してゆくだろう。

梅原論文の魅力の第一はこの点にある。氏は、近世学以前の従来ほとんど無視されてきた文献を操作して論じた。その該博さにも驚くべきものがあるが、この、国学以前の伝承や学的方法の復活は、近代合理主義の中では顕現して来ない古代的情意を解明するのに有効だろう。

古代的な非合理なるものの合理、これは氏のいう「暗さ」ともいえる。折口信夫の見ようとしたもので、近来の学者が見ないというそれだが、ことに中世という時代は人麻呂について、「暗い」伝説の激増した時代である。氏の使った文献でも『人丸秘密抄』とか『超大極秘人麿伝』『和歌深秘抄』といったものがあり、そこに書かれたものは、秘密の伝承である。のみならず人麻呂は『万葉集』の中にすでに伝説化している。

「暗さ」の追尋とは、秘奥なるものの存在を暗く暗く闇の中に求めてゆくことにほかなるまい。秘奥なるものの正体がわかった後に明るい事実も正体を現わすことになるわけで、暗い秘奥がすなわち明るい事実ではない。私なども、この中世文献の正しい操作を、なおざりにして来た。

従来なおざりにされて来たものを強く正視しようとする問題意識は、この論考の第二の魅力である。氏の学究としての良心、強靱な本質ともいえるものがそれなのであろう。私は、人麻呂の没所など、しょせんわからぬものだと思い、あの湯抱にしても、茂吉の執念に感動して、それはそれとしてよいではないかと、事を感傷に流して来た。しかし哲学者梅原氏はそんなことを拒否する。その結果、少なくとも人麻呂がどこで死んだかは、今後あらためて問題にされてゆくにちがいない。

人の没した時、「死」と書かれるのは六位以下か刑死したかである。従来はこの前者だけをとり上げて来たが、当時の律令に明記する後者をとり上げたところに、この論考の重大な発言の意義がある。

新説の第三の、しかも最大の魅力はここにある。すなわち、氏は古来すぐれた文学者が配流され怨霊となるという。菅原道真、世阿弥らがそうで、法隆寺が聖徳太子の怨霊鎮護の寺だという氏の説も、読者の記憶に新しいだろう。人麻呂もその内の一人だというのである。

文学の風景を、すぐれた文学者の配流、怨霊といった暗部に設定しようとすることは、文学にとって本質的な何物かを見ようとすることにほかならない。それは、個々の人間の生涯などといった小さなものではなくて、政治状況と文学とのかかわり、すぐれた文学の産出されるメカニズム、さらにはわれわれが何を享受するかという感性に対する問いかけである。そう考えると、きれいに年表的に処理された古典の世界が、俄然輝きを帯びて饒舌に語りかけて来るように思うのは、私だけであろうか。いみじくもこの連載は「日本精神の系譜」なのであった。

そしてさらに、この論を読んで、妙に人麻呂が生々しく感ぜられるのも、私だけであろうか。従来、人麻呂にこれほど肉体をあたえようとした論はなかったのではないか。作品にしても作家にしても、こと細かに美的構造や閲歴が語られても、それが一向に、現実の映像として立体化しないうらみがあった。

折しも高松塚の発見などがあって、七世紀後半から八世紀にかけての世界が、にわかに視覚的になりつつある。その中で愛憎をもった人麻呂の歩きまわる風景を見せてくれるところに、この論の人間論としての第四の魅力がある。

以上、暗部の追尋、問題の正視、精神への問いかけ、そして人間論という四点に、私は強く心をひきつけられてこの連載を読了した。思うに新説とか大胆な仮説とかに対する接し方には、そら恐ろしいものがあって、従来の常識とか通説とかをもって測りがたいゆえにこそ新見のゆえんがあるのに、ともすれば役に立たない尺をもってその価値を測定しようとしがちである。げんに古代史に今起こりつつある常識の打破は恐ろしいほどに限りもない。

また、氏自身がまるで呪詛のようにくり返す「見事に論証した」とか「完全に崩壊した」とかということばにつられて、結論とする事柄の当否にだけかかわっては、学問の進歩はない。むろんそれもふくめて、総体として論のふくみ持つ本質的な力を生かしてゆくときに、学界ははなはだ豊饒になるであろう。

三

ところで、『水底の歌』には多少の疑問があるといったが、すべて論なるものは、正当な見とおしや確実な論証の中で多くの疑問を発動させて来るものこそ、すぐれた論だと私は強く思っている。この疑問の誘発ということを上山春平氏の『神々の体系』の書評で書いたことがあるのも、そのゆえである。幼い言い方で恐縮だが、文学という人間の所業や文学者という人間を人間が論じて人間をかきたてることに、物を書く業があるのだから、それは当然のことだろう。一体、わがままな読者という存在には、新しい発見への期待がある。それは何も新しい事実の発見などという低次元のものではない。いわば「風景」の発見といったものであり、「風景」など、読者各自の思い描く象相でしかない。それが見えて来るという感じ、これこそお互いの知恵の魔力であろう。いろいろの疑問を発動させて来るといったのも、見させようとすることであり、『水底の歌』についてあげた四点も、私をして、見えて来させようとしたものであった。

この読者の夢みる風景は、著者のあたえる風景を手がかりにするわけだが、そこで、あらかじめ著者が手に入れる風景のその入れ方に、専門家とそうでない場合とで習慣の違いがあるように思われる。

風景を手に入れようと論者たちは高みに登って展望台の上に立つ。しかしもとより遠景はよく見えない。そこにはお誂えむきに望遠鏡が据えてあるから、ついわれわれはコインを入れてレンズをのぞこうとする。なるほどよく見える。しかしそこに映っているものは、大景とはおよそ不釣合な部分であり、したがって展望台からの風景としてはまったく異質なものだ。にもかかわらず競って細部を見ようとし、精巧なレンズを透そうとする。それによって重箱の隅が見えれば、大いに満足といったふうである。コインが落ちて天然の遠景が戻って来ても、もうそれはつまらぬもののように思われて、ひとみを凝らそうとはしない。

コインには「研究者のルール」と書いてある。呪われた機械文明が望遠鏡であるのと同じく、呪われたものが近代科学的だと信じられた研究のルールというわくである。専門の研究者はこのわくから見ることを強いられがちだが、非専門の人は自由である。にもかかわらず往々にしてコインを求めようとするのは、熱心なことだが、反対に肉眼を凝らして見ようとする人は恐ろしい。いや専門家だって肉眼で見る補助手段が望遠鏡でなければならない。肉眼はおぼろだけれども近ごろの私には、山上憶良という『万葉集』の歌人が、渡来人のように映る。また、天皇を政治的支配者と考えると何もわからないが、終始一貫して司祭者だと考えると、不可解な天皇制の歴史がよくわかる。

私は、肉眼の思想というものがより濃密に現われる点に、非専門家の仕事を評価したいと思う。極端にいえば、非専門家が創作者であるような場合は、かりにそこに語られるものが虚像であっても、そう語る「私」が感銘をあたえることもあろう。それでさえよいと思う。肉眼に映じたものを語るといっても、専門家が研究と自覚して語る場合には、「私」の見た対象を語るのであって、創作として「私」を対象によって語ることとは区別されなければならないから、おのずからに制約のある「私」でしかないが、いわゆる（これまた「いわゆる」でしかないが）評論には、語ることの自由がある。自由に肉眼で見た結果が、がんじがらめの中で憔悴した研究を蘇生せしめることは、大いに期待すべきであろう。

もとより研究なるものが、何の取得もないものだなどと言うのではない。肉眼でしか物は見えないのだということは研究でも大前提なのだが、肉眼に見えて来たものを、単なる事柄としてむしろ冷たく放ちやった時に、その事柄は、これまた普遍的な世界を展開して多くの人々を招じこむに違いない。おそらく、歴史を記述するということは、そのような行為であろう。世の中に、およそ役にも立たず面白くもないものが解説という代物だと私は思うが、冷やかな事柄には、解説など入りこむ余地はあるまい。それなりに私は歴史を記述するということが、もっとも至難な、魅惑にみちた文章業の到達点ではないかと思ったりする。事柄をして語らせるということは、強烈な「私」の選択と、厳密な「私」の抑制とによって、はじめて可能なのであろう。それが専門家の文章の秘奥の処だと心得る。

もちろん研究を非専門家が行なってもよいことはいうまでもないし、存外専門家が研究と思っているものがそうでなかったりすることはしばしばあるが、基本において右のように、いわゆる研究と評論とを区別してみると、作家・評論家には、固有の体質がより強く存在する点は顧慮しなければならない。むしろそれがなければ文章家とはいえないとさえ思うほど、それは著述を芳醇にしたり強烈にしたりするもので、誇るべき文章家の砦でもあろう。端折ったいい方しかできぬが、唐木順三氏の多くの傑出した中世論は、氏の肉体と中世との結合の中にうまれるのだと、私は氏の『古代史試論』を読んだ時に思った。あの豊艶な円地源氏は、まぎれもなく『女坂』の作者のものだ。その点、『無明長夜』の著者による武烈像(吉田知子氏『鴻《おおとり》』)など、どれほどに人間の闇を見ているか、私はその魅力に期待を寄せたことであった。

文体というものは著者の肉体の証しだから、谷崎が源氏の翻訳の後で書いた『細雪』の、どの事柄とて王朝的でないのに全体を蔽っている「源氏物語風」に考えさせられたことだったし、昔、生島遼一氏訳の『クレーヴの奥方』の訳文全体が、まさに宮廷文学的であることに感銘したものだった。

文章家の誇るべき体質として以上のようなものがあれば、これは失うべきではないし、そこにまた、文章家の古典論の有効性をどのように考えるかという問題も潜んでいると思われる。

著書によって多くの疑問が発動されるということは、語り手の「私」が強烈に働きかけて来るからに違いないし、多分に情動的なものとして読者をかき立てるからでもあろう。専門家がこの「私」を忘れると、研究は魅力のないものになる。にもかかわらず無私をもって科学としての成立を夢みるとしたら、所詮、事実もまた「私」の批評なくしてはありえないということを、忘れたものだというべきだろう。国文学者の研究が一向に世間に向かって展かれていかないという非難は、私のみならず耳にするところだろうが、それは、今日の生活者としての「私」が探し当てたものこそ、提示すべき事実だという大前提の、欠落していることを意味している。

幸いに、自由な「私」を保証されている人たちは、だから研究めいたものを心がけるいわれはさらさらない。一方専門家も、些細な誤りを指摘したとて、事は本質的ではない。著者たちの熾烈な「私」の格闘の中に、古典がどう見えて来るか、それこそ唯一の問題であろう。そういう点から見れば、昨今の読書界は、まことに豊饒な沃野が展開しているのであって、専門家の冷やかに心熱を秘めた古典論も、非専門家の個性的な古典論も、大きな収穫をもたらすに相違ない。

四

先にふれた梅原猛氏の『水底の歌』と同時に、新聞連載の形で並行して書かれていたものが、田辺聖子氏の『文車日記』であった。その後田辺氏は多少の補筆をされ、全編は一書の体裁をとって刊行された。私は多大の関心をもって、全体をよみ返した。田辺氏に古典がどう見えたか、『水底の歌』にもとづいて期待した肉眼の思想は、氏においていかにあるか、私の期待が正しかったか否か、といったことを心において。

『文車日記』でやはりもっとも重要に感じられたことは、自由に古典を読んでいることであった。たとえば「百人一首」の内として有名な敦忠《あつただ》の一首「あひみての後の心にくらぶればむかしはものを思はざりけり」にしても、卒読して理解されるような意味、つまり恋を体験した後の物思いから考えると、昔は何の物思いもなかった、といった通行の読み方を、氏は否定するのである。氏によると今男の胸にあるものはあんがい白けた思いかもしれない、という。目もくらむ思いで女を欲した時の気持は単純だったと思い、冷たい水のような思いが男の胸をみたしはじめている、と考える。

私はこの読解を興味深いものに思った。なまじなものではない、と感じる。ことに氏が一首を男の歌だとくり返しいっているところが、強く心をひいた。従来、このような解釈が示されなかったのは、「ものを思ふ」ということばのパターンが強く専門家たちにのしかかっていたからだろう。「ものを思ふ」といえば、もう確実に恋の苦しみであり、恋の心尽しなのである。そして又、「淡海の海沈《しづ》く白玉知らずして恋せしよりは今こそ益れ」（11二四四五）といった歌もあって、恋の夜を体験した後にこそ恋の苦しみのまさることが「敦忠の歌同様に」歌われている。

しかし、これは「型」であるにすぎない。敦忠が「型」の中でよんだかどうかは、まったく判然とはしないのだから、同じ歌だということはできない。そこで思うことは、専門家はまず型を教えられ、型に絶対をおく習慣が、知らず知らずのうちにでき上がっている、ということである。型というルーペを手に入れることがプロフェッショナルだという証拠になる。いや手に入れるどころか身にしみていればいるほどプロである、といった尊厳さの誇示がある。「これが学界の常識でして」といった卑しいうすら笑いが、そこにうまれる。

しかもこれにはそれなりの理由がある。すなわち、文学研究が近代科学の一分野としての客観性を獲得しようとした時、型というものが不当に価値を付与されてしまったのである。たしかに、科学的客観性とは、つねに何らかの型なのであろう。そこに文献・非文献を問わず用例主義がはびこる結果をうむにいたった。

しかし科学性は、そのようにだけ保証されるものではあるまい。田辺氏は右のような解釈を示した後で「男女の愛の微妙なながれのゆくすえを、早逝者の直観で洞察していたにちがい」ないと書く。つまり氏は作者の人間としての軌跡の中に一首を客観的に位置づけようとしたのであり、その中で、まさにこの一首を一首の文脈の中で読もうとした。一首を横に並ぶ幾万という古典和歌の中においたのではなく、敦忠の心の連鎖の中においたのである。そして考えてみれば、一首を読むということが、他の幾首かによって解体してしまうのではないことは、いうまでももない。

氏が男の歌だということも強く興味をひかれる。従来の解釈があまりに女性的解釈にすぎるという。「女性的」ということは、実は日本文学における大問題であって、これは「日本的」ということと重なり、現代小説をふくめて正当に問題にされなければならないことである。私も断片的にしかふれて来てはいない（「「日本的あわれ」ということ」拙著『詩心往還』所収）が、この問題をつきつめていくと和歌が焦点となる。今問題にしているのは、その最たる王朝和歌であって、ここにも専門家たちの陥穽があるのではないかと思える。「女性的なるもの」という代物は、生身の性別にかかわらぬことだから、敦忠の一首とて男性の敦忠にかかわりなく、日本文学――というと大雑把にすぎるが、その核の部分において了解してしまいがちである。しかも皮肉なことに、右にあげたようなことばの習慣は、この事柄と表裏一体をなすものだから、われわれは何のためらいもなく「女性的解釈」におちついて安心してしまうといった仕組みになっている。

しかし、これもまた型にすぎなかろう。人間の心に型のあるはずは、一義的にはない。それこそラ゠ブリュイエル風に「人さまざま」であろう。読解とは、この心に深入りしていく以外にない。このあたり、小文には紹介するゆとりがないが、氏の男心の分析は、実に見事であり、言を贅すれば、作家としての氏の内面をかいま見る思いすらしたことであった。

同じことを別の話によっていえば、『大鏡』による藤原朝光《あさてる》の話もそうである。朝光は美貌の貴公子、ところがわが娘さえ朝光より年上という老未亡人と彼は恋をした。醜婦でもある。もとより朝光には親王の姫君という高貴な若い北の方がすでにいる。世間を騒がせたこの恋愛はなにゆえに起きたのか。

『大鏡』の作者たる男性は、未亡人の金目当だとする世の評判を結論として記しているが、女性の手になる『栄華物語』は未亡人の聡明さを記している。これを氏はとり上げて朝光は「女の真の美しさを見た」というのである。どうやら、型は専門家にだけあるのではないらしい。『大鏡』が「世人申しし」という世人全般にあることで、そのゆえに通念とか常識とかといわれるわけだ。

氏はこれを排して、男と女という観点から事の真相を掘りおこしていく。そこに古典の本質が見えて来る。この書物はまことに領域が広くて、周知の落語「たらちね」(「延陽伯」ともいう)までも対象になっているが、庶民の夫と女中奉公をさがって嫁に来た妻との、およそ歯車のかみ合わない生活の喜劇の中に、一途に夫を大切にする女のやさしさを見ている。「最もやさしく美しく、プリミティブな強いむすびつき」がある、というのである。

氏の読破した古典はまことに多種だが、それに妨げられることなく一々の作品を一々として人間心理に目を向けていった後の、普遍性へのすくい上げが、客観的な意味を明らかにしたようである。

五

こうした氏の視点は、結局のところ人間への関心といってよいだろう。敦忠の一首を通説の泥の中から拾い出して来たのも、朝光や「たらちね」のお鶴の心の中を世俗から探り出して来たのも、すべてそうである。そしてこれが作家としての氏の手によるものであることを考えると、私が最初に『文車日記』に期待した事柄は、過不足なく十分の快さをもって返答されたことを覚えた。

田辺氏の「私」は古典から人間を蘇らせたようである。そのことにおいて死せる一束と化していたもろもろの人物の独自の科白がわれわれに聞こえて来る。しかも、私が先ごろ読んだ、氏の『中年の目にも涙』を幾度か思い出しながら『文車日記』をよみ返したということは、強靭に田辺氏の「私」がそこにあることを示しているだろう。

作者には古典における風俗への並々ならぬ関心がある。ことに西鶴の作品などについての叙述は筆者の息づかいまで感じさせるようだが、ここに古典と氏の小説との往復作用を見るおもいがあった。右に述べた人間への関心も、実はこの風俗と一体になった古典との往復運動の中の一環だったにすぎない。

しかし、そういうと、まるで古典をわが関心だけで裁断してしまっているかの如き誤解をうけるかもしれぬが、もとよりそうではない。氏はきわめてストイックに、ストイックすぎるほどに古典の紹介や解説風な点に心をくばりつつ、その上で右のような古典の心を汲み上げて来るのである。一書は「私の古典散歩」と副題されたように、きどらない短章を数十ならべたものだから、声高な主張があるわけではない。しかし、そのゆえに「私」の見たものが客観的に快く読者の胸中に入って来て、読者を古典にさし戻すのである。その作業は、だから一見古典を提供するという作業に似ていて――申しおくれたが、氏は国文科出身の、専門家でもある――、実は作家としての創造的な述作なのである。

そうした点に、私は、対象を語ることと、「私」を語ることの、極めて珍しい、至福の調和融合があるように思った。その結果、古典はあたかも現代の小説をよむようにわれわれの視野の中に展かれて来た。古典がこのように展かれて来たことは、今までなかったように思う。いかに「型」の中で解説をくり返そうとも、古典は展かれてはこないはずだからである。

II　研究における主体

一

研究者の主体という問題は、言うまでもなく、国文学の研究が、近代の自然科学の形態の中に組み入れられて、自然科学的な方法の一つとして位置付けられた結果、起こって来た問題であろう。一言で言うと、事実の探求という実証主義の中で、次第に人間を離れて行き、むしろそれを誇らかな一つの特色として国文学研究が近代文学研究の上の体系を構築してきたという過去に由来している。そのことに対して鋭く提起される問題が主体性の問題であろうと考える。

『言語と文芸』七六号の冒頭に小西甚一氏が「国文学と科学性」という論文を書いておられ、実証主義への批判をとおして鋭くその主体性を提起しておられる。これは何もこの論文が最初ではなくて、氏には、そういう「批評」を基にした学問的な主唱が何年も前からあるわけで、新しい視点や資料を加えて書かれたものである。私も先に「文学研究の方法」を書き（本書所収）、そこでやはりわれわれが今日主体性を回復するためには、学問研究が何を措いても、人間学でなければいけないと思うということを書いた。人間学であるということは、大変曖昧な表現だが、研究者である人間という主体が、研究の中に参与して来ない限り、文学の研究が出来ないだろうというふうに、先ず大前提として考えるのである。その点で自然科学的な、ある事実を調査する、或いはその事実の中から一つの真理とでも呼べるようなものを摘出して来る、という体系とは、これは、明らかに異質のものだと私は考える。何も苦労してそうした自然科学的な――或いはもっと広く科学的と呼んでもよく、その一番特徴的なものが自然科学だと思うが――方法の仲間入りをする必要はない。没個性的、没主体的に、ある事柄に奉仕するのが、文学の近代学としての誕生であるといった考えは、虚妄の、一つの幻影であって、やはり、近代科学から村八分になっても、文学は鮮烈に主体が関与していなければならないと考えるのである。

そうすると、次にそういう人間を濃厚に関与させた研究はいかにあるべきか、という具体的な問題が、当然起こってくる。われわれはふつう、「研究」というふうにいうのだが、そういう研究が「創作」という、新しく物を作り出す実作と、どのように関係してくるのか。違うのか、同じなのか。或いはそこに交差し得る性質があるのかどうかということが、当然次に起きて来ると思う。世の常識的な考え方からすれば、研究者と所謂文学者との違いは、研究者は事実を調査するもので、それを言葉として表現し伝達する、そういう文章表現者が文学者だというふうなことになろう。これが世の中の常識的、公約数的な意見だろうと私は考える。そうすると、先程から問題にしている、研究者が事実に奉仕して、己れを虚しくするということ、これは揺ぎなくそこに保たれているわけだし、逆にいうと、実作者は事実はどうでもよい、自分からある一つの意志、或いはある形といったようなものを感受し、理解し、それを表現すればいいのだというふうなことになってくる。こう考えてくると、非常に論は明快で、何もこれ以上くだくだしくいうことはないわけだが、私はやはりそうではないと考えざるを得ない。

その理由が先程から前提にしてきた人間の学問にある。つまり、研究者の主体の有無をもって、研究と文学者の創作行為とを区別することはできない、と考えるのである。そうすると、研究に一番近い、所謂文学者の「批評」、「評論」といったものと、「研究」というものが、どのように異質であるのか、どのようにそこを区別しなければならないのか、ということが次に問題になって来よう。

今、話をきわやかにするために極言するなら、私はやはり研究者のすべきこととして、対象を語ることは絶対に守るべきことだと考える。それは忽《ゆるが》せにはできない。しかしより以上に重要なことは、その語り方に、対象を私が語るという形で、研究者の「私」が関与して来なければならないということだろう。かつては、その「私」というものを滅却するところに、輝かしい近代科学としての学問があるのだというふうに考えられてきたのではないかと思うが、それに対してもっと積極的に、濃厚に、己れをかけるという形で、「私」を参与せしめる必要がある。「私」が語るのである。研究において摘出された事実、或いはAならAという研究者が語った対象というのは、A′の形をもって現われてくる。Bという研究者が語れば、それはB′という形をもって現われてくる。というふうに、そこには対象とするものが同一であっても、様々な意味あいを表わしてくるのだろうと思う。そういう、むしろ、相応体として存在するもの、時としてA′の光の中に見え、時としてB′の輝きを見せる、そういったものが、まさしくわれわれが求めている、対象としての文学というものではないのか。「私」が語るのだという、その「私」が絶対に守らなければならないものと考えるのである。

それに対して「評論」とは何か、ということになると、これまた極言するなら、私は、対象を「私」が語る研究に対して、対象によって「私」を語る、これがやはり「評論」なるものが最後の砦として残すべきものではないかと考える。もちろん世の中に評論家といわれている人たちが研究をしても何ら差支えないし、研究者が評論を書いても、もちろん構わない。だから、文章家、創作家たちが書いているものが、いずれも己れを語っているものであって、対象を語っていないといったたぐいのことを今私はいいたいのでは決してない。個々人を研究者といい評論家というのはレッテルにすぎないからである。その辺に誤解がないことを願っているが、その突き詰めていったところでは、やはり対象を己れが語るということと、対象によって己れを語るということと、そのところには、はっきりと区別される点があるのだろうと考えるのである。

二

さて、対象を「私」が語るのが研究であるということを今私はいった。それでは、対象を語りながら、「私」という色合いをそこにもつ、それは一体どのようにして可能なのか、その辺の図式、或いは見取図はどうなっているのかということが、問題化せざるを得ない。

言葉を換えていうと、「私」というのは主体で、対象というのは客体である。だから、「私」が対象を語るということにおいて、どこかで主体は客体化しなければいけないということになってくるはずである。主体の客体化が、具体的にどのように行なわれるべきかという大変困難な問題がそこにある。実は、右にあげた「文学研究の方法」の中でも、今まで述べたことと同じような事柄を書いたわけだが、その中では、具体的にそれがどのように客体化するのかということに関しては、あまり明確な断言的な意見を述べるには到らなかった。

その後、自分なりに考えたり、先学の意見を読んだりしたことは次のような事柄である。丸山静氏は、主体の客体化に関して、言語の様式化ということをいわれている。少なくとも私にはそう読める論を書いておられる（『文学』昭和四十四年九月号）。丸山氏は言語を様式化することにおいて今私が手探りしている主体の客体化ができると考えておられるのだろうと思う。これは一つの方法だろう。言語というものは様々な状況の中に置かれ、様々な発言者の意図を荷なって提示されている。そういったものを、これまた様々な意味あいで受け取った場合には、そこに普遍化がないわけである。それが、ある一つの様式化という普遍化へのまなざしをもって受け取られた場合に、言語というものはある程度客体としての意味合いをこちらに投げかけてくる、そういうことがあると思う。

次には、フッサールの現象学がここ数年日本の読書界で歓迎されているが、そのフッサールの意見を踏まえて西郷信綱氏が考えるところは、次に紹介するようなことだろうと私は思う。フッサールは生活世界における知覚、直感、そして経験といったようなものを重んじるが、そういうものを原的な構造として把える時に、研究は主体をかけた行為となる。これが西郷信綱氏の意見だと私は読み取った（『展望』昭和四十四年二月号）。西郷氏は、フッサールの生活世界における知覚その他を原点として、ある対象を把握するということの中に、主体の客体化が可能なのだ、というふうに考えておられるのではないかと考える。

結局のところ、主体という、極めてこちら側に属する人間世界のものが客体化というあちら側のものになるためには、どこかでそれが法則性をもたなければならない。そうした法則性というものが、丸山氏の意見に拠れば、様式化した後の認識だろうと思うし、それを原的な構造という形で考える時に、西郷氏の客体への転化という考え方が起こってくるのではないかと思う。もちろんこれは私の読解だから、丸山氏や西郷氏の意見を捉え損ねているかもしれない。

さらに、こうした問題の中で考えてみると、主体の客体化にとって、もっとも不可分の関係をもっているものは、歴史ではないかと、私には思われる。どうも大変歯痒い思いをしながら、ぬえのようにいつも正体のよくわからないものなのだが、私にとって得体の知れない、しかしそのゆえに魅力ある何ものかが「歴史」なのである。〈一体歴史とは何か〉ということが、愚直にここ数年考えていることだが、私はそうした「歴史」というものが完全に把握できれば、主体の客体化という問題も解決するのではないかという見込みをいまだに捨て切れないでいる。

たとえば、文学史というものはどのように出来るのかということを考える時に、ある個々の作品を時間的に定立する、ということにおいてしか文学史は出来上らないのではないかということを、私は書いた（「文学史の方法」本書所収）。その定立させるものは何かというと、やはりそれは、「私」でしかない。時間的な位置づけ（歴史）の中に己れという歴史的存在を投企する、そういう時間的な定立に働いてくる「私」といったものに、私と客体との相互関係が成り立っていくのではないかと考えるのである。

その「私」は個人の主体に属することだから、基本の中心は、ものを想像する想像力にあろう。そのように主体の中心を想像というところに置くと、それに鋭く対立してくるのが、事実というものだろう。ところが、この事実と想像という両者をぶつかり合う形におくと、事実は従来の、事実をどのように考え、己れをどのように虚しくするかという問題も起こってくるのではないか。そこで、その想像を事実といったものと対立させた時に、なおそこで想像力というものは、事実を構造する力をもっているのではないかということを考える。一義的には、想像というものは事実と対立するものだと考えられるが、想像力というものは事実を構造する、逆に言うと、事実とは想像力によって構造されたものではないか。構造というものに力点を置いて今私は考えているが、ただ事実が現われるというのではなく、構造をもった、構造体としての事実は、およそそのようなものなのではないか。

歴史小説とよばれるものが可能なのは、そのためではないかと私は思う。歴史小説のことは、多少考えてみたことがある（『文学』昭和四十八年三月号、『日本文学』昭和四十八年六月号）が、われわれの中に「事実」と「私」とが対立するという約束は、すでに崩壊していはしないかと考えるのである。

結局、時間というものにこだわるのも、一つの「歴史」への配慮だし、この事実というのも歴史が荷なっている、歴史が体質としているものだろうと思うからである。そして「私」というものも、存在としての歴史をもっているわけで、そのこちらの歴史とむこうの歴史との関わり合いの中で主体の客体化を考えてみたいのである。

そこで、しからばこうした客体化の具体的な方法はいかにあるのかということになるが、それは結局「よむ」ことしかないと私は考える。近頃円地文子氏が源氏の訳を書かれて大変評判だが、九月十日付（昭和四十八年）の朝日新聞に山本健吉氏がその一部をとり上げて、ここに歌舞伎愛好者としての円地氏の姿が見えるというふうなことを書いておられた。記憶が不確かだが、花道の途中で黒髪をなびかせて立ち止ったような姿として『源氏物語』の主人公が書かれている、といったようなことを書いておられたと思う。これを山本氏が、どういう気持でお書きになったかはわからないけれども、私には、一つの円地源氏の特質への鋭い批判として書かれたものではないかと思えた。もし、この私の読解が正しいなら、この山本氏の批評は、源氏をすら素材にしてしまった円地氏の創作活動の指摘である。もし訳文源氏の中にあの『女坂』の作者が登場するとしたら、これはやはり「私」を語ったことであって、源氏を語ったことにはならない。

その点から考えると、森三千代氏の『和泉式部日記』の訳文は（新たに河出書房の『日本の古典』の中にも含まれているが）、原文と読み較べて、数年前に私は非常に感銘を受けたことがある。森氏の訳が大変にすぐれていると思ったからである。『和泉式部日記』の原文の、

九月廿日あまりばかりのありあけの月に御めさまして、いみじうひさしうもなりにけるかな、あはれこの月はみるらんかし、人やあるらんとおぼせど、れいのわらはばかりを御ともにておはしまして、かどをたゝかせ給ふに女めをさましてよろづ思ひつゞけふしたる程なりけり。

というくだりで、ここまで一つのセンテンスなのだが、これを森氏は、

九月廿日過ぎのある明方、宮はふと目をさました。有明の月が淡く出ていた。

というふうに訳しはじめる。「九月廿日あまりばかりのありあけの月に御めさまして」というのを「明方、宮はふと目をさました。有明の月が淡く出ていた」というふうにシンタックスをかえている。そして、

女もこの月を見ているだろうか、長い間逢わないと思うと、急に女のところへ出かけて行きたくなって、例の少年を呼び起し……

というふうに続ける。

例の少年を呼び起し、お伴に連れて女の家の門口まで牛車をやらせた。『門を敲いてごらん。』少年は門を敲いた。

というところは、原文では、「かどをたゝかせ給ふに女めをさましてよろづ思ひつゞけふしたる程なりけり」というところである。つまり、単純な叙述を会話まじりにかえ、動作主をかえているわけである。ここにはいささかも付け加えているものはない。にもかかわらず、

この訳文は物語を近代小説の一コマにかえ、再構成していると私は思った。これは作家の森氏が『和泉式部日記』を「よんだ」のである。こういった森氏の古典に対する対し方はまさしく「私」を語っているのではなく、対象を語っているものの一つの例ではないかと思う。

三

そういうふうに考えて来ると、結局のところ主体が対象を語るというのは、具体的にはいかに対象を「よむ」か、ということしかないのだろう。対象をいかに読むかというのも、読むのは私であってそれを深く読むということにおいて、対象を外した読み方は、ありえない。いかに読むかということ、これがわれわれの心がけるべきことであって、その中に文学研究の主体性はあるのだろうと思う。

そういった主体性をかけた研究は従来、かろうじて似た行為として鑑賞と呼ばれる行為しかなかったように思う。しかし鑑賞という方法は、一度として学問的体系をもったことがなかった、と思う。もっと印象的、直覚的なことに終始して来たし、したがって、学界でも鑑賞を学的な方法としては顧みようとしなかった。一方鑑賞者の方でも、学問的なものとしてそれを考えるということをしないで過ぎた。そういう弊害が今まであったように思われる。たとえば斎藤茂吉の『万葉秀歌』の一番最初のところは、例の「たまきはる宇智の大野に馬並めて……」（1四）という歌である。これに関して五頁ほどが割かれているけれども、その前の三頁は所謂実証とよばれるものが続いている。そのあとの二頁にわたって作者の問題から話を始めて、天皇を「祝福する御心持ちが、一首の響きに浸透してゐる」というふうに書く。あるいは「この歌の調べには、云ふに云はれぬ愛情の響きがある」「古義は理論の上では間人《はしひとの》連《むらじ》老《おゆ》の作だとしても、鑑賞の上では、皇女の御意云云を否定し得ないのである」というふうな書き方をする。つまり「鑑賞」というものが、ここでは完全に「理論」に対立するものだと考えていて、その鑑賞の中では、「云ふに云はれぬ愛情の響き」、「祝福する御心持ちが、一首の響きに浸透してゐる」といったような言葉でしかこれを語ることができていないのである。そういったものをもっと学問のレベルにおいて、復権させてくることが、実は読むということであって、それが文学研究の主体性の問題ではないのだろうか。

Ⅲ　評論と学問の間

一

今は昔（昭和三十七年）、某新聞に「国文学の不振」という匿名批判が掲載された。文芸批評家に国文学系の人が少ない事から「文芸批評の根本は自国の文学史のたえざる再評価、再発見にあるはず」だとするこの一文は、いわゆる文芸批評界における国文学の不振に、その動機があるようである。しかし、この周知の現象の由縁は、割合単純だろう。わが国の近代文学はつねに外国文学によって促進されて来たし、外国のものであればそれ自体が既に一つの価値をもつという、不思議な習癖が日本人の間にあるからである。また古典学者に比較的多い文献学派の中には文芸批評に関わる面が皆無だから、いかに困難にして充実した文献学を累積しようとも、あいかわらず国文学は「不振」なのである。事実、文献学の中には商業性がないのであれば、これはきわめて自然な事であろう。一流文芸誌の中に国文学関係の論文を見出す事は至難のわざに属するし、国文学者をジャーナリズムが取上げる時には「艶筆教授」と銘うつ。この人々の国文学に関する知識や業績はけっして低いものではないが、その故をもって彼らはジャーナリズムに顔を出しているのではない。匿名子は稀少な国文学系評論家として山本健吉や亀井勝一郎をあげているが、その仕事とて『声』とか『芸術新潮』とかいった、いわば教養に属する雑誌の仕事だったはずである。少なくとも、一流文芸誌を繙読する読者の中に、『万葉集』や『源氏物語』の再評価・再発見を一層享受する姿勢があれば、何も「艶筆教授」を持出す必要はないだろう。万葉集論争に巻頭を割き得る編集者の識見があるかどうか。高木市之助・秋山虔・風巻景次郎諸氏の仕事を、文芸誌が読者に提供しようとした事があるかどうか、それをまず考えてみたい。国文学者の怠慢より以前に、かかるわが国近代文学の歴史がとりもつところの、宿命的因子を問題にすべきであろう。

一方、筆者はその一因として「国文学者の仕事の多くが何やら魅力に乏しい」事をあげる。国文学研究と文芸評論とを同一視したところにこの筆者の誤謬があろう。筆者の求める

「古来の日本文学を生きた文学としてとらえ、かつ批評しようという努力と実績」や、「一般読者の目をも開いてくれる視野と説得力」が求めて求め得られるものだとしても、近代文学の陶酔者に与える華やかな魅力は、ないだろう。たとえば、非常に日本的と思える川端康成の仕事にしても、その国文学理解をああした形に鋳直さなければ、「魅力」にはならないからだ。国文学界にはファッション的魅力はない。そしてかかる魅力は中国文学界にもない。それにもかかわらず紅楼夢論争の行なわれるという事に、もっと別の魅力の存する事を知らねばならない。結局、文学研究における批評とは何かという、昔ながらの命題を避けては、この問題は解決しないものだ。

しかし、私はこの一文を非常に有効なものと考える。明治以来一世紀に達しようとする時、かかる論が一流新聞に現われるという事は中国文壇に反省させられつつ、わが国文壇が徒らな外国文学の追従を脱しようとしているきざしだと思うし、一方、国文学界と文壇との乖離しすぎた弊を指摘していると考えるからである。外国の文学研究を学びながら近代国文学の学的体系が形成され来った事は近代文学と何ら変るところがないが、ある分野においては文献的基礎作業を終えつつある段階を迎えている。こうした現今の国文学界の課題として、この一文の掲げる如き将来が問題にされてよいであろう。「文芸批評」とか「現代的魅力」とかにばかり身売りをする国文学は、国文学者の冷笑を買うだろうが、その辺りに国文学とジャーナリズムの歩みよりが可能であれば、国文学は新しい展開を示すに違いないのである。

二

さて、大学に入学して来る学生は、右にいう「一般読者」である。その一般読者は筆者によれば、古来の日本文学が生きた文学としてとらえられ、かつ批評される事を望んでいることになる。そしてその論旨に従うならば、そこにおける国文学者の講義は何やら魅力に乏しい事となる（「仕事」が直ちに講義になるとは必ずしも限らないが、両者は往々にして一致するものである事は、学界にいる者ならすぐに肯かれる事である）。そこで事を『万葉集』に限って、代表的万葉学者二十余氏の講義内容をうかがってみたことがある（以下はこの稿の為にアンケートをさしあげ得、かつお答え頂けた諸氏のもので、遺漏は多い。また時期的に昭和三十六年度・三十七年度が混っている。御協力頂けた諸氏に厚く御礼申上げたい）。

まず講義（特殊講義）では北海道大学で大久保正氏が「柿本人麻呂研究」、大阪市立大学で小島憲之博士が「上代文学の諸問題」、井手至氏が「古代修辞論」（三十六年度）・「地名説話研究」（三十七年度）、日本女子大学で青木生子氏が「万葉における死の問題」を論じ、愛知学芸大学で松田好夫博士が人麻呂、初期万葉、万葉秀歌をそれぞれ講じられている。大むね詳細な特殊研究に属するものであるが、万葉を中心とする史的位置に重点のあるものとして扇畑忠雄氏の「記紀歌謡論」（東北大学）は歌謡性・伝誦性を『万葉集』と相関的に考究するもの、「歌論」（宮城学院女子大学）は古代歌論における『万葉集』の文学意識を扱われるものである。文学史を題目として掲げるものに小島憲之（大阪市立大学）・三谷栄一（実践女子大学）両博士の「上代文学史」があり、太田善麿氏「古代日本文学思潮論」（東京学芸大学）も、ともども文学の発祥、口承時代からの展開を講じられる。一方、作品研究というもっとも基礎的な面では、国学院大学の久松潜一先生、東京女子大学の藤森朋夫氏、東北大学の扇畑忠雄・小松茂人・峯岸義秋・片野達郎諸氏（ただし万葉、古今、新古今にわたる）、宮城学院女子大学の扇畑忠雄氏、日本女子大学の青木生子氏のものが専門科目、一般教育科目の双方に概論から研究に亘って講義される。国学院大学の高崎正秀博士の作品研究は巻一巻頭歌からの徹底的作品研究、京都女子大学・関西大学の澤瀉久孝博士「萬葉集巻十二・十三研究」も訓詁・注釈に重点のある作品研究である。天理大学では大浜厳比古氏の講義があり、高木市之助博士は日本大学・法政大学・名古屋大学・中央大学・愛知県立女子大学で『万葉集』および上代文学を講じられる。

また演習（講読演習）ではこの作品研究がより多く扱われるが、太田善麿氏が巻二（東京学芸大学）、大久保正氏が巻五（三十六年度）・巻二十防人歌（三十七年度）（何れも北海道大学）、賀古明博士が巻八（和洋女子大学）、大城富士男氏が、巻十一・十二（東京学芸大学）、松田好夫博士が、巻十三と東歌（何れも愛知学芸大学）、五味智英先生が巻十六（東京大学）、井手至氏が人麻呂集（大阪市立大学）、清水克彦氏が旅人作品（京都女子大学）・初期万葉（同志社大学）をそれぞれ演習され、全巻に亘るものとしては澤瀉久孝博士（京都女子大学）・吉永登博士（関西大学）・土橋寛氏（奈良学芸大学）の講読がある。広く歌謡という点からは大久保正氏の「上代歌謡」（北海道大学）、小島憲之博士の「日本歌謡」（大阪市立大学）があり、やや特殊なものでは同博士の「歌経標式」（京都大学）・『遊仙窟』と『万葉集』との関連を求められた「訓読史の諸問題」（大阪市立大学）、蜂矢宣朗氏の「表記法について」（天理大学）などがあげられる。この他愛知県立女子大学の久米常民・服部喜美子両氏、愛知大学の津之地直一氏に万葉集講座がある（なお私は三十六年度東京学芸大学講義「初期万葉作家論」「万葉集研究法」・演習「古今六帖の万葉歌」「雑誌『万葉』所載論文研究」を行ない、三十七年度成城大学講義「古代説話」「上代作家論」・演習「万葉集巻一・二」「古今集読人しらずの歌」を行なった）。

さてこれらを通観してみると、第一に最も重視されているのは本文の読解であり、巻別・歌群別の演習において力が与えられるようである。当然のことながらこれらは一般教育科目、かつジュニアコースに多い。そしてやや特殊な講義がシニアコースに設けられ、『万葉集』の諸問題を研究する段階に達する（私は四年次の学生に対して特殊研究の講義と併行して『万葉』という最高水準の雑誌の論文を演習風に検討、研究主題・方法を体得させる事によって自身の研究を進める端緒をつかませようとしてみた）。次いで、大学院では自由な研究題目や問題歌の提供、研究が見られ（吉永博士他）、大学教育における『万葉集』研究の最終段階をそこに認める事が出来る。

また第二に目をひく事は史的展開が大きな講義題目になっている事で、文学史の講座は勿論、扇畑氏の二講座、小島博士の「歌経標式」、同博士および大久保氏の歌謡、太田氏の文学思潮等、文学の発展に焦点を当てたものである（私の『古今六帖』や『古今集』の取扱いも、王朝への万葉歌の流動を明らかにしようとした試みである)。

更に第三に青木氏の講じられる死の問題等、特殊講義においてはかなり普遍的意義をもつ主題にまで立入って講じられている事が注目される。大学における万葉集講座が単に基礎的事実を提供するにとどまらない事を示すもので、学生は相当程度に深い文学性を思索する結果となろう。

三

大学における万葉集講座は、おおよそ右のごとき現状にある。無論国文科の学生は一般読者と違って、より高次の知識人たるべき訓練が必要であるが、原初的段階にあっては無責任な一般読者と何ら変りない立場で、その訓練に堪え得る程の魅力を、獲得しなければならない。この原初的魅力は即ち根本的魅力でなければならないが、右のごとき大学の講座においてーー基礎的読解から自身の研究に至る一連の作業の中に、過去の祖国文学を史的展開に沿って考え、古代思惟にまで立入って享受する事において、『万葉集』を生きた文学としてとらえ、かつ批評し得る段階に学生は到達するはずである。ただここに、『万葉集』の中に分け入る、乃至分け入り得るためには、自身による『万葉集』理解を体得しなければならないという、厄介な過程がある。先に述べた訓練とは、それを可能ならしめる力を与える事であるが、まことに『万葉集』の世界は、他のいかなる古典よりも広く、深く、難解である。その中に分け入る努力を放擲した人間には、『万葉集』という美神は微笑んではくれない。この事は、匿名子の指摘する、一般読者からの国文学疎外と、実は異質ではない。現代の如き不調和な感覚の時代にあって、大衆小説と同じように『万葉集』が享受される為には、あきらかに読者の間に、過去の文化遺産をかつての豊饒な沃土として心の内奥にひびかせるような、文化的高さと余裕とがなければならないだろう。古典的調和の世界に成立した、『万葉集』という古代的観相が、本能的刺激に奉仕する事はけっしてないからである。もし大学生が一般読者と等質の意志と欲求とをもって、最後まで『万葉集』に対するのだとしたら、万葉びとは永久に蘇りはしない。「分け入る」という事はかかる謂である。そして分け入らずに国文学者の仕事が空しく死に果て、自らの目を開いてくれる視野と説得力がないという事が到底不可能であるように、一般読者の中に現代的感覚のみを欲するモダニズムが潜在する限り、古典の再評価は日の目を見ないのである。紅楼夢論争の背後にある新中国の、祖国文学の意識を、今の場合忘れ難いものだと思う。

『万葉集』を読み始めた大学生たちの『万葉集』に求めるものをきくと、その答えは、日本的特性・原始的活力・広い階層性・美の多様性等々、千差万別である。また昭和三十六年度の卒業論文（東京学芸大学）を見ると、「東歌について」「憶良と文選」「高橋虫麻呂」「山部赤人の研究」「万葉集における信仰」「万葉集の自然」「万葉集の挽歌について」「万葉語の清濁」「万葉集「伎」「芸」の仮名について」等々、これまた区々である。しかし、右のきわめて一般的な初期的憧憬から、いかにも国文学的に研究形態を整えた卒業論文までの変化が、この両者の間には存在している。学生の口から、上部構造とか下部組織とかという単語が、年月を追うにつれて頻度を落していく。そうした変化を一つの馴致ととるか学問的深化ととるか、私は彼らの傍で自問自答しながら自身判然としない昏迷を味わうのが常である。もしかりにこれを馴致ととれば国文学界をある特殊な世界と認める事になるし、深化ととれば生活的把握の単純さを認める事になろう。しかし、全く自然に学生を放置した場合、より生活的把握に偏り、国文学の雰囲気の中に馴致する、乃至はその雰囲気を偽装するに至る事は間違いない。そしてその要求は根源的には正しいものであろうとも、とりもなおさず匿名子いうところの「一般読者」の要求と等しいものである事を考えると、学生がジャーナリズム的魅力を求めて『万葉集』に接したとしても、文芸誌が国文学を疎外するのと同じように『万葉集』は学生を拒否しつづけるだろうし、そこには何ら「魅力」の存在しないだろう事を知るのである。更に、今日的言葉において『万葉集』を訴える、いわゆる評論をしてみせなければ『万葉集』の評価が完全でないという前提に立つかぎり、大学における『万葉集』研究は「不振」をつづける以外にないだろう。国文学という科学は『万葉集』の偉大な文学の真実を客観的に実証・分析するものなのであって、学問と評論とは全く等しいものではない。文献的操作がすべてだと考える事は愚かな事だが、文献的操作を措いた古典研究は不可能である。わが国近代文学の玉条とするフランス文学においても、その古典学に厳密なテクストクリティークの行なわれる事は周知の事柄である。没個性的分析が独自な文学理解にならない事はいうまでもないし、学問的創造とは個性的分析以外にはないが、それはうるわしい主情を今日の言葉で評論する事にはならない。評論という創作活動は唯一つ、この主情にあると私は考えるのである。

万葉学には幸い校本や総索引が完成し、世界文学の志向をもつ研究も進められつつある。冒頭に述べた如く国文学の江湖に迎えられるきざしがみのれば、『万葉集』をあらゆる人々の糧として正当に提供し得る段階に入っているといってよいであろう。その学的魅力の為に、『万葉集』理解の基礎作業を累積して『万葉集』の世界に分け入り、厳密な学的事実による創造がなされなければならない。今日の、大学における『万葉集』研究は、かかる段階と課題との中にあって、将来へのけわしい道程を辿るものだというべきであろう。

Ⅳ　注釈

昭和四十年代後半の数年をふりかえってみると、国文学界、ことに古典の分野は、「注釈の時代」といってもよいような趨勢を示していると思えるが、どうであろうか。

古代では碩学倉野憲司博士の『古事記全注釈』（三省堂）が宣長の『古事記伝』に対抗するごとき厖大な体裁を意図して刊行されはじめている。目下『序文篇』の第一巻につづいて、上巻の上まで二冊が姿を見せたにとどまるが、全十冊にもなろうとする精密な注釈書である。

そして興味ふかいことに、倉野博士といろいろな意味で対立する、もう一人のすぐれた古代学者西郷信綱氏によっても、同様『古事記』の全注釈が単行本刊行の緒についた（平凡社）。すでに雑誌連載は以前から始められていたものであったが、これまたかなりな分量に及ぶ全注釈になるであろう。従来、よく、古事記学においては、いまだに宣長をこえることがないといわれたものであった。近代の注釈書にしても、次田潤氏の古典的名著以来、もっとも新しい尾崎暢殃博士の『古事記全講』まで、いずれも一冊本程度の注解だったから、少なくとも分量においては『古事記伝』を凌駕しえていなかったわけである。それに対する近刊の二著は、内容的検討は歴史にゆだねられるにしても、今大きな意味をもって登場したといえる。

また、円地文子氏によって『源氏物語』の全訳が完成したことは、吾人の耳目にまだ新しいことである。ところが、今度新たに今泉忠義博士によって全注釈が刊行された（桜楓社）。円地訳は窪田空穂や与謝野晶子につぐ文学者の訳として感銘深いものがあったが、学人による訳としては玉上琢弥博士のそれにつづくもので、ここにも『源氏物語』という大古典をめぐって、きわめて対蹠的な二大全訳を、学界は手にすることとなった。ことに今泉博士が、世に国語学者と称せられる――実は、そうした枠ぐみは筆者のもっとも嫌うところなのだが――人だけに、両訳を同時に披見しうることは、示唆的である。

さらに気づくことは、あの大部にして難解な『正法眼蔵』について二つの全注釈が進行中であることで、岸沢惟安氏の『正法眼蔵全講』は全二十四巻の構想をもって昭和四十七年以降、進行中である（大法輪閣）。そして他の一つは増谷文雄博士によるそれである（角川書店）。これは別に刊行中の『日本思想大系』（岩波書店）や先に完結した『日本の思想』（中央公論社）の刊行とあいまって、従来の古典文学の概念を更新すべきものとして注目される。いわゆる思想とか宗教とかといわれる分野が、せいぜい仏教説話の面でしか文学と接点をもたなかったことは、やはり妥当ではあるまい。その意味からわれわれはこの注釈を歓迎すべきであって、多くの人が寺田透氏の頭注（思想大系）に頼って『正法眼蔵』をよんでいる現在、両雄書の刊行は意義が大きい。

そしてさらに、芭蕉の発句についての全注解が、これまた二作、あい前後して登場したことも注目される。一は山本健吉氏、他は加藤楸邨氏、ともに研究のみならず創作にも筆をふるう人によって刊行されたことも因縁めいてみえる。山本氏のものは『芭蕉全発句』（河出書房）、加藤氏のものは『芭蕉全句』（筑摩書房）、いずれも上下二巻の体裁をとり、一千句に近い芭蕉句が解釈・鑑賞される。加藤氏のものはより大部なものである。

この山本氏のものの多くは河出書房の『日本の古典』中の「芭蕉」に収められていたが、この古典現代語訳の叢書は、昭和四十九年の十二月、全二十五巻が数年ぶりに完結した。この他、小学館の『日本古典文学全集』はなお刊行中であり、角川書店の評釈・全注釈大系も、一冊ずつを重厚に積み上げている。新潮社の古典シリーズもいよいよ刊行の緒につくことであり、筑摩書房の『日本詩人選』も十一巻の増巻がやがて姿を見せる模様である。そして一層ユニークな出版は『新撰日本古典文庫』（現代思潮社）で、比較的閑却視されて来た作品、『承久記』『梅松論』といったものを詳細な頭注・補注を付して印行し、漢文は読み下し文を提供するというものである。必ずしも注釈書の体裁をとるのではないが、厳密にいえば本文の決定そのものも注釈的作業であり、この叢書を本稿に紹介するは、当を失してはいまい。ことに、先にあげたものが『源氏物語』・芭蕉といった著名古典であるのに対して、これがさほど世にもてはやされないものだけに、それぞれの意義をもって好対照をなすものというべきであろう。

さて、私が「注釈の時代」とよぶゆえんは、以上のごとき情況によってであり、立言は許容されるであろうか。もし然りとすれば私はこの情況に対して、様々な物思いが胸中をめぐる。右に紹介した諸注釈者の顔ぶれは意図的に少しずつふれて来たように、まことに多彩であった。あえてそういうことを許してもらえるとすると、実証的アカデミズムの権威者があり、歴史社会学派と称せられる人があり、国語学者あり宗教学者あり、評論家・俳人をかねる人がいた。彼らの「注釈」は、おのずからにして異なるであろう。注をつけ解釈をするということは、一見、わかりきったことにも思えよう。対象は本文であり、厳然として「そこにある」ものだからである。しかし、古語を現代語にいい抜ける作業が「注釈」であるはずはない。現代語によって表現するのは一つの便法にすぎないのであって、「注釈」に表現されたものは、著者が古典をよんだ結果である。文学を「よむ」ということは、果して己れを空しくすることであろうか。しかしまた、よまれるべき原典が超時的に揺ぎないことも当然のことである。

しかも現代語訳をつけるとなると、「説明」をはみ出した要素がともなう。注解が現代文の文脈によって制約をうけるからである。私の対外経験は乏しいが、二、三の国際学会などに参加した折、当初奇異に感じたことに翻訳の問題があった。海外の日本文学研究者にとって、それは最大の問題らしい。最初私はこれを初歩的な段階と判断したが、しかしそれは誤りであって、事は、相違する言語、外国語と日本語、古典語と現代語（前者と同一には論じられないが）の橋わたしの問題から、さらにそれぞれの言語の原質の如きものへと、さし戻されるべき課題なのである。したがって現代語訳をつける場合といったのは、一つの局面にすぎない。広く注釈とは、この辺りにおいて鋭く原語との対決を迫られる作業であろう。しかもそれは現代語人としての作業である。

　しかもそれが「注釈の時代」とかりによんだように、年次的傾向となるとは、一体どういうことであろう。世上にはたしかに古典ブームがあり、書肆がそれを相手どった時に注釈書が盛行するのかもしれぬ。世情は往々にしてそのようなたあいもない要因で動いていく面もあるが、しかし、世にたばかりはあるにせよ、注釈者の立場においては、もっとぎりぎりのものがあるはずである。したがって注釈者の良心を信じていいとすれば、今やもう一度古典をよもうという、静かな心熱が国文学界におこっていることを意味している。

　もとより、それは国文学者の行為としてはわが文学研究としての注釈でなければならないし、国文学者とは何よりも「よみ手」のことであると同時に、無表情な、ことばの使徒であるべきではない。私は国語学に味いので国語学者にも問うてみたい。「注釈」とは何か、を。「注釈の時代」とは、そのような問題を学界に提起しているように思えるのである。

二　万葉集の構造

万葉集の構造

一　体裁

『万葉集』は全二十巻、約四千五百十六首の歌を収める。この二十巻という巻数は後の勅撰集がおおむね二十巻をとるもとになったとも考えられるが、逆に『古今集』が二十巻であることによって、『万葉集』が二十巻の形をととのえたと考えることもできる。全体の歌数を「約」などといったのは、『国歌大観』の番号はそうなっていても、この本が同じ歌に二度番号をふったり、「或云」などとして挿入された歌を数えたり数えなかったりで不統一であるほか、一首全体を掲げない歌を数えるか否かによって、正確に何首といえない事情があるからである。

だいたい収める歌数が正確に何首といえないような歌集は、他に存在するだろうか。写本によって異なるとか、幾度か撰ぜられたり奏覧されたりしてその度に異なるとかいうのではないのだから、これは従来いわれているような、『万葉集』の未精撰ということでもあり、撰書と資料との間に漂っているという性格を示すものだろう。その事は全二十巻の内容においても知られるところである。

巻一は八十四首の歌を収め「雑歌」と題される。「雑歌」という命名は中国の『文選』その他に本篇の分類をおえた後になされるもので、詩の後に「雑詩」、歌の後に「雑歌」という類である。その点からいっても「雑歌」から始まるのは不自然で、これは巻二の「相聞」「挽歌」が出来た後に不分類の巻一に名づけられたものと考えられる。

巻二には五十六首の「相聞」、九十四首の「挽歌」がある。「相聞」とは往来、贈答の意で、当時書道の書でその手紙類を名づけて分類名としていたのにならったという山田孝雄博士の説が動かない（「相聞考」「相聞考補遺」「相聞考（補改）」『万葉集考叢』一〇七―一二四頁）。「挽歌」は死に関する歌で、これまた中国の名称にならっている。以上の巻一・二が併せて一体をなすということは、成立当初からは考えられないことであるが、後にはこれを一体と見る見方がされ、巻三以下ができる。

巻三はこの三部立の内の「相聞」を「譬喩歌」に代え、雑歌百五十五首、譬喩歌二十五首、挽歌六十九首をもつ。

巻四は相聞の三百九首をもって一巻となし、比較的新しい歌であるが、巻頭は古歌をもって飾る。巻五は未分類の百十四首。巻六は雑歌のみの百六十一首で格調高く作られているが、巻七は作者未詳歌を雑歌二百二十八首、譬喩歌百八首、挽歌十四首と、いちおうの形を巻三とひとしくする。

巻八からは四季の分類がはじまり、各季を雑歌・相聞でととのえ、おのおの春が三十首と十七首、夏が三十三首と十三首、秋が九十五首と三十首、冬が十九首と九首。志貴皇子の一首からはじまる巻八から、万葉は第二段階を迎えるようである。巻九は歌集歌をもって作られ、巻一、二を合した体の雑歌（百二首）、相聞（二十九首）、挽歌（十七首）。巻十は巻八の体とひとしい作者未詳歌で、単純に形だけ見ると先にならったように思われる。春が七十八首と四十七首、夏が四十二首と十七首、秋が二百四十三首と七十三首、冬が二十一首と十八首となる。

巻十一、十二は目録に「古今相聞往来謌類」の上下と記され、それぞれ四百九十首と三百七十首という大無名歌集である。『万葉集』はこのあたりからもう一つ性格を新たにして、巻十三は古風な長歌に短歌をそえた百二十七首、巻十四は東歌の二百三十首、巻十五は遣新羅使一行と中臣宅守《なかとみのやかもり》・狭野茅上娘子《さののちがみのおとめ》の贈答との二百八首、巻十六は「有由縁幷雑歌」として百四首を収める。それぞれが特殊な各巻である。

巻十七以降は家持を中心とした記録が四つ年代順につらねられ、十七が百四十二首、十八が百七首、十九が百五十四首、二十が二百二十四首となる。

これらは各巻の歌数も多寡定まらず、右の内にはさらに歌体にも及ぶ小分類があり、全二十巻に統一的編纂意図を考えることは到底できない。この複雑な非精纂性こそ、『万葉集』が複雑な形成過程を経ることによって得た、渾然たる力ともなっているのである。

二　成立

かくのごとき『万葉集』において、それがいつでき上ったものかという問題は、察せられるとおりにきわめて難解なことがらである。あまつさえこの問題は『古今集』以後にさまざまに言及され、その事がかえって複雑さをまして事の真実が失われてしまったきらいがある。さらにこの結論を導く有力な手段は、結局のところ『万葉集』内部の検出にしかないという見方もできるほどに正しい文献を欠き、かつその内部そのものも複雑である。

その一つの説は巻十六までの諸巻が天平十六年（七四四）以後、十八年（七四六）から遅くとも天平勝宝五年（七五三）ごろの間に成立していたであろうという考えである。これは、これら諸巻の内、巻七、巻十―十四という六巻以外の十巻の収載歌が、すべて天平十六年までのものであることによっている（天平十七年の歌と知られるものは無い）。しかし、もしかりに天平十八年以降の巻十七―二十の四巻が先に成立していたら、その前を補う時には天平十八年までの歌をもってするしかないのだから、必ずしも天平十八年という上限を十六巻にかけて考えずともよいことになる。のみならず巻十六などには天平十八年以降の歌もふくむと思われるから、一律に天平十八年ごろの成立と考えるわけにもいかない。

この十六巻に対して巻十七以降四巻の成立も、その最終年月、天平宝字三年（七五九）をもって、それ以後遠からぬ間の成立と見る考え方ができる。これは先と同様、最終年次を成立の上限とする意味では共通した考え方に立っていよう。しかしこれも、宝字三年という最末尾が、ある必然をもっているのだとすれば当然そうなるであろうが、この末尾は成立とか編纂とかとは別の事情によって、唐突に訪れた末尾である。つまり資料上の制約なのであって、ずっと時代を降って編纂したとしても、それだけの資料しかなければ、致し方もなかったはずである。

そしてさらに重大なことは、右にとり上げた年次が何れも作者判明歌のもので、当然ながら作者未詳歌は無視されていることである。しかもこれは作者判明歌の巻に繰入れられるようなあり方ではなく、右にも記したように、巻七を除いて作者判明歌巻に付属する形で存在している。この後にあるものは二歌群の一巻（巻十五）と由縁ある歌の一巻（巻十六）とであって、もし作者判明歌巻の年次をもって成立を推すのなら、巻九までの八巻において然るべきものなのである。

しかし徳田浄氏（『万葉集撰定時代の研究』）や山田孝雄博士（「万葉集の編纂は宝亀二年以後なるべきことの証」『万葉集考叢』一四―一九頁）がいわれるように、奈良朝末、宝亀年間（七七〇―七八〇）に、成立をかけて考える見方もできる。右の年代が最終歌によって導かれたものに対して、下限は無限の年代の中から指定されたもので、それなりの一つの批評をもっているのだが、たとえば山田博士は巻十四の配列が宝亀二年（七七一）以後でなければならない順序によっているとされ、徳田氏も右にあげたような考えをとりながら、宝亀八、九年（七七七、七七八）に全巻の手入れがあったとされる。このように『万葉集』の成立は天平・勝宝といった早い時期のみは考えられず、奈良朝末まで現形の完成を見送らねばならないのである。そしてさらに、平安時代以来の言及の中には、宝亀の次の時代、桓武・平城の代にかけて成立を考える見方も強い。これは『古今集』にいう「ならのみかど」を平城と考えることと、大伴家持没後の運命を考えることから出て来る考えであるが、藤原薬子をめぐって、平城朝の『万葉集』享受を否定する考え方もあるし、『古今集』成立のころに、果して『万葉集』が《現万葉集》であったか否かということも、実に確定はしていないのである。

一体に『万葉集』の中には「或本歌曰」「或本云」「一本云」といった注記が数多く見られる。これらは「本」ということを明記しているもので、もっと大まかに記した「或云」「一云」というものより、一層書物の存在を示しているだろう。その書物とは《万葉集》という名を負った一書であったとは限らないが、少なくともその万葉歌と同じ歌を載せた書物であり、そのような書物が数多く存在したことを示すのである。人麻呂歌に挿入・注記された異伝については、それが万葉三・四期の時代的類型や好尚にかなうものだという研究が篠塚昌宏氏にある（「人麿署名歌における異伝」『上代文学』一四号）。つまり編者はこの後代に存在する書物によって注記していったのであり、現存万葉集が唯一の歌集だったわけではない。『歌経標式』は十六首の非万葉和歌をもっている。それと同じように奈良朝和歌は他に存したであろう。本文を改変されることなく、注記を併せられるほどに《現形万葉集》はすでに一つの成書であり、一方すでに同類の歌集（万葉集かもしれぬ）が併存していた時点が

《現万葉集》の最終編纂の段階である。少なくとも、現在保有する注記を後人の注と認めぬかぎり、そう考えざるを得ない。これはそう早い時期に考え得ぬことであろう。

かくて知られることは、『万葉集』とは一時に成立したものではないどころか、測り知れぬほど長い年月の間に次第に現形をもつに到ったものだということであり、原資料でいえばすでに人麻呂周辺に集合したであろう段階から平安朝にかけて（しかも普通思われているよりもよほど遅くまで）でき上っているのである。この事は作品が純一な性格で存在するのではなしに、つねに多元的な性格を併せ有するということである。具体的にいえば今日の人麻呂と明日の人麻呂とが同じ人麻呂として存在しているのである。その点で『万葉集』の形成を知ることなしに『万葉集』の体質を理解することは不可能になる。

三　集団的抒情

ここで先程から少しずつ問題として来た作者未詳歌にふれよう。『万葉集』は、その約半数を作者未詳歌によって占められ、そのような歌集は他のいかなる歌集よりも作者未詳歌において特色を有するに相違ないからである。この作者未詳歌は後に述べるごとき万葉の貴族和歌を支える基盤であるが、しかし一概に作者未詳歌といっても、冒頭にあげた諸巻は区別して考えなければならない。たとえば巻七は古歌集や人麻呂歌集が処として混然と用いられているが、巻十一・十二という「古今相聞往来の歌」ではその「古」にこれが用いられてい

る。巻七は「故郷を思へる」として、

清き瀬に千鳥妻呼び山の際に霞立つらむ甘南備の里（一一二五）
年月もいまだ経なくに明日香川瀬瀬ゆ渡しし石橋も無し（一一二六）

という二首を載せるように、平城遷都後の歌を持ち、行旅官人の諸作を載せるように中央官人の歌も載せて、その年代は巻十一・十二よりもより古いものと思われる。
したがって作者未詳歌を論ずる場合に、一をもって他を推すことは危険なのだが、ここでは巻七と巻十四との問題を一つ取りあげてみよう。巻七は右に述べたように行旅の歌を多く一括して載せるが、とくに部立をされるのは芳野・山背・摂津のみで、他は羇旅《きりよ》作として取纏められている。その羇旅歌は各国の作に当るが、中に東国の歌三首をもつ。

霰降り鹿島の崎を波高み過ぎてや行かむ恋しきものを（7一一七四）
足柄の箱根飛び越え行く鶴《たづ》のともしき見れば倭し思ほゆ（7一一七五）
夏麻《なつそ》引く海上潟の沖つ洲に鳥はすだけど君は音もせず（7一一七六）

この第一首は鹿島の崎に「過ぎ行く」ということばで対応しており、人麻呂の野島の崎などとひとしい、行旅の人の作たるを明示している。また第二首も「倭し思ほゆ」という望郷の念をもつ行人の作である。これらによれば（そしてこれのみの特性というのでも無論なく）、この羇旅歌群が中央官人の行旅による歌だという特性はおよそ察せられるだろう。

ところが第三首は「君」というからには女性の作であり、恋歌であることも右の二首と相違し、かつ「鳥―すだく」「君―音もせず」という対応は、かつて述べたように（「万葉集の世界」『国語通信』昭和四十三年四月『万葉の詩と詩人』所収）、民衆歌の原形である。この三点をあげるだけでもこの歌は類型からはずれて、行旅官人の歌たる可能性を少なくしていく（もちろん土地の歌を採取したという考えもできる）が、さて一方巻十四東歌の方には、冒頭に、

夏麻引く海上潟の沖つ渚《す》に船はとどめむさ夜更けにけり（三三四八）

という一首があり、「上総国の歌」と注されている。東歌の特質は何がしかの形で集団性を有する点にあり、たとえば「稲春《つ》けば皹《かか》る吾が手……」（14三四五九）といった抒情詩風の歌も集団に歌われたものであろうということは、すでに述べたことがある（「東歌」『成城万葉』昭和四十九年十一月『谷蟆考』所収）。そうした集団歌謡たる東歌に対して、冒頭の、わざわざ「東歌」と題された五首は一層洗練された優雅な抒情性をもって、個人的、抒情的な傾向にある。そこに東歌の編纂の秘密を感じるのだが、しかしその内の常陸の二首については集団性がある。それでいて、こうした集団性の付与を執拗に試みてみても、なお個人的

であるのが、この冒頭第一の右の歌なのである。「船はとどめむ」というのは、先の鹿島の崎の歌同様、船行の官人を思わせる（沖つ渚に船をとどめるのだから、海上潟という上総国庁近くの海は目的地ではない）。一首の口調ははなはだ黒人《くろひと》に近く、黒人は巻七の行旅官人の代表であろう。ここの諸歌に口調が近いこの第一首はやはり官人の作であろう。

しからばここに起こる現象は官人行旅歌群に東歌と覚しきものがあり、東歌に行旅官人の作と覚しきものがあるということである。この際留意すべきことは、東歌と覚しいとか官人の作と覚しいとかといっているのは、実はわれわれであって、彼らは、まったく、前者を羇旅の作と考え、後者を東歌と信じて疑わなかったという点である。それが実は洗ってみると逆であろうというだけの事なのである。とすれば、これは大変なことではないか。万葉びと（あるいは編纂者）にとっては、その間に侵し難い境など存しなかったのであり、たやすく両者が混淆しうるような和歌世界が、『万葉集』だったのだということである。『万葉集』とは、そうした歌集であり、その故に作者未詳歌を厖大に抱え込むこととなるのである。

四　連続的世界

同様なことを、旋頭歌などを例にとって別な角度から述べてみよう。巻七のみならず作者未詳歌の作者たちが、どういう階層・種類・地域の人々であるかは、大事な問題だが、私にとって将来の研究課題である。それが旋頭歌になると先にも述べたように風土色豊かな民衆

性を多く湛えることになるが、そうした中にまじって、

夏蔭の房《つまや》の下に衣裁つ吾妹　心設《うらま》けてわがため裁たばやや大に裁て（7─一二七八）

といった歌がある。夏日の緑蔭、孀屋《つまや》に衣を裁断する女がこの主人公であり、しかもこの場合衣は作者がそう歌いかけ得るほどに、自由な用途に用いられたものである。「大に裁て」というのは寛闊な衣服の流行によるとする説（金子元臣氏『万葉集評釈』）もあるように、貴族的な風景を想像させる一首である。これを農民の集宴の歌と同時に見る時、われわれはいい知れぬ感動を覚えるではないか。その感動とは、きわめて近代生活的な都会性を発見した感動であろう。そしてこれは、

うち日さす宮路を行くにわが裳は破《や》れぬ　玉の緒の思ひ委《まか》せて家にあらましを（7─一二八〇）

君がため手力疲れ織りたる衣ぞ　春さらばいかなる色に摺りてば好けむ（7─一二八一）

という歌によって次々と確認されていく。裳を長く引く女性は高貴な女である。彼女が「宮路」を行くのなら、相手の男性は大宮人でなければならぬ。そうした貴族の恋が旋頭歌として農民の集団歌と並べられるのである。「君がため」に力をつくして衣を織り染める女性も

また同様に、調布を織る東国農民の女などとは別世界の女である。

こうした諸歌が人麻呂歌集の中に収められていたというのは、どういう事なのであろう。人麻呂歌集がいずれかの段階において人麻呂を経由したものだとすれば、人麻呂は各地への従駕か個人的行旅の途次に各地の旋頭歌を採集したものと思われる。その中にこうした貴族的な歌がとり入れられるというのは、やはりこの間に区別がなかったことを意味しているだろう。最後の歌などは最初の作歌が個人的な詠嘆に出で、やがて民衆の享受するところとなったとも考えることができるだろう。春を待つ女の心が共感を呼んでいった面もあったにちがいない。しかし他の二首は、享受集団の実体を民衆に考えることがむつかしい。もしかりに右のような経緯をこの背後に想像したとすれば、前者は大宮人、後者は宮女といった種類の人々をしか仮想し得ない。どこまでいっても民衆の集団感情とはなり得ないものだろう。それを今人麻呂歌集は農民歌と並べるのである。このいわば貴と賤との連続性、無差別性こそ、やはり万葉の一つのあり方なのである。

同じ巻七の譬喩歌には「木に寄す」として、

足乳ねの母がそれ養《か》ふ桑《くはこ》すら願へば衣に着すといふものを（一三五七）

という一首がある。母の生業とする養蚕・機織は調布である。しかしそれを「願ふ」という条件の中でおのが衣にすることも出来る心にこの歌は成り立っている。つまりこれはやや自由な農民の娘（と解する）の歌で先の諸歌と農民歌との中間をつなぐものであろう。東歌とて貴族的に題材によって類聚されている。こうした貴賤の連続性の上に万葉歌の生命がある。

五　時代

『万葉集』の有する豊饒さは、もう一つ、この歌集が長い年月の歌をもっていることにも由来する。そこで、長い万葉の歴史を時代区分することが最大の課題となるが、この面にもっとも有力な方法の一つが比較文学的区分であろう。

比較文学という方法は、従来さまざまに考えられてきたが、『万葉集』の場合は『万葉集』の文学的形象を明らかにすることを目的とし、P・ヴァン・ティーゲムの方法を土台としてこれを修正した方法が穏当と思われる。この修正はより適切に『万葉集』を明らかにするためのものであるが、同時にエチアンブルのいうユマニスムとしての比較文学を、高く評価するからである。

『万葉集』を文学として考える場合に、もっとも大きな問題は、その言語性ということで、この日常言語的性格が文学としての「表現」を獲得していく過程に、中国文学が大きく働いている。そして半面、日本文化は中国文化に対して激しく対峙することがなかったように思われる。このような『万葉集』基本の性格にとって、ユマニスムとしての比較文学的方法は、きわめて有効だろうと考えるのである。

さて、その上に『万葉集』百数十年の歴史を考えるためには、次のように区分するのが妥当だと考えている。

まず、『万葉集』の開始される時期を大化の改新（六四五）とする。この、中国的新文化を身につけた王朝の皇子、中大兄によって古代的豪族が誅殺されるという事件は、古代歌謡の世界から『万葉集』という新文学が誕生してくる過程の、象徴的事柄であった。その新政の推進された後、日本は百済における敗戦を経験し、多くの亡命要人を受け入れる。ここに、中国風新文化の咲き誇る近江朝出現の契機があり、額田王を頂点とする万葉が形成された。これを初期万葉と名づける。

次に迎える画期は壬申の乱（六七二）である。これ以後は大化以降の天智政治を天武によって修正する政治が開始され、旧来の伝統にもどりながら、近江朝の新文化を血肉とする時代がおとずれる。人麻呂を高峰とする万葉の充足期がこれであり、これを白鳳万葉と名づける。

しかし、この傾向は持統の崩御（七〇二）とともに崩れ、八世紀以後は、さながらの文明開化を現出する。これをリードしたのは、わが国で漢詩を作った最初の天子（弘文を除いて）、文武である。都もやがて奈良に遷り（七一〇）、唐風文化の盛期となる。これを平城万葉と名づける。

この時期を代表する人物は左大臣長屋王であったが、彼は天平元年（七二九）、自尽する。以後の万葉は漢詩文そのものの定着、充実に対して、いっそう生活的表現となり、家持といった孤高の歌人がそれを内心的表現の道具とした。これが天平万葉である。

『万葉集』に年代の知られる歌は、宝字三年（七五九）のものが最後であるが、《現万葉集》の成立は宝亀年間（七七〇―七八〇）以降と思われ、天平万葉以後平安遷都（七九四）ごろまでの歌も万葉にはふくまれるであろう。

万葉の時代区分は以上のごとく五期に考えられる。各時期、ほぼ三十年つまり一世代ずつの交替である。以下、各期を詳述しよう。まず、大化の改新は旧来の氏族体制を中国風な律令体制に替えるものであり、その行政の権を執った中大兄皇子は、近江朝廷に君臨することによって、新政の完成を目指した。それを具体的に推進したのは百済政府の亡命要人たちである。『懐風藻』の序文によると近江朝には多くの学校の建てられたことが見えるが、そこに行なわれたものは、最新の中国的学術であったにちがいない。この朝の後継者弘文天皇（大友皇子）は、わが国最初の漢詩作者である。

この風潮の中に『万葉集』は、記紀歌謡と異なった新風の和歌を発足せしめる。ことに長歌は記紀から初期万葉にかけて、儀礼歌の形式であったが、その儀礼性を排し、抒情詩として誕生せしめたものが、この時期の中国文化であった。長歌に付けられる反歌は、辞賦の様式を模倣することによって成立した（反歌の名称が『荀子』に出るという説は誤りである）。また、この時期を代表する歌人は額田王であるが、彼女は「詞」を掌る媼《おみな》として内廷に侍し、この伝統的な職掌の中にありながら、抒情詩としての和歌を作った。追憶という風情が歌われはじめるのも彼女以後のことであり、春秋の美を競うという中国的題材によって長歌を作ることも、彼女において可能となった。和歌が儀礼的な祝呪の詞から心情表現の道具となっていく過程を、つぶさに示すのが額田王である。

そして、この額田王が初期万葉の代表歌人であったように、『万葉集』はこの時期女歌を中心とし、かつ、この時代は内廷において和歌の行なわれた時期であった。これは、心情表現の具としての和歌が男性官人に所有されることなく、まず、内廷の女性を中心として行なわれることから抒情詩の道を歩みはじめたことを意味する。この点は平城朝の万葉が男性官人によって担われていたことと大きく相違し、中国文学からの促進はこの時期には、まだ和歌をして公の文学たらしめていなかったのである。したがって、彼らは内廷の和歌享受の中に、仁徳朝以降の古い歌々も整備し、歌物語化した。伴の造たる大伴氏の伝誦がこの古歌に関係する所以でもある。

先に述べたごとく、壬申の乱によって政権を担当した天武は、急進に過ぎた天智新政を補正し、伝統的社会性を斟酌しつつ新律令政治を推進していった。したがって、この時代の主眼目は天智同様新しい唐風国家の樹立にありながら、一方、保守的な傾向も見せているのだが、そうした天武朝、およびその後継者たる持統の時代の風を象徴的に示す歌人が柿本人麻呂であった。

人麻呂には後に編集されたと思われる現形をもって、柿本人麻呂歌集という一大歌集が残されているが、これはさまざまな民衆のさまざまな生活の歌をふくみ、同時に自作と思われる秀歌を有している。この人麻呂歌集のあり方は、民衆の生活詩と密接に連った人麻呂の歌の性格を示すもので、事実、人麻呂の短歌は民衆歌的性格を強く持っている。この短歌の生活性は長歌と異なって、記紀歌謡以来持続されてきたものだが、それをさらに高度な詩としたところに人麻呂の価値がある。

その詩としての向上に資したものは、他ならぬ中国文学であり、それはことに長歌に著しい。人麻呂長歌に用いられる対句などの修辞は、記紀の長歌謡のくり返しと異なる技巧で、中国辞賦にならったものと見られ、挽歌の構成も中国の哀策文などの形式とひとしい。また、単語そのものにおいても中国語的な造語があり、多くの面に中国文学の影響を指摘することができる。しかし、人麻呂への影響は、より多く形式の面に見られ、その精神は、たとえばしばしば類似をもって言及される杜甫の「春望」と近江荒都の歌とを比べた場合に歴然としているように、異質である。この異質な精神をもちながら詩を達成したところに、形式への中国文学の影響の大きさがむしろ指摘されるだろう。だから人麻呂以外の人々——それは同じように宮廷詞人や宮廷の皇子たちだったが——の文学を育てたものも中国文学という先進文化であり、和歌史の上で人麻呂をこの時代のピークとするのは、人麻呂の精神の独自性だったわけである。

八世紀初頭は万葉の最盛期といえるだろう。多くの官人たちがこぞって和歌に参加し、それぞれ独自の文学を制作した。しかもこの時代はひとり和歌のみならず、漢詩文においても華やかな時代であり、漢詩文が和歌の背後にあった前代に比べて、この時代は両者が相拮抗し合う時代であった。

人麻呂の後を受けると目される山部赤人は、同様に宮廷詞人の立場にありながら、新しい讃歌を作った。人麻呂の中にあった天皇即神という信仰がすでに文学の首座から退き、彼は美を造形しようとしたのだった。その造形美は、さながらに漢詩賦の対偶様式になる美であった。また、吉野の地はあの神仙郷にも比すべき聖地として歌われた。高橋虫麻呂は非現実の世界を長歌によって語ろうとするが、このような創作意識は従来の和歌には見られなかった作家性であった。この時期には七夕という中国の伝説が和歌の素材となり、多くの歌がよまれるが、これはそのことと無縁ではない。

しかし、この時期をもっともよく代表する作家は山上憶良である。この、百済から幼少のころに渡来したと思われる儒学者は、中年にして遣唐少録となって彼の地を踏み、初唐末期の中国文学に身をもって触れることができたが、陶淵明に通じる詩歌をもってまったく新しい境地を和歌の上に拓いた。もっとも彼は決断の人ではなく、常に迷妄をもったが、むしろこの人間的迷妄の中に真の文学性を保ち得たともいえるだろう。

この人間性の上における、彼の素材は豊富である。広く東洋全域にわたると見られる卵生伝説にもつらなる鎮懐石の伝説をよんだり、仏教的愛と妄執を歌ったり、また、儒学的倫理を説いたりする。

このさまざまな人間詩を獲得したことによって、『万葉集』はより完全な作品集になったとまで言うことが可能である。

これに対し、大伴旅人は天然の詩人であったが、その詩歌の根底を流れるものは老荘の思想であって、しかもそれを内在化して歌うところに、中国文化の浸透を知ることができる。竹林の七賢ばりに彼の催した梅花の宴は、この時代の文学のあり方を代表的に示すものだが、このような集宴の文学の登場や、旅人のみならず多くの作家たちの選んだ詩題の中国風も、この時代の文学の規範として中国文学の存したこと、ならびにそれへの官人たちの傾倒を教えるものである。

ここで、平城万葉と称する約三十年間の最後の五年間は神亀と呼ばれるが、この神亀元年（七二四）に即位したのは聖武天皇である。聖武は即位と同時に多数の渡来人を優遇する。その姿勢に見られるような唐風な天子の下に、中国風文化はいっそう雅びやかに天平を彩る。文学の上においても、いっそう漢詩文が盛行する。

ということは、官人たちの文学として第一の座に据えられることになったものが、漢詩文そのものであった、ということである。ここにおいて、あの漢詩文によって文学の座に高められた和歌は、ふたたび生活的抒情詩の座に転落してゆくこととなった。この時代の男性官人の、晴の文学は漢詩文であり、和歌は女歌を主とする生活の、褻《け》の文学となった。先に述べたごとく、初期万葉は内廷の女歌の時代であったが、万葉はまたそこへ回帰していくのである。『懐風藻』という漢詩集の成るのもこの時期（七五一）である。

したがって、和歌は生活的詠嘆や戯れの歌、詠物・寄物という新しい手法の歌や比喩の歌を濃厚にしていくが、晴の装をこらすことのないこのような歌には、それなりの「風流《みやび》」の精神も宿っている。だから、この平安朝文学にも連っていく文学のあり方は、中国文学がうらはらに育成したものでもあったわけである。

大伴家持という万葉末期をかざる歌人が登場するのは、このような状況においてであった。大伴家という伴の造の家柄に生まれた彼は、和歌という古来の様式に執念をもって向う。しかし、彼には人麻呂を支えていたような信仰の強さも、憶良にあった造形の可能性ももはや無かった。彼は自己の内心に自己の感情を問うことによってしか、詩を生むことができなかったのだったが、しかし、彼はこの困難にあえて挑むことによって空前の抒情詩を作ることができた。だから、家持のあの美しい和歌は、中国文学を培養基としながら、中国文学的なものを一切捨象することによってでき上がったものだといえるのである。その詩論の中には、中国の『詩品』や『文心雕竜《ぶんしんちょうりょう》』の見方を指摘することができる。しかし、彼は憶良のように理論としてそれに接したのではなくて、表現する自己の姿勢として、これらを消化したのだった。

もとより家持のこの内省的な抒情精神は、類を絶していたわけではない。末期万葉の大きな傾向として、内省的な歌や観念歌と称し得るような作を指摘することができる。これらは天平期の官人たちが閉塞的な世界にあったことを意味するが、群小官人や都会人たちの閉塞的心情による和歌は、万葉の無数の作者未詳歌として存在している。これはそのまま『古今集』のよみ人知らずの歌に連っていくものであろう。作者未詳の歌を集めた『万葉集』の数巻は、こうした天平以降の歌を多量に有していると思われる。

《現万葉集》はともかく、『万葉集』の大勢を決定するような編集の行なわれたのは、これらの歌の最終時点、宝亀年間だったのではなかろうか。宝亀年間は大伴家持が不遇な官人生活の中でもっとも恵まれた時期であり、その編集を考える事が可能だし、時の天子光仁は志貴皇子の子（天智の孫）である。また、この時期には藤原浜成の『歌経標式』が成立している。この書物は和歌を詩学に準じて整理しようとしたもので、その行為は自らなる和歌の一終着を示している。

「万葉集」という書名はこの時点ではじめて名づけられたものと思われるが、全奈良朝の和歌を集めた、雑然たる歌集に対して、「多くの作品の集」という命名は、きわめて当を得たものだったということができる。『万葉集』が基本とする分類目は、雑歌・相聞・挽歌であるが、雑歌は中国の詩文集で本分類の末に付せられた名称、相聞は当時通行の書道書の分類の応用、挽歌は楽府詩の名称である。いずれも中国文学由来の命名なのだが、「万葉集」という命名も、これまた同様に中国的呼称を基としたものであった。

『万葉集』はこのような中国文学への馴致と離反との間に育てられた、百数十年間の作品集である。

六　初期万葉

ここで上述の区分による各時代の特質をより詳しく述べよう。

歌の最古をもって称せられるのは、仁徳天皇の皇后、磐姫大后の歌で、ついで雄略天皇の御製があり、もって巻二と巻一との巻首を飾っている。この巻頭の意義は古来重んぜられ、折口信夫博士は、もっともその意義を強く主張された一人である（『折口信夫全集』九巻三八頁その他）。これは尊重すべき古来の和歌だという認定であるが、さればこの両種の歌は、万葉びとが古代の歌として神厳なるものと扱っていたことを示すだろう。いずれも舒明・皇極朝における伝承によるもので、磐姫の歌はさらに白鳳期まで伝えられたところで定着したものかもしれない。そして、これらの歌を由緒深い歌として尊重するような、宮廷歌の時代が、まず万葉に訪れた和歌世界であった。初期万葉の時期はこの宮廷歌の時代だった。

たとえば舒明天皇の歌（1二）は国見の歌で、国見歌の発想をもつ記紀の倭建命の歌（記三一・紀二二）・宇治野の歌（記四二・紀三四）らと比較してもずっと人間性を深めながら、これらの系統の最後に立つものであり、次の中皇命《なかつすめらみこと》の歌（1三）も伝統儀礼的な寿歌を天皇に献るのに添えて、間人老《はしひとのおゆ》をして作らせた短歌を添えたものである。こうした宮廷儀礼歌の姿を濃厚に宿すなかで始められるのが、万葉の最初の姿である。

しかし、倭建命の歌において、

倭は　国のまほろば
たたなづく　青垣

山ごもれる　倭しうるはし（記三一）

という国土讃美が、宇治野の歌では、

千葉の　葛野を見れば
百千足る　家庭《やには》も見ゆ　国の秀も見ゆ（記四二）

というように、「国のまほろば」（「国の秀」）と並んで「百千足る　家庭」が登場し、しかし「国の秀」とは国土のうるわしさを表わすものであったのが、舒明御製となると、

国原は　煙立つ立つ
海原は　鷗立つ立つ　うまし国そ　蜻蛉島　大和の国は（1二）

というように、生業の煙と鷗とをふくめて「うまし国」と変化して来る。この道程を人間性を深めたものだと右にいったのだが、ここに見られる変化さながらに、すでに初期万葉においては人間の詠嘆を詩として認定して、これを載せている。たとえば鎌足の、

われはもや安見児得たり皆人の得難にすといふ安見児得たり（2九五）

のごとくである。こうしたものが「詩」として存立し得る条件は、考えてみればかなり稀少なものではないか。もっともこの場合には鎌足と采女との結婚という事件的興味が背後に物語られたかもしれぬが、しからば中皇命の、

わが背子は仮廬作らす草無くは小松が下の草を刈らさね（1一一）

のごときは、それすら持たぬ一首である。私は、こうした歌を存立せしめる条件が、実はうらはらに宮廷儀礼歌の中にあると考える。儀礼歌の中にはいまだ知られなかった和歌における表現というものが、おそらくは川原満や秦万里らの姿に見られるような機運を媒体として、この頃に覚醒して来る。そうした否定的条件と対立することによって右のような諸歌が、人間の詩たり得たのであろうと。

したがってこの頃の万葉歌はきわめて恒常的であり、贈答性や場、作者という個別的な特殊性を併せて存し、それら作歌事情から自立した詩ではない。またこうした事情から宮廷儀礼という場に対応する場で行なわれた。すなわち外廷に対する内廷の歌である。晴がましさに対して私的である。男性宮廷人に対して女性的世界の歌である。

されぱこそ、ここに輝きをますものが額田王であり、王はこうした場の条件を一身にもちながら、時として自立した詩を達成し得た。熟田津の歌（1八）も軍旅における何らかの要

請をもつだろうし、三輪山の歌（1一七・一八）も祭祀権にかかわる必然性をもって詠まれたであろう。また蒲生野の歌（1二〇）も先の中皇命同様の贈答である。しかるにその中で王がこのすべてに自立する詩をなしとげていることは、ここに解説するまでもないだろう。さらに、春秋争いの長歌（1一六）はいわば外廷的世界における詩であり、個人的抒情をそこに持ち出し、かつ見事に持ち出し得たものである。この自立性の上に、白鳳の人麻呂文学は可能となったはずである。

七　白鳳万葉

白鳳万葉と名づけるものは、壬申の乱以後の万葉世界をさす。しかし、その前半天武朝の万葉歌は、きわめて少ない。そこに政治と文学との秘密があるのだろうが、持統朝を迎えると、柿本人麻呂がひとり『万葉集』においてのみならず全和歌史における頂点として登場して来る。

この人麻呂の文学はいままでもさまざまに説かれて来たし、私自身も飽くことなく考えて来たように思う。そして、結局のところ人麻呂には宮廷儀礼歌の面と、相聞歌をふくんだ恒常的な歌の面と（これを「晴」と「褻」ということばで何度か呼んで来たが）が完全な調和をもって、またその何れとも違った世界を構築しているのだということになるのではないか。

その弁証法的な一つの措定、宮廷儀礼歌は人麻呂のみならず当時の宮廷歌人の一群によって担われた詩精神の中に歌われた。「宮廷歌人」という集団の認定は、最近その否定説も吉永登博士によって提供されているが（「宮廷歌人の存在を疑う」『万葉――文学と歴史のあいだ』一四六―一六三頁）、これもせんじつめれば、この儀礼性の有無に帰するのではないかと考える。しかして、この時期に頻出する、この宮廷儀礼性を端的に示すことばは「やすみしし　わご大君」また「高光る　日の皇子」という表現であろう。そこでひるがえってこのことばを考えてみると、記紀では仁徳と建内宿禰《たけしうちのすくね》との贈答に「高光る　日の御子」（記七三）・「やすみしし　わが大君」（紀六三）、雄略の葛城遊猟の折の「やすみしし　わが大君」（記九九・紀七六）が見えるほか、『古事記』では倭建命に対する美夜受比売《みやずひめ》の歌に「高光る　日の御子　やすみしし　わが大君」（記二九）という双方をかねた表現、雄略に対する春日《かすがの》袁杼比売《おどひめ》の歌に、万葉の中皇命の歌と類似の「やすみしし　わが大君」（記一〇五）があり、一方、『日本書紀』では推古二十年正月の馬子の献歌に「やすみしし　わが大君」（紀一〇二）がある。

　このあり方はかなり偏在するというべきで、仁徳・雄略という二大朝廷に集中することが万葉の古代歌のあり方と共通する。美夜受比売のものは書紀に載せぬごとく、尾張に伝わる伝承が『古事記』に組入れられたのであろうから別物である。そしてこのあり方は右の最後のものに見られる意識の反映であろう。この馬子の歌は事実として信じられるもので、その時代に生じた意識によって先のものが形成されたと考えられるのである。そう思わせるほど

に、この馬子の歌は、まず正月七日の置醴の宴における寿歌で、内容も、

やすみしし　わが大君の　隠り坐す　天の八十光　出で立たす　御空を見れば　万代に
かくしもがも　千代にも　かくしもがも　千代にも　かくしもがも　畏みて　仕へまつ
らむ　拝みて　仕へまつらむ　歌づき奉る（紀一〇二）

という一篇である。これこそ、かの川原満や秦万里のような渡来人、しかも蘇我氏の擁したであろうそれによって代作された献歌であり、この無名氏をもって代作詞人は始まるであろう。彼の立場は宮廷に保たれ、渡来人ではないが、後の渡唐者、間人老にも継承され、中皇命の歌となったであろう。

しかし歴史の流れによって明白なように、この推古朝を画する新時代への志向は、なお大化改新まで紆余曲折を経る。同様、和歌に現われることも未だしの状態にある。新しい志向が政権の正面の態度として現われるのは、天武政権においてである。天武朝における記紀という修史事業、しかも宮廷史官におけるそれに先ず現われたというべきであろう。推測すれば、この天武朝に及んで、この傾向の中に、先の仁徳・雄略の諸歌は現形を得たのではなかったか。

人麻呂らの万葉歌は一時代おくれて、持統朝に姿を現わすこの傾向の一つである。同じように「やすみしし　わご大王　高照らす　日の皇子」と歌い出される藤原宮の役民の歌（1

五〇）に「御民」という語がはじめて登場する。この宮廷歌人の意識こそ、その表われの一つである。その中に人麻呂は従駕讃歌や挽歌をつくった。しかももっと厳密にいえば人麻呂は讃歌にしか、冒頭には用いないのである。置始《おきそめの》東人《あずまひと》は挽歌に用いている（２—二〇四）が、これは天智・天武の殯宮に用いられた形式であり、東人はこれをそのまま踏襲するのだが、人麻呂はけっして踏襲しない。讃歌の表現という記紀と同じ規格の中に歌を作るのであり、詳しくは東人のそれと人麻呂のそれとは別系統なのである。「厳密に」とか「詳しく」とかいうのは、挽歌が死者の讃美によってなされる以上、讃歌と共通するものだからだが、しかしなお人麻呂はこれを長歌にのみ用いるので、短歌に用いるという変形は、あくまでも「(日並)皇子尊宮舎人等」によってなされている（２—一七一・一七三）。

この当面の表現は、挽歌では天智崩時の舎人吉年（２—一五二　短歌）、額田王（２—一五五　長歌）、天武崩時の大后（２—一五九　長歌）、および夢裏に習う歌（２—一六二　長歌）に見られる。この最後のものも持統大后のものであろうが古歌集の一首（金沢本書入れ）で、ここに宮廷歌人の代作と見る手がかりがある。役民の立場の歌や同じ藤原宮御井《みい》の歌といいこの歌といい、無名の中に埋没するのがむしろふさわしかったのが当時の宮廷歌人であろう。彼らにあったものは、この宮廷儀礼性への奉仕であり、歴史叙述の中に生命を埋没していった書記の史官たちと同じ立場にあった。白鳳朝の万葉歌の担い手たちの公約数的なあり方はこれであり、古歌集の原形をなしたのも、また彼らであった。少数の非儀礼歌の作者たちは従駕歌などに名を見せる黒人・憶良らの人々だけである。

人麻呂もその内の一人であった。しかし彼が他を擢《ぬき》んでた歌人であったのは、他の宮廷歌人と違って反措定をもったからで、彼は別の和歌世界、先に述べたような褻の詩性をもってこの宮廷歌に対した。これも他に述べたことだが、彼の挽歌の論理は相聞歌の論理と同一である。挽歌とて献呈挽歌と妻の挽歌とがひとしい。つまりこの相聞性を献呈歌の詩の論理としたところに人麻呂が無名に泥《なず》まなかった所以がある。この褻の世界、それをわれわれは彼の多くの短歌に見、人麻呂歌集もまたそれなのだが、これを主体とすれば、その献呈歌への昇華の中に、伝統儀礼歌を止揚し新しい世界を現出したといい得るだろう。

八　平城万葉

しかし人麻呂の活躍も持統の死とともに終りをつげる。持統は大宝二年（七〇二）の東海道行幸をおえてその年の暮に冥路につく。人麻呂はこの年の行幸には従っていない。このことは一つには人麻呂がすでにその活躍を終っていた（死によってか、地方に下ってか）ことによるのだろうが、一つには一見同類と思われる他の宮廷の歌人たちと人麻呂との相違によることでもある。人麻呂は吉野行幸にも従駕しているし、近江荒都の歌も持統行幸に従った折のものだという説（北山茂夫氏「女帝と詩人」『万葉の創造的精神』三七―六四頁）もある。しかし巻一に載せる持統・文武の行幸にも従った姿を見せぬし、人麻呂の従うのはすべて諸皇子たちである。これは巻三にも雷丘で持統に献上した歌（これは行幸従駕とはいい難い）が忍壁《おさかべ》に献った歌という或本を有する（二三五）事情によっても、同じく巻三に弓削《ゆげ》と春日王との贈答（二四二―二四四）に或本歌を人麻呂歌集歌として有し、巻九の歌集歌に諸皇子献歌を有することによっても破綻を見せない。そこに人麻呂の立場があったと見られる。つまり天皇によって率いられた行幸の列に、人麻呂はその側近として従駕する立場にはなかったのであり、それに従う皇子たちの側近に人麻呂はいて、いわばそうした一歩退いた位置から従駕歌の数々を書記もし、また自作もしたのである。彼がその蔭の場を出でて晴れて歌を奏上するのは、この行幸時もふくめて、もっと儀礼的にしつらえられた場でしかなかった。殯宮挽歌や吉野讃歌は、そうした場だった。

それに対して大宝元年以後の行幸に従っている人々、坂門人足《さかとのひとたり》・調淡海《つきのおうみ》・春日老《かすがのおゆ》・意吉麻《おきま》呂《ろ》・黒人・東人・高安大島《たかやすのおおしま》・忍坂部乙麻呂《おさかべのおとまろ》・坂上人長《さかのうえのひとおさ》らは直接持統（および文武）の近くに従って折々の旅情の歌を軽い諧謔を加えながら奏上した人々である。巻九によれば憶良・元仁・絹・島足らもその人々の中にあり、人麻呂はそれを書記する立場に、つつましく存在する。したがって「槐本」も人麻呂ではないし、「麻呂」も人麻呂ではない。いったいに、この当時あふれるほどに在した麻呂という名を人麻呂にしか結びつけないというのは、無理な話である。

以上のような人麻呂の他と相違する立場を、厳密に区別しておくべきであろう。そうすると、この人麻呂の退場は、名実ともに宮廷儀礼歌の担い手の退場を意味するものであるし、以後にこれをそのまま継承する作家は現われない。現われないのは、時代的要請の然らしめたところで、唯ひとりそれを継承したと思われる赤人とて、「やすみしし　わご大君」と歌い出すのは、紀伊と吉野との二首（6九一七・九二三）のみである。他の宮廷歌人をもって称せられる金村《かなむら》・千年《ちとせ》とて、この常套句を用いることはない。この人麻呂世界の崩壊こそ、次代の和歌のあり様を示すものである。

したがって、この時期における儀礼歌的立場のものも、たとえば藤原宮から寧楽宮への遷都の時の歌も、代作詞人の作を思わせながら個人的詠嘆を歌い（1七八）、或本歌ではあるが、長歌も「千代にまで　来ませ大君よ　われも通はむ」（1七九）といい、反歌でも、

あをによし寧楽の家には万代にわれも通はむ忘ると思ふな（1八〇）

といい、はなはだ儀礼歌らしからぬ歌を作っている。和銅元年（七〇八）の元明の歌（1七六）とて、和歌によれば儀礼を思わせながら個人的な感懐のようでもある。そして反面吉野讃歌を中納言旅人が作るという現象がおこり（3三一五・三一六）、志貴挽歌とて金村の歌はあのように創作的である（2二三〇―二三二）。後には入唐使らへの慣行儀礼歌のみを残して、かの人麻呂によって華々しく担われた宮廷歌は消滅するのである。そしてその代り登場するものは、おのおのの自由な詩であり、赤人・憶良・金村・虫麻呂・旅人らの彩華がひらく。

ことに都が奈良に移ったということはやはり大きな出来事であり、その都城の姿におのず

からに生じた大宮人の興趣が和歌の上にも顕現して来る。神亀四年（七二七）正月に王子をはじめとする廷臣たちが春日野に打毬を興じたことは、言及されすぎたきらいもあるが、この中に「友並めて　遊ばむものを」（6九四八）という表現があり、反歌でも、

梅柳過ぐらく惜しも佐保の内に遊ばむことを宮もとどろに（6九四九）

と歌っている。「遊び」ということばはここにはじめて登場するのである。大宮人の「遊び」の風が、和歌の根幹的な機能であった儀礼性を消失せしめ、和歌をして心情の表現たらしめ、和歌を文学たらしめたのだった。

九　天平万葉

その和歌の文学化の上に異常な貢献をなしたものは、大伴家持である。しかし家持は異常な貢献をもたらしたように、その和歌への執念も、また異常であった。彼はおびただしい和歌をつくり、多くの長歌をなし、防人の歌に共感し、数多くの予作歌を作る。これらは防人のもの以外、実はどの一つをとっても、通例ではないのである。しかもそれが天平十八年（七四六）から勝宝三年（七五一）という越中時代においてのみなされていることは、この「異常さ」を物語るものであろう。彼は先立つ青春時代に多くの恋愛歌をものし、帰京後は

少数の予作歌や防人共感の歌をもつにせよ、多くは集宴の歌であった。

そのように、天平万葉は短歌の時代であり愛憐の文学の時代であり、儀礼性はまったく昔日のおもかげをとどめていない。儀礼歌も短歌によってなされるのが普通となるが、その中の長歌として、勝宝四年（七五二）清河の一行が唐に赴く時に酒肴を賜わるにそえて寿歌がおくられている（19四二六四・四二六五）。天皇の作として作られたもので、正格の儀礼歌はこうした慣行の中にのみ伝えられていると思われる。したがって家持や坂上郎女《さかのうえのいらつめ》が挽歌でもなく、儀礼でもない長歌を作るのは、長歌の内容叙述の豊富さを利用したものであって、その点は時代をやや先行する憶良や虫麻呂らの意図をつぐものであり、金村が霊亀元年（七一五）の志貴薨時に、皇子挽歌の通例を破ってドラマティックな描写によって、死の心象を描いてみせたのは、そのもっとも先駆的なものというべきであろう。

この長歌の叙述ということを取上げると、ここで例外として引き出そうとしている、末期万葉の少数の長歌は、妙に親和性をもって集合して来る。先にも述べたように、家持は防人の心をいたんで長歌を作っているが、その内容はおよそ防人ら当事者の悲痛にとっては距離のあるものである。防人たちは「拙劣き歌は取り載せず」といわれたような立場で、訥々《とつとつ》と和歌をなしたのだったから、短歌一首をなすのが精一杯だっただろう。とすると、常陸の防人、倭文部可良麻呂《しとりべのからまろ》がたった一人作った長歌は、きわめて興味ふかいものとなって来るではないか。このつたなさをいとしむがゆえに、全篇を引用すると、

足柄の　み坂たまはり　顧みず　我《あれ》は越《く》え行く　荒し男も　立しや憚る　不破の関　越えて我《わ》は行く　馬の蹄《つめ》　筑紫の崎に　留《ちま》り居て　我《あれ》は斎はむ　諸は　幸《さけ》くと申す　帰り来までに（20四三七二）

という一首である。足柄、不破の両関を越えて赴く筑紫に幸くあれと斎《いわ》うという一首はたどたどしい口調だが、いうこころは行旅の状と無事の祈願である。そう考える時に思い出されるのは、天平十一年（七三九）石上乙麻呂《いそのかみのおとまろ》の土佐配流の折の長歌ではないか（6一〇一九―一〇二三）。これは時人・妻・本人という三者の立場からなされたもので、右に比べればはるかに流暢な口調の歌ではあるが、行旅の状、恙《つつが》なき祈願を訥々と語る点において共通する。そしてこれらの如き流動性のない長歌は、たとえば佐為王《さいのおおきみ》の近習の婢の長歌、

飯喫めど　甘《うま》くもあらず　寝ぬれども　安くもあらず　茜さす　君が情《こころ》し　忘れかねつも（16三八五七）

や、三方沙弥が誦したという長歌、

大殿の　この廻《もとほり》の　雪な踏みそね　しばしばも　降らぬ雪ぞ　山のみに　降りし雪ぞ　ゆめ寄るな　人や　な踏みそね雪は（19四二二七）

らと共通する。後者は内容は貴族世界のもののようでありながら、これが一見催馬楽風に思われるのは、大殿奉仕の貴族周辺の人々の歌だからではないか。

このように考えると、この時代の長歌は、こうした民衆の、いわば地下《じげ》の語り口となって存在したのではなかったのか。防人はそれに多少倣うところあって、かかる長歌制作という結果を得たのである。巻十六に載せる、蟹や鹿の、芸謡と思われるものも、その一つである。

こうした中に長歌の行方を認めることとなるのは、結局文芸が個人的心情の表現となったからであり、その詠嘆に短歌なる小文芸が適合するという、今日の和歌の性格もここに決定されたのだった。したがって、右以外の長歌は、ごく特殊に長大な詩形をかりて抒情をなす場合のほか、福麻呂《さきまろ》という特殊な歌人の意図によって数度の新都讃歌がなされることとなる。そしてそれ以外の大勢は、既述のごとく頌讃をすら短歌によってなし、より多くは集宴の歌や自然に対応する抒情歌や、また愛の贈答歌たる短歌を作ることとなるのである。家持とて青春のまどろみの中と、帰京後の夢はてた後の心の中とで、それを作った。これは同時に『古今集』への流れでもあり、おびただしい民衆歌人の歌とも一致するものであった。

十　記紀と万葉

以上、万葉のはじまりからその終焉までの和歌のあり方をたどって来たのだが、こうした多様性をもつ『万葉集』も、大きく全体として見ると、その文学史的な継承と断絶とを、前後の作品に対してどのようにもつのか。われわれは同じ韻文文学として記紀歌謡を万葉和歌の先にもっているのだが、記紀歌謡はすでに短歌の形式を多くもっていて、短い歌謡は句数を五句に整えようとはしている。こうした五句歌謡はしかしさらに短い片歌形式（短歌形式のもう一つ短いもので、かつ最小のものなのだが）のものと、一括できる性質をもっていない。そこにいわゆる短歌的抒情と呼ばれるような固有の性質がすでにはぐくまれていて、片歌はそれに代用し得ない。片歌はあくまでも他と共に存立し得るもので、従来いわれて来たように、片歌二首の唱和とか、数首の片歌の併存とかによって、存立し得る。

ここに短歌とその他の歌謡との相違があるが、しからばその長歌謡と万葉の長歌とは、短歌において短歌的抒情として固有のものをもつといったのと同様に、共通するのだろうか。記紀歌謡の構成に関してはここに新しく説くまでもないが、その一つに上句を次々と承けついで歌われるものがある。

あしひきの　山田をつくり　山高み　下樋をわしせ　下娉《ど》ひに　吾が娉ふ妹を　下泣き

に　吾が泣く妻を　今夜こそは　安く肌触れ（記七九）

という一首がある。『日本書紀』ではこれは「下娉ひに　吾が娉ふ妹を」を欠き、その代りに「下泣きに　吾が泣く妻　片泣きに　吾が泣く妻」という対句をとる（他に「今夜こそは」の「は」がない）。『古事記』のこの一首は典型的な承接によって歌い下され、「今夜こそは　安く肌触れ」という結論に達する。それが『日本書紀』では一段階が省略されるのみならず、対句の形となることによって、『古事記』の形は崩れていると考えるべきであろう。ということはこのような形が万葉の長歌には、末期万葉のそれはもちろん、人麻呂にも初期万葉にも皆無だからである。どのように古格のものであろうと、このようなものは巻十三を除いては存しない（巻十三は伝統的な長歌を収めること、周知のとおりである）。そして人麻呂長歌の方法の一つは対句の多用にある。この繰返しより対句への変化は、記紀歌謡と万葉長歌とを隔てる大きな相違である。

　これは万葉歌と記紀の歌との歌われ方の相違がおのずから生ぜしめたものと考えられる。つまり記紀の歌（右の歌は志良宜歌《しらげうた》と記され、それは曲節に関するものと思われる）はおそらく「歌」といっても語られるごとく歌われたのであろう。その一々が十分の重みをもって、それ自体の内容を認めながら次々と唱し下されたと考えなければ、主題と無関係な句の存在を理解できない。それに対して万葉の長歌は、全体がある一つの純一さをもって歌われたものであろう。一々の句は全体の意味に統一されることによってしか内容をもたない。だから対句はその内容の豊かさの故に必要であり、一つの描写となって歌を長大にした。対句の音調の美しさは歌われたものと考えねば、その効用を理解できない。

そこで重大なことは、全体主題と直接無関係な句を語るという詩精神であろう。右に述べたような純一な効果を導くために必要な形容を用いるということは、目的をもった造形の方法だろうが、一切それを無視して、これは語られること自体に意味をもつ。その句と次の句との流れに支障さえなければ、それで聴者は十分「表現」と認めていたのであり、その滞りのない韻律にのみ詩を認めることとなろう。万葉と対比的にいえば、万葉の中心は主題にあり、記紀のそれはこの韻律にある。主題はその韻律の中にいつか醸成された気分によって生命をもつ。対して万葉の生命は主題をいかに形象するかにある。ひびきと意味、感覚と観念、そういった越え難い詩の方法の相違が記紀歌謡と万葉とには存在するのである。これは同じ時の『古事記』の短歌謡、

うるはしと　さ寝しさ寝てば　刈薦の　乱れば乱れ　さ寝しさ寝てば（記八一）

をあげることによって、一層はっきりすると思われる。この一首は三十一音の中に「さ寝」という語を四度も用い、「乱る」を二度も用いる点、単純にして激しい歌ではあるが、「刈薦の」という比喩は人麻呂らにも用いられ、乱れる状態の形象化に十分効果的である。これは方法や一首の意図するところ、訴えるものにおいて、万葉と同一のものである。

尻取り式などと呼ばれて構成上の問題に処理されてしまう時に、右の相違はたやすく無視されるようだけれども、それほど単純な問題ではないのであって、ここに截然たる両者の相違、万葉の史的展開を考えねばならない。

十一　古今と万葉

さらに下って、今度は古今と万葉とはどのような関係にあるのか。すでに述べたごとく『万葉集』の作者未詳歌は『古今集』の無名歌につらなるもので、貫之ら撰者はこの伝流を反措定としながら新しい詩を築いてゆくが、総体的にいって万葉の直情に対する婉曲さ、感性に対する知性といった、従来いわれて来たような相違は、やはり失当ではない。それはすでに万葉のふくみもつ性格であり、けっして飛躍でもなく、断絶があったわけでもないだけのはなしである。

そのような推移の中に、今より多く問題として来たところに従って歌体に焦点をすえてみると、古今が短歌を主としていることはいうまでもない。そしてその中に僅かに長歌・旋頭歌が存在する。『古今集』はこれを「雑躰」たる一巻に収めるが、旋頭歌はすでに万葉で内容的部立と並んでそれを部立とするのと同様で、ここにも断絶はない。しかも万葉の旋頭歌は各地方の風土色も豊かな民衆性をもったものと、憶良や坂上郎女ら貴族の故意の創作とをもっていたのに対して、古今も四首のそれは、三首がよみ人しらず（内二首は贈答）で他の一首が貫之のもので、あり方はひとしい。それでいてこの三首は一首が泊瀬川、布留川およびその杉をよむもので、贈答の二首は優美な風流性のあるものであり、これは万葉の後期無名歌の歌風である。それなりのずれを有しつつ万葉、古今の旋頭歌は類似する。

一方、長歌はよみ人しらずの一首のほか貫之・忠岑《ただみね》・躬恒《みつね》と伊勢の四首が存在する。この内貫之と忠岑の二首は、「ふるうた」にそえてたてまつられたもので、躬恒のものは「冬のながうた」、伊勢のものは七条の后の没後の歌である。古歌献上に長歌をそえたというのは、長歌を一半とする古歌に示した撰者たちの興味を物語っているが、伊勢の挽歌はもっと真情のしみた一篇である。伊勢の歌への対し方は、日記と家集とについて秋山虔氏の鋭い分析がある（『王朝女流文学の形成』七一――一六九頁）が、もしこれを万葉長歌における挽歌の機能の中に摂り入れてよいのだとすれば――危険ないい方だが――、躬恒が冬の長歌をつくったという事は、特殊な彼の詩心を示すものとして重要視せねばならないだろう。万葉にも、このように純粋に季節を謳ってなされた長歌は存在しないし、古今とてこれ一首で、かつ他には濃厚に季節感を増大させて短歌が多く存在するからでもある。

すなわち古今の歌人は季節の推移を短歌という刹那の詠嘆によって歌った。それを長歌という詩形によってなすというのは、どういう意味をもつのか。その一首は、多少長いが次のごとくである。

ちはやぶる　神な月とや　けさよりは　くもりもあへず　うちしぐれ　もみぢとともに

ふるさとの　よしのの山の　山あらしも　さむく日ごとに　なりゆけば　たまのをとけて　こきちらし　あられみだれて　しもこほり　いやかたまれる　庭のおもに　むらむらみゆる　冬ぐさの　うえにふりしく　しらゆきの　つもりつもりて　あらたまの　年をあまたも　すぐしつるかな（19一〇〇五）

この一首は神無月を迎えた朝からはじめて、時雨・紅葉・嵐・霰・霜・冬草・白雪という景物をあげ、「年をあまたもすぐし」たことを詠嘆する形になっている。それは単に羅列といわれても仕方がないほどの、平板さである。

これに対して万葉の類似の歌は、すでに述べたごとく探すに困難であるが、家持の一首「霍公鳥《ほととぎす》あはせて藤の花を詠める一首幷せて短歌」と題されたものをあげれば次のごとくである。

桃の花　紅色に　にほひたる　面輪のうちに　青柳の　細き眉根を　咲《ゑ》みまがり　朝影見つつ　少女らが　手に取り持てる　真鏡《まそ》　二上山に　木の暗の　繁き谿辺《たにへ》を　呼び響め　朝飛び渡り　夕月夜　かそけき野辺に　遥遥に　鳴く霍公鳥　立ち潜《く》くと　羽触に散らす　藤波の　花なつかしみ　引き攀《よ》ぢて　袖に扱入《こき》れつ　染まば染むとも（19四一九二）

霍公鳥鳴く羽触りにも散りにけり盛り過ぐらし藤波の花（19四一九三）

この長歌の初め十一句は長大な序であるが、この「少女春色」とでも呼びうるような風景は主題の藤波を立ちくくる霍公鳥の風情をメタモルフォーゼする効果をもち、かついささかの渋滞もなく二上山に収斂されてゆく。また次には九句にわたって霍公鳥の生態をとらえ、その具体的な印象の中に藤の花を登場させる。そして「染まば染むとも」という、あえての風流がその結論である。これは長歌の機能——次々にイメージの提出が可能であることと、詳細な描写が果せるということとを、十分に活かし得ているだろう。

つまり家持の主題にとって長歌は必然性のあるものなのだが、躬恒のそれは短歌的な小叙述を重ねるというにすぎないのである。躬恒の才をもってしても、すでに長歌はその機能を駆使し得ぬほどに、古今の歌人たちには遠い存在となっていたのだったろう。金子元臣氏は躬恒のこの歌に「平凡の二字これを悉してゐる」（『古今和歌集評釈』九六九頁）と徹底した評を下しているが、それはこの必然性のなさに由来するものであろうと思われる。はや長歌は亡びざるを得ぬように、詩が変化していたのである。

万葉集の生成

一　序

『万葉集』はすべてで二十巻、四千五百首以上の和歌を収める歌集である。厖大である。たとえば勅撰集として最初に出現した『古今集』も、巻数は同じ二十巻だが、歌の数は約一千首、四分の一にもみたない。

しかも『万葉集』は古代和歌の集にふさわしく、混沌とよぶにふさわしい特質をもっている。何を歌うかという題材にしても、どのように歌うかという発想の形式にしても、後の和歌のような一定の型をもっていない。それは、いわゆる古典主義的な美しさをもたないかわりに、測りがたいふしぎな力をひめた生命に輝いている。

そして、これを助けている一つが、実は『万葉集』のできあがり方にある。『万葉集』は全体を通して一定の方針のもとに、一時に組織的に編集されたものではない。これは半ば結果的にそうなった面もあるが、しかし、この『万葉集』のできあがり方、およびそこに内包されることになった体裁は、古代和歌の発展と密接に結びついている面がある。
具体的にいうと、次のような事実がそれである。

二　原万葉

『万葉集』をみると、巻一、巻二には歌の間に「何天皇の代」という文字がある。ふつう「標」とよんでいるものだが、これは実は巻三以後にはない。この点で両巻はほかから区別される。また巻一には最初に「雑歌」と書かれ、巻二には最初に「相聞」やがて「挽歌」の文字がある。これは分類の名である。つまり両巻をあわせて雑歌・相聞・挽歌という三つの分類ができあがるわけで、巻三以後は、この三つも顔を出すが、必ずしも三つだけではない。しかしそれらは、右の三分類のバリエーションなのである。この点で、巻一、二の両巻は全万葉集の分類の基本になっているといえる。

こうした点からみると、まず『万葉集』の中でもっとも古い部分が巻一、二で、以後は逐次つけ加えられていった、という推測ができる。歌の内容からいっても、これは正しいように思える。

しかし、それでもまず最初に巻一、二という二巻が一度にできあがったのかというと、これまたそうではない。よくみると、巻一には歌の前に書かれた題に、たとえば「天皇の御製歌」といったようにだけ書かれ、巻二には「磐姫皇后の天皇を思ひて作りませる御歌四首」

と歌の数が書かれている。とすると両巻は別物である。その点から検討してみると、巻一は、巻二よりもさらに古い巻だということがわかる。

今日ふつうに目にする『万葉集』には、右にあげたように最初に「雑歌」と書かれているが、実は大変に古い、鎌倉時代に写された万葉集の古写本には、この文字のないものがある。どうやら、本来この分類はなかったと考えるのがよさそうなのである。考えてみると、雑歌とはいろいろな歌という意味で、中国の書物の分類でも、幾つか項目を並べた最後に、その他という意味で「雑」と分類するのがふつうである。のっけから「その他」では何としてもおかしい。『万葉集』の分類は、第一に相聞と挽歌──愛と死というものからはじまったと考えてはじめて納得される。

とすると、最初できた万葉集は、何とも分類名のない歌の集まりにすぎなかった。やがて巻二が、この時に芽生えた分類意識によって二項目の歌を集めてできた時に、無命名の巻一に雑歌と名づけた、ということになる。

さてそこで、名なしの巻一だが、それではこの一巻八十四首が最初にまとまってできあがったのかというと、これ又そうではないらしい。この中にも最初の中心となる歌群があり、この間に挿入したり後に加えたりして巻一ができた、と私は考えるのである。この中心といった歌群こそ、実は、まったく最初の万葉集であった。

それがどの歌々だったかというのは、少々ややこしいので詳しくは書かないが、大体、最初から五三番歌までの歌の中の、約三十首程度のものだ、と思われる。三十首程度だから、もとより「万葉集」などという名前はまだない。歌集というより歌群といった方がふさわしいものだが、これを私は「原万葉」とよんでいる。

ところで今度は巻二の二分類の歌を見ると相聞の終りが柿本人麻呂の歌で、挽歌も最後のつけ加え部分を除くと、これ又人麻呂の歌になる。これに対して右の原万葉もまた人麻呂周辺の歌をもって終っている。つまり原万葉と巻二の相聞部・挽歌部が内容的に重なるわけで、先に述べたように、最初の編集者某は、既存の原万葉を目にして、これ以外の同時代の二歌群を、原万葉につぐ形で巻二と称し、ここに二巻の万葉集ができ上ったと考えられる。しかもこの三部分の中心の歌はいずれも宮廷関係の晴がましい歌で、いずれも人麻呂の歌をもって終っているということは、ここに和歌史上の一つのエポックがあったことを意味していよう。最初の万葉集は、このような形で出発した。

三　第一部万葉集

人麻呂は七世紀後半の宮廷に活躍した宮廷歌人である。最初の万葉集はその掌中に生まれ出たということになるが、これをついで、第二のエポックを作ったのが、天平時代にかけて活躍した第二の宮廷歌人たちだったようである。

巻三という一巻は、雑歌・譬喩歌・挽歌という三つの部分からできているが、雑歌は人麻呂の歌からはじまり、山部赤人関係の歌で終っている。挽歌は最初に聖徳皇子の歌があるが、やはりほぼ人麻呂の歌を最初としているといっていいし、人麻呂の歌と並んで赤人の歌がある。そしてその後からはがらっと体裁の違う新しい歌が並んでいる。譬喩歌は一見して他の二つとちがう新しい歌々でこれを除外すると、巻三は巻一、二の終った後をつぐ形で赤人ら八世紀前半の宮廷歌人に到る歌群を中心としていることがわかるのである。『万葉集』は七世紀後半の宮廷歌群から、八世紀前半の宮廷歌人の歌群へと流れる歴史の中に、原万葉・第二の万葉と、形作られていったといってよい。

ところで、右にふれながら、あいまいな事柄に終っていることも少なくない。最初にあげた原万葉への増補、巻一への追補、右にあげた体裁のちがう新しい歌、といったものの正体がそれである。

実は、右の八世紀宮廷歌人の歌群をとりまとめる時に、巻一や巻二への追加も行なわれたらしく思われる。巻一の原万葉といった五三番歌までの、その後から大きくかわる体裁は「大宝元年……」といったように作歌の年月を記すあり方だが、それが巻二の挽歌の終りにも、巻三の挽歌の四三四番歌以下にもある。つまりこれらは明らかに後の追補なのであり、この追補によって、巻一―三が最終的にできあがったのである。

しかも、この追補はずいぶん後の時代らしく私には思われる。私見にすぎぬが、私は、奈良朝の終りごろ、光仁天皇の宝亀年間（七七〇―七八〇）ではないかと思うのである。

巻一は後半三十首程度を、長皇子《ながのみこ》の子である文室智奴《ふんやのちぬ》、大市《おおち》兄弟が中心となってつけ加えた。巻二挽歌の終り、二二八番歌以下も同様である。巻二の最後は志貴皇子のなくなった時の歌であるが、光仁天皇は志貴皇子の皇子である。

この二部は大宝から（大宝元年は七〇一年）和銅・霊亀の交（霊亀元年は七一五年）までの歌が中心で、ほぼ持統・人麻呂という二人の連繫によった歌の時代の後、元明女帝のころまでのものである。

ところが巻三の挽歌はさらにこの後の歌をもって追補している。そして及んで天平十六年（七四四）ごろにいたる。これは巻三譬喩歌のすべてと同じで、このようにして巻三を完成させたのは、大伴家持ないしその周辺の人であったと思われる。

もとより、以上の各作業は、ただ後に加えるだけでなく、間に挿入することもしている。

以上は古い核があって、それに手を加えることによってできた巻々である。これに対して、以下の巻は多少異なる。巻四はすべて相聞の歌で、これも家持時代に、広く初期万葉の時代にまでさかのぼって歌を収める。巻二にこぼれた相聞歌を拾い、人麻呂時代以後、右の巻三同様天平十六年ごろまでのものを大量に蒐集したもののようである。

また一方、巻一、三の雑歌をつぐ形で作られた巻が巻六で、これはほぼ聖武朝のはじまりから歌を集めた。最後は田辺福麻呂という、万葉末期に宮廷歌人の伝統を継承した歌人の、私家集の歌を添えている。

このほか巻五は大宰府の山上憶良を中心とした歌群で、当時の大宰府の歌は右にあげた巻三などにも挿入されたり、巻四にふくまれたりしているが、巻五のものだけは、一まとまりのままに伝えられ、解体することなく『万葉集』の一部に収められた。

以上六巻の歌はすべて作者のわかる歌を原則としているが、これに対して巻七は一切作者名がない。作者の名の伝わらぬ歌をすべてここに集めたと見える。そしてその体裁は巻三と同じく雑歌・譬喩歌・挽歌。なるほど、歌の内容も雑歌は柿本人麻呂歌集の歌が圧倒的に多く、挽歌は全体としてもわずか十四首だが、やはり人麻呂と類似の歌がある。それでいて譬喩歌は冒頭に人麻呂歌集の歌をおくだけで、それ以後の歌が中心である。つまり巻三の古い部分（雑歌）、追補の部分（譬喩歌）、追補以前の部分（挽歌）と歌が重なるのであって、右の巻三と同じいきさつの中でできあがった巻と見ることができよう。

さて、このような七巻が、実は『万葉集』の中で最初にできあがったものであろうと思われる。全二十巻の中でも、年代が比較的古いものを中心とするのみならず格調もあり、万葉の晴の面を代表する純正な部分である。かりにこれを名づければ、第一部万葉集ということができる。

四　新万葉集

右の第一部万葉集に対して、次の巻八から巻十六までの九巻は、第二部ともいえる構成をもっている。その冒頭をしめる巻八は、従来の諸巻とかなり異質な構成をもって作られており、まず全体を四季に分類する。周知のように、四季の分類は『古今集』以降の勅撰集などに普遍的に見られるものだから、その点からもこの巻の新しい文学意識を見てとることができよう。

そして各季の中を雑歌と相聞との二つに分ける。挽歌はない。そもそも挽歌は古代儀礼の場に依存した歌であって、葬送儀礼と密接に結びついていた。その簡略化にともなって挽歌の機能が衰えていくのは当然のことで、ここに挽歌を欠くこともまた、後代風といわねばならない。

巻八の巻頭は、大変著名な志貴皇子の「石《いは》ばしる垂水の上の……」（一四一八）という歌で、これは「懽《よろこび》の御歌」と題されている。「懽」の内容については諸説あるにしても、光仁天皇の父皇子の「懽」の歌を巻頭に据えて編集された一巻は、第一部万葉集の追補完成された光仁朝に、格式高く作られたものに相違ない。編集者はやはり家持であろうが、それに到るまでにも幾段階かの過程があり、家持の叔母、坂上郎女の手に集められた資料が家持に伝えられた形跡がある。

しかし、第二部万葉の中で格調をもって作られたのはこの一巻だけで、以下の諸巻は、何らかのいいわくをもった巻々である。巻九は雑歌・相聞・挽歌とも、数人の歌集を、ほとんどそのままの形で切り継ぎした形である。人麻呂歌集、高橋虫麻呂歌集、笠金村歌集、田辺福麻呂歌集がそれである。

巻十は、巻八に対応するもので、彼が作者のわかる歌であったのに対して、これは無名歌をもって同様の構成をとっている。人麻呂歌集を各部の冒頭におく点は巻七譬喩歌と重なって、時代の新しい蒐集段階を思わせる。事実、巻十の歌は全万葉集の中でももっとも古今風な歌をもっていて、これらは万葉の中で年代のわかるもっとも新しい歌、天平宝字三年（七五九）より後の歌であろうと考えられる。

次の巻十一は、巻十二とともに、目録などには「古今の相聞往来の歌の類の上下」と題され、ともに相聞の歌を収める無名歌の集団である。ともに人麻呂歌集を各部の冒頭におく点、巻七譬喩歌、巻十と同じであるが、収録歌の範囲は巻十より広く、まさに古今の歌に及び、しかし最下限は巻十より新しいようである。

ついで巻十三は長歌のみを集めた巻。古来宮廷に伝えられた詞章を集めたのであろうといわれている。そして巻十四は東歌。東国民衆の集団生活の中に歌われたもので、他巻に散見する東国以外の民衆歌と通うものがあり、実際に歌われた時は、はやしことばなども挿入されたものであろう。そして次の巻十五は天平八年（七三六）に新羅に使した一行の残した歌群と、中臣宅守・茅上娘子の贈答歌群とからできている。最後に巻十六は由縁をもった歌、戯歌、民謡ら、ユニークな歌々を集めている。

つまり巻十三以後はそれぞれ特殊な諸巻で、第二部は最初二巻に作者判明歌をおき、次三巻に無名歌を、そして右の特殊な巻をおく、という構成をもっている。だから、巻八以外は第一部にくらべて格調の高さはない。しかし反面、長い期間にわたる大衆の歌やさまざまな角度の歌を集合せしめることによって、『万葉集』は本当に「万葉集」らしい厚みを加えることができたのであり、ある意味での万葉らしさは、むしろこの中にあるといってもよいのである。

右にも少しふれたように、巻八は家持の編集であろうが、他の諸巻は誰が編集者ともわからない。巻十六は家持らしいと推測されるが、他の諸巻は恐らく家持ではないだろう。むしろもっと自然な力が働いているようで、おのずからに集まった全奈良朝の歌、といった風貌がある。私は最初から原万葉などと、万葉ということばを使って来たが、もとより最初の三十首ほどのものが「万葉集」とよばれたとは考えられない。「万葉集」という名称は、むしろ右の諸巻を中心として寄り集まった全奈良朝のアンソロジーの、混沌として名状しがたい力に対して、万の葉（詩歌）の集と命名されたものだと思えるのである。

五　家持万葉

『万葉集』の最後をしめる四巻、巻十七から二十までは、一見して知られるように、家持の歌が多い。家持の生涯にそって歌が並べられているごとくで、家持歌集とよんでもよいほどのものである。その点で右の十六巻とは、はっきりと区別される。いわば第三部をなしているようである。

四巻は、しかし家持がすべて自身で歌を書きとめたものではない。巻十七は、越中における部下、掾（三等官）の大伴池主《おおとものいけぬし》が書き記したもののようだし、巻十八はこの後をついで久《く》米広縄《めのひろなわ》が書いたと私は考える。広縄は池主の後任の掾官である。そして巻十九は家持自身のノートのように思われる。以上の三巻ともだが、もとより彼らが最終整理者ではなく、後に何人かによって整理されているが、もとは、彼ら三人の筆によるようである。

そして最後の巻二十は、前半は家持のメモがつづくが、後半は大原今城《おおはらのいまき》（家持の父旅人の妻、大伴郎女が先夫との間にもうけた子か）が書いたらしい。同じ家持のメモがつづくのに巻十九と巻二十との切れ目ができてしまっているのは、時に左大臣橘諸兄が歌の蒐集献上を諸臣に命じた形跡があり、よってそこまでのものが家持の手から離れたのではないかと思う。

また巻二十の最後は上述のように宝字三年（七五九）の歌で、家持時に四十二歳、六十八歳の薨年まで二十六年間をのこして以後の歌がないのも、家持が因幡に赴任して今城と交渉がたえてしまい、家持が帰京すると今度は今城が離京するという具合で、後の筆録がかなわなかったことによっている。最後の歌は新春の祈りの歌で、全体をとじるにふさわしい歌ではあるが、これで終ることになったのは、半ば偶然のことであった。もとより、残された結果において最終歌の『万葉集』という作品集に及ぼす効果を論ずることは、自由である。

四巻のできあがりは以上のごとくだが、この特色は、やはり家持の歌を年代順に並べたところにある。これは、いわば歌日記風であり、そのような体裁は、巻五といえどももっていない。そこに歌という表現形式を通して人間の歴史をつづっていこうとする、後の平安朝の女流作家が試みたような文学表現の先駆を見ることが可能で、これも『万葉集』の世界に大きな幅をもたせる結果となっている。

六　結

以上、『万葉集』二十巻がどのようななりたちをもっているかということを概観して来たが、問題はまだ解決していない。ということは、右にも述べたように、多くの巻が奈良朝の終りごろ、光仁朝にできたろうとは思われるけれども、果してそれ以後に変更がなかったかという問題がある。実はこの後の平城天皇のころに万葉集は世に出たのではないかという説もある。

私は、現在の『万葉集』の各巻が編集されたのは奈良朝の終りごろであろうと思う。しかし万葉集が現在のような二十巻に定着したのは、ずっと後で平安朝も後半に入ってからではないかという仮説をもっている。本来万葉集はもっともっと巻数が多かったのではないかと思う。平安初期の漢学者、菅原道真は、「数十巻」と書き記しているのである。「数十」という数は、二十だろうか。

また、逆に数の少ない一揃いも「万葉集」と称せられたのではないかという推測がなり立つ。嵯峨天皇が万葉集を書き写したということが『源氏物語』の中に出て来るのだが、これは「えらびかかせ給へる」とはいっているが四巻である。さらに『古今集』などは、万葉集に入っている歌は再録しないといいながら万葉の歌をとっている。だからそれらの歌をふくむ巻を『万葉集』からはずすと、数巻の一まとまりとなる。このようなことから考えると、現在のような二十巻の体裁に定着したのは、意外に新しいことではないかと考えられて来るのである。

『古今集』が二十巻であるのは、万葉にならったからだというが、むしろ逆のこともいえる。『古今集』以後、勅撰集はおおむね二十巻である。万葉はそれにならって二十巻に決定された、ということも考えてみなければならないことである。

すると、残りの万葉集はどこへいったのだろう。平安初期にできた『古今六帖』、平安も後半期にできた『三十六人集』の中の柿本集や赤人集、そして家持集らは、ずいぶん粗雑にいろいろなものを混入してはいるが、これらの中に存外非万葉の入っている可能性は大きいと私は考えている。

どうやら『万葉集』は、今目にしている以上に大きな世界を周辺にもっているようである。その第二万葉をふくめた万葉の世界を示唆してくれるのも、万葉のできあがりや構成を考えていった結果のことである。

万葉集の原点

一　序

最近、潟沼誠二氏の「国文学界の未来像」（『国文学』一三巻一二号）という論文を読んだ。これは、国文学の既往を問い、未来を予見しようと試みた論文であった。氏はそこで未来像として「日本学」なるものに具体的な内容を与えておられるが、「国文学」を「日本学」といいかえる論理は理解できるにしても、たとえば「ナショナリズム」の性格と構造を理論的に解明する「風土の理論」を、国文学研究の独自の主題とするといわれるような「日本学」は、ある種の不安をともないがちである。つまり、この時に生みだされるものが、文化学である場合も、存在するからである。

そしてこの危険は、何も潟沼氏にかぎらず、最近多く言及される、いわゆる隣接科学との関連ということにも、つながっている。それはあくまでも補助科学であろうのに、往々にしてその総体としての文化の中に、文学が解体してしまうおそれがある。また、隣接科学のみならず、隣接文化領域との関連においてもそうであろう。潟沼氏に従えば、昭和国文学は岡崎文芸学派、様式論美学系文芸学派および様式理念史的文芸学派、歴史社会学派および史的唯物論文芸学派、民俗学派、実証的文学史派、分析批評派らが存在することになるが、美（学）、歴史社会（学）、民俗（学）といった領域に対して、文学はまぎれもなく文学であり、その研究の成果において逆にこれらに働きかけるものでなければならないだろう。

われわれは偏狭な国文学を排斥するのあまり、国文学が拡散してしまう論議を、聞かされすぎてはいまいか。われわれのつねに帰るべきは国文学であり、今の課題に対しては『万葉集』であることを、まず確認しておきたい。

二　万葉集とは何か

したがって、『万葉集』の研究とは、『万葉集』がいかなる文学かを問うこと以外にはないだろう。その点においては旧くも新しくも研究課題はこれしかないはずである。

しかしここであえて新しい研究課題が論じられるなら、実はこの一千年の研究史において、『万葉集』の研究は、もっとも根幹をなす、『万葉集』とはいかなる文学かということが、けっして十分に問われていないのではないかという気がする。たしかに右にあげたようなさまざまな学派が称せられて、それぞれの成果はきわめていちじるしいものがある。だが、こうした研究の深化が『万葉集』とは何かという問いと、必ずしも結び合わない場合も多いのではないか。部分は全体において部分であるのに、部分がすべてである時には、その意義は半ば失われているとしかいえない。「末梢的な瑣末主義」が行なわれているという警告も、耳新しい事柄ではない。

だが、私は、ここでまた同じような瑣末主義の非を鳴らそうとしているのではない。さらに進んで、この瑣末がもしかしたら誤りかもしれぬ場合のことをいいたいのである。われわれが深化した研究に従う場合には、いきおい大まかな概説は許されなくなる。その深化の功徳を一方に認めながら、昭和の瑣末主義のみを指弾するのは、国文学草創期への感傷的な郷愁でしかないであろう。私はそのような郷愁を空しいものと思って来た。だから昭和の研究の細分化——これは何も国文学のみならず、あらゆる科学の分野にわたることのようである——は、むしろ積極的に推進すべきである。そしてその場合、この細分化された研究が誤りでないためには、大きな見通しの保証を得なければならないと考える。この保証を離れた細分の研究は、それ自体いかにすぐれていようとも、誤りでしかない。たとえばある作品についての美学的分析がなされる。あるいは歴史社会的な考察や民俗の検出が行なわれる。その時、果してその美学の応用が可能なのかどうか、歴史社会と文学との関連において誤りなく位置づけられた上での考察なのか否か、はたまた、その民俗は作者自身のものなのか作品のそれなのか。これらはつねに『万葉集』とはいかなる作品なのかという総体の自覚の中にしか、正しさが保証されていないだろう。われわれの時代の「すぐれた瑣末主義」は、この総体の自覚において、完全であっただろうか。

そこで、総体の自覚のために、私は、原点というものを考える。総体像の構築は、唯一この原点をもととして出発するはずである。あなたは何を原点として『万葉集』を考えているのか、このすぐれた細分研究はいかなる原点に発する研究なのか、そういう問いを仮設してみたい。この原点の自覚なき研究こそ、今はやりの指弾を受ける瑣末主義なのではないか。

何を原点として『万葉集』ができ上っているのかは、とりもなおさず、何を原点として『万葉集』をとらえるかという、研究上の立場でもある。これは単なる方法上の相違というよりは、もっと根本にかかわる研究者の立場の相違ともなる。だから私の今いっていることは、いかに万葉に接するかという、いわば一か八かという対決の姿勢を求めていることになるのだが、それほどに根本的に不可避の条件ですらある。

それではこの原点とはどのように存在するのか。これは、それこそ細部の精緻な研究以上に人々によって論じられ、緻密に検出されねばならぬのだし、その点において私は国文学研究が江戸の国学や明治初期の国文学研究に帰れというのではさらさらないのだが、いささかも緻密には論じられたことがなかったと思われる。したがって、この原点の存在への研究こそ、新しい『万葉集』を打樹てるためにもっとも有効なめどであろうと、私は考える。

そういった上で、私——警世家まがいに、あるいは占術師風に、やや陰鬱に予見を強いられている人間——がことばを継がねばならぬとしたら、この原点は、『万葉集』の作者未詳歌をどうとらえるかという事にかかって来るように思われる。どのように原点を据えるにしろ、作者未詳歌を回避して原点の追究、したがって『万葉集』の部分を支える総体像の構築は、あり得ない。しかるに、『万葉集』研究は作者未詳歌の研究において、余りにも寥々たることをかこたねばならぬのではないか。

三　作者未詳歌

このことを、もう少し具体的に述べてみよう。たとえば作者未詳歌の中には『遊仙窟』と類似の表現をもった歌があり、夙に契沖によってその関係が指摘されている。一例を示せば、

眉根掻き鼻ひ紐解け待てりやも何時かも見むと恋ひ来しわれを（11二八〇八）
今日なれば鼻ひ鼻ひし眉痒み思ひしことは君にしありけり（11二八〇九）

のごときである。まず、これら『遊仙窟』を粉本としたと思われる作者未詳歌には、なぜこのような歌ができたのかという問題がある。その解答の一つとして、『万葉集』の中には大伴家持が集中的にこの方法を用いて坂上大嬢《さかのうえのおおいらつめ》に歌を送り（4七四二・七四四・七五五）、湯原王《ゆはらのおおきみ》（4六三六）、大伴百代《おおとものももよ》（4五六二）らにも見られるので、これら貴族の机上に『遊仙窟』があったと考えられ、それらを媒介として右の作者未詳歌の作者が右のような歌を作った、という答案が通常用意されている。この時には未詳歌の作者は庶民と考えら

れ、彼らが直接に『遊仙窟』に接するはずがないという前提がある。

また右の前歌は左注に、人麻呂の歌の中にすでに見えているのだけれども、問答のゆえをもって重出した、という事情が説明されている。これは同巻の「眉根掻き鼻ひ紐解け待つらむか何時かも見むと思へるわれを」（11二四〇八）を指す。ここで問題となるのは両者の関係で、たとえば先のものは人麻呂集のものの「異伝である」といわれ、また「問答歌となるにあたつて変へられたもの」と思われている。これは某氏の同じ著書の中の二ヵ所の記述なのだが、実は重大な問題で、異なって伝承されたというあり方を想定するか、その歌を実用にあたって改変するかというのは、作者未詳歌の根本にかかわることであろう。さらに先の二首はかく「問答」として分類され収載されている。これは実際に無名氏二人が贈答し合ったものなのか、それともこの巻の編者がある嗜好をもって任意の二首を問答に仕立てて『万葉集』に載せたのか。この両者は作者未詳歌を考える上に基本的な問題である。

ここに私はかりに三つの問題をとり上げてみた。すなわち、作者が直接に漢籍に接したのかそれとも媒体を有してなのか、また人麻呂歌集の歌が伝承されて異なったのか改変なのか、また生活上の問答なのか文学的嗜好なのか、という三点である。そこでこれらを理解するためには、基本的に作者未詳歌のあり方が知られなければならない事に気づく。そして同時にこのあり方を一つ定めるとすると、それは全万葉歌なるものの認定にかかわっていくことにも気がつく。たとえば万葉歌は初期万葉の由緒正しい皇室歌を源流として歴史を保ち、それはやがて庶民の間に流伝して多くの未詳歌を生んだ、という認定があろう。あるいは、未詳歌こそ和歌の常態であって、その作者の中には『遊仙窟』も知り得たであろう下級官人も存する、人麻呂歌集とて畢竟はその一つにちがいないので、家持や百代はその中の顕在する貴族にすぎないのだ、という認定があろう。前者は歴史的時点を原点として『万葉集』を把えようとしたともいえるだろうし、後者は作者未詳歌を原点として『万葉集』を認定しようとしたことになる。作者未詳歌が原点を抽出したという意味において、この場合にも研究上の原点は作者未詳歌にある。

そこで現在の私の立場を逸脱していえば、この前者のような見方が従来一般的なものであったろうと思う。そしてかつ、このように未詳歌をとり入れる原点の思考に無自覚だっただけだと思われる。しかし、私は逆に、作者未詳歌を原点として『万葉集』全体、あるいは貴族和歌を考えることこそ、万葉の実態にせまるものではないかと考える。そこには貴族歌の伝承拡散といった不自然な仮説の導入も不要だし、一方未詳歌とて貴族歌と対立し合うようなものでないことは、未詳歌を多少考察することによって直ちに知られることである。未詳歌という巨大な寡黙世界を底辺として作られたピラミッドが、『万葉集』である。

従来作者未詳歌は「民謡」ということばで形容されて来た。一般庶民の歌った（書記したのではない）歌という意味で、この表現はあながち誤りではないが、「民謡」なることばの幅から、没個性的な集団歌の印象が受取られて来た面も併せ持っている。それに対していえば、右に述べたことは非民謡性にもつらなることであったが、私は、非民謡的性格を作者未詳歌に与えることによってこれを貴族歌の中に繰りこみ、よって原点としようというのではない。作者未詳歌の中には集団性もあるし個性もある。そのままの形でこれを万葉歌の原点と考えたいのである。

このために、もっとも集団的と思われる東歌を例に援《ひ》こう。

信濃なる千曲の川の細石《さざれし》も君し踏みてば玉と拾はむ（14三四〇〇）

この歌を援くのは、この歌が信濃について知識の浅い人によって、「信濃に赴く人に贈った歌である」といわれたりしているからである。つまりこの一首は個人の作で、都の人間の離別という詠嘆的な感懐を示すものだと考えられたものである。

しかしこの一首の中心は石と玉との対比にある。玉もつまり石であることにおいて（厳密にいえば「玉」がそうで、「珠」はそうでないが）、両者は併置されるのだが、一方両者は対照的である。この似てかつ非なる石が「玉と拾」うと歌われる感興に基本的な歌の成立条件がある。しかも眼前にあるものはあいかわらぬ「石」である。この感興と空想こそ、実に集団歌の本質をなすものにほかならない。そしてまた、石を玉とするのは「君し踏」むことである。そこにこめられた愛憐の情緒が歌う輪の人々の心をゆらぎ渡っていくことも、かかる歌を成立せしめる条件である。石を踏むことが難儀だったことは、多くの歌によまれるとおりである。それをあえて愛憐の中に貴重な行為としたところに、この歌への共感があった。

「信濃なる千曲の川の」は冒頭の二句として、多くの歌の中でさまざまな下句を伴って歌われたことであろう。「信濃なる千曲の川」のほとりの農民にとって、川原のさざれ石は強烈な生活の印象であり、石を玉とするような愛の体験も、彼らの日常である。そして同時に石は石でしかないことも悠然たる千曲川の流れのように変らぬ風景であった。

これは一例にすぎないけれども、東歌は何らかの意味においてかかる集団性を保有するものである。東歌はこの集団的共感を基底として成立した詩である。そしてそれが貴族和歌の中に迎えられる。というのは貴族和歌との異質さが彼らの新鮮な感動ともなったと同時に、彼らの和歌そのものが東歌を拒絶しない同質のものであったからである。その意味において東歌一巻はまさしく『万葉集』の一部たり得たのであり、東方の歌謡として都の歌を養っていく基点にある。われわれはこれを原点の一つとして貴族和歌への軌跡を描かねばならないのである。

四　場の詩学

作者未詳歌は右のごとく『万葉集』の原点として考えるべき問題を多く持っていたが、この原点という見方は、単に全体像という、やや理念的な事についてのみいっているのではない。それこそ従来の数多くの研究がとらえて来た個々の歌、しかも多くの貴族の（無名歌に対していえば有名の）和歌の理解も、唯一この原点の自覚なくしてはかなわぬものであろう。その事を述べよう。

われわれは高市黒人という作者を知っている。持統・文武朝の行幸に供奉し、そのほかすべてを旅の歌に終始する歌人である。その歌「桜田へ鶴鳴き渡る年魚市潟潮干にけらし鶴鳴き渡る」（3二七一）や「何処にか船泊てすらむ安礼の崎漕ぎ廻《た》み行きし棚無し小舟」（1五八）は、黒人の沈静な旅情の中に描かれた叙景歌の名をもって呼ばれることがある。その手法、その才能、そのモティーフはおびただしく説かれたといってよいであろう。

そこで私の考えたいのは、この歌が旅の歌、あるいは行幸供奉の歌だという事である。いわばそうした作歌の場、ひいてはそれらが集合した作歌の圏、といったものは一首の理解の上に無視してよいのだろうか。恒常の歌の世界を基準におき、その上にさまざまな作歌の圏がある。さらにそれを分って個々の場がある、その上に一首の発想がある、ということである。これらを一切無視して、そこにいかに詩学を累積しようとも、屍の山を見るのみではないか。右の歌に対してあげれば、次のような無名歌人の作がある。

年魚市潟潮干にけらし知多の浦に朝漕ぐ舟も沖に寄る見ゆ（7一一六三）
潮干れば共に潟に出で鳴く鶴の声遠ざかる磯《いそ》廻《み》すらしも（7一一六四）
何処にか舟乗しけむ高島の香取の浦ゆ漕ぎ出来る船（7一一七二）

これらは今歌の由縁を失っているけれども、黒人の歌と同じ場によって詠まれたものたることは異論がないであろう。そしてこれらと黒人の歌との類似（むろん相違も大きい）は、かかる羇旅における場の力といったものによるのではないか。それが恒常詩といかに違うかは、たとえば巻一に見られる長皇子の歌（1六〇・七三）ら持統・文武行幸の折の歌に如実に示されている。そうした場におけるさまざまな様態をさぐり、その圏の総体において一首を部分とするのでなければ、作業はいたずらに空しいであろう。しかるに従来はこれを類歌という名でとらえて来た。一体類歌ということばほど『万葉集』の真実をそこなって来たものも、また少ないだろう。これは恒常詩にあっては生活という、黒人らの歌にあっては旅という、場の力なのである。万葉の傑出した歌い手黒人の歌は、その力の上に検出されるべきである。

また、これは旅にのみ限るわけではない。巻四が多く所有する恋の歌も、それがどのような場における作歌なのかが、決定的に歌の性格にかかわって来るであろう。たとえば大宰府を相手とした女性たちの歌、

天雲の遠隔《そくへ》の極遠けども心し行けば恋ふるものかも　丹生女王（4五五三）
筑紫船いまだも来ねばあらかじめ荒ぶる君を見るが悲しさ　賀茂女王（4五五六）

は、その時その場において成立したはずの歌である。後者は宣長の説が誤っているとして、「彼の歌を解せざる好例証である」とさえいわれる程「恋愛心理」の複雑な歌である。同じ評者は前の歌を「慎しみ深い心持」だという。これらの歌もそれがいかなる場によって歌っ

たかによって大きく変って来るだろう。当事者には十分解っていたから省略に属すること多く、後代をして難解ならしめるはずなのだから。

ことに、私はこれらの事が無視されて創作性に及ぶことをおそれる。技巧が云々され、作風が決定されることを危険に感じる。『万葉集』における文体論や詩学は、極端にいえば個々の場合にしか成り立たないのであって、それがあらゆる作歌の場をもつことによって可能と思われる家持においてさえ、彼の宝字三年以後の歌は『万葉集』に見られないのである。ある偶然によって万葉歌となったものが、ここには余りにも多すぎる。その偶然を研究の必然とすることこそ、大事なことではないか。

こうした和歌のあり方は『万葉集』に特有な、ないしはきわめて顕著な性格である。これは古代和歌性といってもよいが、一つの生活性である。文学のいまだ自立しなかった時代、あるいは生活の尾を強くひいているジャンル、そこに『万葉集』がある。そうした『万葉集』の総体の中に個々の歌を位置せしめる上に、右の場という第二の原点が必要である。むろんそういったからといって、万葉の文学が生活の中に拡散してしまってよいのではない。むしろ逆にその生活に対して強靱に反動する詩心も彼らにはある。だから歴史社会の中に文学が埋没したり、民俗の中に万葉が霧消してしまうことは、右と同様に正しくないのである。

五　結

現今の『万葉集』研究にとって、私は何よりもまず第一に、『万葉集』とは何かを考えることが必要であると考える。その総体の中に全体と部分との関係で研究が深化するときに、「輝かしい瑣末主義」が成立するだろう。

そしてその具体的な視点として、私は『万葉集』の原点というものを要求したい。何をおのが原点とするかということなしに成り立つ科学はおよそあり得ないし、またその事によって個々の研究が蘇り生動するだろうからである。私自身の見通しとしては、この原点は作者未詳歌にある。これを原点として万葉を見ることこそ、万葉そのものにとっても、広く前後の文学史にとっても正しいであろう。その上に、もろもろの系として存在する命題を、新しい研究課題として急ぐべきではないかと考えるのである。

万葉集の集団性

一　万葉歌の構造

『万葉集』という歌集は、一体どういう歌集なのか。その歌は、『万葉集』にどのような光を与えることによって特質を語ってくれるのか。これは大変な難問である。『万葉集』の研究はすでに『後撰集』の時代からはじまっていて、今日まで一千余年の歴史がある。これもそのむつかしさを雄弁に語っているのだろう。

この『万葉集』とは何かを考える場合、もっとも『万葉集』らしい特色は、右にも述べたように、作者のわからない歌が半ばを占めるという事実である。次の歌集『古今集』にもいわゆる「読み人知らず」の歌はあるが、その大半は、それこそ万葉集的な、『万葉集』の時代に近い歌で、『古今集』を最終的に仕上げているのは、紀貫之ら撰者の、独特な美意識による歌である。その点『古今集』は貴族和歌の文学作品である。ところがこれと並行して成立した歌集に『古今六帖』と呼ばれる、大部な書物がある。これは作者名をもつ歌もあるが、多くは読み人知らずの歌であり、かつその作者も正しくない場合が多い。そして多くの奈良時代から伝承された歌ももつ。つまりこの歌集は民間に口誦されて伝えられた歌を集めたものであり、そのために歌も変更されたり、作者名の脱落、付加また誤伝が生じたりしたのだった。

この両者を合わせた形で存在するのが『万葉集』である。『万葉集』は二つの要素が一体に混在しているので見定め難いが、『古今集』の達成した世界と、『古今六帖』の依拠する世界と、この双方を併存させるのが『万葉集』なのである。

そこで『古今集』と『古今六帖』との関係は、いわば和歌の表と裏、晴がましさと私《ひそ》やかさ、といった関係をもつ。何も平安時代だけではないが、平安時代は特に歌の栄えた時代である。歌物語と呼ばれる『伊勢物語』や『大和物語』のみならず、『源氏物語』とて和歌的な抒情性や和歌的な発想をもった物語性をもっている。それは彼らの生活に和歌が浸透していたからであり、彼らの日常的会話や贈答がいかに和歌によっているかを考えれば、和歌は生活の一部でさえあったといえるだろう。この和歌の生活性を基盤として、和歌の貴族文学的開花は可能であった。

『万葉集』における和歌も、これとまったくひとしい。多くの著名な歌人たちの歌は、古今六帖的な作者未詳の歌の集団、ほとんど彼らの生活と同じでさえあった歌集団の上に、それぞれの文学としての達成が果されたのである。

『万葉集』のもう一つの特徴として、いわゆる類歌と呼ばれるものがある。〝類似の歌〟といった程度のことばだが、このように似た歌が多く存在するということも、実は現代の文学から考えてみると、はなはだ異様なことにちがいない。今ならさしずめ盗作問題を起こすであろうように、似かよった歌、まったく同じ歌が『万葉集』には存在する。もっとも、『万葉集』自体の中でも同じ歌の作者の伝えが異なる場合などは、一々注をつけて、これは某の作だともいう、とことわっているので、すでに編集当時には一つの歌が一つの場合に成立するという考えがあったようだが、これは本来の歌のあり方からいえば、完全には正しくない。げんにある場で歌われた歌が、別のある場で歌われたものだ、という注もあったりするのだから、これは既成の歌を次の場に応用してもよかったことを示している。

このように同一の歌を極端な場合として、既存の歌の一部を用いることはごくふつうのことであったし、意識的にそうせずとも、おのずから歌が似かようというのが、彼らの常態であった。このことは散文でもひとしく、『古事記』の神話・伝説などで、主人公さえかえれば話の運びは酷似するという場合が多い。ここには一つ、彼らにおける〝歴史〟の意識も加わって来るが、その他のもう一つの重大な性質は、歌や物語がけっして個人とか個別の場とかといった〝孤独〟に属するものではなくて、〝衆〟の中で存在したことを意味している。そうした文学に、作者名など、第二・第三の意義しかないだろう。類歌が多いということと、作者未詳歌が多いということとは、この『万葉集』が集団の文学であるという点で一致してくる特質なのであった。衆を擢んでた、傑出せる歌人とて、この体質をまぬがれることはない。集団の作者未詳歌の中に存在する個性が、彼らの個性である。『万葉集』の歌の基本の構造は、この点にあった。

二　人麻呂をめぐって

右に述べたことを、具体的に指摘してみよう。白鳳期、七世紀後半の歌人で、万葉をこえて評価の高い柿本人麻呂の歌は、さまざまな側面をもつが、その「石見国より妻に別れて上り来し時の歌」（２一三一—一三九）の冒頭、

石見の海　角の浦廻《うらみ》を　浦なしと　人こそ見らめ　潟なしと　人こそ見らめ　よしゑやし　浦は無くとも　よしゑやし　潟は無くとも……

という部分は、巻十三の長歌（三二二五）、

天雲の　影さへ見ゆる　隠口の　泊瀬の川は　浦無みか　船の寄り来ぬ　磯無みか　海人の釣為《せ》ぬ　よしゑやし　浦はなくとも　よしゑやし　磯は無くとも……

の冒頭部分と酷似している。巻十三は長歌ばかりを集めた巻で、それに新しい反歌などの添えられているところを見ると、古来の伝承長歌であり、それも宮廷に伝えられたものらし

い。つまり人麻呂は、こうした宮廷伝承の古歌の発想に半ば依拠しながら「妻に別れて上り来」る歌という、ある設定をもった詩を作ったわけであり、そのゆえにこの長歌も集団の共感を得ることが大きかったであろう。しかもこの形は伝統ある国ぼめの呪歌としての発想であった（そのために宮廷伝承歌でもあった）のだが、人麻呂はこれを「妻」をみちびく序のことばとして再生している。右には省略したが、「潟は無くとも」は海辺によせる玉藻の描写につらなり、その玉藻は妻のよりそうしなやかな姿態へとつらなるのであって、その妻を置いて旅路にのぼるという後半の部分が十五句であるのに対して、妻に収められてゆく描写の部分は二十四句という長大さである。妻を克明に描くことによって、別離の詩は哀感を増そう。国ぼめの発想は、このような詩の基盤と創造とに働くのである。

　また、人麻呂は挽歌歌人でもある。宮廷人の死に際して多くの挽歌をうたい、自らの妻の死をテーマとしても挽歌を作っている。その内の一つに、宮廷に仕えたであろう土形《ひじかた》の娘子の死を歌った、

　　隠口の泊瀬の山の山の際にいさよふ雲は妹にかもあらむ（3四二八）

という一首がある。これは、

　　隠口の泊瀬の山に霞立ち棚引く雲は妹にかもあらむ（7一四〇七）

という作者未詳歌とほとんど同じである。同じ軽の妻の歌、

秋山の黄葉を茂み迷ひぬる妹を求めむ山道知らずも（2二〇八）

は右と同歌群の、

秋山の黄葉あはれびうらぶれて入りにし妹は待てど来まさず（7一四〇九）

と結句の小異をもつのみである。

こうした巻七挽歌群と白鳳宮廷歌との関係は、石田王の死んだ時に丹生王《にふのおおきみ》の作った「逆《およ》言《づれ》の狂言《たはごと》とかも高山の巌のうへに君が臥《こや》せる」（3四二一）が、巻七の同歌群の「狂語《たはこと》か逆言《およづれごと》か隠口の泊瀬の山に廬せりといふ」（一四〇八）と同想であるように、人麻呂に限らないわけだが、とりわけ人麻呂作歌との類似は、人麻呂の歌が伝承されるうちに作者名を落してしまったのだという解釈もできるが、以上のものの多くが泊瀬の歌であることは注意すべきで、『万葉集』においては、いわば〝泊瀬歌圏〟とも呼ぶべき一群の歌があり、これは『万葉集』の古層をなしている。現実に土形の娘子などを泊瀬という古来の埋葬地にほうむったせいもあろうが、さらに強く人麻呂に働きかけていたものは、古来の挽歌群で、これら

を換骨奪胎することによって、人麻呂は詩を創造したのである。

この巻七との関係が、人麻呂歌の伝承によるかもしれぬといったことは、右に述べた集団歌からの創造ということと、事は二つにして実は一つである。人麻呂の体質が右のように集団歌と不可分であることにおいて、人麻呂の歌はたやすく集団の所有となって伝えられてゆくだろう。

人麻呂は『万葉集』によると石見の国で死んでいる。しかもその臨終の歌には妻の歌が添えられ、丹比真人《たじひのまひと》が人麻呂に代ってこれに答えた歌というのが加えられている。この様子は十分に「人麻呂歌物語」とでもいったものができていて、その時の歌であろうことを想像させるが、さらに丹比真人の歌には「或る本の歌に曰く」という一首（2二二七）がついている。この巻の編者の主とした資料には丹比真人の歌は一首だけだったのだが、左注によると、「古本」にはこの歌を加えて丹比真人の歌が二首並べられていたらしい。その歌は、

天離《ざか》る夷の荒野に君を置きて思ひつつあれば生けりともなし（2二二七）

という一首である。ところが人麻呂の妻の挽歌には、

衾道を引手の山に妹を置きて山路を行けば生けりともなし（2二一二）

の一首がある。これは第四句を「山路思ふに」という異伝（２二一五）もある。さらには「天離る夷」（１二九・３二五五）、「かぎろひの　燃ゆる荒野に」（２二一〇・二一三）ということばも、人麻呂は用いる。

これらによれば、丹比真人の或本の歌は、ほとんど人麻呂の歌を縫合したようなもので、そうした方法によって「人麻呂歌物語」ができ、人麻呂の死を語ったことになろう。こうなったのは、そもそも人麻呂の詩が孤絶した狷介な詩ではなくて、集団の感情の中に成立していたことを示すだろう。

これは、人麻呂の詩を中心においてみると、その詩が集団の中に起こり、集団の中に帰っていったのだということであるが、それを如実に示すものが、人麻呂歌集なるものの存在である。『万葉集』の中に散在する人麻呂歌集は厖大な歌数をもち、その内容もさまざまである。この中には人麻呂自身の作もむろん存在すると思われるが、そのほかに他人の立場に立って作った歌、人麻呂周辺の宮廷歌人の歌、各地の旅で採集した歌がふくまれる。『万葉集』の中には、たとえば笠金村歌集のように明らかに他人の作をのせる歌集もないわけではないが、これほどに他人の作をふくむ歌集も珍しい。

これは人麻呂の詩が基盤としての集団歌と分かちがたく結ばれていたことを示し、後々の伝承において自と他の区別を没却せしめるほどであったことを意味しているだろう。人麻呂歌集の現形がずっと後の時代のものであろうと想像することは正しいが、さりとてまったく人麻呂と無関係にこれを説明することも正しくない。たとえばいつも問題になる七夕の歌にしても、何らかの意味で人麻呂に関係する歌であったと考えるべきだし、それを検出することも可能である。

人麻呂の関係する歌圏は宮廷人の作者不記の歌群のみならず、東歌にも及んでいる。一例をあげるなら、東歌の、

あひ見ては千年や去ぬる否をかも吾や然思ふ君待ちがてに（14三四七〇）

は人麻呂歌集の歌だと注記され、かつ作者未詳歌群の中の一首（11二五三九）である。また『万葉集』の注記をたよりに整理すると、

思ふにし余りにしかば鳰鳥《にほどり》のなづさひ来しを人見けむかも（人麻呂歌集）
思ふにし余りにしかばすべを無みわれは言ひてき忌むべきものを（12二九四七）
思ふにし余りにしかば門に出でてわがこい伏すを人見けむかも（右、或本の歌）
思ふにし余りにしかばすべを無み出でてそ行きし家のあたり見に（右、一に云ふ）

のごとき関係が、歌集歌と作者未詳歌にはあったようである。人麻呂歌集の存在は人麻呂の歌の体質を如実に物語り、同時に『万葉集』基本のあり方を示すものでもあったといえよう。

三　白鳳歌人と周辺

人麻呂と同じ白鳳の宮廷にあった歌人、高市黒人や長意吉麻呂についても、同じことがいえそうである。黒人は旅の詩人と呼ばれるほどに各地を旅し、その先々での歌しか残していない短歌歌人だが、旅の、しみ入るような孤独のしらべが多くの人々に愛誦されている。「高市連黒人の覊旅の歌八首」として、その歌がまとめられたりしているところを見ても、旅愁の情がすでに当時の人々をも打っていたことがわかろう。

しかし、そうした孤独の歌を愛される詩人であるにもかかわらず、その歌はけっして他人の歌と排他的ではない。

わが船は比良の湊に漕ぎ泊《は》てむ沖へな離《さか》りさ夜更けにけり（3二七四）

という一首は、薄暮のせまる琵琶湖を旅していく心細い旅情がにじみ出ているが、

夏麻《なつそ》引く海上潟の沖つ渚《す》に船はとどめむさ夜更けにけり（14三三四八）

という一首と下句が類似している。これは東歌一巻の最初におかれた歌である。そしてさら

に、『万葉集』には、

　夏麻引く海上潟の沖つ洲に鳥はすだけど君は音もせず（7一一七六）

という一首もある。

　この第二、第三の両首の関係は、おそらく入れかわったのであろうと思われる。第三首は宮廷官人の羇旅歌の中にふくまれていながら、「君は音もせず」というように、音信のない恋人を怨む歌である。あきらかに前後の歌と不調和で、これこそ東国農民の恋歌であろう。一方、第二首は旅人の境遇をよんだものであることが想像され、そこで第三首が東歌に、第二首が官人羇旅歌群に入っていれば自然だということになるだろう。本来はそうあるべきだったと考えられる。

　しかしそれが交錯して現在のように編集されているということは、ともに連続の歌であり、けっして無縁のものではなかったことを示していよう。黒人の歌はこの両首の関係にからまって、東歌の世界と密接に結びついているということになる。一体に、右をふくむ巻七の「羇旅の作」歌群には、黒人の歌と類想をもつものが多い。

　桜田へ鶴鳴き渡る年魚市潟潮干にけらし鶴鳴き渡る（3二七一）

の「年魚市潟潮干にけらし」もそこに見え（7―一一六三）、

何処にか船泊てすらむ安礼の崎漕ぎ廻み行きし棚無し小舟（1五八）

に対しては「近江の海湊は八十いづくにか君が船泊て草結びけむ」（7―一一六九）があり、「何処にか舟乗しけむ……」（7―一一七二）は歌い出しが同じ形である。また黒人には「……近江の海八十の湊に……」（3―二七三）ということばがある。先にあげた黒人の「沖へな離り」（3―二七四）も同歌群（7―一二〇〇）にある（「へ」が「ゆ」となっている）。

こうして黒人の歌は当時の宮廷人の旅の歌と連続の形にあり、けっして孤独に作り出されたものでなかったのだが、同様、この宮廷にあった意吉麻呂も集団歌の作者のひとりであった。巻九の初めの方には大宝元年（七〇一）の紀伊行幸に従った一行の作者未詳歌をのせているが、その内の一首、

風莫の浜の白波いたづらに比処に寄せ来る見る人無しに（9―一六七三）

は、意吉麻呂の作だという注が記されている。これは黒人とまったくひとしい場に意吉麻呂のいたことを示していよう。そして先の人麻呂ともひとしく、その作はたやすく宮廷集団歌に埋没していったのである。

意吉麻呂は戯れの歌の作者でもある。数種類の物の名を一首の中によみ込んだ歌を多く作っており、しかも、ある時は皆で酒を飲んでいると、夜更けて狐の鳴き声が聞こえて来た、そこで食卓の物などをふくめてあの鳴き声をよみ込んだ歌をつくれ、といわれて即座によんだ、という。この歌の制作の場は集団の場であったことを明らかに示しており、旅の歌とて同様だったであろう。あの黒人も、「妹もわれも一つなれかも三河なる二見の道ゆ別れかねつる」(3二七六)という一、二、三の数字を使いしゃれた戯歌をつくっている。しかもこれに答えた形の女の歌まで作る。

意吉麻呂の戯歌は巻十六に収められているが、この巻は多くの戯歌をもつ。その一つにノンセンス詩がある。『万葉集』では「心の著く所無き歌」というが、その二首は、舎人親王が懸賞でノンセンス詩をつのった時、安倍子祖父という男が作ったものである。『日本書紀』にはこれと似た話がのっていて、朱鳥元年(六八六)の正月、天武天皇が「跡無しごと」を臣下に課して、一人の男が賞金を獲得したというのである。両者、同様の場が想像されよう。意吉麻呂の歌もこれらと同じ場に出来たものであり、黒人の歌も旅先であるだけの違いで(先の戯歌は持統天皇の行幸に従った時)、ともに宮廷集団の場を基にしつつ、彼らの歌の存在したことを物語っている。

四　天平歌人と周辺

これら白鳳歌人の伝統をついだ奈良朝の歌人たちも、あり方はひとしい。奈良朝のもっとも個性豊かな歌人は山上憶良だが、神亀五年（七二八）、その人生詩開眼に先立つ彼の作歌の場は、白鳳歌人同様宮廷にあった。右の意吉麻呂が紀伊行幸に従って藤白の坂を通った時、かつての悲劇の主人公、有間皇子をいたんだ歌を作ったのと同じく、憶良も皇子追悼の歌を二首作っている。しかもその一首（9一七一六）は川島皇子に代ってよんだ儀礼歌であり、その公的な役目を果した後に、自由な一首（2一四五）をよむという恰好になっている。これなど、今まで述べつづけて来た万葉歌人の作歌における集団性と個性との関係を示す好例であろう。しかも人麻呂らが一首そのものの中に衆と個とを具現したのに対して、二首に両者を分置するという形は、それの進展も示している。

このほか、憶良は唐にあっては帰朝に際しての餞宴の挨拶歌をつくり、聖武天皇の皇太子時代には、命ぜられて七夕の歌をつくっている。七夕の歌は左大臣長屋王にも命ぜられて作っているが、それらは多くの廷臣たちと一堂に会した雅宴においてであったらしい。

天の川相向き立ちてわが恋ひし君来ますなり紐解き設けな（8一五一八）

という憶良の一首は、これ自体としても「川に向ひて」という異伝を生じているが、巻十の作者未詳歌（二〇四八）には、

天の川川門に立ちてわが恋ひし君来ますなり紐解き待たむ

という一首が見え、これには「川に向き立ち」という異伝が添えられている。つまり憶良の一首は巻十の七夕歌を産出した宮廷文化圏の集団と共に作られ、ともに歌われたものであった。

この、憶良の歌のもった〃場〃の性格は、神亀五年以後にも失われていない。旅人が都へ帰る際の餞別歌の挨拶性もその一つとして理解すべきであろうし、例の遣唐使に贈る「好去好来の歌」（5八九四—八九六）もその中で理解することができるだろう。

神代より　言ひ伝て来らく　そらみつ　倭の国は　皇神《すめがみ》の　厳しき国　言霊の　幸はふ
国と　語り継ぎ　言ひ継がひけり……（5八九四）

というこの長歌の冒頭は、先にあげた宮廷詞章群と思われる巻十三の長歌の「蜻蛉島　日本の国は　神からと　言挙せぬ国……」（13三二五〇）という冒頭と類縁をもち、しかもこれには人麻呂歌集の歌が類似するものとして添えられている。「葦原の　瑞穂の国は　神なが

ら　言挙せぬ国……」（13三二五三）がそれである。この人麻呂歌集の歌は右の歌のさらに骨子と思われ、これを基として、場合場合に、それぞれふさわしい歌が歌われたのであろう。右の歌は恋の歌で、一つの応用の歌である。それに対して憶良の歌は一層場のひとしい歌で、したがって、冒頭以外にも多くの類似点を人麻呂歌集の歌にもっている。「荒磯波　ありても見むと　百重波　千重波しきに……」（13三二五三）によれば人麻呂歌集の歌も航海者への餞歌で、「恙無く　幸く坐さば」も、憶良の「恙無く　幸く坐して」（5八九四）と一致する。

この人麻呂歌集の歌の反歌は「磯城島の日本の国は言霊のたすくる国ぞま幸くありこそ」（13三二五四）だが、高橋虫麻呂も藤原宇合が筑紫に下るときに「千万の軍なりとも言挙げせず取りて来ぬべき男とそ思ふ」（6九七二）という反歌を歌い、右の諸歌と同じく「言挙げ」を扱っている。したがって憶良の遣唐使贈歌はこれら諸歌と同一の、儀礼歌の基盤に立って、その慣行の中でよまれたといえるだろう。

憶良は一方では強烈な個人の生命を歌っており、そのゆえに歴史ばなれした歌人のようにも思われるが、一方に右のような地盤をもっていたのであって、そうした地盤の上にこそ、強烈な己れの主張もし得たというべきであろう。

憶良の作歌した奈良朝の初期、神亀元年（七二四）あるいはそのやや先ごろから宮廷で活躍した歌人たちは多い。山部赤人はそのもっとも代表的な歌人だが、ほかにも笠金村、車《くるま》持千年《もちのちとせ》などがいた。

彼らの歌の細部を検討すると、それぞれの特色をもっている独自の歌人なのだが、しかしまったく背を向け合って作歌していたのではない。すでに触れたが、笠金村歌集には神亀五年の難波行幸の歌四首をのせるが、これは車持千年の作だという異伝を記している。このことは、単に作がまぎれ込んだということではなくて、彼らが個性を超越した、宮廷歌人としての立場に立って歌っていたことを示すものであろう。

そしてこのようなことは、金村と千年だけではなく、赤人との間にも類同を見ることができる。赤人は明日香の故郷を、神岳にのぼってしのび、その反歌に、

明日香河川淀さらず立つ霧の思ひ過ぐべき恋にあらなくに（3三二五）

と歌う。「恋」とは故郷に対するものだが、本来人事に用いるこのことばを、自然に対して用いるところに、奈良朝風の優美さがある。一方、千年も吉野の長歌の反歌に、

茜さす日並べなくにわが恋は吉野の川の霧に立ちつつ（6九一六）

と歌う。この歌は一首前に「川音なす止む時無しに思ほゆる君」とあり、「恋」はこの「君」に対するものとも考えられるが、その場合の「君」は吉野行幸の主、聖武天皇を指すであろう。その意味でやはりこの「恋」は通常のものではないのであり、赤人の「恋」が故

郷（旧都）に対するものであった点と近づいて来る。そうした「恋」を、二人とも川霧に託して歌うのである。

そしてこの柔和な行幸従駕の歌は、宮廷人一行ばかりではない。広くその場に参加した人々の間に産出されたものであって、千年は住吉行幸に際して、

白波の千重に来寄する住吉の岸の黄土ににほひて行かな（6九三二）

と歌うが、この下句はこの土地における類型の発想であったらしい。先立つ持統天皇のこの地行幸に際して、土地の遊女は長皇子に一首を献じているが、その一首は、

草枕旅行く君と知らませば岸の埴生ににほはさましを（1六九）

という。千年の歌は十分にこの歌を心にもち、かつ同様の場を得て作ったものであろう。

これらは主として彼ら宮廷歌人の晴の場における歌であるが、その生活歌の中においても、彼らは、より多くの奈良京人によって構成された歌圏と密接につながっている。赤人は他の二人に比べて、生活的な歌の面を多く見せる歌人だが、

わが屋戸に韓藍蒔き生し枯れぬれど懲りずてまたも蒔かむとそ思ふ（3三八四）

という一首をよんでいる。「韓藍」に恋の寓意がある歌だが、巻十の恋の歌にも、

　　恋ふる日のけ長くあればみ苑生の韓藍の花の色に出でにけり（10二二七八）

なる一首がある。恋しいあまり態度に出る様子を韓藍の花にたとえたものだ。巻十が後期万葉びとの一般大衆の歌であることは先にもふれて来たとおりだが、「み苑生の」といっているところを見ると、下級官人の歌でもあったか。正倉院には下級官人の落書と思われる一首があって（第一句は欠けている）、

　　□家の韓藍の花今見ればうつし難くもなりにけるかも

と記されている。花がうつろって、妹をなぞらえ難いという一首であろう。

　ここには韓藍の花という素材をとり上げてみたが、これを一例として、宮廷歌人たちの歌に働きかけたものは、広い官人層の歌の世界であった。通常いわれるような、先代宮廷歌の伝統もさることながら、単にそれだけではなかったのである。

　こうした人々の歌を集約する形で登場するのが、大伴家持である。彼は以上のような長い歴史の中で作られた歌および同時代人の作る歌の饗宴の中にあった。全万葉歌のほぼ一割も

の歌を作った家持の個々の作品について、具体的に以上のようなあり方を指摘する余裕はなくなってしまったが、彼の歌は、まさにこの縦にも横にも有した集団の連帯の中に生まれたものであった。彼が作者未詳歌を手本として歌をまなんだというういい方が通常されるが、そのように技術上の人為的な問題として処置してしまっては、事の本質をあやまるおそれがある。

彼の具体的な周辺の人物として、叔母の坂上郎女がいる。実際にこの叔母の集めた歌群を家持は目にしただろうが、この、聖武天皇に歌を献ったりする叔母とともにある環境の中で、彼はおのずからに末期万葉の歌人だったのである。また父、旅人も天平の歌人であった。旅人における「場」として指摘しなければならないのは、以上の諸人の「場」に加えられる漢詩文の「場」であり、その中で旅人の歌がよまれている。家持は、この父の歌の流れの中においても、おのずからに末期万葉の歌人であった。加うるに伴（大伴）氏は歌の家、文学の氏族でもある。その一族には一方の武門としての危機感もあって、家持自身一族の連帯を強く自覚している。そうした伝統と情況による一族の中にも家持の歌の場があった。

むろん家持は無自覚にこの場に浸っていただけではない。しかしあの傑出した家持の秀歌は、これらと分かち難く結ばれ、それを自己の内で回生せしめたところにできたのだということは、一層注意すべきことなのである。

五　和歌の原形

以上数人の歌人に集約せざるを得なかったけれども、『万葉集』の歌はこのように集団に約束されたものであった。

『万葉集』の出発を飾る歌人額田王の歌が、そもそも多く斉明天皇への代作歌であり、多く儀礼歌であったことを思えば、これは『万葉集』の原初の姿なのであり、末期万葉歌としておびただしい作者未詳歌群の存することをもってすれば、『万葉集』の歌の世界は、ついにこれを逸脱することはなかったというべきだろう。著名歌人の秀歌は、その上に開花の必然をもったものであった。

『万葉集』の体質はこのメカニズムを措いては捉えがたい。そしてこれこそ実に和歌なるものの原形でもあったのである。

三　万葉集の表現

万葉歌の形式

一　連合表現——枕詞

ここで「連合表現」とよぶものは、おおむね、従来の枕詞・序詞に相当する。そこでまず、枕詞とよばれているものの機能を考えてみたい。これらの研究史については、山口正氏（『万葉修辞の研究』）に詳細な、すぐれた研究があるが、枕詞は、真淵の『冠辞考』に「言のたらはぬときは、上にうるはしきことを冠らしめて調べをなんせりける」というのを代表として、「上におくもの」という考えが、今日定説化している。この考えの歴史は古く、公任の『新撰髄脳』における「古の人多く本に歌枕をおきて、末に思ふ心をあらはす」の「歌枕」、仙覚の『万葉集註釈』の「旅にして物恋しきに山下の赤のそほ船沖へ漕ぐ見ゆ」（3二七〇）の註「これはあけトイハンタメノ諷詞ニ山下ノトヲキケルニヤ」の「諷詞」などは、今日いわれる枕詞をさすが、いずれも、上におくことばの意で用いられている。「枕詞」（枕言、枕こと葉）という語で語られる兼載の『万葉集之歌百首聞書』においても事情は同様である。真淵も「詞を飾るもの」といっている(『冠辞考』)。このように、枕詞の「上におく、上にかぶせる」という意識は、歴史的にも根強いものがある。

しかし、具体的に、歌にあたると、『古今集』以降ならば、この定説は、無抵抗に受け入れることができるが、『万葉集』においては、必ずしも完全な説明とはいいがたい。ことに、『万葉集』中にみえる枕詞のうち、枕詞として未だ固定化していない前のものに関しては、「上におくもの」といったいわゆる枕詞の定義があてはまらないのである。

それならば、「冠辞」という定義以外に枕詞の効用として従来どのようなことがいわれているだろうか。

ひとつには、「音楽性」ということがある。『冠辞考』においても「調べ」に注目していることは前掲のとおりだが、福井久蔵博士も「或はその修飾となり、或は声調を助け」(『枕詞の研究と釈義』)とその音楽性に言及し、茂吉の「短歌声調論」も、枕詞は、「短歌声調の重大な要素である」と述べている。また、茂吉は、枕詞は、元来「表象的特質を持つてゐた」形容詞から発展し「時には、ただ音で続けるやうになつた」ともいっている。この音楽性とは、一体何だったのだろうか。たしかに、「ははそはの―母」、「ちちのみの―父」のような形式上の同音反復もあるが、そういった反復だけで枕詞の音楽性は、正確につかめるものではないだろう。より深い意味があるはずである。

この問題は後述するとして、もう少し従来の枕詞の定義を見ておくと、さらに、「比喩」としての効用をもつとする考えもある。仙覚の「諷詞」、茂吉の「表象的特質」という言及

は、広義の比喩性の指摘である。例えば、

巻向の檜原に立てる春霞おぼにし思はばなづみ来めやも（10一八一三）
秋山の樹の下隠り逝く水のわれこそ益さめ御思よりは（2九二）

の上半句は序詞と称せられるものではあるが、それぞれ「おぼ」「益さめ」の比喩として上句が働くと考えるわけで、枕詞も同様の役割をもつと見る。しかしこれは「比喩」ということばでよんでよい関係か否かが、大きな問題である。

さらに、「情調性」の指摘がある。久松潜一先生は、『万葉集の新研究』において、「一首全体の感情内容を統一するようになって、枕詞の表現上の効果が頂上に達する」といわれ、先生は、他に、「音調」「観念の連想」「感情上の連想」、あるいは「観念に感情的色彩を加える」ともいわれる。澤瀉久孝博士（『万葉集講話』）は、「一首の気分の感じられるやうな枕詞を使つた方が一首をひきしめることが出来る」といわれた。次の例などがあげられよう。

珠藻刈る敏馬を過ぎて夏草の野島の崎に舟近づきぬ（3二五〇）

氏の論旨は、意味のあることばを使うと内容は複雑になるが、一首がひきしまらない、枕詞は、一首を飾るのではなく、単純化するというものである。また、歌人の島木赤彦は、

「一首の情趣を生みだすもの」（『万葉集の鑑賞及び其批評』）といっている。

これら三人の同時代の人々は、ほぼ同じような発言をしているのだが、最近はこうした見解をひくものとして、山本健吉氏の『万葉百歌』中の言がある。序詞についてだが、氏は、

秋の田の穂の上に霧らふ朝霞何処辺《いつへ》の方にわが恋ひ止まむ（2八八）

の歌について、「朝霞の晴れぬ状態は、実景でありながら、同時に鬱屈して晴れやらぬ心の風景でもある。単なる比喩でなく、主観と客観とが見事な交響を奏でていて、象徴的な効果を発揮している」といわれる。

加えて、枕詞の「呪言性」の指摘がある。折口信夫氏の『日本文学の発生序説』、高崎正秀氏の「枕詞の発生」（『文学以前』）等における指摘である。

折口氏らの説は、枕詞は、『常陸風土記』にみえる「白遠ふ新治の国」、あるいは「霰零る香島の国」といった風俗諺・風俗説と関係があり、また、『日本書紀』の神武条の最後の部分にみられる「大和は　浦安の国。妙し矛　千足の国。しわかみ　秀つ真国」、「玉垣の　内つ国。空みつ　大和の国」などのような国讃めの詞――そしてそれは、本来神の託宣であった――に源があるとされるものである。

こうした祭式から人間的なものへの移行という説は、山本健吉氏もまた容れられる。氏は、『柿本人麻呂』の中で、その長歌（1二九）について、「枕詞は、鎮魂の詞章としての歌

の咒力を基にして考へれば、それは修飾部ではなく、かへつて主題なのだ。歌の文脈上の主題と、歌の作られた「場の論理」としての主題と、古代の詩歌は、つねに二重主題を持つ。この近江荒都の歌の主題については、私はさきに、「天皇の神の尊の」以下の数行、ことに「百磯城の大宮どころ見れば悲しも」の結句に集中的に表現されてゐると言つたが、それは飽くまで、この歌の文脈上の主題であつて、モチーフの上から言へば、主題はかへつて、だらだらと長い序章の部分にある。あるいは、特にその枕詞の上にあるのだ。主題の外にもう一つの低音部を奏でる主調があると言つてもよい」と述べておられる。

たしかに、記紀歌謡では、地名が多く枕詞をもち、土地讃めの呪言から枕詞が発生してきたことはいえそうである。もちろん、通時的に、枕詞のすべてにそれがあてはまるかどうかは疑問である。

さて、こうした枕詞の効用についての諸説をふまえて枕詞をもう一度考えてみたい。

第一に、枕詞の発生が土地讃めにあったという説は、承認すべきであろうと思われる。しかし、土地讃めはいかなる形で行なわれたのか、折口博士のいうように、神の託宣中から出発したというよりは、「風俗諺」はむしろ逆に、人々の土地との交感による言語表現ではなかったか。その土地土地の皆が、きまって口にすることば、習慣としての共感のタイプではないか。「白遠ふ新治の国」というのが、「新治の国」をいうときの、その土地の人々の型であったのだろう。「白遠ふ」は「新治の国」と一体となって存在したと思われる。

枕詞は、下にことばがあって、上にかぶせるものではなく、また、比喩でもなく、いってみれば、一体の一セットのつながりのあることばであるといえる。土地に対する交感がかかる緊密な表現を生んだのだろう。人間の表現としての行為（ことわざ）が土地に対して行なわれたのである。枕詞は、かかる交感が表現となったものである。

そして、折口氏らのいわれる土地に対する呪術的なもの、また右の交感は、時代がくだるに従って変化し、情調的なものとなるだろう。呪とて、本来情調的なものである。しかし基本的性格である交感は一歩もでていないのではないか。そしてまた、音楽性というのも、人間の交感をでるものではないだろう。

情調ということばは、なおあいまいだけれども、具体的な枕詞のあり方については後で検討するとして、情調という不安定なものに、古代詩歌の特色があった。それと表裏一体をなすのが、枕詞の状況性である。私はかつて「古代文学の言語」（本書所収）で次のように述べた。少し長いが、抜粋しておきたい。

「言語とは、このように分化した個々において定立するものではない。この個々の場合を越えて存在するもので、それが個々の文脈の中に表現として現われるだけなのだろう。人間はその言語によって表現を行なう。この事は二つの意味をふくんでいる。つまり言語は人間以前に一つの世界をもって存在するものだということと、その前存在的言語に対して、個々の言語は個々に状況的なあり方をするのだ、ということである。表現とは人間の自己現出の方法であり、人間は表現によって存在し得ることになる。その場合、人間のある状況にすぎないものが、個々の言語である。表現がそれ以上の客観的に固有な意味に依拠することはない」。

「このように枕詞を考えると、この状況とは、連接という仕方の、意識の持続だということになろう。枕詞あるいは範囲を拡大して先の序詞がこのように一定の意識を連接の中に接続せしめるものだとすれば、これこそ音楽性なのであり、枕詞や序詞が音によるところ大である所以も首肯されるだろう。この音楽性は口誦言語のもつそれであって、枕詞や序詞が『万葉集』に多いということは、『万葉集』の口誦性を物語るものに他ならない。そしてこの口誦性によって、枕詞、序詞はすぐれて状況的でもあり得たのである。したがって『古今集』などの枕詞（時として序詞も）が習慣的・固定的であるのも当然なのである」。

「つまり口誦言語と書記言語とにわけて言語を考えるなら、後者はまず第一に音楽性を失っている。一々の言語が書記される事によって断片的に認識され、思考の対象となり、視覚化されることに生ずる固着をもっている。元へ戻って読めるということの無時間性もある。こうした言語は意識の持続としては受取られない。すでに枕詞は新たな状況を切り開くこともなく、固定化するだろう。固定化した枕詞は、同じく固定化した次のことばを予定する点に概念化された存在となる。これは枕詞のみならず、書記言語化することによって広く『万葉集』全体の文学言語が一々の状況対応の世界から変質していくことを意味している」。

この状況性を具体的にいえば、たとえば「ぬばたまの」という枕詞は、その実が黒いところから「黒」にかかるといわれる。すると、この枕詞の次の語との関係は、まず「黒」につらなり、ついで「黒」の属性をもつ夜・夕、それにさらに関係ある月へと広がっていく、と考えられる。髪は必ずしも一義的に「黒」とひとしくはないが、おおむね黒いので、「ぬばたまの髪」となる、という形である。

しかし、この場合は夜・夕が「黒」のものとして存在し、「ぬばたまの↓（黒）」↓「（黒）↓夜」という二段階となり、「ぬばたまの」は夜において、直接いきていないことになる。私はそう考えない。おそらく『万葉集』における「ぬばたま」は、ほとんど「黒」と同一であって、そのゆえに、いきなり夜・夕・月とかかっていくのであろう。そうした幅の広さがこのことばの世界にあったにちがいない。「ぬばたま」はこうした直覚的な「黒」の物体として存在し、そのことばも直覚的な形象と同体にあった。だから、状況に応じて夜・夕・月ということばと直接に結び合うのである。

また、和歌が口誦の中にあるときにもつ時間は、一首に時間的な移行をもたらす。たとえば、

夏麻《なつそ》引く海上潟の沖つ洲に鳥はすだけど君は音もせず（7一一七六）

は、「夏麻引く―畝《う》」という段階が、次の「海上潟の沖つ洲に鳥はすだけど」においては、すでに過去となり、さらに「鳥はすだけど君は音もせず」に到ると、この地名の指定も、どうでもよいことになる。こうした叙述の時間性の中に「夏麻引く」を置いてみると、これが「畝」につづいていくということも、自然に思えて来る。つまりこの自然さは「夏麻引く

畝」にだけあればよいので、海上潟の沖の洲に鳥がすだく情景が彼らに親しくあればよいのと同様である。

こうした枕詞の状況性が、枕詞とよばれるものと次のことばとの間に、一回的な情調をつねに作りつづけていくと思われる。この枕詞と下の語との関係は、およそ、感情と観念の連合、具体と抽象、たとえば物という具体的なものと心という抽象的なものとの連続となり、また同類の二者を拡大したり縮小したりして移動させながら連ね、音調の上でだけ連接させたりすることとなる。この関係を一言にしていえば、これは情調性であろうと思う。

そこで、これらの一々を具体的にみよう。まず感情と観念とについてだが、契沖の『万葉代匠記』（総釈枕詞）によれば、「わぎもこに」「をとめらに」などということばが枕詞と考えられている。

……をとめらに　あふさか山に　手向草　綵《ぬさ》取り置きて　わぎもこに　あふみの海の

……（13三二三七）

これは、「あふ」という語を中心に考えると、その上の枕詞が「をとめらに」や「わぎもこに」に幅をもって連接するということを示している。つまり、枕詞がいきて使われていて、固定化、静止をまぬがれているのだが、逆に、

をとめらに　ゆきあひの早稲を刈る時に成りにけらしも萩の花咲く（10二一一七）

の歌では、先の歌で「あふさか山」に連接した「をとめらに」が「ゆきあひの早稲を」に連接する。このことは、枕詞の下にくる語についても自由が保証されていたことを意味する。部分的連鎖、「をとめ」と「あふ」を中核として、他に自由に流動するものであったことがうかがえる。

他の枕詞においても同様なことがいえる。

……わがこころ　きよすみの池の　池の底　われは忍びず　ただに逢ふまでに
（13三二八九）

……わがこころ　つくしの山の　黄葉の　散り過ぎにきと　君が正香《ただか》を（13三三三三）

……あがこころ　あかしの浦に　船泊めて　浮寝をしつつ……（15三六二七）

これらの歌における「わ（あ）がこころ」をみると、「清し」「尽し」「明し」と、やはり、その自由な連接の仕方がうかがわれる。

この自由さは、先のことばでいえば幅の広い自由な流動だが、この流動は「逢ふ」という行為や「わがこころ」がいかにあるかという状況に対する一つの感情上の判断の中で、ことばが選択される結果である。この二語の連接が許容されるのは、上例のいずれにも万葉びとの共感があったからで、その共感の中で、邂逅や心情が判断されたわけである。

そしてこの二つの枕詞および連接のあり方は、いかにも、万葉集的である。『万葉集』中の枕詞には、女性からの恋愛感情を表現するものもある。

　わが背子を　な越しの山の呼子鳥君呼びかへせ夜の更けぬとに（10一八二二）

における「わが背子を」、あるいは、男女ともども「つま」にかかる「わかくさの」のようなものもある。以上のものともども、これらは、和歌のもつ恋愛情調によって枕詞が自由に選択されたことを物語っていよう。

このように、一つのものが感情の上で判断され、二つのことばをつづけることによって一つの情調をもつというあり方は、広い。「あをはたの」という枕詞についていえば、「あをはたの木幡の上をかよふとは」（2一四八）、「あをはたの　葛木山に」（4五〇九）、「あをはたの　忍坂の山は」（13三三三一）と連接している。「あをはた」は、樹木の茂っている状態の一つの判断であり、それが「葛木山」、「忍坂の山」といった山（連峰）につながるのである。

同様に、「いはばしる」が「あふみ」や「たるみ」にかかるのは、水が岩の上を激しく流れる性質を淡海や垂水に認めた連接であり、「たまきはる」が「うち」「吾」「いのち」「幾代」にかかるのは、「たま」が霊魂をいい、「きはる」が「きわまる」である（澤瀉久孝博士説）ところからの感性的判断によって使われる例である。

これらは、事象・物象に対する作者の状況的判断、従ってより多く主情的判断として、枕詞を使用していると考えられる。

次に同類の連鎖といったものを見ると、その第一は、単に属性を説明するもの、たとえば、「家つ鳥―鶏」、「野つ鳥―雉」あるいは「妻ごもる―屋（上の山）」の類で、ほぼ上下は等量になる。これに対して、意味の類同をもちながら展開的関係にあるものがある。

……なくはし　よしのの山は　影面の　大御門ゆ……（1五二）
……をちこちの　島は多けど　なくはし　さみねの島の……（2二二〇）
なくはしき　いなみの海の沖つ波千重に隠りぬ大和島根は（3三〇三）

「なくはし」は「名が美《くは》しい」の意で、自分が名を美しいと思うものならば、どこにつけてもよいのである。他の枕詞にくらべて、これはいっそう主観性を発揮できるものである。

そこで、三〇三番歌の「いなみの海」の「い」は、「ゆつき」の「ゆ」同様神聖さを表わす「斎」であり、二二〇番歌の「さみね」の「さ」は、「さをとめ」の「さ」同様美称の接頭語である。また、五二番歌の「なくはし　よしのの山は」の場合は、「はし」「よし」という音調にも心のあったものかと思われる。つまりこれらは、枕詞と被枕との間に意味の類同がある。先の、被枕の事物を判断したのと、多少異質である。

また、「居待月—明石の門」といったものも、月の明るさにおいて、上下は、感情とか判断とかといったことばで説明することもない、自然な二語の連続であろう。「立待」ではなく、「居待」であるのも、明るさを意識したものと思われる。

さらに、いわゆる隣接の地名を並べるもの、「石上—布留」なども、この類の中に考えることができるであろうし、音楽的だという中でふれた、「ちちのみ」「ははそは」もこれと同一の連接と考えられよう。同類の連鎖とは、およそ以上のような属性、意味の連鎖、地名の連続や音の諧律といった形でつらなっていくものである。

また、次に具体と抽象といった関係の、枕詞の連接方法がある。「とりがなく」が「あづま」にかかるような例である。「とりがなく」のは、「夜明け」であり、夜が明けるのは、「東」からであるから、「あづま」にかかるといったふうなあり方だが、彼らにはそのような理づめの論理はない。もっと直覚的に以上のことがらが存在するのであって、「東」は「鶏が鳴く」という具体的なものによって認識されていたわけである。

飼飯《けひ》の海の庭好くあらしかりこもの　みだれ出づ見ゆ海人の釣船（3二五六）

なども、そうした例である。「乱る」という一般的な状態は、「刈薦」の姿において捉えられる。「霍公鳥—飛幡」も、霍公鳥によって「飛ぶ」ことは明瞭になる。

また、右の例をへて、寄物陳思的発想が枕詞の使い方にもあらわれてくる。「かしのみのひとりかぬらむ」（9―七四二）のようなものは、その一つであろうが、この秀逸な枕詞は、比喩といってしまうと、正しくはあるまい。

最後に一つつけ加えれば、叙述の連続性といったものも考えられる。先の「夏麻引く海上潟」の場合もそうだが、たとえば「子らが手を―巻向山」といったものは、先の「我妹子に」「わが背子を」らと似ているけれども、これらよりいっそう一回性の叙述に頼っており、女と逢うという彼らの愉楽、男を帰さないという彼らの類想より、もっと個別的な感情をもったものであろう。事物の判断と、事の叙述との差異があると思われる。

さて、以上のように枕詞とよばれるものを見て来ると、ここには思いの外に拘束されない自由さをもって、二句（語）が連繋されていることを感じる。くり返して掲げると、

少女らに ╲
吾妹子に ╱ 逢ふ（淡海・逢坂山・行逢）

という、下句のもつ上句の自由さ、また、

わが心 ― 清隅
わが心 ― 筑紫
わが心 ― 明石
居待月 ― 明石

という上句のもつ下句の自由さおよびその交差した関係は、一首一首の状況に委ねられた表現が枕詞であって、この連繋のもつ情調が、表現の機能であったことを物語っている。『万葉集』の枕詞は、ことに愛憐の情感に裏づけられた「吾妹子」「吾背子」「少女ら」「遠つ人（待）」そして「子らが手」といった枕詞が多いが、これらのみならず、呪言性といい音楽性といい、すべてこの情調性の中に包摂されるように思われる。そして、それは一つには事物を感情的に判断したり、視覚的な具象を提示したりするという、直接感情の作用を参加させる場合があり、もう一つは、二者間に増幅と移行とを行ないつつ叙述をつづけていくという場合がある。いずれにしても、枕詞とは情調を基とした語と語（句と句）との連合の表現であり、そもそも口誦文芸たるを条件として発生した、特殊な表現様式であった。

二　連合表現——序詞

すでに述べたことだが（「物と心」『万葉の詩と詩人』所収）、序詞の発生基盤は心と物との対応にある。たとえば巻十一の二四一五番歌以降に「寄物陳思」の歌、二三六八番歌以降に「正述心緒」の歌が並ぶが、この二つの方法のうち、ただ心緒のみを述べて集団に参加するということは、考えてみれば難しいことである。この心緒を共有の物たらしめる媒体が「寄物陳思」の「物」であろう。とすれば寄物陳思の歌の方が素朴な段階の歌といえよう。

一見寄物陳思の方が技巧的にみえるが、たとえば正述心緒の次の歌、

たらちねの母が手放れかくばかりすべなき事はいまだ為なくに（11二三六八）

における他への説得性を考えると、その心緒は、きわめて個人的であり、作歌にあたっては相当の普遍性への深さ・強さを必要とするだろう。

一方、寄物陳思の歌の方は、物が一般性をもっているので、説得性や共感をうることは、さほどの感情の普遍性を持たずとも容易である。

入間路の大家が原のいはゐ蔓《つら》引かばぬるぬる吾《わ》にな絶えそね（14三三七八）
上野可《か》保《ほ》夜《や》が沼のいはゐ蔓引かばぬれつつ吾《あ》をな絶えそね（14三四一六）

これら二歌は、二人の関係が絶えないようにという願望をうたった、いわゆる類歌である。心緒を固定させ、上のことばの固有名詞を変えることによって二歌となっている。こうした類歌の存在は、普遍としての物（地名）と、個別としての心緒との関係を物語っているだろう。

もっともこれらは東歌である。東歌は、その用語等を検すると、万葉末期のものと考えられ、うたわれている感情も集団的ではあるが、デリケートである。だから序詞の原初を東歌

に求めるのは、必ずしも当をえたことではない。これに対して、

大野路は繁道森径繁くとも君し通はば道は広けむ（16三八八一）
角島の迫門の稚海藻《わかめ》は人のむた荒かりしかどわがむたは和海藻《にきめ》（16三八七一）
わが門の榎の実もり喫む百千鳥千鳥は来れど君そ来まさぬ（16三八七二）

らの歌は、「とも」「ど」を中心として上下が対比されている。「物」＋逆接の助詞＋「心」という形になっている。つまり共有の「物」を提示しておいて、これに心を対応させる方法で、この対比によって、聴者は心情を理解することができる。したがって、こういったものが序詞を導く最初のものではなかったか。むしろ、逆接の助詞によるものが原初の歌の形ではなかったかと思われるのである。そして序詞が固定化してくると、助詞「ど」は「の」にかわる。これは、『古今集』に多くみられる。「の」に変化すると、上下が逆ではなく、比喩的になるのである。

さらに、上下の間に「ど」や「の」をもたないものもある。

河の上のゆつ岩群に草生さず常にもがもな常処女にて（1二二）
淡海路の鳥籠《とこ》の山なる不知哉《いさや》川日のこのごろは恋ひつつもあらむ（4四八七）

これらは、上下対応しているが、接続の助詞はない。というのは上句に説明がなくとも共通の理解があって、その必要がないからである。右の大野路の歌も「繁くとも」がなければ、この形である。つまり、一首の叙述の完結性をもつ以前のもので、ことに第二首のようなものは、もっとも原初的な形であろうと私は考える。当然、この上下の句の間にポーズがあり、呼吸を改める間に、上句の理解が集団にゆき亘ったと思うからである。

ところが、つぎの、

朝影にわが身は成りぬ韓衣裾の合はずて久しくなれば（11二六一九）
解衣《ときぎぬ》の思ひ乱れて恋ふれども何《な》そ汝《な》がゆゑと問ふ人もなき（11二六二〇）

の二首は、対応関係から比喩関係に移っている。この時点において、はじめて、定着をみたのが大多数の序詞であったようだ。寄物歌の物を見ると、序詞と下句との関係が比喩になっているものが大半を占めている。しかし、それだけではなく、取合せ、部分的な暗喩（比喩の内ではあるが）、転換といった形で展開している。取合せというのは、「ど」を用いずとも上下が対応関係にあるもので、右に述べた原初の形を踏襲するものであるが、転換というのは、

天地といふ名の絶えてあらばこそ汝《いまし》とわれと逢ふことやまめ（11二四一九）

剣刀諸刃の上に行き触れて死にかも死なむ恋ひつつあらずは（11二六三六）

のごときを指している。通常これらを序詞とはよばぬだろうが、これらを寄物歌として分類した彼らの意識は、「天地」「諸刃」に力点があり、これらのあり方、天地の不変、諸刃にふれる死を提示して、恋の不変、恋の死を述べる形である。こうした多様な『万葉集』の「物」の存在が、『古今集』では情感の固定とともに掛詞として物と心とが朧化していくようであるが、『万葉集』ではなお右の二六一九番歌の上一句「朝影」と二句「わが身は成りぬ」の関係のように、比喩的なものと同時に三句「韓衣」と四句「裾の合はずて」の関係のように叙述の連続の中でことばを導くものがあり、あるいは、次のような直喩、暗喩、とりあわせ、表裏関係等さまざまに序詞は連接する。

かくのみにありける君を衣にあらば下にも着むとわが思へりける（12二九六四）
橡《つるばみ》の袷の衣裏にせばわれ強ひめやも君が来まさぬ（12二九六五）
桃花褐《つきそめ》の浅らの衣浅らかに思ひて妹に逢はむものかも（12二九七〇）
赤帛の純裏《ひつら》の衣長く欲りわが思ふ君が見えぬ頃かも（12二九七二）

また、次の歌のように、序詞の中に積極的に意味を持たせる場合もある。

大名児《おほなご》が彼方野辺に刈る草《かや》の束の間もわが忘れめや（2一一〇）

これは、題詞に「日並皇子尊贈二賜石川女郎一御歌一首女郎字曰二大名児一也」とあることから、序詞中の「大名児」には、意味があると考えられる。このように、序詞の中にも、比喩と意味の交差する時がある。

岡崎義恵博士は、『日本詩歌の象徴精神』の中で、序詞の気分象徴にふれて、意味の稀薄性を強調し、序詞には無意味なものの方がはるかに多いということを指摘されている。しかし、序詞が意味をもつものをあわせ有することは、その象徴性と矛盾しないし、それを損うものではないだろう。

次の人麻呂の歌についてみても、それは明白である。

未通女等《をとめら》が袖ふる山の瑞垣《みづがき》の久しき時ゆ思ひきわれは（4五〇一）

夏野ゆく牡鹿の角の束の間も妹が心を忘れて思へや（4五〇二）

珠衣のさゐさゐしづみ家の妹にもの言はず来て思ひかねつも（4五〇三）

たとえば「未通女等が袖ふる」は、単に、「ふる山」を導くための語ではない。「未通女等が袖をふる」ということばの意味を理解することによって、はなやかな気分が感じられ、「ふる山の瑞垣」は、「ふる山」の神々しさ、「瑞垣」のみずみずしさ、「久しき時ゆ」のなかなか思いが叶わないそれ故の神聖さ等があり、これらの持つ意味が重なって気分の象徴となる。これらの慕情の気分象徴が感得できるのである。五〇二・五〇三番の歌も同様である。

さて、以上はいわゆる序詞なるものより、やや範囲をひろげて考えてみたが、序詞の基本とする「物」の存在が、心とどのようにかかわるのかを、『万葉集』にみるためであった。そこで問題となるのは、『万葉集』に先立つ記紀歌謡における同様の手法であろう。大凡の見通しをつけると、記紀歌謡には比喩的な序詞が多いように思われる。もしこれが正しいなら、右の発生の見通しは成立しなくなる。

しかし、傾向として、公的なものが多い長歌謡では、序詞は反復・尻取り型で、右に問題とした対応性とは異質のようである。たとえば、雄略記（一〇一）の日代の宮讃歌は、

纒向の　日代の宮は　朝日の　日照る宮　夕日の　日陰る宮　竹の根の　根足る宮　木の根の　根蔓《ねば》ふ宮……

のごとき反復と、

上《ほ》つ枝は　天を覆へり　中つ枝は　東を覆へり　下枝《しづえ》は　鄙を覆へり　上つ枝の　枝の末葉は　中つ枝に　落ち触らばへ　中つ枝の　枝の末葉は　下《しも》つ枝に　落ち触らばへ　下枝の　枝の末葉は……

のごとき尻取り型とから成っている。そしてこれらによって徐ろに歌い起こされた語句が、主題の三重の采女に及んでくるのであって、対応的に主題と関係するのではない。

　ただし短歌謡は、その詩形の必然の結果であろうか、物が主題に対応して選ばれるものもあり、

御諸の　厳白檮《いつかし》が本　白檮が本　ゆゆしきかも　白檮原嬢子（記九三）
日下江の　入江の蓮　花蓮　身の盛り人　羨《とも》しきろかも（記九六）

のごときは、白檮原嬢子、身の盛り人に対して、御諸の厳白檮、日下江の蓮が対置されている。しかし、それでも第三句は第二句をくり返す形をとっており、この第三句の存在において、上・下句は連続性をおびて来る。後の歌など「蓮」を景物として歌い、時代の新しいものだろうと思われるが、なおかくのごとくである。

　この点からいえば、万葉の短歌は、記紀の短歌謡と、より連続性がある。しかし、一方、万葉の長歌は、記紀の長歌謡とは不連続であり、むしろ、断絶があるような気がする。『万葉集』の二〇七番の歌についてみれば、長歌の途中に挿入される序詞は、短歌の場合と同様であって、「玉欅　畝火の山に　鳴く鳥の　声も聞えず」の部分などは、鳥の声は聞えるが、妻の声は聞えないという対比・対応がある。

また、一九四番の歌では、「飛鳥の　明日香の河の　上つ瀬に　生ふる玉藻は　下つ瀬に　流れ触らばふ」という冒頭部が完結した表現世界を持っていて、以下「玉藻なす　か寄りかく寄り　靡かひし　嬬《つま》の命の　たたなづく　柔膚すらを　剣刀　身に副へ寐ねば　ぬばたまの　夜床も荒るらむ……」に切れながら続くという序詞の使われ方が看取できる。

このような序詞のあり方は、いずれも、記紀の長歌謡には全くうかがえないものである。万葉の長歌は、大きく二通りの物と心の対応の型にわけられる。右の一九四番歌はそのひとつで、物と心という関係が段落別になっている次のような例である。すなわち、人麻呂の「石見の海」（2一三一）の冒頭以下「夕はふる　浪こそ来寄せ」までが「浪の共　か寄りかく寄り　玉藻なす　寄り寝し妹を　露霜の　置きてし来れば」と主題につづくもの、またこれの異伝形と思われる、「つのさはふ　石見の海の　言さへく　韓の崎なる　海石にそ　深海松生ふる　荒磯にそ　玉藻は生ふる」（2一三五）が「玉藻なす　靡き寐し児を　深海松の　深めて思へど」と主題の段落に重ねられるものである。

この場合は、接点における転換点が重要であって、物の前半、心の後半は、必ずしもつながらなくともよいようである。

もうひとつは、物と心の関係が、「心」の中に「物」を挿入する「……嬬隠る　屋上の山の　雲間より　渡らふ月の　惜しけども　隠ろひ来れば……」（2一三五）、「……玉襷　畝火の山に　鳴く鳥の　声も聞えず……」（2二〇七）のような場合である。これらの場合、心の中に物が挿入されるという型をとっており、イメージの複合が可能となっている。『新古今集』の歌における本歌取りのように、イメージが同時に存在するともいえるだろう。

前者の型は、概して公的性格の強い挽歌に多く、後者が、相聞のように私的なものに多いのは、儀礼性と心情の表現という目的に、きわめて忠実に型が選択されたことを示していよう。

さて、以上に序詞の本質をなすと思われる「物」と「心」との対応関係を述べたが、従来、序詞なるものは、どのように理解されて来たか。

序詞については契沖の『代匠記』総釈に「枕詞ノ長キヲ云ヘリ」とあるが、これについては、そういえる面とそういえない面がある。そういえない顕著な例として次のような場合がある。

音に聞き目にはいまだ見ずさよひめがひれふりきとふ君まつら山（5八八三）
妹らがり今木の嶺に茂り立つつままつの木は古人みけむ（9一七九五）
もみちばのにほひはしげししかれどもつまなしの木を手折りかざさむ（10二一八八）
わぎもこやあを忘らすな石上袖ふるかはのたえむと思へや（12三〇一三）

これらの歌において、「君まつら山」「つままつの木は」「つまなしの木を」「袖ふるかはの」等の句は、明らかに叙述の意図をもって用いられている。

枕詞の場合、たとえば、右の枕詞「石上」と「(袖)ふる」の間には、そういった連接の必然性はない。しかし、序詞の場合は「つままつ」と「のきは」の連接は、それぞれ単独には存在しえない叙述性をもっている。

また、機能において、枕詞と序詞は同じものだという見方が多いが、二者は異なるという意見もある。これらの論文にふれつつ機能を考えていきたい。

境田四郎氏（「枕詞と序詞」『万葉集大成』六巻）は、枕詞と序詞は、㈠比喩（形容と説明）、㈡掛詞、㈢同音くりかえしの同じような機能をもつとされ、大浜厳比古氏（「万葉集序詞私攷」『天理大学学報』二巻一・二号）は、枕詞と序詞は異なるとする立場から、㈠枕詞は、抽象性、単語性をもつ。序詞は、具象性、文章性をもつ。㈡枕詞は、整調性をもつ。序詞は、発想性をもつ。㈢枕詞は、作為性、慣習性がある。序詞は、即興性、個性性をもつ。㈣枕詞は、純粋修辞性をもつ。序詞は、表現的修辞性をもつ。㈤枕詞は、意味の単純に役立つ。序詞は、単純な感情表出の強調効果に役立つ、とされる。こうした大浜氏の発言に対し、境田氏は、これらは、形の大小、発生の新古からくる相対的、比較的の差異にすぎず、枕詞と序詞は同じものである、と反論されるのである。

これらの論について考えれば、まず、形の大小は、それこそが枕詞と序詞の重大な差異であろう。これは、相対的な差異ではなく、絶対的差異になる。この点大浜氏の指摘した点を正しいと考える。しかし枕詞と並べて氏が比較された真意は何であったろう。

境田氏の指摘は簡要をえたものといえるが、それぞれをさらに徹底させると、序詞の独自の機能が明瞭になるのではないか。

序詞を使う場合、イメージがあらかじめ用意されていて、それに連合させて次のものを述べるという使い方がされる。叙述を考えて、右の歌のような言い方ができるのである。そして、それは、掛詞を軸として、転換していくのであって、掛詞は、序詞の必要とした転換的機能にほかならない。序詞は、転換の中にその働きがあるというべきである。同音反復は、部分的音楽性はあるが、しかし、全体的ではない。序詞には一首全体に働くものと部分的に連接していくものとがあるが、いずれにしても序詞にはつねに叙述があり、枕詞が語の連合であるのと大きく異なるであろう。したがって、序詞は一首ないしは長い叙述の中において考えるべきで、それが先に述べたような発生の経過にとって当然のこととなろう。イメージにしても、転換にしてもそうである。掛詞、同音反復ということばは部分的説明で、連接部分の転換点のみを全体から切り離した機能を考えても、序詞本来の性格にもとづく本質を見せてくれないように思う。

また、序詞の機能を詳細に分類したのは、竹内金治郎氏の論文（「万葉集の寄物陳思歌」『万葉集大成』七巻）である。氏は、一のA・B、二のA・Bと四通りの分類をされるが、一のAというのは、「語によって上下の意味が連合してくる」もの、「三島江の入江の薦をかりにこそわれをば君は思ひたりけれ」（11二七六六）のような場合で、「論理的、気分的つながりはない」ものである。

しかし、この場合、前半における集団の共有性、すなわち、民衆歌として存在し得たものとして、「三島江の入江の薦をか」るという叙述が不可欠であったことを見逃すべきではないと私は考える。全体的な風景から個人的なものに意味をつないでいく転換の中に「かり」がある。このような歌は民衆歌に多いのであって、この転換の大きさに、民衆歌の大きな集団性があった。ことばの両義性による点も転換の大きさを助長するものである。そしてそれはまた、口誦性とも密接につながるもので、音声上に多く比重をもったものである。

さらに一のBとして、同音異義語でつながる場合をあげられる。たとえば「見渡しの三室の山の巌菅ねもころわれは片思そする」(11二四七二)、「玉桙の道行き疲れ稲莚しきても君を見むよしもがも」(11二六四三)、「志賀の白水郎の塩焼衣の穢れぬれど恋とふものは忘れかねつも」(11二六二二) がそれで、諧調的効果のものなのだが、これは二のA・Bとしてあげられる同音同義語でつながる場合も同じく、一言でいえば情調へとつながっていくものと思われる。

そこで、序詞の本質については、寄物陳思における「物」とは何かが、最終的な問題であろう。

序詞とは物のもつ具体性を利用した上下の対応と比喩が一つであり、これは意味内容にかかわる。もうひとつは、上下の連続と転換であり、これは、音楽性に関係する。

結局、意味や音楽の中で、「心」との関係に具体性を持たせるものが「物」なので、序詞は、それを利用する表現形式ではないか。連合という点では枕詞と同じだが、叙述性という点で枕詞とは一線を画している。

そう考えると枕詞が固定性を半ばもっているのにくらべて、序詞のそれは、まったく問題にならない。ことに『万葉集』ではそうで、この非固定性、有機性こそ、序詞の特色であろう。枕詞が呪言的発生をしたことは、後々の枕詞にも消滅しがたい性格をあたえていると思われるが、この祝呪なるものは、ある意味では固定性を要求して来るだろう。伝統的、慣習的なことばの連続の中に、人々を溶解する情調が生ずることもあるからである。これにくらべると、序詞はまったく、そのような伝統をもっていない。かりに固定性が要求されるとすれば、それは集団における共通性、たとえば集団が伝統的にもつ、聖なる語りといったものの中においてであろうが、それは序詞そのものの固定的なあり方ではない。先の大浜氏もそのひとりだが、中島光風氏（「寄物陳思歌論」『上世歌学の研究』）や土橋寛氏（『古代歌謡論』）などの、序詞に有機性を考える見方は、正当なものといわねばならない。

そこでくり返していえば、序詞とは連合表現の一種で、上句と下句との叙述の関係が、対応、比喩、連続、転換において連合するものと考えるべきであろう。

以上の枕詞・序詞とよばれて来たものを綜合再思すれば、ここに目立つ第一は、意味の相対的軽さであり、第二に情緒・感覚の尊重がある。したがって第三に、文脈の重層性や、飛躍、連合が見られることになる。枕詞・序詞ということばを排して、むしろこの両者を連合表現と捉えかつ呼ぶべきではないか。

従来、『万葉集』の歌についても、「意味」なるものが重大さを拡大して考えられている。これは後の詩が意味に傾斜していき、ことに現代的に考える場合には必然的な見方といえるが、『万葉集』の本質は、そこにはない。だから、『万葉集』ではそれを乗り越えたところに生まれる情調について重大に考える必要があろう。枕詞や序詞の連接のあり方を考えてみても、文脈の重層性、転換、飛躍がそれらによって行なわれ、そこに情調が生みだされているといえる。

エミール・シュタイガーは、『詩学の根本概念』の中で、詩の様式として次の三つの類概念、「抒情的な様式――透入」、「叙事的な様式――表象」、「劇的な様式――緊張」をあげ、さらに、「〈抒情的なもの〉という観念がこれまで記述してきたすべての様式現象の基底につねに変わらぬ一つのものとして存在しているとすれば、この一なるものそれ自体を呈示し、それに名前をつけなければならなくなってくる。すなわち、㈠言葉の音楽と言葉の意味との統一、明確な理解作用を伴わない〈抒情的なもの〉への直接作用。㈡リフレーンやその他の種類のくり返しに拘束されることによって生ずる溶解の危険。㈢文法的、論理的、観察的関連の断念。㈣ただ少数の同じ情調を感ずる人々にだけ聴き取られる孤独の詩。すべてこれらが意味するところは、抒情詩においてはいかなる距離も存在しない、ということである」という。

「〈抒情的なもの〉がすべて詩的なものの最後の到達可能な根拠」とする彼の「詩学」に、『万葉集』を照応させた時、『万葉集』こそ、真に詩的なものをもっていると思われる。

ニーチェやヘルダーリンの詩のような観念詩は、日本には育たなかった。観念的な詩が育とうとした『古今集』の時代も、西欧のそれと違って、理智は技巧に重点がおかれ、思想や観念からの必然的契機を欠く出発点の薄弱さともあいまって未開花におわった。

なおのこと、万葉の場合は、連合表現は技巧としての修辞ではなく、必然性をもったものであり、歌の自然を契機としてでてきたものであった。「言葉の音楽と言葉の意味との統一」が、『万葉集』の情調を生み、それは、後世再び実現されることはなかった。茂吉の歌について、よく万葉調ということがいわれるが、確かに万葉の調べは受け継いでいるが、万葉の言葉はそのまま受け継いでいないのである。

三　リズム

1　形式としてのリズム

リズムといえばまず最初に考えられるものは、形式としてのリズムであろう。句にしろ語にしろ、また音節にしろ、それらのくり返されるところに、リズムは生ずるはずである。またそれらに規則的な長短をあたえ、それをくり返すばあいには、一層変化のあるリズムを感じることができるだろう。さらにこれらの句の間ないしは末尾に、はやしことばがくり返されるものも、リズムをうむ一つである。

このはやしことばは、同音のものがふつうで、同音つまり音のくり返しや句・語のくり返しという、この反復にわれわれのリズム感がある。吉永千之氏も同音のリズムにふれて『万葉集』のリズムを説明されており[1]、もっとも基本的なものが、反復の形式であることは、ほぼ間違いない。かつて五十嵐力博士がわが国の韻文を、五七のn倍に七を加えた形で整理された[2]のも、この「n」というところに反復があるわけで、さらに口誦の古い歌文が偶数句で、書記の韻文が奇数句をとると考えられたのも、より古い形の韻文に、反復がより完備していることを指摘したものにほかならない。

五七のn倍というときには、五七という二句が形式の上でくり返されるということだが、これら音や句に対して、さらに一首そのものが反復される場合にも、そこにはリズム感が生じると考えられる。旋頭歌という詩形式のあることは、その証左であろう。

梯立の　倉椅山に　立てる白雲
見まく欲り　わがするなへに　立てる白雲（7一二八二）

といった例はそれぞれ末句が同一のことばであり、片歌を二度くり返したところに旋頭歌の起こった経緯を如実に示している。「片歌」とはまさに片歌であって、それ単独には一首としての完結性をもっていなかったと私は考える。一片の単位であって、くり返されることを前提として存在したものであろう。その最短の反復による完了が旋頭歌である。したがって、旋頭歌は、単に二片歌がくり返されただけでなく、さらに多くの片歌が後につづいたであろう。その残存を今日われわれは見ることができないが、旋頭歌として片歌二句の形式をもっていることは、それが片歌くり返しの最小の単位であって、これ以下には、つまり片歌だけでは一首としての存在を主張しえなかったことの証拠のように思われる。記紀が片歌を明記しており、万葉に片歌の存しないのは、そのためである。

こうして反復のリズムは音、語、句そしてある句のまとまり（片歌）の中に考えられるが、さて『万葉集』では、それらは必ずしも有力なリズムを形づくっていない。音の場合として考えられるものに、

大宮の内まで聞こゆ網引きすと網子調ふる海人の呼び声　長意吉麻呂（3二三八）

などがあり、これは意識的に海浜の明るい風光をこのリズムに託したものと思われるが、しかしそのような試みは、必ずしも一般ではない。また語のくり返しとしては、

よき人のよしとよく見てよしと言ひし吉野よく見よよき人よく見つ
天武天皇（1二七）

来むといふも来ぬ時あるを来じといふを来むとは待たじ来じといふものを
大伴郎女（4五二七）

秋の野に咲ける秋萩秋風に靡ける上に秋の露置けり
大伴家持（8一五九七）

といったものを見るが、これらは明らかに意図的、技巧的であり、特殊なものである。

句のくり返しも先に示した如く旋頭歌に見られるのがふつうで、それ以外に単純に同一句をくり返すものはない。しいてあげれば、

住吉の岸野の榛に匂ふれど匂はぬわれや匂ひて居らむ（16三八〇一）
わが門の榎の実もり喫む百千鳥千鳥は来れど君そ来まさぬ（16三八七二）

の如きをあげることができるが、これとて純粋には句のくり返しである。本来一句をくり返して唱和するはずの仏足石歌体のものまでが、

伊夜彦の神の麓に今日らもか鹿の伏すらむ皮服着て　角附きながら（16三八八四）

のごとくバリエーションをもっているのは、もはや万葉のリズムが、単純なくり返しになかったことを示していよう。

むしろ、万葉の歌は五七調という調子のその中に反復のリズムを有していたというべきであろう。万葉の歌が五音と七音とからなっていることはいうまでもないが、しかしそれが七五調をとらず五七調をとるということは、反復のリズムが『万葉集』にある証拠である。かつてふれたように、(3)万葉の歌は必ずしも五七で切れるものばかりではない。むしろ第三句で切れるものが相半ばして存在するわけだが、やはり以後の勅撰集に対して圧倒的に長歌をも

つことは、この歌集が五七調の歌集であるということを、許容するだろう。

そこで、たとえば、

鶯の木伝ふ梅のうつろへば」桜の花の時片設けぬ（10一八五四）
桜花時は過ぎねど」見る人の恋の盛りと今し散るらむ（10一八五五）

という並列された二首を見るとき、後者の上下は明らかに重畳の形をもって歌われている。これに対して前者は、梅と桜とを対応させて、上下が対置されている。便宜的に示せば、五七調が――↓」――↓という形をとるのに対して、七五調なるものは――↓」↑――の形をもつ。単に五七五と連続するというのではなく、かりに初句が独立して七五という二句の連続が生じたとしても、それはもはや次にくり返されるすべをもっていない。

その点で五十嵐博士が上代の歌謡として三つの形式、対待偶数式、対待添句奇数式、奇偶長短乱取式を指摘し、偶数のものを口誦性において古く、奇数のものを書記性のものとして新しく考えたのは正しいであろうし、その限りにおいて反復のリズムは『万葉集』をも蔽っているというべきである。

なお、この短句長句が五音七音に定着して来るのは何故かという難問は、私には解きがたい。つとに土田杏村氏は漢詩の五言七言に影響されたと考えた(4)が、漢語における言を、わが国の音におきかえることの当否は、俄かに決しがたく思われる。五十嵐博士は「大和民族の口にも耳にも最も快く最も適したもの」と考えたが、近く別宮貞徳氏は人間の打つ拍が五拍と七拍だからだとされている[5]。いわゆる字余りとか字足らずとかと呼ばれる現象は、口誦歌にあっては無意味な表現で、口頭の音数としては一定の長さをもっていたであろうから、こうした発声や拍に関した必然性が五七調をとらせたと思われるが、果して日本人のおのずからの拍が五と七とであったかどうかは、まだ私に理解されていない。

2　意味とリズム

それにしても、反復はリズムのすべてではない。のみならずより本質的なリズムは、他に存在するはずである。小田良弼氏は「等時性と反復性は、優利な条件だが、絶対不可欠条件ではなく、言語律として、意味との相関関係によって自立的な律動が生まれる」といわれている[6]。われわれはことばを音としてのみ受容することが不可能で、当然意味をもってことばを切断、連続させつつ表現しまた受け入れるのだから、リズムとて意味と無縁には存在しないだろう。早い話、右にいった五七調というものも、五七の二句が一まとまりになるのは意味においてである。小田氏が万葉の短歌の律の形式として、㈠五七・五七・七、㈡五七・五七・七、㈢五七・五・七七の三つが併存し、この順序に移動しているとされるのも、意味との相関関係においてである。

もっとも、ことばにおける意味の重さは、文字になれたわれわれの方が万葉びとより遥かに大きいだろう。

入間路の大家が原のいはゐ蔓引かばぬるぬる吾にな絶えそね（14三三七八）

多麻川に曝す手作さらさらに何そこの児のここだ愛しき（14三三七三）

こうした「ぬるぬる」「さらさら」といった擬声句や擬態語を多くもつのが、東歌の特色の一つである。それはこの歌群が、より多く口誦歌だったことを如実に示しており、その傾向は他の種類の歌々にも、多少とも保有されたものだったことは認めなければならないが、しかしこの後者において、「さらさら」が意味上も「更に更に」として下句に及んでいくことをもってすれば、口誦歌といえども、ついにことばは意味なくしてはありえない。

実は五七調とか七五調とかいう固定的なリズムそのものが、ことばの意味内容と相応じたものであるのかもしれない。高橋義孝氏は、古来『平家物語』が好んで諷詠される秘密が、この七五調と平氏の没落という作品内容とにある、と考えておられる。日本人の中には「死への愛」の無意識化したものがあり、「死」への衝動が意識を包んで働くところに淋しい悲しい「短調的音階の旋律」の好まれる理由があり、われわれが短調を好み、われわれの「終末・完了・切断の感じを与えるのをその本質とする「七五調」のリズムへの根強い愛着」もそこにあるとされる[7]。

この七五調の捉え方は、別に、七音綴には「あとの何物かにつながって行く構え」があり、五音綴には「とぎれ、終り、完了して、あとにはただ虚無のみがあるという気味」がある、という。おそらくこれは七五調という、それを一単位として単調にこれをくり返しつつ哀調をおびた叙述が続くときにおこる、それぞれの感じであって、この方が前に存在するのではあるまい。したがって単独に五なり七なりの音綴をとり出して右のように定義づけることは困難と思われるが、そのような五七、七五の調べの深入りはさし控えるとしても、少なくとも氏がリズムと内容との緊密な関連を感じていることは、看過しがたい。氏をして七五調を短調的な音階と感じさせたものは、他ならない平家没落の哀調だったからである。

たしかに、高橋氏が「さっぱりさらりと死の手へわが身を引き渡す」としてあげられた「木曾殿最後」の箇所、

……巴其中へ破つて入り、先御田八郎に押ならべ、無手と組で引落し、我乗たりける鞍の前輪に推つけて、少も不動、頸ねぢ切つて捨てんげり。

にしても、感傷をこえた死への近しさがあって、乾燥しているゆえにこそ、深い死への省察が思われる。しかもそれを七五を基調としてくり返される単調な調子の中に淡々と語っていく内に、聞き手は亡者の世界に引きこまれていって、わが身を溺れさせてしまったことだろう。その場合は何調でもよいわけだが、ある事柄を連続した一定のリズムの中に語ることにおいて、その事柄がリズム感を奪う結果となってゆく。

万葉の歌にしても、

時雨の雨間無くし降れば三笠山木末あまねく色づきにけり　大伴稲公（8—一五五三）
大君の三笠の山の黄葉は今日の時雨に散りか過ぎなむ　大伴家持（8—一五五四）
雨隠り情いぶせみ出で見れば春日の山は色づきにけり　同（8—一五六八）

といったような諸歌が、どの句で切れるかという区別をこえて、似たような調子にひびいて来るのは、事柄と感受の型とをともにひとしくするからであろうと思われる。

もちろん、この句切れも意味上のことに属する、リズムの問題である。山崎孝子氏は「意味との連関をぬきにして韻律は考えられない」「意味と韻律とのからまり方の微妙さの中に一首の作品の成否がかかっている」といわれつつ、句切れ、一首の終止のしかたを問題として韻律を論じておられる。(8)

しかし、この氏の調査がいみじくも証明しているように、『万葉集』の大多数の歌は「一篇の上を滞りなく引つづけたる」歌、つまり句切れの明確でないものなのである。氏のこの調査が、大きく万葉調なるものを照らし出しているとすれば、それは四句切れが次に多く、二句切れがさらにそれにつぐという変化を有しつつ、もはや『万葉集』のリズムは五七調、七五調という音数律の問題をこえて、一首全体の叙述のしかたにかかっていると考えなくてはならない。

叙述のしかたについては、かつて述べたことがある。(9)『万葉集』の基本の形、あるいは万

葉調とよべるような叙述の様式は、主語を極端に倒置しないこと、たとえば、

忘れては夢かとぞ思ふ思ひきや雪踏み分けて君を見むとは（『伊勢物語』八十三段）

といったようなもののないことであり、叙述が次々と先へ連ねられていって、反戻のないことは、

秋の野のみ草刈り葺き宿れりし宇治の京の仮廬し思ほゆ　額田王（1七）

世の中は空しきものと知る時しいよよますますかなしかりけり　大伴旅人（5七九三）

などのごとくである。むしろこのような叙述のあり方に、万葉のリズム感は大きく左右されているであろう。

だから、右の句切れのないことをさらに細かく考えて、句点を付することはできなくても、便宜的にいえば読点の可能な区切りを考える必要がさらに生じて来て、その中では、

大夫は御猟に立たし」

少女らは赤裳裾引く。清き浜廻を。　山部赤人（6一〇〇一）

の如きが注目される。句切れでいえばこれは四句切れの倒置ということになるだけだが、より大きく分かれているのは第一・二句と三句以下であり、その対立の中に必然的に四句の終止も要求されて来たといえそうである。そしてこの叙述の方法は明らかに赤人の手法であり、赤人歌の特色を示すということは、おのずからに彼の律動も包含するはずである。

さて、そのようにリズムを意味において考えようとすると、次に必然的に随伴して浮かんで来るものは、イメージとリズムとの関係である。

この点において、強く両者の関係を主張した一人が、詩人の萩原朔太郎であった。まず彼は詩における音楽性を重視する。その文章「詩とは何ぞや」の中で、「詩は空間に立つて歌ひ、散文は空間にゐて描写する。それ故にまた、詩の形式は、韻律やメロディーの流動する波を求める。詩は言語の音楽なしに有り得ない。音律と調べとは、詩の必然の形式である」とする彼は、またボードレールの「「リズムもなく押韻もなくしかも音楽的であつて、魂に抒情的な波動をあたへるやうな、十分に柔軟で緊張した不思議な言語」を、自分はベルトランの散文から発見した」という書簡をあげ、それを散文詩の概念としている。

こうして朔太郎は「言語の音楽」性を強調するのだが、さらにそれを具体的に次のように述べる。「詩に於ける音楽性とは、言葉の聴覚美と内容美とが、ぴつたり融合した場合の統一美（連合感覚）」である、という（「詩と音楽の関係」）。内容美とは、意味にかかわるものであり、内容の意味を表象づけている言葉それ自身の文学美であり、詩人にとって重要なものは、「言葉の表象する意味の中に、イメージを再現する能力である」ともいっている。

この言葉の表象する意味の中にリズムを考えることは最近も山口正氏が「言語に頼りながら言語を浸透するという矛盾的実存がその本体である」とリズムを捉えられた[10]のと同一のものと考えてよいであろう。たしかに、言語そのものがリズムではないのであって、言語の構成するものは、言語を実体としながらそれを透りぬけた後に構成される。そのものを朔太郎は「表象」とよび、具体的にこれをイメージに求めるのである。

朔太郎は万葉から、

しなが鳥猪名野を来れば有間山夕霧立ちぬ宿りは無くて（7一一四〇）

をあげ、『新古今集』からも、

しるべせよ跡なき浪に漕ぐ船の行方も知らぬ八重の汐風（11一〇七四）

をあげて、「イメージが音楽によつて表象されてゐる」例としている。

事実、ことばは必ずイメージを持ち、それを重ね合わせることによって一つの世界を構成する。そして、それは意味にとどまらず音楽に転換されうると思われる。朔太郎の結論も「詩における音楽とは、言語の所属するあらゆる要素（語調、気分、連想、色彩、想念等）の統括されたシンフォニーに外ならない」というものである。

すでに幾度かくり返して来たことだが、私は『万葉集』の歌の基本に、物象の提示とそれによる心情の展開という方法を考えたいと思っている。いわゆる「寄物陳思」などはそれを方法として理論化したものだが、さてそのような歌の手法は、イメージなくしては成り立ちがたい。具体的、可視的なイメージをもつ表現の後に語られた心情を主題とする歌は、おのずからに、上のイメージによって決定された心情のリズムをもつにちがいない。

また、これもすでに述べたように[11]、黒人の孤独といい、家持の憂愁といっても、この心情のリズムはそれぞれに用いられた語のイメージ、しかもそれが連続して作るところの旋律から得られるわれわれの感受であろう。

そこで、右に述べた、ことばの意味とかイメージとかをリズムにおいて考える場合には、ことばに先在するものが意味やイメージであろうから、それらはことばに先行するといえる。つまりリズムは、これら先行するものによって作られることを基本とする、ということである。これに対して、リズムがことばの後に生ずる場合も、もちろんある。右の意味、イメージとて詩個々の場合に応じないものではないこと、無論であるが、そのような場合を積極的に取上げてみると、さらに若干の別の視点が必要だと考えられる。

その第一が態（スタイル）の問題である。つとに土居光知氏は万葉の歌が動態の詩であることを指摘されている[12]。これは静止的、情況的な、それゆえに古典的な歌ではなくて、万葉の歌がつねに動くものを表現していることを意味し、構築された美的世界の構図を『新古今集』のようには示さぬことを物語っている。赤人の歌は往々にして絵画的と評せられるけれ

ども、その代表作、

若の浦に潮満ち来れば潟を無み葦辺をさして鶴鳴き渡る（6九一九）

にしても、この中には時間の経過がある。むしろ絵画性は構図についていわれるべきである。むろん、これまたすでに言及したように、家持の「春の苑」の歌（19四一三九）の如く静的な詩も万葉の中にないわけではないが、多くは動態の詩である。

この動態ということを換言すれば、叙述に時間の経過がある、ということになろう。額田王の有名な熟田津の歌（1八）にしても、「船乗りせむ」としていたのは過去であり、「潮もかなひぬ」とは現在の状態であって、「漕ぎ出でな」は未来への志向である。単純に自然な時間の経過にまかせたものが、人麻呂の「珠藻刈る敏馬を過ぎて……」（3二五〇）であろう。

ただ、こうした見方にとって顧慮しなければならない言説がある。それは石田一良氏のもので、⑬氏は「時間意識」を万葉、古今、新古今において考えられ、まず万葉には「永遠の現在」ともいうべき気分を湛えた歌が多いとし、時間的反復によって時間の推移を意識したものが前期に多く、末期にはわずかだが状態の変化の過程に注目して時間の推移を意識するものがある、とされた。

これはすでに土居光知氏が『文学序説』によって示された、万葉における時間の推移の意識とも結論の一致するもので、この限りにおいては正しい結論として首肯されるべきものであろう。しからば、そのことは右にあげた動態の詩、とくに時間的叙述との関係が納得されねばならぬ。

しかしこれらはけっして矛盾する代物ではない。現在を意識する気持の中で時間的に順行する叙述をもつことは可能なことで、右にあげた諸歌にしても、現在に重点のあることにはかわりがない。その現在を「推移」における現在として捉えるか否かには相違があるが、万葉の歌が現在を過去からの推移にともなって叙述したからとて、推移における現在を叙述したということではないだろう。たとえば石田氏がまっさきにあげる証歌、

あをによし寧楽の京師は咲く花の薫ふがごとく今盛りなり　　小野老（3三二八）

にしても、その盛りの中にすでに凋落のきざしを垣間見ているか否かが問題であって、これは右にいった静態の詩ではあるけれども、なおこの中には、盛りであるという躍動を見てとることができる。

さらにこれをリズムの問題として考える時、時間の反戻しない叙述は、快く流れ下る情調をかもし出すだろう。むしろ推移の予測とは、推移そのものの叙述とは違って、歌の裏側に重ねられたもう一つの意識であって、それを併存させないことは、単一な流動の波を進行させることになる。溯行しない自然なリズム感の中に一首が完了するということであろう。

　このためには、むしろ『古今集』や『新古今集』より万葉の方が、助詞・助動詞の用途が多様なのではないかと私には思われる。われわれの文章において文脈の志向を決定するものがこれら付属語であることはいうまでもないが、しからば一点の情況的世界を、連続的な連体格の付属語によって作り上げる場合より、付属語は多様に叙述を展開しているはずである。「べみ」とか「べらなり」といった後に消えてゆくような付属語が用いられるということも、これと関係があるのではないかとさえ思われる。しかもそれが流動する諧律となって一首を作り上げる時、おのずからにそれらは付属語によって節々を作りつつ歌われることは、万葉のリズムを構成するだろう。詩人の清岡卓行氏はさる座談会で、「一定の意識の持続がリズムである」と発言していて、この持続と切断に働くものが、付属語であろうと思われる。

　しかし、リズムはさらに音声の基本の層にふくまれる問題かもしれない。時枝誠記博士は、そう考える一人である。(14)氏は、「場面」ということを考える。「リズムの本質を言語における場面であると考へた」のように。しかも、それはもっとも「源本的な場面」で、それ以外には言語の実現すべき場所がないといえる程のものだというのである。だからこれは音楽における音階、絵画における構図の如きものになる。

　そのようなものとしてリズムを指定しようとする氏は、さらにこれを発展させて次のように考えてゆく。ふつうには音声が発せられてリズムができあがるのだが、実は逆で「リズム的場面」が先にあって音声が表出されるということになり、音声の連鎖ができあがる時には、リズムの必然的な制約がある。音節を中心にしていえば、単音が結合して音節を作り、そこにリズム形式が現われると考える通念とまったく反対に、リズム形式が音節を構成し、音節における単音の結合の機能的関係から単音の類別が規定される、と考えるのである。

このことから、私は二つの示唆をうける。その一つは、氏によればリズムなるものが、単音の段階において決定しているという、それほどに根源的なものであるということである。氏はこれを音階や構図に比しているが、それは、たとえば音がどのように発せられるかということで、すでに発せられた瞬間にその音はある音階をとって存在しているのだから、まさに単音はそのような意味の固定をもって存在するものであろう。単音を少しひろげて、音節によってリズムを構成しようとすることはしばしば行なわれるわけだが、氏のいいたいことは、その反復にリズムがあるのではなく、音節ひいては単音そのものにリズムがあるのだということであろう。

私は、たとえばア行音が明るく大きいとか、サ行音が鋭く寂しいとかといった表現が好きではない。なぜなら、それらの意味づけは受取り手に委ねられているからである。そのようなリズム論は無意味だと思うのだが、しかし、音節や単音が他と区別される音をもっていることは事実だから、それによってまず第一にリズムが決定されることは、考えねばならない。

さらにもう一つの示唆は、しかし音のあり方は、つねに情況的だということである。「場面」ということばが、どのような意味で用いられたのか、誤読のおそれも抱きはするが、音において、言語はリズムにおける一つの場面を作りながら表出されるということではないかと思う。どのような言語もリズムをもって表現される。その場合がいくつかあって、一々を選択しつつ言語は成り立つということであろう。これはきわめて基底的ではあるが、一つの情況性をもつ。

いわゆる万葉調、古今調ということばが世に存在するが、これもいわれるように叙述の様式による「調」ではないことになる。万葉調は、万葉語を決定しているわけで、言語それ自体のリズム的場面の展開の仕方が万葉調だということになろう。私は調査をおこたっているが、『万葉集』の歌の一首一首の単音を、古今なり新古今なりと比較してみると、そこには明らかに相違があるはずだし、歌人間におけるリズムの相違も、見てとれるはずである。

そのように考えて来ると、意味とかイメージとかが、言語の上にリズムをうんだのに対して、スタイルとか場面とかにリズムを考える時には、リズムが言語に先行することとなる。リズムはそれほどに基本のものだと考えるべきであろう。その上に意味とかイメージといった、ことばに必然的に随伴するものがリズムを作ると考えられる。

たち入っていえば、表現者の最初の契機となった感受、その仕方にすでに最初のリズムがあると考えなければなるまい。ある事柄をどのようなものとして意識するか、その意識がリズムを決定しているはずである。

霍公鳥いたくな鳴きそ汝が声を五月の玉にあへ貫くまでに　　藤原夫人（８一四六五）

霍公鳥来鳴き響もす卯の花の共にや来しと問はましものを　石上堅魚（8一四七二）

一連の霍公鳥の歌群として並んでいる内の二首だが、この霍公鳥の取扱いには大変な相違がある。それはことばを発する以前に決定されたもので、そこからリズムの糸も一首全体にのびてゆく。この感受がどういう語を選びとり、どのような態においてこれを表現し、それがどのような意味とイメージとを持つに到ったか、その結果、総体としてのリズムができ上がって来ると考えられる。

このような感受と意識は、もし文学史を様式史として考えるなら、万葉、古今といった作品を区別するものとなろう。万葉びとの意識は『万葉集』を包括するものがあるはずである。しかし、それがどのような言語を選択するかには、歌人個々の作風が存在する。それでいて意識とは刹那的、一回的なものだし、言語は万葉語として一般的なものである。そこに、万葉調というものを認めるなら、大きく意識の類型を認めることになるし、一般的な言語が作風にかかわるとすれば、それは語の選択、文型、文脈との関連的作用の中で作られていったリズムだということになろう。

憶良や家持が方言、俗語の類を用いたことは周知のとおりだが、それらの語が意味において中央語と区別されないとすれば、やはり、それは語ないしそれ以外の音節、単音のひびきにおいて彼らを捉えているはずで、それが一首全体の中にその語をおいた時の一首のリズムを決定したことになる。

四　イメージ

1　物象化のイメージ

万葉のイメージを論じたものとして、ほとんど唯一の論文と思われる土居光知氏の「万葉集における詩的形象の流転⑮」の中で、氏は「詩的形象とはある人が二つ以上のこと或はものを同時に経験し、その経験内容を調和し、または対立せしめながら連り合つたもの、或は融け合つたものとして、読む人の直観に訴へるやう具象的に表現したもの」といわれている（単行本に再録するに当ってはすべて「形象」は「心象」と改められている）。この具象的表現は、経験を資料として外界の事物が形象となって生み出されたものである。したがって、事物は心的条件を得なければ形象とはならない。そこにイメージの中心の性質があると思われる。

そのイメージの第一、もっとも基本的な素朴なものは比喩的イメージであろう。『万葉集』では比喩を示す時には直喩を表わす「ごとし」（ごと・ごとく・ごとき）「なす」「の」、あるいは「なす」の方言「のす」を用いるが、それらは枚挙にいとまがない。もっともその中には、

秋さらば今も見るごと妻恋ひに鹿鳴かむ山そ高野原の上　長皇子（1八四）
梅の花今咲ける如散り過ぎずわが家の園にありこせぬかも　小野老（5八一六）

のごとく、一種の程度を示すものもあり、それらのすべてがイメージをもつものとはいえないが、比喩という方法は『万葉集』に多用されているといってよいだろう。

そしてこれらの助詞・助動詞を介して表現された二者は、実は細かくみると二種のあり方をする。たとえば、

水沫なす微《いや》しき命も栲縄の千尋にもがと願ひ暮しつ　山上憶良（5九〇二）

といった場合、憶良の命の「いやし」さは水沫の姿をもってみられていたわけで、「いやし」という心情における感受にとって水沫のイメージが採用されているのだが、

へそがたの林のさきの狭野榛の衣に着くなす目につくわが背　井戸王（1一九）

といった時には、「目につく」状態が、「狭野榛の衣に着く」のとひとしいことを示している。先のものが事物と心象、換言すれば具体と抽象との結合であったのに対して、こちらは事物の状態、具体を同じくする両者である。

もちろんこの後者に心象が働いていないのではない。目につく、つき方に一つの判断を下して、それを上句で述べるのだから、これは心情によって選びとられた事象である。そうであるのだが、そのように心象を潜在させた具体と具体との結合、人麻呂でいえば「……白栲の　天領布隠り　鳥じもの　朝立ちいまして　入日なす　隠りにしかば……」（2二一〇）といった場合と、前者の抽象的観念と結びつく場合とは、細かくは同一ではない。憶良は「なす」を多用した歌人で、「なす」の全三十六首中十五首が無名歌人、残りの内七首までが彼のものである。その彼の場合には事象と心象とが比喩の形に並び、そのあり方は、民衆歌に多い「の」を介在させる歌と似ている。憶良とて「……海松の如　わわけさがれる……」（5八九二）のように状態の比喩もむろんあるのだが、大勢は民衆歌のタイプである。

民衆歌の基本のタイプが「の」を介在させて、事物によりながら自己の一回性を心象にしろ状態にしろ述べるものだということは、すでに幾度か述べた。これは『古今集』にも継承されてゆく、和歌の基本の発想でもある。

必ずやそのことと関係をもつのであろう、『万葉集』には「譬喩歌」の分類がある。「譬喩歌」なる分類をもつ巻は巻三、七、十、十一、十三、十四の六巻で、これは原則として諷喩の歌を意味するようである。その点がいわゆる「寄物陳思」と異なるところで、たとえば巻十三のように一首のみを特出しているところ（三三二三）や、巻三のその冒頭の一首（三九〇）、また相聞の中に含まれ「寄——」と分類された歌を多出した後にわざわざ「譬喩歌」としてのせられた一首（10二三〇九）などを見ても、それは了解せられる。

しかし譬喩歌が諷喩のみを厳密に保っているとはいいがたい。巻十一では「譬喩」と題しながら一首一首の左注に寄物たることをそえたり（二八二八―二八四〇）、先にあげた諸巻の「譬喩歌」も、むしろ諷喩歌が少ないことがあったりする。

したがって万葉の譬喩歌はどう分類されようと諷喩と部分的比喩との別は厳密ではなく、一首全体ないし部分に比喩をもつ歌と考えるべきだが、一つの大きな特色は、これらが万葉の三大部立の一つたる「相聞」の代りとして考えられている点である。巻三、七、十三らはそれであり、巻十などの相聞が寄物歌を並べているのも、それを示している。「譬喩歌」が「雑歌」に含まれるのは巻十の春（一八八九）、夏（一九七八）だけで、これを例外とすれば他はすべて相聞歌である。しかもこの二首とて内容は相聞歌で、編纂上の問題に帰してしまう。

ということは、この譬喩なる手法が相聞歌に特有の表現方法だったことを意味している。詠物の歌とて自己の心情を述べるには相違ないとしても、譬喩の相聞歌は恋の心情を事柄との相関の中に詠もうとするもので、いわゆる詩的心象は、この事柄の中に保有されているわけである。しかも、それが民衆歌の基本の形だというのが年来考えて来たことであって、比喩によるイメージ、心象の物象化によるイメージは恋の心象として『万葉集』が基本にもつものだったといえる。

そのゆえであろう、寄物歌の素材、つまり物象化された恋のイメージは、身辺的、生活的なものが多い。たとえば巻七の譬喩歌は、衣・玉・木・花・河・海……とつづき（一二九六番歌以下）、対してたとえば巻十の雑歌、冒頭の部分（一八一九番歌以下）は鳥・雪・霞・柳・花・月・雨……とつづく。両者は共通する面もあるが、やはり、歌の内容を併せ見ても、寄物歌の生活性は濃いように思われる。

今つくる斑の衣面づきてわれに思ほゆいまだ着ねども（7一二九六）
うちなびく春立ちぬらしわが門の柳の末に鶯鳴きつ（10一八一九）

任意という意味で巻七の譬喩歌の冒頭の「寄衣」の一首と、巻十冒頭の「詠鳥」の一首とをあげてみたが、私にはそのように思われるのである。後者はすでに美意識といったものがあるのではないか。

それは、この寄物の手法の発生上の性質にも淵源していようし、後の時代になっても、詠物歌は晴の表現であり、寄物歌は褻の歌であったこともあろう。そのゆえにこれは『古今集』の恋歌にも引きつがれていったと考えられる。『万葉集』の中には沙弥満誓が綿をよんだようなものがあるが、これは逆に貴族が戯れに試みたものであることをもっても、寄物歌の性格を知ることができる。

『万葉集』のイメージの第一は、譬喩歌・寄物歌をふくめて、この生活的な心情を物象化するという形で行なわれたというべきであろう。

2　空想的イメージ

ついで考えられるものが、空想的イメージとでも呼ぶべきものであろう。たとえば、

大船を漕ぎの進みに磐に触れ覆らば覆れ妹に依りては　土師水道（4五五七）

のような歌は、恋の歌で、妹によってはわが船も転覆したとてよいという意味であり、さらには船を離れてわが身がくつがえってもよいという気持を、情況としての「従㆓筑紫㆒上㆑京海路」という中でこのように詠んだものと考えることができる。

そこで、この歌などは想像上に現実と対置された状態を想定し、それによって現実を歌っていることになろう。妹によせる恋の心情を、この想像上の事柄によって表現しようとするのである。ここで空想的イメージとよぶものは、そのようなものを念頭にしたものである。

そうした中でタイプとして多いのは、恋歌における死であろう。死はつねに想念の中にしか姿を見せないこと、当然ではあるが、それはことに恋歌に多い。

恋ひ死なば恋ひも死ねとか玉桙の路行く人の言も告げなく（11二三七〇）
何せむに命は継がむ吾妹子に恋ひざる前に死なましものを（11二三七七）
恋するに死するものにあらませばわが身は千遍死にかへらまし（11二三九〇）

おびただしい恋歌を集めた巻十一の中から任意に抜いたものだが、死への願いは、少なくとも表現上はかくも恋歌に多い。第一首には、

恋ひ死なば恋ひも死ねとか吾妹子が吾家の門を過ぎて行くらむ（11二四〇一）

の如き類歌があり、上句、つまり死をふくむ句を共通させて下句が具体的な情況を異にしている点、死がいかに類型的に想像されるものであったかを示していよう。右の諸歌には描写された形象はないが、空漠たる想定の中に、死のイメージは恋歌の心の必然としたものだったようだ。

これら死を直接的に願望する恋歌に対して、間接的に死を前提とした恋歌もある。

かくのみし恋ひや渡らむたまきはる命も知らず年は経につつ（11二三七四）
玉久世の清き川原に身祓して斎ふ命は妹が為こそ（11二四〇三）
高麗錦紐解き開けて夕だに知らざる命恋ひつつやあらむ（11二四〇六）

ら一連の歌は、「死ぬ」ということばは用いないが死の意識のある歌で、死の情況の中に命を置いて、わが恋を確認する発想をとっている。

しかし、死はその具体的な姿を図柄として想像することはむつかしい。この具体的な形と

して想像されるものは、むしろ恋歌では恋そのものの、あるあり方といったものである。そしてそれは、実に民衆歌の根幹をなしているように思われる。

住吉の出見の浜の柴な刈りそね
未通女等が赤裳の裾の濡れてゆく見む（7一二七四）

といった旋頭歌にしても、出見の浜の柴をなぜ刈るのかといえば、少女の赤裳の裾の濡れてゆくのを「いで見む」ためだといって興じているわけで、現実の柴から美しい裳裾を想像している歌である。このような空想を楽しむことにおいて、天才的なのが民衆とよばれる生活者であった。柴刈りは定められた共同労働であり、あるいはそれは辛かったのかもしれぬ。

例の東歌の、

稲春けば皹る吾が手を今夜もか殿の若子が取りて嘆かむ（14三四五九）

にしても、現実にあかぎれている「吾が手」を豪奢な殿の若子との恋におきかえて楽しむ発想が一首の生命となっている。こうした想像を除くと、民衆の歌は何程も本質をとどめないように思われる。

しかし、こうした表現は民衆だけが所有したわけではない。貴族圏の人々も空想的イメージをもった。違う点は、民衆歌が現実の転換としてそれを享受しつつ、いかに転換させるかという冴えを期待し合う点においてパターンとして存在したのに対して、貴族たちは自己の心象風景として一つの幻想をよんだ、その点であろう。

すでに何度も述べて来たことだが[16]、家持にはある種の幻想詩がある。「くれなゐ」ということばを彼が使う時には、彼の心はつねに暗い。その中の空想や非現実の風景を、「くれなゐ」という色彩によって作ってゆく。「くれなゐはうつろふものぞつるばみの馴れにし衣になほ及かめやも」（18四一〇九）といった彼の歌によれば、「くれなゐ」は「うつろふもの」として意識されていたのであり、うつろいを無意識に抱いたときに、「くれなゐ」に彩られた風景を、彼は思い描き歌い出したのであった。そうした家持であってみれば、「くれなゐ」のみならず幻想の詩は多かったはずで、たとえばその処女作、

振仰けて若月《みかづき》見れば一目見し人の眉引思ほゆるかも（6九九四）

にしても、題詠と思われるこれは、三日月すらみていないのに、さらにそれから連想されるものとして美しき眉引を持出して来ている。一体に題詠なるものが空想的イメージの上に成り立つものたることはいうまでもない。それは写実風にみえながら、ことに末期万葉の中には多く歌われたものであって、この点からも人間の想像力に多く依拠するものが詩歌だというこ とになるが、家持は、さらにその中でも三日月から眉へと想像をはせていったのであっ

て、こうしたところに彼の資質の一端がうかがわれるように思う。

　また、高橋虫麻呂が幻想詩人ではないかということも、すでに述べた。(17) 彼を伝説歌人とよぶのはその一半を示すものであって、伝説という空想世界をふくんで非現実の世界を構築したのが虫麻呂であった。だから一見事実風に見える彼の歌の内容も想像のものがあるにちがいないし、河内の大橋の歌（9一七四二）もその一つであろう。しかもその色彩は華麗で、華麗な幻想は、逆に孤独な現実を感じさせる。

　その虫麻呂がよく旅にあったことも、これと矛盾しない。彼をもし大和の出身者とすれば、大和の生活に根ざした歌は一首もなく、竜田越えの歌とて旅をおくるものであって、そこには故郷喪失者の面影が感じられる。しかし彼は常陸出身とも考えられるから、その点では常陸の歌は多く、右の如き断定は当らないが、それでも旅の歌の多いことは、現実の稀薄さ、不安定さを物語り、そこに豊麗なイメージを空想世界に遊ばせた彼のあり方を理解することができる。

　こうした点は、旅人についても指摘できるようで、彼には現実を直視しない歌がある。


　隼人の湍門《せと》の磐ほも年魚走る吉野の滝になほ及かずけり（6九六〇）

は、隼人の瀬戸を見ながら正しくは吉野の滝を見ているのであり、

湯の原に鳴く蘆鶴はわがごとく妹に恋ふれや時わかず鳴く（6九六一）

とて、鶴の鳴き声をわが慕情におきかえてしか聞いていない。

そして以上にあげたような傾向は、けっしてこれらの人々に限られるものではあるまい。その点に、心象風景としての想像的イメージの存在を指摘しうると考えられる。

これらは、しかしなお現実のわが存在を消失してはいない。ところがこれを積極的におし進めると、いわゆる仮構歌——虫麻呂の伝説歌などはすでにそれであったが——になる。たとえば右にあげた旅人の場合など、例の『遊仙窟』まがいの松浦河に遊んだ歌は、明らかに右と違う。

漁する海人の児どもと人はいへど見るに知らえぬ良人《うまひと》の子と（5八五三）

やや説明のあることは純粋ではないが、現実には賤しい漁夫の娘がいるにすぎないのに、それを貴人の子、仙女と強いて思おうとするのであり、前後に展開する恋物語全体をふくめて、すべてが仮構世界におけるイメージを追って作られている。

また、憶良の作る仮構歌も同様で、古日の歌（5九〇四）にしても貧窮問答歌（5八九二）にしても、ここには他者の姿が描写されて歌い出されている。そしてそれはきわめて精密であり、憶良特有の論理的構成をもっている。これは、他にも多い物語歌、たとえば赤人や虫麻呂らによって詠まれた真間の手児奈の長歌などや、人麻呂にしても高市挽歌における合戦の描写部分、また巻十六のいわゆる伝説歌にふくまれる竹取翁の歌らにも共通するところで、これらの歌の必然とした叙事性にとって必要不可欠のものである。『万葉集』が長歌を多く所有することにおいて、この仮構のイメージは、『万葉集』により大きな特色だったといえるだろう。

なおもう一つ、『古今集』以後でいえば「物名」に流れてゆくイメージのあり方として、『万葉集』では「数種の物を詠める歌」のイメージをつけ加えておくべきであろう。これは巻十六に意吉麻呂の八首以下十一首（16三八二四―三八三四）が並べられているが、与えられた数種の物を基にしてまとまりある事柄の構図を作り上げるのだから、それは強く空想を要求したはずである。

さし鍋に湯沸かせ子ども櫟津の檜橋より来む狐に浴むさむ　長意吉麻呂（16三八二四）
枳《からたち》の棘原刈り除け倉立てむ屎遠くまれ櫛造る刀自　忌部首（16三八三二）

前者は饌具、雑器、狐の声、河、橋などの物によって作られ、後者も同様に数種の物を基にしたと思われる。これらを意味づけて一首をいかに仮構するかが狙いだったわけである。

3　事実の所有としてのイメージ

イメージの最後のものとして、次のようなことを考える。いわゆる自然現象をわれわれはどのように見ているだろうか。科学的存在としての自然は、文学にとりこまれる時、やはり科学的自然としてのみとりこまれるのだろうか。

文学における自然は、いわゆる景物としても存在するわけだが、それは個々の歌なり詩人の心の中なりで個別的に存在しているはずで、それらをおしなべた客体としての自然、自然科学的現象としての自然としてあるのではない。たとえば、

梓弓引津の辺なるなのりその花
摘むまでに逢はざらめやもなのりその花（７一二七九）
海の底沖つ玉藻のなのりその花
妹とわれと此処にしありとなのりその花（７一二九〇）

の「なのりその花」について言えば、「なのりそ」はそもそも花をつけない藻である。にもかかわらず花といい、その花を摘むといっている。現実にはありえないこと、永遠にないことを、前者では一つの時点として示し、それまで逢いつづけたいという願望を語るのである。後者とて「なのりそ」だけが「な告りそ」と用いられているようだけれども、背後に永遠がかくされていると見える。こういった自然は科学的存在ではなく、文学的自然、文学に創造された自然である。景物とは、かかるものの称であるべきではないか。

そうした中でも慣習的な意味づけによって使われる景物は、もちろん存在する。藻は女性のイメージをもって、猪鹿は這いまた臥す状態のものとして、また満月は充足のイメージとして、波は間断なき状態のものとして用いられるのが一般である。雲は「立つ」「居る」もののイメージに、霞は美的イメージ、霧はより実質的なイメージをもつといった類もある。これらを数量的に数えることによって、習慣は量に反映するだろうから、その類型を指摘することはできるだろう。しかし、同時にそれは類型をしかとり出すことができないという限界も持っている。たとえば、右にも述べたように、霧は何物かを遮るもので、好ましくないものとして用いられることは、『懐風藻』などには明瞭である。[18]『万葉集』でも、

君が行く海辺の宿に霧立たば吾が立ち嘆く息と知りませ（15三五八〇）

のようなものはけっして美的景物としては用いられていない。しかし、

山の際ゆ出雲の児らは霧なれや吉野の山の嶺にたなびく　　柿本人麻呂（3四二九）

の如き霧は息が霧であるという古代的約束と通底しつつ、さらに美的形象として描出されている。こうしたあり方こそ文学としての自然であり、研究の対象となるものは、そのような心情との結合、心象としての自然のはずである。

雲にしても、これは万葉の歌ではないが、記紀歌謡の最初の歌、

八雲立つ　出雲八重垣　妻ごみ《(紀「め」)》に　八重垣つくる　その八重垣を（記一・紀一）

の雲および八重垣については諸説がある。若干をいえば、出雲垣という特殊な垣の結い方を出雲八重垣といったのだとか、幾重にも結った家屋の周りの垣であるとかといった解説があるのだが、宣長（『古事記伝』）は、単に雲が幾重にも立ちのぼったのだといっている。この解釈が右の二者と決定的に違うのは、それらが歌を事実に還元して考えようとしているのに対して、物理的な事実として見ない点である。素神と奇稲田姫とは、幾重にも湧きあがる雲の中に包まれて結婚したのだという。この古代的心性の中に古代人の雲があったはずで、雲と人間との交感の中に思い描かれた雲を、ここに検出して来なければなるまい。

　事実を歌が所有するといったのはこのような自然の取扱い方を指したのだが、これはやがて、『古今集』以降に向かって、いわゆる見立てとして増大していく。しかし『万葉集』にそれがないわけではない。たとえば旅人の、

わが園に梅の花散るひさかたの天より雪の流れ来るかも（5八二二）
わが岳に盛りに咲ける梅の花残れる雪をまがへつるかも（8一六四〇）

の如きは梅を雪に、雪を梅に見立てたものである。前者は落梅を雪の降りしきるさまにたとえ、すでに漢籍の知識の応用たることが指摘されているものだが、後者も岳に降りつもった雪を「岳に盛りに（梅の花が）咲ける」様子に見立てたものである。見立ては、けっして貴族歌の専有ではない。民衆の歌の中には、いかに奇抜に見立てるかに関心の中心をおいたような歌があり、文学的技巧として意識されて『古今集』の中心に据えられるようになるという形である。もっとも、右の歌にしても見立てられた梅や雪は表現上にも姿を見せており、『古今集』のごとくそれが姿を消す場合は少ない。その点先にあげた比喩に近く、比喩との微妙な区別は、表現上の比喩形式をとるか否かによることになる。次の歌は大変古い歌だと私は考えるが、

山の端にあぢ群騒き行くなれどわれはさぶしゑ君にしあらねば　岳本天皇（4四八六）

の歌が、「君しあらねば」といわず「君にしあらねば」といっている点において、味鴨の群れと「君」をふくむべき人間集団とは同等に位置していることになる。しかしこれは前比喩ともいうべきもので――その故に大変古格だと思うのだが――、比喩の範疇に入りこそすれ、見立てではない。見立てるという意識は両者の区別を一応明瞭に認めた上で置き直すのだから、両者を等分に比較する比喩ではない。むしろ、梅を雪に見立てるといった場合には、梅は消去されて心象の中に残るものは雪であろう。事実の所有といったのも、そのこと

である。

そうした点において、やはりもっとも強く所有してやまなかった歌人は、山部赤人であろう。例の神岳に登った時の長歌、

……明日香の　旧き京師は　山高み　河雄大し　春の日は　山し見がほし　秋の夜は河し清けし　朝雲に　鶴は乱れ　夕霧に　河蝦はさわく……（3三二四）

といった自然描写の部分は均斉のとれた、いささかの破綻もない対句表現をもって叙述されており、完全に赤人の自然になっている。第二の自然、所有された自然である。赤人によく指摘される均斉とは、美の領有を意味していよう。この長歌は右に掲げた叙述についでまったく唐突に、

見るごとに　哭のみし泣かゆ　古思へば

ということばが発せられて閉じられる。なぜ見ると泣かれるのか、それの必然性が忘却されてしまうほど、右はこれだけで完了する自然の構図である。そこにも赤人が自然を領有してしまわざるを得なかった勢いを見てとることができる。

また吉野従駕の歌も同様であろう。

……畳づく　青垣隠り　川次の　清き河内そ　春べは　花咲きををり　秋されば　霧立ち渡る……（6九二三）

まったくの無からこの歌ができあがったわけではないが、しかし自然はこのままでは存在しない。その要素によって再構成をはかり、おのがイメージとして自然を詠出しているのである。

対句という手法については必ずしも赤人だけが使ったわけではなく、先人に人麻呂がいる。吉野讃歌にしても「……船並めて　朝川渡り　舟競ひ　夕河渡る……」（1三六）の如きを見ることができ、この手法の根幹は漢籍にあろうが、自然に対する態度は赤人の比ではない。それは一にかかって美意識にあると思われ、豊饒にして強烈な美意識の中に事実を所有していったあり方に、人麻呂を擢んでるものが赤人にはあったというべきだろう。『万葉集』における、事実の所有としてのイメージは、このような赤人をピークとする形で現われると思われる。しかし赤人はけっして孤独なその行為者ではない。末期万葉には多くの無名歌人の中にそれがみられ、彼はその代表者であるにすぎない。『万葉集』におけるイメージの第三として、これを設定する所以である。

注

（1）「万葉の音律に就て」『万葉集大成』二〇巻一三一頁以下。
（2）『国歌の胎生及び其発達』五〇頁以下（博文館文化選書版による）。
（3）拙著『万葉の詩と詩人』九四―一〇七頁。
（4）『文学の発生』二〇七頁。
（5）「日本詩歌における五七音の本質的意味――外国語への翻訳に関連して」『ソフィア』一四巻一号。
（6）「一般言語の韻律と万葉集の韻律」『万葉集大成』二〇巻一八三頁以下。
（7）「死と日本人」『日本文化研究』三巻一二頁・四六頁。
（8）「和歌の韻律」『和歌文学講座』一巻一三五頁以下。
（9）注（3）の拙著。
（10）『万葉修辞の研究』二三一頁。
（11）注（3）の拙著。
（12）『日本語の姿』。
（13）「和歌と思想」『和歌の世界』九三頁以下。
（14）『国語学原論』一五七頁。
（15）『万葉集大成』二〇巻四一頁（『古代伝説と文学』四五頁所収）。
（16）『中西進万葉論集』五巻『万葉史の研究』(下)「十二　大伴家持」(第三章)。
（17）拙稿「高橋虫麻呂」『上代文学』三一号。
（18）拙稿「懐風藻の自然」『日本漢文学史論考』。

万葉歌の方法

一　短歌の成立

わが国の詩形の最小のものを片歌という。五七のくり返しを基本の形態とすれば、たしかにこれ以上に小さいものは存在しないだろう。しかし、これをいみじくも片歌というように、これはまさに「片」なる歌であって、厳密には独立した詩の形ではない、一片の歌である。片歌は必ず二首（正しくは二片）以上連続して歌われることが必要であった。景行記に明瞭に「こは片歌なり」と記されている、

はしけやし　我家の方よ　雲居立ち来も（記三二）

にしても、先立つ「思国歌」二首に添えられて、あたかも長歌における反歌のごとく歌われたもので、添歌であろうと思われる。『日本書紀』に「思邦歌」（紀二二・二三）のみを載せ

るのは、その有力な証拠である。同じ倭建伝承の死の段の四歌の内にふくまれる最終の歌が片歌であるのも同様に考えられる。

記紀にみられる片歌はこれ以外すべて単独には存在しないのであって、神武記（一七・一八・一九）のそれも、例の志毘《しび》（鮪）にかかわる歌垣の歌（記一〇六・一〇七、紀八八）も、すべて問答の中で歌われている。歌垣の歌としてはじめて存在が可能であった。書紀の玖賀媛《くがひめ》をめぐる片歌は単独に載せられるが、これとて、

水そこふ　臣の嬢子を　誰養はむ（紀四四）

と疑問の辞をもち、答えを要求する形である。現に、

みかしほ　播磨速待　（岩下す　畏くとも）　吾養はむ（紀四五）

と形も対応させながら答えの歌が用意されている。

片歌なるものがこのようなものだったとすれば、わが国の詩は片歌二つ以上をもって成立すること、即ち片歌二つが最小の詩であったことになる。これを旋頭歌という。旋頭歌は、だから片歌の形式を幾つとなく連続させていく歌い方の最小のものであって、そのゆえに「旋頭歌」とよばれるのであろうということは、すでに何度か書いて来たところである。[1] こ

のことは、旋頭歌の性格が唱和にあることを意味し、たまたま問いと答えという唱和において一つの完了がもたらされるにすぎないことを物語っている。

そこで、頭を旋らす形式の旋頭歌、たとえば、

梯立の　倉椅山に　立てる白雲
見まく欲り　わがするなへに　立てる白雲（7一二八二）

の如きものが、もっとも古形の最小詩形だとすると、この同一の第三句と第六句は、全体が一首の詩形である場合には、一つでよいことになる。事実、旋頭歌の前半の片歌は、いわば主題の提示だから、その主題について何を訴えるかという内容のある叙述は、第二の片歌以下、完結した旋頭歌では後半の片歌において行なわれることになるから、第三句は完全に内容上不要なのである。そこで試みに第三句を除いてみると、

梯立の　倉椅山に　見まく欲り　わがするなへに　立てる白雲

ということになる。即ち短歌である。万葉の短歌の叙述形からいうと、第二句が第五句に続くというのは普通ではないから、このまま万葉の短歌が成立したというのではない。形式上からいうと、このようになるということである。

したがって、いささか乱暴に、同様の作業を記紀の対応片歌に施してみると、次のようになる。

あめつつ　千鳥ましとと　嬢子に　直に逢はむと　わが裂ける利目《とめ》（記一八・一九）
大宮の　彼つ鰭手　大工匠　拙劣みこそ　隅傾けれ（記一〇六・一〇七）
水そこふ　臣の嬢子を　みかしほ　播磨速待　吾養はむ（紀四四・四五）

となり、結句を揃えない倭建のものも、

新治　筑波をすぎて　日々並べて　夜には九夜　日には十日を（記二六・二七）

のごとくなる。このようにして形式が決定すれば、これを一篇の詩として叙述がととのえられていくこと、理の当然であろう。短歌という、長くわが国の詩歌を決定した詩形は、このようにしてうまれた。

だから短歌の性格の根本にあるものは「一人」の表現ということであって、複数によって一首の歌ができあがるという習慣が失われた時点では、旋頭歌の存在の意味は全くなくなり、これは滅びていかざるを得ない。反対に短歌は「一人」の詩形の最小の単位となった。短歌が、このように長くわが国の詩形の基本の形となったのは、右のような経緯を考えてみるとき、動かしがたい必然性をもっているというべきだろう。集団歌は短歌形式の成立と同時に消滅するが、集団が歌をうたうことは後々にも引きつがれる。するとその時は、もう一句を短歌にそえることによってしか集団歌が成立しなくなっている。仏足石歌の存在や、短歌へのはやしことばの挿入による神楽歌・催馬楽のあることが、それを有力に物語っていよう。

このような愚見は、例の五十嵐力博士の『国歌の胎生及び其発達』に対する疑問をふくんでいる。日本の詩歌が五＋七を基本形として、そのn倍の数値によって片歌、短歌、長歌らが生じているという考えが、画期的な博士の意見であった。たしかに形態的にはそうなるのだが、これらは非連続のものであって、片歌にもう一単位の五＋七を加えたとて短歌にはならないし、片歌と短歌とをそのように整理しても、短歌という詩形のもつ表現としての様式は、何ら本質を示してはくれないのではあるまいか。

さてそこで、旋頭歌から短歌が成立したということは、旋頭歌の前半の片歌が簡略化され、後半の片歌が中心となるということである。そして前半は主題の提示であり、後半が提示された主題をまず叙述した第一片であったとすれば、短歌は上句に主題をすえ、下句に叙述を行なう形式をとらざるをえない。上掲の例で説明すると「梯立の倉椅山に立てる白雲」が主題で、それを「見まく欲りわがするなへに立つ」という感情が次に叙述されるわけで、

梯立の倉椅山に立てる白雲ハ＝主題

見まく欲りわがするなへに立てる白雲デアル＝叙述の形である。これを一体化するとなれば当然上句に事物が歌われ、下句に心情が歌われることになる。そして必ず中心が心情にあることとなる。

事物は、心情の手段として用いられるにすぎなくなる。このことは、短歌が抜きさしならぬ抒情詩でしかないのだという基本の性格を示す点できわめて重要に思われるが、その抒情なるものが、事物を相手どって歌われるものが祖形だったことも示している。そのことは、かつて幾度もふれたことであった[2]。つまりまず事物を述べて、それに順接させるにしろ逆接をとるにしろ、事物に託して心情が展開させられる構造をもって、短歌形式がはじめられたという考えである。だから、万葉の巻十一・十二の分類風にいえば、まず寄物陳思の形式において、古代人はわが抒情の表現を手に入れたのであり、正述心緒の形式は後に生じるものだと考えるのである。

しかし、この両者の逕庭は、それほど大きくはない。なぜなら、事物が完結した形で上の二句なり三句なりに述べられて、併列した形で下句に心情が述べられれば寄物陳思の形になるが、当の事物が叙述されるべき主体として上句に表現された場合は、正述心緒の形になるからである。

具体的にいうと、次のようなことである。

あめつつ　千鳥ましとと。
（ソノヨウニ）
嬢子に　直に逢はむと　わが裂ける利目。

の如きは寄物陳思の形式である。ところが上掲に並べた次の例は「隅傾く」という肝心の状態を抜いたために「彼つ鰭手」は次に述べられるべき叙述の主体しかとどめず、

大宮の　彼つ鰭手ハ、
大工匠　拙劣みこそ　隅傾けれ。

という形にまとめることができた。これはまさに正述心緒の形である。
同じようなことを、万葉の短歌についていうことができる。正述心緒とされている次の二首でも、

たらちねの母が手放れ（タ状態）。
かくばかり（ソノヨウニ）、
すべなき事はいまだ為なくに（ノ状態）。（11二三六八）
人の寝る味眠は寝ずて（欲りて嘆くも）。

愛しきやし君が目すらを欲りて嘆くも。（一一二三六九）

の如きであり、逆に寄物陳思とされている次の一首は、

少女らを袖振る山の（久シキ）瑞垣。
ワレ思ヒ来シ月日ノゴトク久シキ瑞垣。（一一二四一五）

の如き旋頭歌を作ることが可能であり、

少女らを袖振る山の瑞垣ハ、
ワレ思ヒ来シ月日ノゴトク久シイ。

という一本化が可能である。そして心情表現を主文に据えれば、この前後が逆になる。

久しき時ゆ思ひけり、我は。
少女らを袖振る山の瑞垣のゴトクデアル。

ただ決定的に両者の違う点は、寄物陳思の歌が必ず「ゴトク」なる語を必要とした点であ

り、このことは心情表現に他者の介入のあるためである。先の例でいえば「あめつつ　千鳥ましとと」をもつと寄物歌になり、「彼つ鰭手」のみを述べると正述心緒歌になる。そのあり方は、右にいみじくも正述心緒歌が「かくばかり」という表現をもっていたように截然たる区別なく万葉には並べられているが、やはり正述心緒歌が、他者を離れた心情の自立を示すというべきだろう。先の「彼つ鰭手」の歌にしろ「臣の嬢子」の歌にしろ、事柄の描写のゆえにたやすく短歌化したのであり、その事柄を離れて心情のみを述べる場合とは、事情が違うのである。

そこに、旋頭歌からの短歌の成立は、正述心緒の形式まで距離は遠くないものの、この心緒に重点がすべてかけられた時は、大きく形式をかえたといわなければならない。その時点に、本当の短歌の成立があった。とすれば、やはり短歌はあくまでも抒情の形式として存在したといわなければならないだろう。

二　短歌の対応様式

私は右において、短歌が旋頭歌から成立し、そのゆえに事物との関係において心情をよむことを基本として、心情を述べる抒情の詩形であるといった。これは万葉に先立って記紀を中心としてもう少し確認をしておく必要がありそうである。

たとえば、

八雲立つ　出雲八重垣。
妻ごみ（紀「め」）に　八重垣作る。その八重垣を。（記一・紀一）

という著名な記紀冒頭の歌謡は、単に五七が二度くり返され、最後に七音が加わったと考えるのが妥当のようにも思える。これは旋頭歌から発達したとする考えを妨げるかのごとくである。

しかし右においても「八重垣」は第二、五句でくり返されるのであって、第四句は「作る」ところに主眼がある。叙述内容に即していえば最初に「八重垣よ」といい、後に「八重垣を作るよ」といっているわけだし、さらに前半の物に対して後半の「妻ごみに作る」という主情的な動作の表現が対応することになる。だからこの歌は三句たるべき前半が二句に圧縮されたものと考えるべきで、物が二句の中に提示される例は、いくらでもある。

大和へに　行くは誰が夫。
隠り水の　下よ延へつつ　行くは誰が夫。（記五七）

のごときは第二句が第五句と対応しているのだから、五七のくり返しとは考えられない。本来前半にもう一句をもつべきものが、短歌形式に整調されたものであろう。したがってこの上下の関係のしかたは、第三句をもって切れることもある。

やつめさす　出雲建が　佩ける大刀。
黒葛さは巻き　さ身なしにあはれ。（記二四）

これも短歌形式になっているが、前句に物の提示という痕跡をとどめ、後句に提示されたものを主情的に述べる形をとっている。

そして、このように理解してよい証拠に、記紀における短歌謡は、非常に多く対応をもっている。

赤玉は　緒さへ光れど、
白玉の　君が装し　貴くありけり。（記八）

これは「赤玉」と「白玉」とを対応させ、赤玉が緒まで輝くという一般的事例をあげて、これと対応させつつ、白玉の如き君の装を讃美する主旨を述べる形である。また、次の如きは旋頭歌に戻すことがきわめて簡単である。

葦原の　密しき小屋に　（わが二人寝し）

菅畳　いやさや敷きて　わが二人寝し（記二〇）

そして「葦原」と「菅畳」、「密《しけ》しき」と「さや」とを対応させながら、「葦原」と「密しき」状態を相手どった、わが「菅畳」の「さや」なる状態を訴えるのである。

この歌についであげられた二首、伊《い》須《す》気《け》余《よ》理《り》比《ひ》売《め》の二首は、以上のように考える上で大変困難な歌のように思われるが、

1　狭井河よ　雲立ち渡り
2　畝火山　木の葉さやぎぬ　風吹かむとす（記二一）
3　畝火山　昼は雲とゐ
4　夕されば　風吹かむとぞ　木の葉さやげる（記二二）

の如く、まず2と4とがA・Bの大筋においてくり返されていることに気づく。4に「畝火山」を加えれば、すべてくり返しである。そこに「昼は雲とゐ　夕されば」の句が挿入された形であり、新たな事柄としての「夕されば」が昼と対応して歌われている。そしてこの「雲とゐ」はCのくり返しで1をうける。そのCは「狭井河」という、畝火と、まさに地理的にも王権的にも、三輪山の一部とすれば三輪山が代表的な山である点においても、また川と山という点においても対応する地名の中で歌われたものである。

この童謡《わざうた》めいた二首も、どうやら最初から二首共存していて、物語にも合わせて別々の短歌に発達していったらしい。その基本はやはり旋頭歌だったと思われるのである。

今までは短歌形式のもののみをあげたが、記紀の短歌謡は、おおむね類似の形をもっている。

尾張に　直に向かへる　尾津の崎なる　一つ松　（あせを）
一つ松　人にありせば　大刀佩けましを＝衣着せましを　一つ松　（あせを）（記三〇）

も前半が事物の提示であり、後半が心情の表現である。そして前半にも主情の入りこむものもあるが、これは後半にもう一度くり返されるという形をとっている。また事物だけを提示するものもある。以下、右につづく諸歌を列挙してみよう（片歌をのぞく）。

大和は　国のま秀ろば。
畳なづく　青垣　山ごもれる　大和しうるはし。（記三一）《反覆》
命の　全けむ人は、　＝主題
畳薦　平群の山の　熊白檮が葉を　髻華に挿せ。　＝叙述
その子。＝主題の反覆（記三二）
嬢子の　床のべに　わが置きし　つるぎの大刀。＝主題

その大刀はや。＝叙述（記三四）
なづきの　田の稲幹に　稲幹に　這ひ廻ろふ　薢葛＝主題
□＝叙述（記三五）
浅小竹原　腰泥む。
空は行かず　足よ行くな。（記三六）《反覆》
海が行けば　腰泥む。
大河原の　植草　海がは　いさよふ。（記三七）《反覆》

もとより記紀の歌謡は、すべてが万葉に先立つものではない。さまざまな短歌形式のものがあるが、これらによって短歌形式の歌謡ないしこれに準じて考えられる短歌謡は、物との対応の様式によって情を述べるものだということになろう。その点、記紀の短歌謡と万葉の短歌とは連続性をもっていて、主情表現のものだということになり、記紀が短歌謡に主情表現を委ねながら、散文がこれを支える形ででき上がっていることが、よく理解できる。記紀歌謡でも、たとえば比較的短い、高比売《たかひめ》の命《みこと》の歌（記七）、神功皇后の待酒の歌（記四〇）などは、けっして短歌につながるものではない。

そして、短歌形式の歌は、記紀のものといえども、もはやこの形のままでは集団に口誦されることはなかったと考えられる。それは記紀、万葉を通していえることだけれども、集団に歌われるためには、もう一つ別の要素が必要だっただろう。すでに何度かふれたことがあ

るが、東歌の一首、

筑波嶺に雪かも降らる。
否をかも。
かなしき児ろが布乾さるかも。（14三三五一）

は一首の短歌形式になっているが、集団に歌われた痕跡を十分残してくれていて、東歌のあり方を有効にわれわれに示している。雪はすなわち布なのであり、上下の対応と、間をつなぐ合の手の如き否定的疑問の句を温存している。これが「――筑波嶺に降る雪の」とでもいった形で下句につづけば、圧倒的に多い東歌の形になるだろう。それを逆にいえば、現在の東歌の祖形を、右のような形にまで辿ることが可能だということである。

筑波嶺の新桑繭の（衣）。
衣はあれど、
君が御衣しあやに着欲しも。（14三三五〇）
都武賀野に鈴が音聞ゆ。
（否をかも。）
可牟思太の殿の仲子し鷹狩すらしも。（14三四三八）

こんないたずらも可能であろう。前者が上掲の「赤玉は」の歌謡と同じ発想たることも注意をひくところである。

そして、この「否をかも」が半ば合の手であったことを考えると、合の手は半ば意味を有しながら、その点で文脈に参加しながら、短歌という抒情詩を集団口誦歌の場に提供することになったと思われる。先に「一つ松」の歌をあげたが、「吾背を」という意味をもちつつそれははやしことばであり、しかも「一つ松あせを」で七音を構成していたし、「その大刀はや」も「さ身なしにあはれ」も同様である。

いで吾が駒早く行きこそ真土《まつち》山待つらむ妹を行きて早見む（12三一五四）

は万葉にのせる短歌であり、

いで吾駒　早くゆきこせ　亦打《まつち》山　あはれ　亦打山　はれ　亦打山　待つらむ人を　行きてはや　あはれ　行きてはや見む（催馬楽一）

は催馬楽の一首である。下三句は異説に「行きて見む　あはれ　行きて見む　あはれ」とあり、さらに「あはれ」が加わっている。万葉内部においても、次の如き口誦歌は、短歌形式にやがて整調されてゆくべきものだったと思われる。

梯立の　熊来のやらに　新羅斧　落し入れ　わし
懸けて懸けて　な泣かしそね　浮き出づるやと　見む　わし（16三八七八）

新羅渡来の斧は高級品であり、かつ河口の低湿地の熊来の沼にずぶずぶと沈んでしまえば、もう致し方ないものだったのであろう。そのような生活を基にして作られた幾つかの後句の一つが後半で、ここにおこる笑いは上掲の筑波嶺の布の歌と同じく、高級品を歌う点は同じ地の新桑繭の衣の歌とひとしい。

三　短歌形の完成

以上のような記紀歌謡は、くり返し述べたように万葉の短歌の基本になっているが、これをさらに五句三十一音による完結体にまとめようとするものが万葉の短歌である。

そこで、万葉の短歌がどのような叙述の方法をもつのかが重要な問題になるが、それを示唆するものが、書紀最後の部分の歌謡と初期万葉の短歌である。

A　射ゆ獣を認ぐ川辺の若草の

若くありきと吾が思はなくに（紀一一七）
飛鳥川漲ひつつゆく水　の
間もなくも思ほゆるかも（紀一一八）
秋山の樹の下隠り逝く水　の
われこそ益さめ御思よりは　鏡王女（2九二）

これらは何れも形がひとしい。上に景物をとり下に心情を述べるが、さてその間を「の」によって連ねるだけで他の説明はない。そのゆえに上句は下句の比喩として心情をイメージ化する形である。このさらに古形は、

B　遠方の浅野の雉　□
響さず我は寝しかど人そ響す（紀一一〇）
水門の潮の下り海下り　□
後も暗に置きてか行かむ（紀一二〇）
淡海路の鳥籠の山なる不知哉川　□
日のこのごろは恋ひつつもあらむ　岳本天皇（4四八七）

これらは上句と下句との間に何の説明もない。そして直接そのままに下句の心情をせおい

こんだ事物としてイメージされている。ここでは雉・海の潮・不知哉川がさながら人々の騒然さ、心の暗さ、不安といったものそのものの象なのである。それが「の」の助詞をおくことによって主従の関係に改められ、すでに一文化への途を歩きはじめることになった（右の内には解釈によって異見もあろうが、私はこのような歌と解する）。

ところで右の第一首には「響さず――響す」という表現があった。下句内のことではあるが、そこには雉（響すもの）が文脈上は「響さず」に直接する形になっており、雉は響・不響の両方にひびいている。そうして上句と下句との関係を、もっとはっきり指示する歌もある。

C　畝火山木立薄けど
頼みかも毛津の若子が籠らせりけむ（紀一〇五）
山川に鴛鴦二つ居て
偶よく偶へる妹を誰か率にけむ（紀一一三）
本毎に花は咲けども
何とかも愛し妹がまた咲き出来ぬ（紀一一四）
君が目の恋しきからに
泊ててゐてかくや恋ひむも君が目を欲り（紀一二三）

これらの短歌謡はすべて上・下句の間に助詞を介しており、その指示に従って上下の展開関係が決定されている。しかも破線で示したようにすべて内容は共通する（逆接のものが対語をとるのはいうまでもない）。こうしたものは、先のAのごとく「の」によって並列されるよりは、より大きく一首の叙述の中に統一化が進んでいるものと見るべきであろう。次の万葉の古歌も同類のものである。

山の端にあぢ群騒き行くなれど
われはさぶしゑ君にしあらねば（4四八六）

上句が鴨そのものであり、下句が君という人間である点に、不合理を感じることは、右のように見て来た現在もはや不必要であろう。もしこれが「の」ならば——あるいは「ごとく」とか「なす」とか——、何の不合理もないはずである。それをより統一化しながら、なお景物が残存したところに、この歌の特色がある。異様に感ぜられるかもしれぬが、それこそ古歌の自然さであった。

さて、万葉の短歌はこのような経過によってうまれたものである。万葉に先立つ歌を長々とあげて来たのは、実はこうした歴史が、万葉短歌の基本にあると考えたからに他ならない。しかし、それにしても、万葉の短歌はすでに初期から完全な形をもっているように見える。巻頭から短歌を並べよう。

たまきはる宇智の大野に馬並めて朝踏ますらむ、その草深野　間人老（一四）
山越しの風を時じみ寝る夜おちず、家なる妹を懸けて偲ひつ　軍王（一六）
秋の野のみ草刈り葺き宿れりし宇治の京の仮廬し、思ほゆ　額田王（一七）
熟田津に船乗りせむと月待てば潮もかなひぬ。今は漕ぎ出でな　同（一八）

これらにはもはや区切れがほとんどなく、右に句読点で示したものがそれであるにすぎない。傍線をほどこした如き助詞・尾辞によって文脈が導かれて叙述が進行し、すでに事物や景物が心情に奉仕することはない。かろうじて同じ巻一の初期万葉歌から採り出すと、

君が代もわが代も知るや　中皇命（一〇）
磐代の岡の草根をいざ結びてな
へそがたの林のさきの狭野榛の衣に着くなす
目につくわが背　井戸王（一九）
河の上のゆつ岩群に草生さず。
常にもがもな常処女にて　吹黄刀自（二二）

といったものがややに古格を存したものというべきであろう。しかして先にもあげたように

巻十一や十二という新しい歌に寄物陳思などという形が存在するとなると、私の以上考えて来たことは誤りであったということになるかもしれない。

しかし、東歌という集団歌謡の中に同様の叙述方法の歌が多く存し、巻十一・十二の歌が無名歌という集団性に依存する歌であることをもってすれば、むしろ、初期万葉の歌として年代や作者を明確にしうる歌には、それほどの個人性をもって万葉の開幕を可能にしたと考えるべきであろう。その証拠に岳本天皇と伝誦される古歌の古格は、蔽うべくもなかった。巻一の諸歌は、それほどに晴がましい歌々でもあった。

そして、実は右のように完成した個人抒情詩の形式とはいっても、その内部に、上述のような発展によって規制された表現方法が存在するのである。私はかつて万葉短歌の叙述の方法について若干のことを述べたことがあった。[3] 叙述が物理的時間によって移動すること、構成が直截性をもっていること、そして右に問題にして来た景物と本旨との関連などがそれであった。

今、これらは短歌の生成によってもたらされた性格であろうと思う。構成が直截であるということは「の」の助詞によって文脈が続けられ、たとえば上掲の井戸王《いのへのおおきみ》の歌のように四つのそれをもって歌われることをさすが、これはそこでも述べたように「――狭野榛」が属目のものとしてまず提示され、その景物の属性を応用することによって歌旨が展開されるという形であった。この景物の提示のために五七ないし五七五が用いられ、そこに「の」の連続がおこる。だから、「の」の代りに他の助詞を用いても、大同小異である。先に井戸王の

歌と並べた吹黄刀自の歌にしても「に」は「の」であっても意味は変りない。試みにそれと『古今集』巻頭の歌を並べてみると、

年の内に春は来にけり。一年を昨年とや言はむ。今年とや言はむ。（1一　春上）
袖漬ぢて掬びし水の氷れるを、春立つ今日の風や解くらむ。（1二　同）

のごとくである。もとより万葉にもかかる歌はあるし、『古今集』にも直截な歌はあるが、今問題にするのは、中核的な形である。

したがって右に述べたように「の」を捨てて文脈に屈折を与えるように万葉短歌が発展していっても、もう一つ基本においては同じ型が保存される場合も少なくない。一体に論理の展開をつかさどるものは、多く助詞の機能である。順接になるか逆接になるか、疑問を発するか詠嘆するか、これらはすべて助詞によっているのであって、これに助動詞をふくめたもの、つまり辞と詞との構成の中で、今、万葉短歌は詞の連挙において直截性をもつと考えるべきであろう。

その点右にあげた『古今集』の歌とて、その形を大きくはずれてはいない。これもまた乱暴だが、

袖――漬づ――水――氷る。　春立つ――今日――風――解く。

と書き改めても大綱の意味を理解しうるだろう。事実この二首は万葉にも近い詠風をもつものである。

しかしなお万葉の直截性は他にも関連した属性をもっている。先に叙述が物理的時間によって進行するといったのは、各句相互の関連にも関係があって、各句の関連は下へ下へと流れて反戻がない。

君が行き――↓日長くなりぬ。山たづね――↓迎へか行かむ。――↓待ちにか待たむ　（2八五）
かくばかり――↓恋ひつつあらずは、高山の――↓磐根し枕きて――↓死なましものを　（2八六）
ありつつも――↓君をば待たむ。打ち靡く――↓わが黒髪に――↓霜の置くまでに　（2八七）

のごとくである。あえて全体がすべて――↓にならぬものをあげてみたが、むしろすべて五句間が――↓で結ばれるものの方が多い。

石見のや――↓高角山の――↓木の際より――↓わが振る袖を――↓妹見つらむか　（2一三二）

のように主旨は結句にあって、そこへ一首が集中する、いわば収斂型ともいうべき型が万葉の特色である。

主語・述語の関係を問題としても、この歌では「妹―見つらむか」にそれがあって、結句が主文になるが、もとよりそれが上に移動しているものもある。そして主語が第四句にあることが多い。これは第三句に少ないこととあいまって、やはり万葉歌が五七調なるゆえんであるし、第三句が後半片歌の第一句であるなごりをとどめるものと思われるが、そのように第四句に主語がおかれるとなると、倒置などということは、めったにおこらない。『新古今集』に見られるように、いきなり「思ひきや」などとはじまることはないのであって、主語・述語がそのままの形で歌われている。この自然な叙法も、万葉短歌の直截性を構成する一端である。

しかもこの主述を広く拡大して場面といったものにおきかえていうと、おおむね三句までに述べられた事柄が、次に向かって展開していくという形をもっている。

草枕旅行く君と知らませば、岸の埴生ににほはさましを　清江娘子（一六九）
大和には鳴きてか来らむ、呼子鳥、象の中山呼びそ越ゆなる　高市黒人（一七〇）

のごとくである。もっと典型的な形についてはすでに述べた。

右の形はある意味では三句切れということになる。それはいわゆる七五調にもなっていく形なのだが、これまた別に述べたごとく初期万葉歌の中で五七調は六十四首中の三十四首である。ということは本来両片歌の集合とすれば音数においては五七に区切りがあるべきものが、内容的に拡大して上三句に前半の性格を持つようになった結果と思われる。現に『古今集』よみ人知らずにおいて完成する民衆歌の型、上三句に景（これを普通序というが）をおき、最後を「の」で連ねる歌い方は、

あしひきの山下響みゆく水の時ともなくも恋ひ渡るかも（11二七〇四）
高山の石本激ちゆく水の音には立てじ恋ひて死ぬとも（11二七一八）

のごとく万葉の新しい歌に見え、今問題にしている対応の構造は、このような形に完成していくようである。

しかし、その完成の型は最後まで直截性を保有し、対応形式の中で歌われるものであって、それが技巧的に変形されるには到っていない。いわゆる万葉調なるものは、極端ないい方をすれば、以上のような旋頭歌からの展開という歴史の中にあることによって生じて来たものと思われる。

四　いわゆる連歌

そこで連想されるものに、万葉の中で連歌の鼻祖とも目されることのある一首がある。

佐保川の水を塞き上げて植ゑし田を　尼作る
刈る早飯は独りなるべし　家持続ぐ（8一六三五）

これは古く『八雲御抄』が「是、連歌の根源なり」といって以来、連歌の一つと見られることのあるもので、連歌のはじまりを例の倭建命の筑波の片歌の問答に求める「筑波の道」の考えによらなければ、まさに「根源」とも考えられるものであった。そのことを考えてみたい。

その場合、最初に歌意をどのように得るかが問題であるが、現在比較的支持されている折口信夫氏の口訳によると、まず人間関係として、尼を娘の母と考え、家持を娘への求婚者と考える。その上で「苦心して育てた娘を」という意を寓したものが前句だとし、だから当然のこととして「娘はあなた一人のものだ」と後をついだと考える。ところがこの歌が男への返歌だとすると、「あなた一人」とは求婚者つまり家持のことになり、巧みに家持は娘の結婚の許諾を得た形になった、というわけである。これは若干の差異をもつものの、他の諸家によって大体支持されている。

ところが、折口口訳が題詞の上に「連歌」と補っているように、そもそも連歌だというふうに理解して、それを出発点として歌を考えようとしたものである。これは虚心とはいい難い。もし何の記入もなく、一首の平凡な歌として載せられているとしたら、この歌は「大事にして来た田（娘）を私一人が手に入れたい」という意にしかならない。それはこの歌に先立って「或る人の尼に贈れる歌二首」という、当の尼に贈られた歌が、

手もすまに植ゑし萩にや却りては見れども飽かず情尽さむ（8一六三三）
衣手に水渋つくまで植ゑし田を引板わが延へ守れる苦し（8一六三四）

というのによっても明らかだろう。萩や田の形容は必ずしも育ての親の形容とは限らないのであって、

春雨を待つとにしあらしわが屋戸の若木の梅もいまだ含めり（4七九二）

は久須麻呂が相手の女を「わが屋戸の（若木の）梅」といったもの、

標結ひてわが定めてし住吉の浜の小松は後もわが松（3三九四）

は余明軍が相手の女を「わが定めてし」松といったものである。これらによって素直に解すれば、上掲尼への二首は男の苦労して成人を待った形容ととるべきで、そうでなければ、人

の苦労した田に「引板わが延へ守れる」とは妙なことになる。苦心して成長を待ち、今や他の男を近づけぬために引板をはえて守っているというのである。

だから、この尼への二首は直接求婚の歌であり、求婚されたものは尼そのものであることが第一義である。この尼に娘がいたとておかしくはないが、尼への求婚としてもおかしくはない。むろん戯れの歌であり、反対に「或る娘子等」が僧にからかいの歌を贈ったりしている例もある（3三二七）。

問題とする歌の作歌契機は、まずこの贈歌二首にある。前作の「植ゑし萩にや」をそのまま踏襲して「植ゑし田を」といっている点からも、それは明瞭であろう。すると家持は求婚者どころか、むしろ尼側の人間になる。世に推定されるように、これは大伴家に寄宿した理願であろうし、天平七年の尼の没年までに、すでに家持は作歌時期に達している。ただ、この配列は上に天平十二年のものがあって年代が合わぬという意見もあるが、特殊な歌だけに最後に添えたと見ることは自然である。

そこで尼は「或る人」に対する返歌を作るべきであったが、そうしなかった。あるいは一首ほどの返歌をした後にこの歌の上句を作ったかもしれぬが、とにかく完成した返歌をこの句では作らなかった。そこに、もろもろの背景が見える。

まず第一に尼たるもの、戯れの贈歌にどう答えるべきかは技巧の要するところである。難しさが一首を完成させなかったという面も否定できない。

第二に、おそらく新羅の尼理願と思われるこの尼が、和歌にどれほど習熟していたかは疑問である。あの才人秦朝元が幼時のころに父親の祖国へやって来て、りっぱに朝廷に仕えているにもかかわらず、橘諸兄は「歌ができなければ麝香をもって代えてもよい」と戯れている（17三九二六左注）。

今この二つの条件はいずれも存したと思われる。しかし、もっと直接には別の要素があった。この歌の題詞は、

尼の、頭句を作り、幷せて大伴宿禰家持の、尼に誂へらえて末句を続ぎて和へたる歌一首

と書かれていて、尼は「誂へ」ているのである。消極的に、できなかったなどというのではなくて、積極的でもある。そして風変りなこのような意図は、彼女が新羅の人たることに発している。つまり彼女は「聯句」を試みようとしたのである。

聯句は漢武帝の柏梁台の詩をひくまでもなく、『玉台新詠集』という万葉に近い詩集の例をひくまでもなく、『懐風藻』にも「後人の聯句」がある。この中国伝来の戯れはすでにわが国にも定着しようとしていたと見える。しかも、戯れの贈歌に対して戯れの連句をもって答えようとしたところに、りっぱな返歌性があり、現に二人で「和歌」を作ったと題詞にある。

しかも一首一人作の和歌に代えるに連句をもってしたとは、まさに和歌に代うるに麝香を

もってする類である。

できあがったものは意味上女の返歌にはなっていない。贈歌二首に対する「和歌」たる男の歌である。尼は末句の家持作たる事のよしを記して「或る人」に届けたであろう。「或る人」は苦笑せざるを得ない。

この時家持は十代後半の青年である。尼より格段に若かったであろう。それが「愛を独占するのは私だけです」といった一首は、ほほえましいものだったにちがいないのである。一首の意味はそのように簡明なもので、尼の作った時には「を」が格助詞だったのに、家持の時には終助詞になったなどと、無理をする必要はない。

そこで、このような試みは、人によって和歌形式の十分な発達の上にでて来るといい、人によって当時盛んに行なわれていただろうという。しかし、一首しかないこのような歌が当時盛行したとは考えられない。聯句の導入という思いつきだからこそ、風変りに一首だけ存在するというべきだろう。そして又、和歌形式が発展する流れの中に、この時代にこれを置くこともできない。別種の源があって行なわれたと考えるべきである。

新しいどころか、このように連句を試み得た根底には、昔からもちつづけて来た短歌の叙述形式が存在した。尼の歌ったものは事物であり、それは第三句までに述べたのだった。ここまでには叙述はない。主題だけが提示されたにすぎない。かろうじて「を」というところに方針の指示があるが、これは上述のように贈歌の第三句を踏襲したものだから、尼の意向は介していない。

これに対して家持が下句をついだ。その中で一首全体の意味が決定する。このあり方こそ旋頭歌からの展開史の上で短歌の根幹を形成していたものであって、この上に漢詩の聯句なる技巧が可能だったと考えられるのである。

五　短歌の連続

今日の短歌を作る上に、いわゆる連作なるものがある。それを万葉にも考えることは、近く扇畑忠雄氏が、「いわゆる連作の自覚のない万葉の中にも」「万葉の重要な特色である抒情質の検証の一つの手がかりが得られる」と考えられたのは[4]、鋭い指摘である。それでは、これはどういう表現方法なのか、広く短歌を複数連続せしめることにおける意義を考えてみたい。

扇畑氏が論の出発として示されたものは伊藤左千夫の「連作論」で、連作の条件として次の六つがある。

一　材料に連関があること
二　まとまりがあること
三　純主観の連作はありえないこと
四　趣向がなければならないこと

五　現存的であること
六　組織的であること

しかしこのように意識的な制作を考えることは近代短歌において初めて可能なことで、これを万葉にもとめることは当を失したものになると思われる。例の志賀白水郎の歌十首における構成は久しく学界を賑わしたことであったが、私に十分の納得を与えてくれるものでないことは、すでに述べた(5)。

ただ、先にもあげたような磐姫の四首は、何れかの時点の制作者によって緊密に構成されたものの如くである。第一首、

君が行き日長くなりぬ山たづね迎へか行かむ待ちにか待たむ（2八五）

に提出されたものは状況とそれに対する二つの場合で、二者はいずれも疑問の形である。それをうけて第二首は、

かくばかり恋ひつつあらずは高山の磐根し枕きて死なましものを（2八六）

と、迎えに行く方を選択した。しかし「まし」と反実仮想で語られるところによると、所詮

は願望にすぎない。やはりふり出しに戻る。そこで今度は、

ありつつも君をば待たむ打ち靡くわが黒髪に霜の置くまでに（2八七）

と待つ方を選ぶ。すると恋は一向に解決しない。最後の、

秋の田の穂の上に霧らふ朝霞何処辺の方にわが恋ひ止まむ（2八八）

は、結局はいぶせき恋を嘆く形で、しかも晴れやらぬ永続性の中に限りもない。

この構成はきわめて巧みで、ここに連作を称することは可能であろう。第一首は『古事記』にも見えるものだが、結句は「待つには待たじ」（記八九）とあり、出発たるべき場合の提出がない。それが右のように変っていることは、故意にしろ偶然にしろ結果的には四首一連の心理物語を語ることになっている。

しかしこれはきわめて稀な例であって、たとえば世にそうもいわれる安騎野の短歌四首（1四六―四九）にそれを考えるわけにはいかない。また、旅人上京の折の鞆《とも》の浦の歌（3四四六―四四八）などにしても、三首に共通するものがムロの木であり旅人の妻であって、この素材たる両者を消去すれば、残るのは第一首の今亡きこと、第二首の忘れえぬこと、第三首の「いづら」というあてなさ、といったもので、三者は自らに展開をもってはいるが、

このような意味づけはどのようにでも出来る面をもち、連作と考えるには、もっと意図的なものがあってほしい。旅人は短歌歌人だし、讃酒歌のような、構成が五味智英先生によって指摘されているもの[6]のもあるが、これも旅人の新しい試みによるもので、珍しい例に属する。

むしろ『万葉集』における短歌一連のはたらきは、複数の作者によるものに特色がある。たとえば宴席歌といったものの後代歌集に比べて多いことは、万葉の大きな特質だが、その中に連続的展開のあることは、すでにその一部を指摘したことがある。[7]梅花の宴の三十二首についてては土居光知氏[8]や伊藤博氏[9]がそれをいわれてもいる。

今ここに別の例を用意すれば、それは天平十年（七三八）初冬に諸兄旧宅に集うた宴席の歌十一首である。すべて黄葉を主題とした雅宴である。まず主人の奈良麻呂が、

手折らずて散りなば惜しとわが思ひし秋の黄葉をかざしつるかも（8一五八一）
めづらしき人に見せむと黄葉を手折りそあが来し雨の降らくに（8一五八二）

と二首を歌うのは、第一首が一座への景物の提示であり、ついで主賓として迎えた久米女王に対する挨拶をおくる。あり様は天平十八年（七四六）の越中の宴（17三九四三以下）とひとしい。

黄葉を散らす時雨に濡れて来て君が黄葉をかざしつるかも（8一五八三）

は奈良麻呂に対した久米女王の返事である。「人」に対して「君」とよぶ。ついで傍らに侍した長《ながの》忌寸娘《いみきのおとめ》なる老女は、黄葉をかざした主人をたたえる。

めづらしとわが思ふ君は秋山の初黄葉に似てこそありけれ（8一五八四）

ことばも奈良麻呂のものを承けた。

これまでが主人と主賓との贈答であって、以下は居並ぶ者どもを歌が廻る。そこで県《あがたの》犬養吉男《かいのよしお》は改めて、

奈良山の峯の黄葉取れば散る時雨の雨し間無く降るらし（8一五八五）

と歌う。しかし唐突ではなく、女王の口にした時雨のことば、主人が最初から話題にしている雨をついだものである。それに対して同持男《もちお》が、

黄葉を散らまく惜しみ手折り来て今夜かざしつ何か思はむ（8一五八六）

とよろこびの心を述べれば、大伴書持《ふみもち》は「何か思はむ」といった物思いの中で、かえって、

あしひきの山の黄葉今夜もか浮びゆくらむ山川の瀬に（８一五八七）

と、同じ「今夜」なる語を用いつつ美しい風景を述べる。そして次の三手代人名《みてしろのひとな》と秦許遍麻呂《はたのこへまろ》は、むしろ持男と心をあわせて、

奈良山をにほはす黄葉手折り来て今夜かざしつ散らば散るとも（８一五八八）

露霜にあへる黄葉を手折り来て妹にかざしつ後は散るとも（８一五八九）

と歌う。ほとんど同型の歌である。

しかし、どうも大伴一族はロマンチストなのか、次の池主《いけぬし》はまた想像の風景を歌う。

十月時雨に逢へる黄葉の吹かば散りなむ風のまにまに（８一五九〇）

もとより落葉という前歌をも承けたものではある。そして最後、家持はしめくくりの歌を歌う。

黄葉の過ぎまく惜しみ思ふどち遊ぶ今夜は明けずもあらぬか（８一五九一）

しめくくりの挨拶であると同時に落葉を惜しむのは冒頭の奈良麻呂の歌であった。それとの呼応ももつのである。

以上には、磐姫の四首のような緊密な展開はないけれども、連続して流れる歌のしらべがあって、それに沿いながら宴席歌が歌われたことを示していよう。万葉短歌の連鎖はむしろこのような中に見られ、そこに特質をもつと思われるのである。

ところで、右の許遍麻呂の歌の中に「妹にかざしつ」という一句があった。ということは「妹」とよばれるべきものの存在を示し、それは長忌寸娘か第二の女性かである。もし第二の女性とすれば、彼女は歌の伝統にかかわる遊女、蒲生や土師や、また児島の如き女性であったろう。彼女は宴席に歌を誦するべく出席していた。その役を長忌寸娘が兼ねてもよい。これがどうやら当時の宴席歌の実態だったらしい。そうすると宴席における短歌の連鎖形式は、多く伝誦歌を組み込まなければならなくなって来る。事実、天平十八年のそれには僧伝誦の古歌（17三九五二）が組み込まれている。しからば何の記入もない、宝字元年（七五七）十二月十八日の一首も同類のものであろう。三形王《みかたのおおきみ》の宅に甘南備《かんなびのい》伊香《かご》や家持らの集うたもの（20四四八八―四四九二）で、その最後の一首が愛衰えた石川女郎《いしかわのいらつめ》の古歌なのである。

当時の和歌が一回性のものではなく、作者を離れて実作同様に口吟されるという傾向はいうまでもない。しかし今は最初の作者名を伝え、しかも由縁まで付加して伝誦しているのだから、これは歌の連続というあり方が、もう一つ別の関係をもつといわねばならぬ。つまり横に連ねられる歌の連続の他に時間的に縦に関わる線があって、しかもそれは現在の歌の連続に溶解して位置づけられるという形である。縦横の短歌の連鎖があることになる。溶解すべき心情は、ちょうど追和歌のそれと同じであろう。たとえば旅人が梅花三十二首をおえた後に追和をあえてするのは、余韻というべきひびきをなつかしむ心情においてであり、有間の磐代歌（2一四一・一四二）に対する後人の追和（2一四三―一四六）は重層性をもちながら元歌に対して少しずつ移動をもつ。そのような余韻、重層性と移動性といった性格を古歌と宴歌は結ぶことになる。

さらに宝字元年のそれは、第三首の家持の歌が冒頭に戻って、もうちゃんとまとまりのついた上で伝誦歌がのせられている。これは宴席歌のもった、自らの二面を語るのではあるまいか。すなわち、公的な一巡の歌、それなりにまとまりをもった歌と、その後に歌われた任意な私的な歌との二グループが存したのではなかったか。かつて私は梅花三十二首の内、最初八首が主客らの歌だといったことがある。[10]ついで三グループの歌が歌われたわけだが、代表歌はこの八首である。右にあげた奈良麻呂の宴歌も長忌寸娘で一つの区切りがあった。これはなおすべてが大きな一グループにはなっていたが、それすらない表裏二面をなす晴と褻の歌の連続が考えられるべきではなかろうか。勝宝三年正月三日の宴歌（19四二三〇―四二三七）も、家持の和歌によって一応の区切りがつきながら、次に広縄と蒲生の伝誦歌をあげている。

宴席歌は、こうした短歌の連鎖という形で一つの文芸様式を作り出していると考えられるが、それは、すでにわれわれには事情を知る手段もなくなってしまった歌群の中にもあるのではないかと思われる。巻十秋雑歌の「鹿鳴を詠める」一群の中には次のごときがある。

山の辺にい行く猟夫は多かれど山にも野にもさ男鹿鳴くも（10二一四七）
山辺には猟夫のねらひ恐けど男鹿鳴くなり妻が眼を欲り（10二一四九）
秋萩の散り過ぎゆかばさ男鹿はわび鳴きせむな見ずは乏しみ（10二一五二）
何そ鹿のわび鳴きすなるけだしくも秋野の萩や繁く散るらむ（10二一五四）

各二首は単に類想たるを越えて一連の作のように思われ、巻十のみならず作者未詳の歌の中には、このような連衆の作が紛れ込んでいるであろう。

六　記紀の長歌謡と万葉の長歌

次に長歌について表現の方法を考えてみたい。私はかつて記紀の長歌謡と万葉の長歌との間には断絶があって連続しないといったことがあった。(11)それは次のような事柄によっている。

まず記紀歌謡の叙述方法については、土橋寛博士の「即境性」という著名なことばが、なお正しいと思われる。(12)つまりは叙すべき対象をいきなり歌い出さずに周辺の景物から叙述が

はじまる。雄略記の頌歌でいえば、

大和の　この高市に　小高る　市の高処。
新嘗屋に　生ひ立てる　葉広　斎つ真椿。
┌そが葉の　広りいまし
└その花の　照りいます
高光る　日の御子に　豊御酒　献らせ。事の　語り言も　こをば。(記一〇二)

の如くで、その叙法も右の第一行から第二行、第二行から次の二行へと逐次うけ渡され、第三・四行は並列の形式で第五行の日の御子を修飾するという形である。主旨は御子に豊御酒を献ることとだけである。あるいは、

ちはや人　宇治の渡りに
渡り瀬に　立てる　梓弓檀。
┌い伐らむと　心は思へど
└い取らむと　心は思へど
┌本辺は　君を思ひ出　┌苛なけく　そこに思ひ出
└末辺は　妹を思ひ出　└愛しけく　ここに思ひ出

い伐らずそ来る　梓弓檀。（記五二）

のごとく右の上に第五、六行のような重層性をもっている。

そこで問題になるのは、一体この即境性とは何者なのかということであろう。先の歌謡でいえば、何ゆえに「大和の」と歌い出されねばならないのか。いみじくも土橋博士が即境性というごとく「この高市に」といっているように、これは属目のものであるが、属目のものなら、何でもよいというのではない。小高い丘に営まれた新嘗屋が最初にとり上げられた景物であり、そこに樹つ神聖な椿に焦点がある。それはさながらに日の御子の繁栄する姿であり、そのゆえにこの景物がとり上げられたと考えられる。

つまり即境性という「境」は、そのまま日の御子と同格である自然であって、そこに向かって一心に叙述がこめられるという形である。境がそのまま賞讃されるべき御子として言挙げされたのであって、これは一つの頌辞であった。『古事記』はこれに先立ってもう一首、主題とは縁遠いような叙景の歌（記一〇一）をあげているが、この歌とて日代の宮の賞讃、新嘗屋の百足る槻の四囲を覆う状態が描写され、その葉は「あり衣」の采女の捧げた「端玉盞」におちる。そのゆえに「是しも　あやに畏し」というのである。

後に掲げた歌謡は兄の骨を掛出《かき》した弟王の歌だから、一種の挽歌だが、自然を人間と一体と見た古代人の心意の上でみると、一首はふしぎに哀切な檀と死者との交響にみちている。ことに「苛なけく」「愛しけく」の語はいうまでもないとしても、「思ひ出」の四回ものくり返し、「思へど　思へど」というくり返しは、まさに哀悼の表現である。とすれば、ここに言を贅して語ろうとしたものは悲しみの心情であって、先の歌が賞讃の心情を畳みかけて語ったのと、まったく同一の性格をもっていると思える。

ことに悲しみの場合は、くり返しの叙法は感情のよどみとなって適切である。それは讃歌の場合に、

おしてるや　難波の埼よ　出で立ちて　わが国見れば
淡島　淤能碁呂島　檳榔の　島も見ゆ　佐気都島見ゆ。（記五四）

というのとも同じで、この「見ゆ」のくり返しと島々の列挙とは、表現の態度としてはまったく同じものだとみることができよう。四島がわれわれの実地割り出しの苦労を嘲笑うかのように所在不明なのは、いずれも観念上の、想念の島にすぎないからである。神話に登場したり、海上遥か南方にしかないような島だったり、豊饒の島だったりする。「見ゆ」はいうまでもなく、見ることによって讃えられるのである。

こうしてみると、記紀の長歌謡に多くみられるものは、豊かな心情の表現であって、これが一見余分なものに見えるとしたら、それは事柄にとって余分なのであった。このことは換言すると、心情をことばとすることの重大さを意味し、それを効用とする場が記紀長歌謡の場だったということである。

果して、そのことは第一義的に万葉長歌に存在するだろうか。たしかに、そのような要素と共通するものをもつ長歌も、ないわけではない。たとえば国見歌の末尾は万葉にも届いていて、舒明の香具山の歌は中連に「国原」と「海原」とを並列し、かつそれは想念のものである（1二）。しかしそれは大山守の挽歌の反復には及ぶべくもないどころか、きちんと「うまし国そ　蜻蛉島　大和の国は」という結論が述べられている。この「うま」さなり悲しさなりを事物をあげることによって表現するものが記紀の歌謡だったのである。

また倭大后の歌は、

鯨魚取り　淡海の海を
沖放けて　漕ぎ来る船
辺附きて　漕ぎ来る船
沖つ櫂　いたくな撥ねそ
辺つ櫂　いたくな撥ねそ
若草の　夫の　思ふ鳥立つ（2一五三）

のごとくで、前段をうけて次の展開する点が上掲の記紀歌謡に似ているとも見える。たしかに、ここに澱んでいる口調は死の悲しみにふさわしい大山守の挽歌に共通する面があるといえるかもしれない。しかし、事柄という点でいえば先の歌が「立てる　梓弓檀」を「い伐らずそ来る」ということだけだったのに対して、これは「淡海の海を」「沖」に「辺」に「漕ぎ来る船」の「櫂　いたくな撥ねそ」という願望と、その理由とが表現されている。先の歌にも「思ひ出」だからという理由が述べられるが、そこに最大の重点があって、今の歌とは主従が逆になっている。してみると、やはり願望・命令という実際的効用と心情とに、叙述の眼目は大きくずれているというべきである。

そうした中では、一人柿本人麻呂だけが群を抜いて記紀的な歌の作り手だったということになろう。その石見国から上京する時の歌（2一三一）は前半二十二句に石見の浦の描写があり、現にそれは宮廷詞章とされる巻十三の中に類型がある（三二二五）。しかし、しからばこの歌の主題は石見の描写にあるのかというとそうではない。ちゃんとその後に展開する妹との別離があって、これはまた驚くほどにテンポも早く事柄を述べつづけていく。むしろ前半の美しい景は、聴者をして十分その中に遊ばせることを計算でもしたかのように、さっさとその地を去ることによって、一層惜別の情をかき立てでもするかのごとくである。

だから人麻呂はちゃんと心得て古代歌謡の心情表現を応用したと考えられるのであって、それが時折長歌に挿入される比較的長い序詞であろう。また対句といわれるものの適宜な使用もその一環と思われる。

対句は反復と本質的にちがう。たとえば藤原宮御井歌（1五二）は国見歌の系統に立った長歌だが、その中には、

大和の　青香具山は　日の経の　大御門に　春山と　繁さび立てり
畝火の　この瑞山は　日の緯の　大御門に　瑞山と　山さびいます
耳梨の　青菅山は　背面の　大御門に　宜しなへ　神さび立てり
名くはし　吉野の山は　影面の　大御門ゆ　雲居にそ　遠くありける

といった叙述があるが、この四方に対応する物を語句を整えつつ述べる叙法は、明らかに中国伝来のものであって、記紀歌謡や記紀のいかなる叙述の中にも本来的に見られるものではない。詳述のいとまはないが、漢籍には方形の思考法があるのである。

したがって、以上のごとき万葉長歌の第一義としたものは、けっして心情ではなくて、事物や事柄にあったと考えられる。記紀の歌謡を即境性ということばでよぶならば、万葉の長歌の第一の特質は即物性とでもよぶべきものであって、そこに多かれ少なかれ祭式とかかわった記紀歌謡と、事柄の一つの主張をもった万葉長歌との必然的な区別があったというべきであろう。

それは人麻呂が古代の歌謡に心をよせて多少その叙法を応用したからとてどうなるものでもないような、大きな相違であったと思われる。それが山上憶良のような思索型の歌人になると徹底しているのであって、人麻呂に創作された枕詞が多いのに対して、憶良に極端に枕詞が少ないということは、右を強力に物語っていよう。私が記紀歌謡と万葉長歌との間に断絶があるといったのは、その謂である。

その点においても、集団抒情詩としての記紀短歌謡をついだ万葉の短歌と、万葉長歌は趣を異にしている。したがってここでも五＋七のn倍というnが三以上になったときに長歌となるというのは、あくまでも形式論であって、二と三以上との相違が短歌と長歌との相違ではない。

ただ短歌形式が極度に普遍的な詩形となった後には、短歌をふくむ長歌も作られた。すでに一部（13三二四五）をかつて挙げたことがあるが[13]、短歌歌人旅人の、

み吉野の　芳野の宮は
山柄し　貴くあらし
川柄し　清くあらし
天地と　長く久しく
万代に　変らずあらむ　行幸《いでまし》の宮（3三一五）

は冒頭二句と最後の三句をとればそのまま短歌形式となるもので、基本は短歌の発想にある。そこに描写を挿入し対句を用いて増大せしめたもので、このような形では長・短歌が関係をもつ。それにしても短歌の後にもう一対の五七が加わったものではないし、右はきわめて特殊なものである。

七　賦

こうして万葉長歌が記紀歌謡と訣別する特質をもつことを、かつて漢文における辞賦の影響によるのではないかと考えたことがある。[14] それはそもそもの辞のみならず、漢代辞賦の制作のあり方、内容とするものにおける類似によっていたし、記紀歌謡という祭式の詞章が新たな文学表現として誕生して来る契機は、こうした新しい様式によるエネルギーなくしては不可能だとも考えたからであった。

しかし、それはこれらのみならず叙述のしかたにも関連があった。右にも記紀歌謡の反復と万葉長歌の対句とをあげたが、対という表現様式、さらにその根底とする思考形式は、過剰な言語によって心情の潤いを訴えるという様式と、まったく異質なのである。つまり反復は言挙げそのものに意味があるが、対をとるものは、一対の側面の両者による叙述をもって、そのものを語りつくそうとする精神がある。たとえば笠金村の一首、

あしひきの　み山もさやに　落ち激つ　吉野の川の　川の瀬の　清きを見れば
┌上辺には　千鳥数鳴く
└下辺には　かはづ妻よぶ
ももしきの　大宮人も　をちこちに　繁にしあれば　見るごとに　あやに羨しみ

玉葛　絶ゆること無く　万代に　かくしもがもと　天地の　神をそ祈る　畏くあれども
（6九二〇）

にしても、対句は単なる反復ではなくて、それぞれの叙景に用いられている。これが、さらに幾何学的な構図によって均斉の力学を示すものが山部赤人の諸長歌で、右に並べられたもの（6九二三）などは、その最たるものである。

してみると、豊潤な反復形式を次第に失って、対句形式に変っていくというのは、次第に直叙性を深めていくということであって、右にもふれたごとく山上憶良の極度に余剰を排した長歌が誕生するのも、当然のことであった。

そしてこの傾向は詠物の歌の誕生とも軌を一にしている。『万葉集』に「寄物」「詠物」と分類される歌は、分類の上では物を詠む歌として意識されているわけで、このような分類も新しいものであろうが、時を同じくして高橋虫麻呂などが、「詠――」という長歌を書く。彼はあくまでも伝説という非現実の事柄のゆえに歌材としたものだが、たとえば水江浦島という数奇な経験をした人物を主人公として伝記を歌おうと試みる。霍公鳥という特殊な習性をもった鳥の伝承をきくと、それを対象として長歌をうたう。これらは、やはり対象として見据えられている素材に向かって、それ自身を描き出そうとしたものである。『懐風藻』にも荆助仁の美人を詠んだ詩（三四）があるが、すると虫麻呂も上総の末の珠名娘子《たまなのおとめ》の長歌を詠ずる。同様伝説であるにしても、美人が詠物の対象となった点に、漢詩の力を無視することができない。
　万葉集歌がこのように発展して来たものならば、その行方は辞賦との合一に向かっていると考えねばならない。そこで当然考えられるものに、家持らの長歌がある。いうまでもなく、彼は天平十九年（七四七）の三月と四月に「賦」と銘うった長歌をつくり、下僚池主がこれに和するのである。

　二上山賦一首（17三九八五）
　立山賦一首幷短歌（17四〇〇〇—四〇〇二）

という山の賦が二首、そして遊覧の賦が、

　遊覧布勢水海賦一首幷短歌（17三九九一・三九九二）

の一首。これに池主が、

　敬和遊覧布勢水海賦一首幷一絶（17三九九三・三九九四）
　敬和立山賦一首幷二絶（17四〇〇三—四〇〇五）

の二賦を和した。

この「賦」なる用語は、従来家持・池主らの雅びであろうと思われて来た。長歌と記してもよいものを、漢籍好みのたわむれによるものであろうと考えるのである。ことに反歌に相当するものを記さなかったり「首」と書いたり、また「絶」と書いたりすると、「賦」の用語も他愛もないもののように思われる。

しかし、時あたかも家持の中に異常な歌心の昂まりがあった時で、三月初めには長い序をつけた長歌や詩序を付した漢詩なども作っている。漢詩はむしろ池主から先に贈られ、前後の趨勢によると池主にはむしろ家持を凌ぐほどの漢文力があったと見えるが、そのような僚友を得た上で、今家持は「賦」を作ってみようと考えたのではなかったか。最初の二上山賦には「興に依りて之を作れり」と注も付せられている。

それでは内容的にいかなる作品であるのか。少し長いが、最初の二上山賦を引用すると次の如くである。

射水川　い行き廻れる　玉匣　二上山は
┌春花の　咲ける盛りに
└秋の葉の　にほへる時に
出で立ちて　振り放け見れば
┌神柄や　許多貴き

「山柄や　見が欲しからむ。
すめ神の　裾廻の山の　渋谿の　崎の荒磯に
「朝凪ぎに　寄する白波
「夕凪ぎに　満ち来る潮の
いや増しに　絶ゆること無く　古ゆ　今の現に　かくしこそ　見る人ごとに　懸けて偲はめ。（17三九八五）

この歌とて結末は常套的な讃辞に収められているが、たとえば先にあげた金村の吉野讃歌に比べると、分量は少なくなっている。金村歌は全二十三句、内結末讃辞は九句になるが、家持賦は全二十九句の内七句である。しかも金村歌は「見れば」による提示の後に叙景の対句を一句もち、再び「繁にしあれば」と同じ条件法をもって結末に続けられるのだが、家持賦は「見れば」に到る提示部にすでに一対をもち、ここからもう主題に入っている。また次いで一対をもって場所を示し、また一対をおくという形で描写を試みる。この金村歌はおおむねの国土讃歌の手法を踏襲したもので、たとえば次の赤人歌（6九二三）も提示部——対による描写——結末の讃辞部という形はひとしい。

この家持の賦は習慣型な山のものであっても、次の立山の賦では、もう「見れば」と歌わなくなっており、多数から一をとり上げるという型だけで「……その立山に」と、場所として提示される。もっともここでは結末の讃辞は多くなっているが、それに到る部分には描写といえるものが豊かにつづく。

これに対して遊覧の賦は素材そのものとしても新しいもので、先立つ遊猟の長歌などを前蹤とすることはできないだろう。

物部の　八十伴の緒の　思ふどち　心遣らむと、馬並めて　うちくちぶりの　白波の
荒磯に寄する　渋谿の　崎徘徊《たもとほ》り、松田江の　長浜過ぎて　宇奈比川　清き瀬ごとに
鵜川立ち　か行きかく行き　見つれども　そこも飽かにと、布勢の海に　船浮け据ゑて
沖辺漕ぎ
辺に漕ぎ見れば、
渚には　あぢ群騒き
島廻には　木末花咲き
許多も　見の清けきか。
玉匣　二上山に　延ふ蔦の　行きは別れず、あり通ひ　いや毎年に　思ふどち　かくし
遊ばむ。
今も見るごと。（17三九九一）

もとよりここにも「見る」の語は当然のこととして頻出するが、もはや型による叙述というより、遊覧することの説明から始められ、道行きの様が述べられ、風景が叙述されてい

る。対句も五七各一句の対句の他に五と七の対が用いられる。

これらによれば、家持における賦は、長歌の伝統をうけるというより、より多く賦そのものの意識があって、形式の似た長歌の体をもって、これを試作しようとしたのではないかと思われる。もとより『文選』などに中心を占める賦が、唐土第一等の晴の様式であったことを、そしてその実作品の多くを、彼は熟知していたはずである。そこに展開されている華麗とさえいえる文飾と、大きな構成と、克明な描写とが、目の前にあったにちがいない。家持はこれを目ざした。

このことによって、記紀のもっとも身上とした心情のたゆたいは、具体的な即物性の表現、対象とする物や事柄をもっぱら描いていこうとする丹念な叙述、いわば直叙性といったものを、一つの極点にまで伸長しようとする傾向に、とって替られようとしていると思える。憶良長歌の試みようとしたものも、思考を歌に託するという散文化の傾向の中で記紀歌謡を距てるものだったが、人麻呂らが内側に有した賦を表面化することによっても、万葉長歌の到達点が定められたと言えよう。

その後長歌は急速に衰えていく。『古今集』の長歌は単に遊戯的なものでしかないし、『蜻蛉日記』などにも見られる長歌は、歌物語の散文部分を韻文化したものといった印象が強い。それらは、もはや長歌という様式自体の新しい発展における試みとはいい難いようである。新しい叙述様式はない。

八　和歌と漢文

最後に漢文を相手とした時の和歌表現の方法における特質を考えてみたい。その便は、たとえば七夕の万葉歌と漢詩を取上げるといったことによっても果されるであろうが、ともに万葉びとの表現という点からは、いわゆる漢文序をもった歌を取上げる方が適切であろう。憶良などにおけるそれらのあり方は、若干の意見を述べたこともあるが[15]、今は「松浦河に遊べる序」（5八五三以下）を一例として考えてみたい。

この漢文序と、後につけられた短歌八首（ほかに後人追和が三首）との間には、当然のことながら対応がみられる。まずそれを一覧として掲げよう。

1 見るに知らえぬ良人《うまびと》の子と（5八五三）　若疑神仙者乎。

2 君をやさしみ顕さずありき（5八五四）　児等者漁夫之舎児、草庵之微者、無郷無家。何足称云。

3 裳の裾濡れぬ（5八五五）　花容無雙、光儀無匹。開柳葉於眉中、発桃花於頬上。意気凌雲、風流絶世。

1 家路知らずも（5八五六）　誰郷誰家児等。

1・2 妹が手本をわれこそ巻かめ（5八五七）　而今而後、豈可非偕老哉。

われ恋ひめやも（5八五八）
君待ちがてに（5八五九）
君をし待たむ（5八六〇）

しかし、このような内容上の対応は、いろいろな和歌と漢文との相違を示してくれるようである。まず第一に右に1と記したものの内部におけることばが注意される。「うまびと」は家持などによって「貴人」「美人」などと表記されることもあって、「よきひと」とも「うまびと」しつつ、価値の高い、りっぱな人物についていうことばである。それは漢文にあっては「神仙者」となる。具体的には後文に「唯性便水、復、心楽山。或臨洛浦而徒羨玉魚、乍臥巫峡以空望烟霞」と説明され、作者は明らかに「洛神の賦」や「神女の賦」になぞらえようとしているのだが、しからばそれにもっと密着したことばを造るかというと、そうではない。たとえば家持が諸兄らをさしていうような「うまびと」の語によって表現するのである。

次の「家路」なる語も同様である。単に「郷」「家」といったことばに相当するものではないし、「誰郷」の「誰家」の子たるを知っても、その家郷は万葉語の「家路」と同じではない。これは、たとえば「君が家にわが住坂の家道をも」（4五〇四）といった、恋の相手の住む家への道であって、誰の家へでもよい道ではない。

そして「妹が手本を巻」くも「偕老」に対応するものではあろうが、この具体的な表現は、偕に老いるといった観念性とは、はなはだ異質である。

こうしてみると和語には特有の情緒が纏綿しているわけで、それを漢語と同質のものと考えることはできないし、神仙とか偕老とかいう、いわば一つの「型」の中で表現しようとするのに対して、和語は具体的である。何れにせよ作者は空想の世界を作り上げているのだから、どのように表現してもよかったのだが、右に検出したような漢語に対する和語の範囲において情景を描くところに、和歌表現の自らにして守るべき枠組みがあったことになる。

第二に人物の設定が逆に対応している点が注意される。すなわち右に2と記したものがそれで、漢文ではわが身が微しいから言わない、というのに対して、和歌ではあなたに対して恥ずかしいから、「君」が「やさし」いから、という。理論的には、言うまでもないという漢文の方が筋が通るであろうのに、和歌は相手への謙譲を理由とするところに特質があると思われる。それは「余」の歌がすでに「海人の児どもと人はいへど」といっているということが理由にはならない。むしろそれは「答詩」同様の対者への敬意であって、いずれを主とするかにおいては、「児等者……」という表現と、「君をやさしみ」とは主格にたてる人物が逆なのである。

また和歌ではまず求婚のことばを口にするのが「蓬客」であるのに対して、漢文では女性たちである。もとより中国文学において常に求婚が女から発せられるなどということではない。ここで款曲を陳べた後「偕老にあらざるべけむ」といい、「下官」が「唯唯」といったとするのは、先にあげた事柄にも重なりつつ、全体が『遊仙窟』を模しているからであろうが、しかし然らば和歌もそれなりに作ればよいものを、かく歌わざるを得ないのは、やはり和歌表現の約束を出ることができなかったからであろう。それは、わが七夕歌において彦星が川を渡るのと同じである。

それにつづいて娘らの報歌では「待つ」歌がうたわれる。これも「待つ女」というわが和歌ぶりの表現である。

第三として、3の漢文に長々と綴られた美女の形容は、和歌に驚くほど少ない。辛うじてとり出したのが右掲の部分であるが、一首全体としても陽光にきらめく川瀬の中に赤裳を濡らす情況を想像するにとどまり、漢文の微細な表現とは異なる。これが『遊仙窟』の応用であるなら先と同様の事がいえるのであり、具体的な容姿の一々をとり上げて形容する表現と、情況の中において美を示す方法とは、まるでちがう。しかも、漢文の美女の形容も類型的なら、和歌のこの美しさの表現も類型的である。

以上によれば、畢竟「翻訳」は行なわれなかった。和歌は和歌の型を守ることにおいて物語が作られたのである。

さらに、ここに一つ興味をひく事柄がある。漢文は、まるで途中で話の腰を折るように合意に達した途端、「于時日落山西、驪馬将去」と日没を告げる。『遊仙窟』であのようにくり展げられた同床の部分は、これで打切られるのである。その点この作者の節度が自ずからに感じられるものの、しかしこの日没が「遂申懐抱」につづいていくのによると、この一句の役目は懐抱の告白をせかせる条件として働いていて、けっして打切った部分への暗示としてのみ働くのではない。結局漢文は表現すべきことをすべて表現して、それをもって完了するようである。

ところが和歌は、同じ作者と思われる人物の「後人追和」を載せている。そこで非体験の人物の立場が示され、全体が彼岸のこととして終焉する形である。そこに期せずして作り出される余韻――全体が遠いものとして距たっていった距離感、したがって漂って来る余情といったものが、ここにある。

これは全篇にかかわる相違でもあるが、一々の細かい相違は、他にもある。右にあげたものは内容の対応する条々であったのに対して、対応しない部分も少なくないのである。

たとえば漢文序に見られる事情の説明、右にもふれた時間の経過が和歌には一切ない。叙事性がないといっても同じことである。これはパートパートで叙事を漢文に委ね、抒情を短歌に分担せしめたゆえであろう。しからばそうせしめた原因が私の興味をひくのである。この作者は必ずや長歌が苦手だった作者にちがいないが、理由はそれだけではなく、この時点においても長歌は完全な叙事詩ではないのであり、その機能は漢文に委ねるのが最適であったろう。そして反面、短歌はまさに心情を表現せしめるのに恰好だったろう。この自らの選択の中に、両者の本質があると思われる。

また、答詩では「玉島のこの川上に家はあ」るという。漢文の「児等」とて「無郷無家」とはいっていても、家があるにちがいないが、山水を楽しむ性によって烟霞を望みつつ洛浦・巫峡に暮す者は、そんなに平凡な家があっては困るのである。「川上」なる語が『遊仙窟』の川上によると考えることもできようが、ここでいう川上は、もっと現実的なもののはずである。

これは右にあげたことども関連する漢文における具体的情景の欠如ということである。漢文は故事に身を寄せ、出典に依存することにおいて、これを失ったが、和歌にはそれが許されない。そもそも作者がこんな夢物語を空想したのは、源に神功伝説がある。これも立派な故事である。しかし和歌には何らそれは顔を見せず、もっと常凡に「(若) 鮎釣る」(5八五五—八五八) ことがくり返され、川の情景が描写される。

さらに和歌的表現の型の目立つのは娘等の報歌三首である。第一・三首は景の序をもって始められ、「川波の—並に」「よどむともわれはよどまず」と歌われる。第二首とて「鮎子」に仮託されたわが姿があり、自然と人間とのかかわりは、ここでも変らない。一首そのものの内部の叙法においても和歌は発想法の伝統の中にある。

結局のところ、このように和歌と漢文とを比較してみると、和歌には侵され難い叙法上の型があって、対応は事柄におけるばかりとなっている。漢文は表現上のタイプ——故事とか観念とかの「型」に依存し、和歌は景や情に大きくかかわっているのである。両者は歴史的に無関係ではあり得なかったが、けっして並列的なものではなかった。

注

(1)『中西進万葉論集』二巻『万葉集の比較文学的研究』(下)一三五頁以下、同六巻『万葉の世界』五五五頁以下その他。

（2）拙著『万葉の詩と詩人』一一四頁以下。
（3）同右、九四頁以下。
（4）「万葉の連作」『万葉』六〇号。
（5）「志賀の白水郎」『中西進万葉論集』八巻『山上憶良』所収。
（6）「万葉集抄――讃酒歌について」『むらさき』三輯。
（7）『中西進万葉論集』六巻『万葉の世界』五三六頁以下。
（8）『古代伝説と文学』一六二頁以下。
（9）「園梅の賦」『日本文学』二〇巻一一号。
（10）「大宰府の宴歌」注（5）の前掲書所収。
（11）『中西進万葉論集』一・二巻『万葉集の比較文学的研究』(上)四九頁、(下)一〇四頁その他。
（12）『古代歌謡論』その他。
（13）注（7）の前掲書五六三頁。
（14）注（11）の前掲書(下)三九頁以下。
（15）「嘉摩三部作」注（5）の前掲書所収その他。

古代的知覚――「見る」をめぐって

一　うつせみ

「うつせみ」ということばがある。「うつしみ」が元の形で「うつそみ」ともいわれるが、さてその語義に関しては古来「現し身」であろうといわれて来た。しかし上代特殊仮名遣によると、「うつしみ」のミは甲類で、「身」のミは乙類である。この語釈は成立しなくなった。

そこで新しい解釈が試みられ、中でも大野晋博士の新説[1]が注目された。博士は雄略記の、一言主の大神に対する天皇のことば「うつしおみ」から「うつそみ」に転じたものであろうといわれる。ウツシはこの世に生きていること、オミは人という意味で、ウツシオミはこの世の人の姿をして、目に見えるものの意だと考えられたのである。

難関であった甲乙の違いを越えられたところに有益な意見であったが、しかしオミはなぜ人なのであろうか。私は、「うつしみ」とは、「現し見」ではないかという疑問を捨てがたい。「見」は甲類の仮名たるばかりでなく、『万葉集』の中にも「宇都曾見」（2一六五）、「打背見」（3四八二）と、そのままに用いられている。「うつし」は「うつしけ」（12三二一〇・15三七五二）、「うつしく」（4七七一・13三三三二）の形のほか、「うつし心」（7一三四三・11二三七六・二七九二・12二九六〇・三二一一）、「うつし真子」（19四一六六）の熟合語としてみえる形容詞たること、いうまでもない。同様の熟合語と考えられないだろうか。

大野博士も、この語が「この世の人」をさすのみならず「現世」「人間世界」の意を表わすに至ったといわれているように、「うつしみ」なる語は単にそこに認められて存在する人間をいう場合、つまり対象としての「身」ではむしろなくて、生きてあること自体をさすように思われる。現実体験といったものである。「うつしみ」の「み」は、身ではないのだが身といってよいようなもろもろの身の属性を背負いこんでいる。だから人間を意味する場合も、静止的に眺められるそれではない。これは「うつせみの人」としばしば言われることをもっても明らかなように思う。人そのものではない。

『日本書紀』神代の一書、保食神に穀物を生じたことをもって天照大神が喜ぶ件りに、これは「顕見蒼生」の食うべきものだという科白がある。書紀はこれに注を付して「顕見蒼生、此ヲウツシキアヲヒトクサト云フ」という。しからば、この「顕見」の「見」とは何を意味するのか。

しかし、「うつしみ」を以上のごとく考えるためには、この「見る」ことの実体が、それにふさわしくなければならない。

二　基本の視覚

これまた素朴な疑問だが、われわれは目で「見る」という。「め」の働きを「みる」というのであろう。たとえば夢は斎目とも夜目ともいわれるが、この場合の目は働き（つまり見ること）を十分に含んだ用い方である。また古代語に特有の「目を欲る」という表現も、われわれふうに言えば「見たい」ということでしかないが、一方的にこちらから見る期待をもっているのではなくて、向こう方からも見ることにおいて、合意が果せることになる。それへの願望を「目を欲る」というのである。目は乙類の音で、見るのミは甲類だから音転はしにくいという考えもできるが、以上のあり方から考えれば、一概にはいえないように思う。

しからば同様に、耳を働かすことをミミル、鼻の動作をハナルというかというと、いわない。それぞれ聞く、嗅ぐという。つまり耳・鼻の場合には、器官を示す語と働きとが別のことばによっているわけで、動作と器官とはそれほど密接には結ばれていなかったとみえる。

したがってこれらと比較すると、目―見るという結合は、殊のほかに強かったことになるし、われわれの感覚上の働きを視覚・聴覚・嗅覚などと並べるのは、はなはだ古代的でないといえる。まず目をもって見ることが、古代人における最初の感覚だったと思われる。

それは次のようなことからも言えそうである。すでに問題にされていることだが、

この頃の秋の朝明に霧隠り妻呼ぶ雄鹿の声のさやけさ（10二一四一）
ももしきの大宮人の退り出てあそぶ今夜の月の清《さや》けさ（7一〇七六）

らに見られる「さやけさ」という語は、語根を「さや」にもち、「さやか」「さやけし」また「さやぐ」らと同類のものたること、いうまでもない。そこで、前歌に用いられたものは、「声」の形容であり、後者のものは「月」のそれである。とすると「さや」なる情況は視覚的にも聴覚的にも認められるものになり、さらに「さやぐ」ということばを考えると、元来音を表わすものだったのが、視覚上の表現に転化したのだと考えられる。

しかし、ここで疑問なのは、この転化ということで、まったく語の埒外にあったものへと、意味が変化していくということは考えられない。広い語の意味範囲の中で、何に重点がおかれるかは文脈によって様々であろうが、そのすべてを包括したところにことばは存在するのではないかと考える。「さや」にしても、大変顕著な現象を意味する語で、明瞭なことが第一義であろう。「さやぐ」なる語は『古事記』に天孫によって治定されるべき国が、今「いたくさやぎてありけり」といわれる。ここには否定的な意味がふくまれるが、一方「漬の木の　さやさや」という時は讃美がある。これは文脈の決定することで、「木の葉さやぎぬ　風吹かむとす」といえば不安な翳りをともなう音であり、「栲衾　さやぐが下に」といえば肯定的な快さがある。随伴するものと本義とを混同する必要はないだろう。

そこで「さや」類の語も、視覚・聴覚をとわず明らかな知覚を意味する語と思われるが、同様のものとして考えられるのが「にほふ」である。この語についても、すでに幾度か述べたとおり、色彩を主として浮動して来る状態をいうと思われる。「にほふ」は紅とともに用いられることが多いが、その色彩のこちらへの漂い移り来ることをいう。紅とは、まさにそれにふさわしい色である。だから、「にほふ」ことは鼻においても可能で、目にも鼻にも漂い来ることが「にほふ」であった。

周知のように「にほふ」は古代では圧倒的に多く色について用いられている。のみならず、香りを歌うことは、きわめて微々たるものである。しかし古代人が匂いをかげなかったとは考えられない。現に、「橘のにほへる香かも」(17三九一六)といった表現があり、『風土記』には香草の数々が列挙されている。「香」も「にほふ」ものであった。「にほふ」も視覚を主としながら、嗅覚にも用いられた語である。

ところでわれわれは香を「かぐ」という。「かぐはしき香」という。右のように「にほふ」が視覚を主とするのは、他に嗅覚におけるこの語の存在によるとも考えられる。そして「香」という漢字音のままの定着とも思われている語があるから、「かぐ」は「香ぐ」かもしれぬということになる。

しかし、一方にわれわれは「かげ」系統のことばをもっている。「かがやく」「かがよふ」「かぎろひ」「かぎる」といった諸語である。「かげ」は光だから、これは光の明滅する状態をいうことばにちがいない。「光」は「影」であり、明と暗を対比して捉えることこそ、基本的な明や暗の把握であろう。「玉かぎるほのかに見えて」などという玉のかがよいをほのかと捉えることに「かげ」の本義がある。

　これによると「かぐ」なる語も「かげ」系統のことばとみて理解することが、あながち失当とはいえぬように考える。右にもあげた橘を、「香《かく》の木《こ》の実《み》」（18四一一一）というし、

　……咲きにほふ　花橘の　かぐはしき　親の御言……　　大伴家持（19四一六九）

　梅の花香をかぐはしみ遠けども心もしのに君をしそ思ふ　　市原王（20四五〇〇）

というによれば、「かぐはし」は香りのよいことである。しかし、「かぐ」が「香妙し」から派生するとは考えられない。のみならず「蘰かげかぐはし君」（18四一二〇）という日影の蘰のかぐわしさは、光り輝く状態であろう。花橘も、橘の実も（これは「――かげ」と数える）、光り輝くさまとともに香りよい状態をたたえられていると思われる。

　以上にあげた語は三つにすぎないが、これらを通して、私は三語が視覚にも聴覚・嗅覚にも共通して用いられているさまを見る。そしてそのあり方の中心は視覚であったと思える。目に見えることが「にほふ」にしろ「さや」なる状態にしろまた「光」にしろ、まず知覚され、漸次他の感覚にも及ぶと考えられる。「見る」ことが彼らの知覚の第一であった、といえないだろうか。

三　目の呪能

そういえば目に呪力を感じていたと思われる徴証は、古代の文献にけっして少なくない。例の天宇受売は天孫降臨に際して「手弱女なれど、い向ふ神と面勝神なり」と天神の詔をうける。これは『古事記』の記すところだが、『日本書紀』では同じことを「汝はこれ、目人に勝ちたる者なり」といわれており、「面勝つ」とは、目を見合わせることによって人に勝つことであった。宇受売は胸乳をあらわにし、陰を出して笑って向かい立つ。乳も陰も呪力の所在であったことは、あの眼鏡土偶とも称せられる土偶などが、目と乳と陰とを強調している点からも明らかである。笑いが神祭りの行為であることから考えれば、天の岩戸の前で同じように乳と陰とをあらわにして笑った宇受売らの「楽《あそび》」も、その力によって神をなごめ招くことに他ならない。

一方、天孫降臨に向かい合った猨田彦も「眼は八咫鏡の如くして艶然《てりかがやけること》、赤酸醬《かがち》に似」ていた。だから神々もみな「目勝ちてあひ問ふこと得ず」という状態だったという。例の神武天皇の高佐士野における求婚に、大久米命が黥面を施していたのは、その模倣であろう。娘子は「黥《さ》ける利目」を見て歌を発する。対して巧みに歌い勝った命に対して、娘子は「仕へまつらむ」というのである。歌垣の歌い勝つ要素もあるが、結果としては「黥ける利目」が勝利をおさめたのである。先の「い向ふ神」とは、目の力をもって拮抗できる神ということになる。

そこで目を失えば死ぬこととなる。倭建は足柄の坂本で神の化身たる白鹿にあうが、

その咋ひ遺しし蒜《ひる》の片端をもちて待ち打ちしかば、その目に中《あた》りて乃ち打ち殺されぬ。
（景行記）

という。蒜はその臭気によって呪力あるもので、久米歌に歌われる山椒《はじかみ》、韮《かみら》と同様、古代的武器であった。それを目にあてることによって相手を倒すことができた。

このような目は、力の発するところ、生命の中核であろうから、もっとも重要な人間の活動は「見る」ことであった。結婚を「まぐはひ」というのも、そのゆえである。『古事記』の岐美二神の天の御柱をめぐる段では、

天の御柱を行き廻りあひて、美斗能麻具波比せむ。

とことばが発せられている。これは、

須勢理毘売出で見て、目合して婚ひまして、（記　根の堅州国）

吾、目合せむと欲《おも》ふ。汝いかに。（記　木花之佐久夜毘売）

見感じ、目合して、その父に白して、（記　海宮遊幸）

と「目合」とも記され、目を合わせることたるは、ほぼまちがいない。しかも右に「見る」と区別され、また次に「婚ふ」という段階を控えていて、単に「見る」ことでも、肉体的に結合することでもない、結婚の一つの重要な行為だったことがわかる。景行天皇は貢上された女性の代役の女たることを知って「つねに長眼を経しめ、また婚ひしたまはず」苦しめたという。これも「婚」を予測させる「目合」をしながら、「婚」をしないという残忍な仕打ちなのである。

だから本来「目合」と「婚」とは違うはずなのに、やがて「見る」ことを忘却すると、結婚は肉体的結合だけになる。

美麗しき嬢子と化りき。仍りて婚ひて嫡妻《むかひめ》としき。（記　天之日矛）
その屋に入る。即ち婚ひつ。（記　出石娘子）

という時は、もう「婚」だけとなり、これを「まぐはひ」と訓めば、「婚」の中に「目合」も含んでしまうことになるが、本来的に区別すれば、「くなかひ」とか「あひ」とかと訓ずべきものである。

このように目には生命がやどり、「見る」ことは生命の発動を意味した。古代人の生命の中核は魂であったから、いいかえれば「見る」という知覚はタマの発現であり、その魂合いによって「目合」が行なわれた。

　こうした目の呪性は、「見る」ことの呪能を示している。古代人における基本の知覚たる「見る」は、かかる呪能をもった行為であった。

四　見えるもの

　そこで、「見る」ことの具体的な場合を通して、さらに「見る」知覚に入ってみよう。これもすでにふれたことがあるが、例の人麻呂の、

　石見のや高角山の木の際よりわが振る袖を妹見つらむか（2一三二）

という歌を物理的実景として理解することはできない。高角山自体がどこか推定の域を出ないし、妹のいた場所も不明だから、門口と曲り角風な関係だといえなくもないが、自然に考えれば山中から「妹が門」にいる女性に振る袖が見えようとは思えない。ましてや長歌の末尾で「妹が門見む　靡けこの山」といっているのだから、まず現実的には見えなかったと考えるべきだろう。にもかかわらず袖を振り見ただろうかと考えるのは、武蔵埼玉郡の防人の妻が、足柄の坂を越える夫に対して、

色深く背なが衣は染めましを御坂たばらばま清かに見む（20四四二四）

と歌ったのと同じで、境界の坂に立って袖を振り魂を招く結果、相手にそれの感じられることを「見た」といったからである。見るとは、そのような知覚をいうのであり、不可視の領域にわたるタマの発現によるものであったと見える。

これは平凡にいえば「目に付く」というにひとしい。

へそがたの林のさきの狭野榛の衣に着くなす目につくわが背　井戸王（1一九）

榛が衣をにおわせるものであることは、黒人の歌などに歌われたところで、この歌は属目の景をとりあげ、「そのように匂いやかで目立つあなたよ」と、対者（おそらくは中大兄）に讃美を献じた一首だから、換言すれば「見る」ように自然になってしまう、自然にタマを発動させてしまうということに、讃美の念がこもっている。

讃美になるというのは、自己が他に領有されてしまうからである。この場合井戸王は中大兄に領有されているのであり、人麻呂は袖を振り妹の見ることをもって、妹を領有することになる。防人の妻はそれを願った。このことを宇受売風にいえば、まさに「面勝」ったのである。

だから、「見《め》す」ということばがある。

……伴の部を　班ち遣はし　山彦の　応へむ極み　谷蟇の　さ渡る極み　国形を　見し給ひて……

高橋虫麻呂（6九七一）

折しも宇合は西海道の節度使として赴任しようとし、虫麻呂は壮行の辞をかく歌う。その言挙げの「見す」は率土の治定を意味する。「ご覧になる」ということが「支配する」ということになるのである。

そこで多少先学の説に対して疑義がある。問題にしている「見る」ことをいち早く論じられたのは土橋寛博士であって、その業績は高く評価されるべきものがある。私も以前から高橋虫麻呂の題詞に「見——歌」というのがあり、額田王の三輪山の歌が執拗に「見る」をくり返すことに疑問を感じていたが、この漠然とした不安を、博士の言は明確に解決してくれた記憶がある。

そこで博士は「見る」ことの呪性を、次のように説かれる。すなわち、これのもっともよく現われているのは、

水鳥の鴨羽の色の青馬を今日見る人は限無しといふ

大伴家持（20四四九四）

であるとされ、師光の年中行事に「是日見二白馬一即年中邪気去不レ来」とあることを紹介される。そして、

「見る」ことは、人と自然物ないし人と人との魂の交流・融合、つまり「魂合ひ」（万12三〇〇〇）の関係を媒介するのと同じ原理によって、逆に敵対関係にある人と人、人と邪霊との間にタマ（霊威）の競争、ないし闘いを成立させる。

要するに「見る」ことは、古代においては単に感覚的な行為でなく、タマの活動ないしタマとタマの交渉の行為であった。

とされた(2)。

ところで以上のように考えて来た私には、「魂の交流・融合」「タマとタマの交渉の行為」という点に、理解がとどかない。「見る」ことがタマの活動であることはそのとおりだが、対者からの働きかけをなぜ含むのか。「見る」対者の行為を含む我の行為とは、いかなるものか。右にあげた家持の白馬の節会の歌にしても、白馬を知覚することによってその精気を所有しようとするものであって、白馬とのタマの交流を期待したのではないと思われる。相手のタマは相手の「見る」行為によって発現され、その拮抗の後にいずれかがそのタマを手に入れて勝つことは、ふたたび猨田彦と宇受売とのあり方を見れば、明らかなように思う。

この場合、往々にして問題になるのは、国見歌についてであろう。今さらあげるまでもなく、国見の歌ならびにそれに準じて考えられる歌は記紀に多い。

千葉の　葛野を見れば　百千足る　家庭も見ゆ　国の秀も見ゆ（応神記　四二）
おしてるや　難波の埼よ　出で立ちて　わが国見れば　淡島　淤能碁呂島　檳榔の　島も見ゆ　佐気都島見ゆ（仁徳記　五四）

などが典型的なもので、履中記の「埴生坂　わが立ち見れば」（七七）もその変形の一つであろう。変形、というのは、右のように「見れば……見ゆ」というのが本来の型であろうと思うからで、舒明天皇の国見歌として万葉にあげられた香具山の歌（1二）も、末尾の「見ゆ」を欠く変形である。

右のように、能動的に「見れば」受動的に「見える」という構造、これこそが国見の本義にかなうのであろうと私は思う。「見る」ということが本来的にはもっとも確実な知覚であって、タマの発現によって支配することだと考えられるからである。そこに王者の行為としての国見も成立するはずである。

ところが、右の歌でも「百千足る」とか「国の秀」とかいう頌辞をともなっている。後者にしても「淡島」「淤能碁呂島」がいずれも神話上の島であって、実在のものとして該当地を探す作業はむなしいものである。「檳榔の島」も、いかにも南方を思わせるそれは、実在の島というより想念の島と見た方がよい。つまりすべて不可視の島であり、このように充足し秀抜な土地、神話的土地また想念の土地までも見えるというところに国見歌の根本がある。一方土地そのものに即していえば、それらをすぐれた土地として言挙げし、賞美することにも大きな意義があったわけで、額田王が三輪山に「見る」をくり返すゆえんも、そこにある。つまり、「見る」ことがそのまま賞美だと考えるのは、論理の飛躍があるのではないか。だからこそ賞美の「目に付く」なる表現が他にある。

一体に鎮魂ということばほど便利であいまいなことばはないが、賞美に鎮魂を考えることは正しい。しかし額田王の歌は、たとえそれを習慣として歌が発せられてはいても、もう人間的な惜別の情を主として歌われていることをいわねば、十全ではない。すでに舒明の国見歌でも、「うまし国」としてことばで表現しなければならなかったのであり、「見る」歌の本義は失われている。さらに王に到って、これをやみくもに鎮魂などというのはおかしい。

永藤靖氏の「見る」ことをめぐる論文は、この土橋博士の「見る」ことが対者の行為を含むとする論を積極的に立証しようとするもの[3]だったろうか。その論旨は「物は「見る」ことによって「見られる」ものとして、世界の中に浸されている」、また「国見の「見る」は（中略）自然の霊力との出会いの行為であり、その祭式に他ならない」といわれる文章に中心があると読解した。これは土橋博士の「魂の交流」「タマとタマの交渉」といった所論と同一に思える。

かりにこの読解が許容されるなら、裏づけ立証の過程には、三つの柱が用いられたように読みとれる。一つは宣長、一つはメルロ＝ポンティ、そしてもう一つは丸山眞男氏の、それぞれの論である。

まず、氏の根拠とする宣長のことばは次のものである。「見る」とは「己が任として、知行ふを云り（中略）何事にまれ身に受け入る意に多く云り」。宣長がそう考えるについては「俗言にも児を見育つ、先途を見届くなど云」のと同じだと考えたからである。これはまさにそのとおりで、たとえば「後見」（英語でも look after）などもその一つだし、母親からこの魚を見ていろといわれた子どもが、猫のとっていくにもかかわらずじっと見ていたという下世話をもち出すまでもなく、「見る」のが、わが責任をもって万端の世話をし取扱うことたるは、今日といえども変りはない。この場合は当然「身に受け入」れなければ不可能である。ただ観念過剰になった後代には単純な視覚だけの「見る」があるから、体験としての重みをもった「見る」を宣長は回復したかったとはいえる。

宣長のいいたかったのはそういう「見る」の存在だから、「見る」ことが「見られる」ことだと宣長が考えたわけではない。にもかかわらず、氏がそう考えるのは、メルロ＝ポンティと結びつけたからではあるまいか。もちろんメルロ＝ポンティの名はこの論文に見えないから、私の思いすごしかもしれぬが、「世界内存在」ということばを用い、これを次のように「いいかえることもできる」として、

「見る者」は同時に一方では「見えるもの」である。「見えるもの」はまた「見られてい

るもの」でもある。

といわれると、まさにメルロ＝ポンティを連想せざるをえない。

たしかにメルロ＝ポンティは、その有名な著述『眼の精神』において、従来考えられたような「見る」行為を否定した。精神が「見る」と考えたデカルトを否定して、「見るもの」と同時に「見えるもの」である存在を彼は主張する。彼はそれを「存在の裂開」（滝浦静雄・木田元両氏の訳による）と名づける。この考え方が現象学でいう「世界内存在」であり、そこに「奥行」を考えるわけである。

要するにメルロ＝ポンティは「ここにある」ことと「そこにある」こととの関係、いわば現象存在なるものをいいたいのであって、この対者たる「見えるもの」が一足とびに自己たる「見られるもの」になるとはメルロ＝ポンティは考えていない。「見られる」とは対者に同じ行為としての「見る」を考えるわけで、ましてやそれが魂の発動と考えると、デカルト流の精神をまたしても肯定するという矛盾に逢着する。

そして、こうした「存在」は古代人によって、「起る」とか「生まる」とかではなく「成る」としてとらえられた存在とひとしいと永藤氏は考える。これまた、例の著名な丸山眞男氏の発想を連想させる。かつて丸山眞男氏は「歴史意識の古層」（日本の思想『歴史思想集』）という論文で論壇の話題を賑わしたが、氏の設定する三つの基底範疇の第一は「なる・なりゆく」論理である。氏は国土創造神話について「「なる」発想がいかに「うむ」論理にも滲透している」か、その様相を見た。永藤氏のあげるものもまた同じ創造神話である。もとより西洋風な天地を「うむ」考えに対して「なる」構造から異議をとなえたのが、夙に新井白石（『西洋紀聞』）であったことは、いうまでもない。

丸山眞男氏の名もまたこの論文には現われないから、偶合かもしれぬが、永藤氏が、ここから大地の霊力によって「産巣」び「成る」国に対して国見は予祝するのだという場合には、ほとんど「見る」ことの本質とかかわりがないように思える。かりに「なる」論理を否定しても、予祝は可能だろう。また「見る」ことなくしても大地は「なる」だろう。丸山理論は「永遠を含んだ存《ザイン》ること」を説くに主眼がある。

さて、大変長くなったが、以上のように考えて来ると、私には、何としても「魂の交流」、見ることが見られることといった構造が理解できない。むしろ「見る」ものが「見えるもの」だという現象存在の方が大事で、これは古代学のパスポートのようになりかねていないタマをすら制約するものにさえ思われる。もちろんタマの働きを認めないわけではないが、「見る」がまず本来的な知覚であり、聖なる呪能さえ持ち、よって事と次第によっては「見る」ことで対者のタマを手に入れることですらあったと考えられる。

五　見る・ある・知る

さらに「見る」ことの周辺を見ることによって、「見る」の正体を考えてみたい。先にも結婚に関して「見」「目合」「婚」と三段階の記述されていることにふれたが、これによっても「見」「目」に属することと「婚」とは異なり、「婚」を「あふ」と訓むことも可能だとすれば、「見る」は「あふ」と異なることになる。「あふ」とはあい向かい対する動作・状態をいうのであろう。「対《あ》ふ」「当つ」「あた（値）ふ」といった類語は、みなそれを示している。だから男女の間においても、「逢ふ」は「見る」の前後にまつわっている。

直に逢ひて見てばのみこそたまきはる命に向ふわが恋止まめ　中臣女郎（4六七八）

こうした歌でも「あふ」と「見る」が連続した行為のように思われ、かつ段階的なものを示唆しているが、必ずしも時間的な段階ではない。

真澄鏡見しかと思ふ妹も逢はぬかも　玉の緒の絶えたる恋の繁きこのころ

（11二三六六）

これは、「あふ」前に「見る」動作がすでに行なわれていると解釈したい。先の不可視の体験のように、たとえば夢などの中に「見る」ことが確定して感ぜられながら、しかし「直に逢ふ」ことがない。だから逆に、

大伴の見つとは言はじあかねさし照れる月夜に直に逢へりとも　賀茂女王（4五六五）

ということになる。逢っても「見」たことにはならないわけで、しかもこの歌は当然「見」るべき情況をあげながら「見た」とはいうまいというイロニーをふくんでいる。というのは、

長谷の斎槻が下にわが隠せる妻　茜さし照れる月夜に人見てむかも（11二三五三）
大夫の思ひ乱れて隠せるその妻　天地に通り照るとも顕《あらは》れめやも（11二三五四）

なる一連が存在するからである。「あかねさし照れる月夜」は人が見てしまうべき情況であり、顕れてしまうべき危険をもっていたことが知られる。だから当然賀茂女王の歌は見たはずなのに、相手の名にたわむれて初・二句を歌ったのである。別の贈歌によって知られる相手の名は大伴の三依である。つまりあなたの名は口外しないというのである。

単に「あふ」ことと違って、夢とか「あかねさし照れる月夜」とかに起こることが「見る」ことであった。右の二三五三番歌の結句は別伝として「人見つらむか」なる句をもっているが、するとすぐ連想されるのは孝徳天皇の間人皇后への一首であろう。

鉗つけ　あが飼ふ駒は　引出せず　あが飼ふ駒を　人見つらむか

（白雉四年紀　一一五）

したがってこの「見る」も吉永登博士が推測されたような中大兄との関係が正しいことになる[4]が、単なる肉体関係といったものとは違った、より深い畏怖を含んだ心意が「見る」中には含まれているように思われる。

　そして、もう一度先の歌を手がかりにすれば、月光の中に人の「見る」ことが「顕れる」とよばれる状態であった。この原形「顕《あ》る」とは、「見られる」ことだったわけで、「見る」ことによって「ある」動作が生じるといえる。「ある」と「在り」とを同根と見てはいけないだろうか。もしそれが許されるとすると、「見る」ことによって存在が生じることになる。逆にいえば存在とは「見られる」ことであった。もちろん、ここには、だから「見る」ことが「見られる」ことだなどという論理を含んではいない。むしろメルロ＝ポンティが「見るもの」と同時に「見えるもの」として存在を考えたのと、結論は一致する。

　また、「顕る」は「生《あ》る」だから、「見る」ことによって物は生まれることになり、これを丸山理論風にいえば「なる」発想が「うむ」論理に浸透しているということにもなる。しかし丸山氏は「見る」ことを軸にしてはいないので、恣意的になれ合っていくことはさけたい。

　次に「知る」ということばとの関連を考えなければならない。先に「見る」ことが領有することだといったが、実は、それだけでは「知る」との区別を明らかにしえない。むしろ通りいっぺんの言い方をすれば、それは「知る」の方に近い。

世間を常無き物と今ぞ知る平城の京師の移ろふ見れば（6一〇四五）

という如く、体験として「見る」ことが行なわれ、それにともなって世間無常なる観念を「知る」こととなる。現代風にいえば、わかる、ということであろう。しかも、

いにしへの事は知らぬをわれ見ても久しくなりぬ天の香久山（7一〇九六）

というによれば、「見る」体験は個人的実際に密着していて「いにしへの事」には及ばない。それが実際体験をこえているからである。これまた現代でも、あずかり知らぬといった場合の、「関与する」意味が「知る」にある。そして関与をつきつめていけば、

君が代もわが代も知るや磐代の岡の草根をいざ結びてな（1一〇）

ということになる。まさにこの「知る」が純粋に語義を示してくれているのであろう。「草根」は命を「知る」ものである。

ところがやがて、当然のこととして観念的にしか物を認識しなくなったところに「知る」

が「見る」を侵蝕する過程がうまれる。「見る」が感覚でしかなくなったところに「知る」の肥大が行なわれ、これを相手どって現象学がうまれて来たことも、いうまでもない。

だから「知る」ことを、「所有する」といい、「見る」を知覚的に「領有する」といっても、事はまるで異質であって、古代人の唯一確実な存在の知覚は、「見る」ことしかなかったといってよい。知覚された存在が何らかの力によって所有されれば、それを「知る」という。感覚と観念との区別すら、はなはだしく古代的ではない。「知覚」という説明のことばを私が使っているのも、そうした条件つきのことばであるが、われわれの「知る」を古代人の「見る」が包含していることは、むろんである。

「見る」と「知る」が連続して行なわれることは右の世間無常の場合もそうだったが、また、

色に出でて恋ひば人見て知りぬべし情の中の隠妻はも（11二五六六）

のごとくでもある。「見る」ものは色に出た状態であり、「知る」ものは隠妻たることである。しかし両者が断絶している時もある。

天翔りあり通ひつつ見らめども人こそ知らね松は知るらむ　　山上憶良（2一四五）

松と霊魂との間には、霊魂が「見」、松が「知る」という行為が行なわれても、人と松との間では「知る」ことはできないのである。それは、この場合人を霊魂の外においたからで、もしこの場合にも人が万能なら、起こらなかった事態である。天皇は、万能と考えられた。そこに「知らし・めす」存在の姿が案出される。

六　見ゆ

「見る」ことを古代人の知覚の根底におき、その聖性と存在感を考えて来ると、いろいろと疑問が派生して来る。「こころみる」といったことばは、明らかに「心・見る」のであろうが、一体いつから「心」などということばを必要とするようになったのであろう。本来内部生命的なタマの発現として「見る」が存在するなら、心など必要でなかったと思えるが、物理的現実と心とを区別して、すでに「見る」知覚が現実的な力を失った時に、つつましやかに「心・見る」とわれわれの祖先はいったのか。もちろん、『万葉集』に「こころみる」の語はない。

また、接尾語の「み」とよばれるものがある。「山を茂み」「草深み」といった「み」だが、これは「見る」と関係があるのかないのか。「見る」が経験を表わすことばだとすれば、むしろ「見る」という動詞の発生以前の形のように思われるが、それを立証することはできない。

しかして、より多く今念頭を占めるものは、古代語法に特有な、終止形を「見ゆ」がうけるという形式である。

ひさかたの月は照りたりいとまなく海人の漁《いざり》は燭し合へり見ゆ（15三六七二）

などがそれである。この形式はなぜか。

一体に、「見・ゆ」という受動性の語がほとんど一語のごとく慣用されるのは、すでに「見る」の志向性が失われていることを意味するが、厳密にいえば、先の国見歌で「見れば……檳榔の島も見ゆ」といったような場合、つまり「見る」行為が受容されて来るといった場合は、古来当然あったと思われる。

しかし、「見る」ことの本来的な機能が失われると、現象はすべて見えるのだから、事実を述べれば、事はそれですむはずである。つまり末尾の「見ゆ」はいらないのであって、右の歌にしても、音数上の工夫があって「燭し合ひたり」とでもすればよいわけである。いや、万葉の結句は八音をとることがもっとも多いから「見ゆ」が必要だったのだといえば、ますますもって「見ゆ」の語義上の必要は薄くなる。

「A・見ゆ」という歌のAは「見る」ことによってAである。Aが見えるからAというのである。しからば「見ゆ」はいらない。当然A（終止形）というだけのはずである。ところが第二の段階で「見る」の本来的機能が意識から失われて来ると、まず「A・見ゆ」というだろう。

そして第三の段階として、もはやまったく失われてしまうと、単なる視覚的な行為として「見る」というのだから逆にまた、「Aガ見エル」というのがふつうであろう。『古今集』以降の歌が連体形に「見ゆ」を接続させるのも、当然のことと思われる。しかして、その段階をもって「見る」ことの本来的な機能は終焉したと見ることができるだろう。

注

（1）日本古典文学大系『万葉集』一巻三二七頁（初出、『文学』二五巻二号）。
（2）『古代歌謡と儀礼の研究』二七九頁・二八〇頁。
（3）「記紀・万葉における「見る」ことについて」『文学』四一巻六号。
（4）『万葉――文学と歴史のあいだ』三―二二頁。

古代文学の言語

一　序

文学研究が科学としての立場を獲得する条件が、その科学性にあることは、いうまでもない。そして、その場合の科学性・客観性が言語に求められることも、けっして少なくない。言語は、小個人の主観・主情を超えた普遍の存在であり、研究はこの言語に依存するかぎり科学としての客観性を保つことができる。これがその理論であり、少なくないどころか、むしろあまねく行きわたった考え方であろう。

しかし、文学における言語は、このように客観的な存在なのであろうか。われわれは文学を言語芸術と呼ぶ。それはあたかも、音楽が音を媒材として表現された芸術であり、絵画が色彩や線、彫刻が石や土を素材として成り立つ芸術であるのと並列的に考えられ、言語が他の音や色・石などと同質のものでもあるかのように思わせる。言語は、そのような「もの」なのであろうか。

自然科学に用いられる記号は、あるいは数にしても、おそらく一分の曖昧さも許さぬものでなければならないだろう。Aはあらゆる場合にAでなければならぬし、つねにA以外のものであってはならない。自然科学はそのように「もの」たる記号によって図式化され、論理を獲得する。この記号のあり方は、ちょうど先の音や石などと同様である。だから文字を並列して言語芸術と称し、言語を記号として考えることは、まさに自然科学の応用にすぎない文学理解だとはいえないだろうか。言語そのものについても、自然科学の言語は、厳密な概念の規定を受けたものでなければ、言語の機能を果し得ないだろう。この場合の厳密なというのは、ものとして存在せしめるという意味である。およそ人間などの介入する余地のない定立がなければ、自然科学の論理は成り立ち得ない。

しからば、文学研究が科学として存在し得るためには、このような自然科学の応用によって、言語を物化して考えねばならぬのだろうか。あるいはまた、このように物化されたものが、文学の言語なのだろうか。

文学の言語とは、こうした自然科学的操作によって取扱われるようなものでは、まったくないのではないか。文学の言語は、もっと対応的・状況的言語である。文学の言語はつねに「表現」として存在する。それによって位置づけられるものが人間であり、表現によって人間の状況があらわれて来る。そのような言語を捉えることによって、文学研究は人間学としての位置づけを可能にするのではないか。

二　辞書的言語観

　このように言語を「もの」として考えるのに、もっとも執心であったのは、辞書（ないし辞書の利用者）だったように思う。たとえば「かなし」という語を『大言海』で見ると「情切、痛感」として「身ニ染ミテ、切ニ思フ意ヲ云フ語。イトホシ。イトシ」とあり、次条に「悲哀」として「前条ノ語ノ感情ヲ、専ラ、悲哀ノ意ニ用ヰルナリ」と説明している。この訳語は「歎カハシ。愁ハシ」という。これなど二つの項目を関連して説明するところに、一応の配慮があるが、二つの区別されたものとして「かなし」を説くところに問題がある。「専ラ、悲哀ノ意ニ用ヰル」時に、「身ニ染ミテ、切ニ思フ」心がないのか。また逆に「イトホシ」と思う感情は、とりもなおさず悲哀ではないのか。右のような良心的配慮をもたぬ辞書は、いきなり①②③……と訳語を並べる。たとえば、①いとしい②おもしろい③なげかわしい④かわいそうだ……といった訳語を並べる辞書を見ると、「かなし」はもうまったく一つの語ではない。それを「多義」ということばで呼ぶ場合は、もっと絶望的である。これらの一々は、つねに「物ごとに感じて心の切に動くさま」であるにすぎないのだから。あるいは、現代語でいいかえる典型を並べているのかもしれない。それならば「いいかえ」というものがどれほど「解釈」たり得るのか。おそらく、このような辞書的な言語の受取り方は、いいていいえば自然科学的な言語観にあって、言語はいくつかの義において固定した「もの」

なのであろう。しかしこのようにいいかえて現代語で理解したとて、切なる「かなし」の情を理解したとは到底いえないだろう。

「かなし」がこのように多くの現代語（むろんその一々も別の古語をもっているのだ）において説明されるというのは、「かなし」という語が基本的に広い感情を表現することばだったからだが、もっと細かい動作を示す語でも、同様である。『古事記』中巻の倭建命の死に先立つ二つの歌謡は「思国歌なり」と記されている（『日本書紀』では「思邦歌」）。これを「国しのひ歌」と訓んでよいことは『古事記』下巻、允恭条に軽太子が歌う歌謡に「家にも行かめ　久爾袁母斯怒波米《くにをもしのはめ》（九一）とあることをもっても確かめられるが、ここにいう「しのふ」という動作は何れも望郷の思慕を示すものである。ところがこの倭建命の二首の内の一首はかの「倭は　国のまほろば……」（三二）という歌であり、一種の国見歌とも考えられるものである。つまり国土讃美の歌を「国しのひ歌」と呼ぶのである。一方われわれの熟知する『万葉集』の額田王の歌、春秋争いの長歌には秋の「黄葉をば　取りてそしのふ」（一一六）と歌われている。これは賞美するといった意味に理解されるのが普通である。

そうすると「しのふ」には二つの意味があり、一が思慕する、二が賞美するということになりかねない。まさにそのとおりに、ある辞書では①恋いしたう②賞美すると並べられており、ここでは二つに共通する説明すら記されるところがない。しかし言語にとってそのようなことはあり得ぬところで、はなはだしい歴史的変化を辿ったのならともかく、一つ時代にはある特定の語彙世界を放浪するものがことばであるにちがいない。変化があるとしたら、それは強弱のアクセントの相違だけだ。今の「しのふ」の場合も賞美する気持なくして思慕することはないし、思慕の情に賞美を欠くこともないのである。その関係をいみじくも示しているものが、倭建命の、国見歌をもって「思国歌」と名づけているあり方だろう。

言語とは、このように分化した個々において定立するものではない。この個々の場合を越えて存在するもので、それが個々の文脈の中に表現として現われるだけなのだろう。人間はその言語によって表現を行なう。この事は二つの意味をふくんでいる。つまり言語は人間以前に一つの世界をもって存在するものだということと、その前存在的言語に対して、個々の言語は個々に状況的なあり方をするのだ、ということである。表現とは人間の自己現出の方法であり、人間は表現によって存在し得ることになる。その場合、人間のある状況にすぎないものが、個々の言語である。表現がそれ以上の客観的に固有な意味に依拠することはない。

三　状況的言語

こうした言語が、もっとも言語的であるのは、古代文学においてではないか。あるいは、古代文学の言語は、このように状況的なものだと考えなければ理解を越えるところが、しばしばある。その一が歌謡の転用ということである。記紀歌謡を論ずる場合には、この歌謡は元来この物語とは別物で、挿入されたにすぎない、といった論議はしごく正しいことと信ぜられている。そうした分析がむしろもっとも新しい記紀学として信奉されてもいる。私はこのような態度に全的には従いかねるのだけれども、そうである場合は、事実多くあったろう。そうした場合、たとえば「宇陀の　高城に　鴫《しぎ》わな張る……」（記一〇）といった久米歌が元来狩猟生活の中で歌われ、後に軍歌となった、といったようなことはさして問題ではないのだが、倭建命の葬歌を例とすれば、「なづきの　田の稲幹に　稲幹に　這ひ廻ろふ薢葛《ところづら》」（記三五）といった一首は、もと恋の歌だといわれる。あるいは労働歌だったとする説もある。もしこれが正しければ稲幹にまつわりついた薢葛の難渋した状態は、元来恋の苦悩を表わしたものだったことになるが、その鬱屈したあり様は死者を思慕し哀悼する心情として転用されていることになる。死と愛とをめぐる心理はしばしば共通した世界にあるから、それはそれでよいかもしれない。それでは労働歌の場合はどうか。苦難にみちた虐げられた労働者の心情が、今死者への愛惜に用いられているということになる。被虐の心理と愛惜の心理とが時処をかえて流通し合うとは、一体いかなる事か。私はこうした記紀学においてはまったく茶飯の事に属するであろう転用説の前に、今までしばしばとまどって来た。少なくとも転用の両者は流通が可能であるような両者でなければなるまい、それを無視した「もとは……」といった説が多すぎるのではないか、と考える。

そうした転用説への反省は、自身をふくめて強いのだけれども、しかし記紀歌謡の中には、転用とおぼしき歌がある。たとえば履中記、墨江の中王が天皇弑逆をはかって大殿に火を放ち、阿知の直によって救出される件りで、天皇は、

多遅比野に　寝むと知りせば　防壁も　持ちて来ましもの　寝むと知りせば（記七六）
埴生坂　わが立ち見れば　かぎろひの　燃ゆる家群　妻が家のあたり（記七七）

という二首を歌ったという。この二首は『古事記』の緊迫した物語にもかかわらず、元来恋の歌だといわれる。春日、野に遊んで交歓にひたる。望見する村落の上に陽炎がきらめいて、その風光の中に恋するものの存在を想う。このようなのどかな歌が、何の故をもって弑逆からの脱出という大事の際の歌となり得るのだろう。論者は、前者の「寝む」、後者の「かぎろひの燃ゆる」をあげて、それが物語の状況と一致するからだというだろう。しかし、そのように一、二の語が共通しているからといって、野の愛と弑逆という両者の状況が言語において強固に生きている場合に、一首の歌謡が無節操に流浪するということは、あり得ない。にもかかわらずこのように歌謡が流用されているとすれば、すでに「寝む」という、もっとも恋の心情を担った語は、次の状況の中ではその心意をはなれて、次の状況の中の語たり得ているということに他ならない。むろんそのような事が可能なのは、先に述べたように語なるものが義を基にして分立したものではないからである。もっぱら存在する状況の中で語として存在するからである。「かぎろひの燃ゆる」にしても、われわれからいえば、陽炎と火災の焔あるいはまた曙光はそれぞれ別物であろう。しかし「かぎろひ」はその何れにも共通する火の輝きをいう語であり、かつ早春、野の恋の風景に見た「かぎろひ」の状況をそれは十分に現出しつつ、物語の中にはそれを一切持ち込むことなく、焼け崩れる宮殿の描写として機能しているのである。言語とはこのようにすぐれて状況的なものであり、これを自然科学的な「もの」として客観性の準拠とすることはできない。辞書的分類はこの状況をとり逃がしてしまうだろう。

つぎにもう一つの例を述べたい。私はかつて原初的な歌が物という共通物に依存しながら自己の心情を展開する形をとり、この原初形は民衆歌の原形として『万葉集』を貫流することを述べた[1]。『古今集』の読み人知らずの歌や『古今六帖』などの民衆歌の形もこれであり、やがてこれは「物・の・心」という類型化を示すといった。これはいわゆる序詞の形であるが、そのような形において、万葉和歌はきわめて多く類同の表現を用いる。たとえば、

秋されば雁飛び越ゆる龍田山立ちても居ても君をしそ思ふ（10二二九四）
春楊葛城山にたつ雲の立ちても坐《ゐ》ても妹をしそ思ふ（11二四五三）
遠つ人猟道の池に住む鳥の立ちても居ても君をしそ思ふ（11三〇八九）

のごときはもっとも著名な例で、これらは何れも民衆歌である。もっとも、作者の判明するものにも「み崎廻の荒磯に寄する五百重波立ちても居てもわが思へる君」（4五六八　門部石足）という一首があるが、前三者と全く同一ではない。そこでこのような類歌に関しては、高木市之助博士のホモジニアスな古代社会によるとする卓論があるのだが[2]、それは厳密

にいうと下三句についてである。上二句は何れもひじょうに異なる。下句の心情が依存し、「表現」として提出されるのに重大な役割をもつ上句がひじょうに異なるというのは、たとえ同じ下句をもちながらも、これら諸歌は同一ではないはずである。それぞれ「立つ」状況は、龍田山という場合の音のひびきや、葛城山にかかる雲、猟道の池の鳥、そして荒磯に寄せる五百重波によって聴衆や読者に提供されているのであって、各首のイメージはそれぞれ別のはずである。つまりこのイメージの中につづいて発せられた「立つ」ということばは、厳密にいうと詩語として異質なのである。

「立つ」はこのように異質を強いられながら、なお同じ「立つ」である。「立つ」ばかりではなく、それぞれのイメージに導かれた「立ちても居（坐）ても」という状況、恋人を思う感情は、やはり全く同一ではあるまい。このように同じ「立つ」がさまざまにイメージ化をとげるというのは、一首に描かれた状況の中に「立つ」が存在し得、存在しているからである。それぞれの他者を排斥せず、かつそれぞれ別物として「立つ」であったということになろう。

さらにこの性格を顕著に示すものは次のごとき例である。近ごろ序詞についてのすぐれた見解を示したのは鈴木日出男氏の論[3]であったが、氏もこの論で引かれている『古今六帖』の一首に次のようなものがある。

筑波嶺の岩もとどろに照る日にもわが袖ひめや妹にあはずて（一二七四）

この一首の上下句の連接は、誰が見てもとまどうにちがいない。すでにそのまよいは写本の中にもあって、宮内庁本（桂宮本も）では「雲けふまでに」とあり「けつまで」という異本の書入れが存する。おそらくは「雪消つまで」でもあったのだろうが、そのような万葉歌はないかわりに、

筑波嶺の岩もとどろに落つる水よにもたゆらにわが思はなくに（14三三九二）

という東歌が万葉にある。そして下句を同じくする、

菅の根のねもころごろに照る日にも乾《ひ》めやわが袖妹に逢はずして（12二八五七）

の一首もある。だから『古今六帖』の場合はやはり「雪消つまでに」は合理を強いたものであって、東歌の上句と無名歌の下句との結びついたものと考えるべきであろう（下句の同じ歌は他にもう一首（10一九九五）ある）。ひょっとするとこの古今六帖歌は万葉時代からの流伝歌で、万葉ではたまたま記録されず、六帖に到って定着したものかもしれない。

そこで、この六帖歌を是認してみると、われわれには結びつきそうもない「とどろに」と「照る日」とが、統一した表現体として容認しなければならないものなのだ、ということに

なる。たしかに東歌では「とどろに」は落下する水の形容であり、無名歌では「照る日」は「ねもころごろに」と形容されていたのだが、六帖歌の形ではそれらがそれぞれの旧いイメージを解き放って、まさしく「とどろに照る日」という表現の中に生きているのである。両者が不合理だとするのは、とどろな水、ねもごろな照る日にのみそれぞれを固定化した時であって、古代文学の言語がそのように固定したものではないことを、この一首は物語っているのだ。もう一首あるといった類歌では「六月の地さへ割けて照る日」（10一九九五）とあり、そのような強烈さが、この「とどろ」であった。

一体、そのように状況的なものでないとしたら、序詞などという表現形は存在しなかったのではないか。東歌の新鮮さは平凡な心情が目を見はるような序詞によって導かれている点にあるとする通念は、あまねく認められている。そのように風物に心情を託すというのは、それぞれの風物なり心情なりが、各歌の世界に自由にかつ独自に存在を示すからであり、それぞれの状況の中に言語が生きているからである。

これと関連するものが枕詞であり、それを第三の例としてあげたい。もっとも通俗の枕詞の一つが「ぬばたまの」ということばであるが、これは『万葉集』では約八十回用いられ、次に導かれることばは「夜」「月」「夢」「暮《ゆふべ》」「寝ねてし宵」「黒髪」「髪」「黒馬」およびそれらの熟合語である（「寝ねてし宵」は「寝ぬ」とも「宵」とも考えられるのですべて掲出した）。「ぬばたま」という語は烏扇のことだという説を認めるとして、それのもつイメージがもし固定的なものだとすれば、右のような次の語への働きは不可能だろう。「夜」へ連接していく場合には「ぬばたま」はそれとして、「月」へつづく場合にもまたそれとして、「ぬばたま」は存在したのであり、広い「ぬばたま」のイメージの中で自由に「ぬばたま」は次との連接の状況の中で生きた。だから一次的には「黒髪」へ連るであろうものが、「髪」にまで次の世界をひろげていく。もし「ぬばたま」が黒いイメージしか持たぬというのなら、一次的に黒いものにしか連接しなかったはずである。「夢」につづく場合には「ぬばたまの」と「夢」との間に「黒」―「夜」という媒体を醸成し、それを状況化して一首の意味が誕生するのである。

枕詞という言語がつねに次の言語との連接という状況の中にあるということは、いわゆる音による枕詞と呼ばれるものの中に、ことに顕著だといえはしまいか。東歌の冒頭の一首は「夏麻引く海上潟の……」(14三三四八)という歌だが、この枕詞の説明はいろいろになされている。その内のもっとも有力な一つと思われる説に「夏の麻を引く畝」から「海上」の「う」を導くというものがある。一見するといかにも窮屈な説明のように思えるが、この場合の当否はともかくとしても、このような連接は十分可能であったと思われる。人々の中に夏の麻を引く畝はいちじるしい形象をもったものであり、畝への連続は容易であったろう。それが「うね(な)」という音に置換されて「海上潟」へつらなっていく。「窮屈な」と感じるのは、「夏麻引く」という風景と海上潟という風景とがかけ離れているからであり、かけ離れているというのは、それぞれが意味の定着の上にあるからである。意味がきわめてたやすく落剝して音に移行するのが、口誦言語の特性である。そのような音の力によって、枕詞は次々と状況の中に生きつづけた。それを音による枕詞と称するのである。だからたとえば「深海松の　深めて思へど」（2一三五）といった、いわゆる同音による枕詞などは、もっと容易に連接が可能であったし、状況を作り、状況の中に生き得たはずである。

このように枕詞を考えると、この状況とは、連接という仕方の、意識の持続だということになろう。枕詞あるいは範囲を拡大して先の序詞がこのように一定の意識を連接の中に持続せしめるものだとすれば、これこそ音楽性なのであり、枕詞や序詞が音によるところ大である所以も首肯されるだろう。この音楽性は口誦言語のもつそれであって、枕詞や序詞が『万葉集』に多いということは、『万葉集』の口誦性を物語るものに他ならない。そしてこの口誦性によって、枕詞、序詞はすぐれて状況的でもあり得たのである。したがって『古今集』などの枕詞（時として序詞も）が習慣的・固定的であるのも当然なのである。

四　書記言語

私は右で枕詞を口誦性の中で捉え、その故に状況の中に生き得たといった。その事は口誦言語が状況的であるという発言をふくんでいる。つまり口誦言語と書記言語とにわけて言語を考えるなら、後者はまず第一に音楽性を失っている。一々の言語が書記される事によって断片的に認識され、思考の対象となり、視覚化されることに生ずる固着をもっている。元へ戻って読めるということの無時間性もある。こうした言語は意識の持続としては受取られない。すでに枕詞は新たな状況を切り開くこともなく、固定化するだろう。固定化した枕詞は、同じく固定化した次のことばを予定する点に概念化された存在となる。これは枕詞のみならず、書記言語化することによって広く『万葉集』全体の文学言語が一々の状況対応の世界から変質していくことを意味している。

そこに古代文学の言語をもっとも状況的だと思う理由も存するのだが、その古代文学の言語とて、むろん書記言語を有している。その代表的なものが漢語である。漢語が日本語の中に定着していく様子を示す恰好のものは古代の縁起文の中に見られるが、たとえば『法隆寺伽藍縁起』の一節は、

諸王公主及臣連公民信受無不憙也。講説竟高座爾坐奉而……
是以遠岐須売呂岐及御地乎布施之奉良久波、御世御世爾母不朽滅可有物止奈母……

のごとく語られる。「可有物」といったところは変体の漢文であり、「御地」「御世」というのも日本風な表記である。こうしたものは、日本語を漢字によって表記したものとすることができるし、「信受」（信じ受けて）は信ずるという漢語を用いながら「信受」として受容したものではない。これらに対して明らかに「公主」「公民」「講説」「布施」「朽滅」といったことばは漢語がそのまま書記されたもので、他と異質である。しかもこの五語の前二者は朝廷者としての意識による語、後三者は仏教語およびその慣用語である。このようにきわやか

な特色をもつ語が漢熟語のままに表記されて、たとえば「信受」のごとく和語化して受取られなかったということは、これら特殊な背景をもった語が和語に翻訳されることなく、そのまま定着したことを示し（「布施」はそのまま『万葉集』にも用いられている）、その場合は右に見るごとく特定の概念に立脚した言語であったことを物語っている。この縁起文には、他に「誓願」「功徳」「分地」「万代」「流伝」「興隆」「衆僧」「学習」「仏教」「後代」「寺主」「修補」「法師」といった二字の熟語を拾うことができる。万葉の歌にも「法師」とある。これらはそのまま音読されたものと思われ、ために「為興隆麻久」「為修補」という表記さえ見られる。つまり複合のサ変動詞が存在するのである。

　極端に二字化するという漢語の癖は当時の日本人にとって和語化の域を越えていた面もあろう。一切の書記言語が漢字による世界にあった日本人が、これらを一々日本語化して、たとえば「誓ひ願ひ」などと用いたとは思われない。強力な排他力をもつ程日本語は強固ではなかった。その場合には、「誓願」は「誓願」として仏典に用いられたそのものとして受容したはずであり、そうした特定の概念を背負った言語として定着していったと考えられる。

　漢文の構成美は語の配列にも多くを依存している。対句という修辞もその一つであってみれば、これを日本語の都合によって分解することはなかったと思われる。正倉院に残る「鳥毛書屏風銘」（『寧楽遺文』所収）の第二、

主無独治　臣有賛明。箴規笥納　咎悔不生。明王致化　務在得人。任愚政乱　用哲民

親。近賢無過　親佞多惑。見善則遷　終為聖徳

に例をとればこれら対句をなす熟語（——の語）は熟語としての音読のままに受容されたであろう。対句的に語構成の整わぬ熟語（……の語）とて「明らけき王」「聖の徳」といった訓読が必須の手間であったとは思われない。これはその他の散文でも『懐風藻』の諸詩でも同様のはずで、書記者自身がすでに漢文という外国の文章を書こうとしているのだから、むしろ当然だったろう。

　先の縁起文はその点漢字を借り用いて書記しようとするもので、訓読とは異なるが、これと同様の場合は『古事記』のある面や『万葉集』に見られる。『古事記』も積極的に漢文を書こうとはしていないので、いわゆる変体漢文なるものが現われるのだが、その中にも二字熟合の用字がある。

　一時《もろ》共《とも》（神武記）
　共婚共《まぐはひして》住之《すめる》間（崇神記）

などは、そうした意識の反映と思われる。前者はすぐ直後に「一時打殺也」という表記があり、「もろとも」の「とも」に「共」をあてながら「一時」を加えざるを得なかった結果と思われる。崇神記のこのあたりには「容姿端正」「形姿威儀」という字が多く用いられ、そ

の一つと思われるが、漢語の表記が和語表記の場合にもいかに強く反映したかを示すものであろう。

このように二字熟合性という漢語の特性をめどに漢語の定着の仕方を割出してみても、書記言語としての漢語性は強く、これが先の漢語そのままの受容を支えているともいえる。つまり書記そのままに漢語を受容するわけで、これはもはや口誦言語のもっていたような状況性をもたぬ、固定した概念のままに用いられた言語であった。

しかしこの漢語の獲得は本来の日本語の変化そのものではない。新たに異質な言語世界を古代語が加えたにすぎない。だからこの漢語という書記言語の流入による日本語そのものの変化は、日本語を漢字で表記するという行為の中にこそあったというべきだろう。『万葉集』のいわゆる正訓字はそれに当る。『万葉集』巻十八は仮名書を主とした巻でありながら正訓字を交える巻で、当時何が漢字として確定していたかをうかがうに絶好の巻なのだが、それら正訓字をもって表記されることばは、「国」「山」「河」「野」「天地」「四方」「東」「南」といった風土、「花」「葉」「実」また「橘」「桜」という風物、「雨」「霜」「雪」「日」「水」といった天然、春夏秋冬の四季、「年月」「月日」「年」「年内」「今日」という時間の経過その他であるが、これらはいずれも生活に密着したものであり、早々と共通の漢字を獲得していくのは理解できよう。「君」「吾」「妻子」「吾家」「人」といった人間関係の語もそれである。

ところがこれに対して、

大皇（王）　高御座　御代　神　天下　皇御祖（皇神祖）　神祖　御調（万調）　大夫

といったような語も正訓字をもって表記されている。これらはけっして一般生活に必須な語ではないのだから、この表記者独特の意識の中に定着していたものと考えねばなるまい。そしてこれらの字の概念的な偏在が明瞭なところによると、仮名書という音声言語を重んじた表記に対するこの正訓表記は、これと対立的に概念的なものだということになろう。「すめろき」という状況的言語はこの書記言語の中に概念化を遂げたのである。

五　結

以上において、一体に言語とはきわめて状況的なものであり、その特性が口誦言語にあるとすれば、もっとも状況的な言語は古代文学における言語であろうということを述べて来た。その崩壊していく過程に漢語・漢字という書記言語の受容があった。

しからば言語がこのように状況的だというのは、さらに本質的にはどのような意味をもっているのだろう。もし言語というものが本来的に一つの概念を固執して譲らないものだとすれば、表現者はその概念に自己を当てはめることによって表現を果すこととなろう。その場合には言語は表現の媒材であって、言語という物によって文学も成立することになる。しかし、今やこの考え方はまったく逆だというべきであろう。言語は人間に先立って存在するのである。「悲し」とも「愛し」ともいう感情の前に「かなし」ということばは存在する。その語を人間が表現することによって人間は存在を獲得したことになる。存在者としての人間は自然の一部であり歴史的な人間である。そうした人間が存在たり得るのは、言語という自然的・歴史的位相の中に、ある様相をとって位置するということではないか。ある様相とは、時として「悲し」というそれであり、時として「愛し」というそれである。だから言語の表出するものは人間のさまざまな状況であるにちがいない。言語が状況的だというのは、そうした人間状況を現出せしめるものだということなのだ。もし逆に人間が言語によって文学を作り出すのであれば、人間が言語を存在せしめることになるわけだが、言語はそのように「もの」として存在するのではない。むしろ状況的存在を示すのは人間状況なのであり、この状況を多様に作り出し得ないものが概念の枠をもった書記言語であろう。一定の概念の中に、つねにその言語は存在するのだから、それはもはや「もの」である。

古代文学はこのような「もの」としての言語に、はなはだ不慣れである。たとえば「忠」「孝」といった抽象的な徳目を示すことばを、日本人は本来もっていない。つねに具体的である。具体的なればこそ古代人は多様な状況の中に存在して、多彩な文学を可能にしたのである。その逆に「忠」「孝」という概念を示す言語を本質とする後世の文学と比較するとき、いかに古代文学が幸せであったかは容易に知り得るだろう。

したがってわれわれが古代文学を研究対象として科学を行なうとき、何ら自然科学的客観性をもってはいない言語に科学性を求めることはできない。人間存在に先立つものとして言語をとらえ、その言語と人間との人間状況を正確にとらえる事にしか、科学性は存在しないだろう。この「正確に捉える」というのは、すでに（「文学研究の方法」本書所収）述べたように、人間を歴史的世界内の存在として捉えることにしかないと、今でも私は考えている。文学の研究とは、人間の表現行為の研究ではない。ましてや人類の中で日本人を発見することとか、民族的心意を理解することは文学の研究からは程遠いだろう。古代文学に向かって言語のもつ人間状況を問うことが、古代文学の研究であるにちがいない。こうした状況において人間とは何かを問うことは、同時にその言語行為とは何かを問うことであり、そこに文学が人間学たり得る条件も具備すると考えるのである。

注

（1）拙稿「物と心」『万葉の詩と詩人』所収。

（2）『古文芸の論』。

（3）「古代和歌における心物対応構造——万葉から平安和歌へ」『国語と国文学』四七巻四号。

万葉集の漢語

一　序

一口にことばといっても、単語の場合も表現と呼ぶにふさわしい質量をもったものの場合もあろうが、詩においてその詩人が存在せしめられるのは、ことばによってである。したがって異質なことばによる詩歌は、おのずから異質な人間状況をそこに生み出しているはずである。

『万葉集』が漢文学という異質な文学およびその言語を受容した場合も、この異質な言語は、表現をかえ、新たな人間状況を作り出したことであろう。その事は、さまざまな面において考察が可能である。たとえば、おそらく漢詩語の表現が定着したものであろうと思われる「蓋し」といったことば、「七夕」といった外来習俗にもとづくことばなどを取上げても、そのことは立証が可能である。

しかし漢文学の受容による変質を考える場合、これらは「けだし」「たなばた」という和語によって翻訳されたことばであって、必ずしも、漢語そのままではない。その点に純粋さがなお不足である。そこでこの問題に対してもっとも純粋と思われる漢語そのものを『万葉集』において取上げ、今この問題を考えてみようと思う。上代における受容の中で『万葉集』の歌を取上げるのは、これが純粋に和風の文型だからである。そして『万葉集』はよみも確定するからである。記紀などにも漢語をそのまま受容したと思われるものは存在する。しかしそのことばをそのまま受容したか、訓読によって和語におきかえたかは、必ずしも明確ではない。

さて字音そのままに『万葉集』に用いられていることばは、『万葉集』四千五百首の量に比べて、驚くほど少ない。のみならず、巻五巻末に「以裁謌之体、似於山上之操」として収められている、古日に恋うる歌の反歌に「布施」（5九〇六）という語が見え、巻十五、中臣宅守の歌に「過所《くわそ》」（三七五四）の語が見える他は、ことごとく巻十六のことばである。まず長意吉麻呂の数種の物を詠んだ歌の中に、

香・塔（16三八二八）

力士（16三八三一）

がある。もっとも「香」は「こり」と訓じ和語とする考えもあるが、「こり」の仮名書は上代文献に見当らない。また、池田朝臣が大神奥守《おおみわのおきもり》を笑った歌に、

女餓鬼・男餓鬼（16三八四〇）

が見える。この「餓鬼」は、笠女郎《かさのいらつめ》も用いている語である（4六〇八）。なおこの歌中には漢字音語ではないが外来語をそのまま用いた「寺《てら》」（この語は他にも用いられる語である）、右の歌に答えた大神奥守の歌には「仏《ほとけ》」（16三八四一）がある。

また作者未詳の戯笑歌の一組には、

法師（16三八四六）
檀越（16三八四七）

があり、これまた作者のわからない、世間無常を厭う歌には、

生死（16三八四九）

という語が見える。もっともこれは「いきしに」と訓読したとも考えられ、三首後の歌（16三八五二）には「死為流《しにする》」という語が見えていて、「しに」という体言の存在したことも確かである。しかし世間無常を厭う歌として河原寺の倭琴に記された一首としては、音読して

用いていたと考える方が適切であり、後述の傾向に照らしても、そう考えたいところである。

この二首には、さらに無題の思想詩が二首添えられているが、この中には、

無何有・藐姑射（16三八五一）

という語がある。何れも『荘子』に出典をもつ語で、そのまま用いたものである。

次に、意吉麻呂同様、高宮王の数種の物の歌にも二語がある。

皂莢《さうけふ》（16三八五五）

婆羅門（16三八五六）

前者は「ざうけふ」と濁音にすべきだという意見がある（『時代別国語大辞典』）。そしてこれも「生死」と同じく「ふぢのき」「かはらふぢ」と和訓をもって読む説もあるが、五音として読む上からいっても音読でよいと思われる。後述のように植物名が原音を生かして定着した場合はいくらもある。

最後にやはり戯笑の気持の歌だが無題歌に、

功《くう》・五位（16三八五八）

が見える。

なおこの他の字音語に、意吉麻呂の先と同じ歌群の、

雙六・佐叡（16三八二七）

がある。前者は安倍子祖父の無心所著歌（16三八三八）にも見える。後者は「賽」の受容されたものだが、さらに一つ転訛しており、文字も仮名にかえ、漢字音語そのままではない。

むろん見落しもあるだろうが、全『万葉集』の語に対して、これらはまことに寥々たるものだといえよう。『時代別国語大辞典』が収録した語彙は『万葉集』にかぎらないが、約八千五百語、その大多数を占める万葉語の中では甚だしく少数だといってよいだろう。

字音語が甚だ少ないということは、上代の和風文化を集約的に所有した作品集だということである。奈良時代にはあれ程中国風律令制の組織化が進み、官人層への儒学の受容があったのに、「忠」とか「孝」とかいったことばは、『万葉集』に見られない。あれ程『続日本紀』や「策文」の中にそれを見ることができるのに、それを必要とすることなく、『万葉集』のことばは完全に機能していたのである。万葉のことばは、その範囲において、人間状況をよく担い得ていたのであった。

しからば、その中における少数の漢字音語の存在は、この『万葉集』における表現世界の完結体にとって完全に他者だったものであり、和語化、訓読という拒否の手段をつき破って侵入するほどに強固な他者であった、ということになろう。

二　超越への意志

それでは、この強固な他者とは、一体いかなる性格を有するものなのであろう。右にあげた諸語は余りにも多く仏教に関するものであった。「香」は一般に用いられるというより、仏像・堂塔に塗ったものであろうことが記録（『法隆寺資財帳』）によって知られ、「布施」「塔」「餓鬼」「法師」「檀越」「生死」「婆羅門」らはいうまでもない。「力士」も金剛力士のことで、仏法守護の舞のそれである。また「無何有」「藐姑射」は先述の如く『荘子』のことばであるが、

心をし無何有の郷に置きてあらば藐姑射の山を見まく近けむ（16三八五一）

という歌において見ると、必ずしも『荘子』の説く如き思想体系において捉えているようには思えない。「無何有之郷」は『荘子』によれば精神の無始に帰した人の体験し得る地であり（列禦寇）、「無所終窮」を論ずる処である（知北遊）。あるいは「六極の外」にあって

「広莫之野」（逍遥遊）、「広藐之野」（応帝王）と並べられるべき場所である。『荘子』はその境地を人倫基本のものとして説くのだが、これを『万葉集』の中において考えてみると、むしろ迷妄の惑業を解脱した境地として、仏法的に捉えていたと考えることが自然である。それを願うことは、あの憶良の希求でもあったし、おびただしく写経願文に見られるところである。

そのように考えると、次の「藐姑射」の山も、神仙の山というよりはむしろ、『荘子』がそこにいるという神人の「肌膚若冰雪、綽約若処子」、また「不食五穀、吸風飲露、乗雲気御飛龍、而遊四海之外」（逍遥遊）という姿の、可能な場所として捉えていたというべきであろう。それは生老病苦を超えた世界であり、俗塵の煩わしさのない世界であった。現世苦からの脱離を願うことにおいて、この歌および次の、

鯨魚取り海や死にする山や死にする　死ぬれこそ海は潮干て山は枯れすれ　（16三八五二）

が、先にもあげた、河原寺仏堂の落書二首、

生死の二つの海を厭はしみ潮干の山をしのひつるかも（16三八四九）
世間《よのなか》の繁き仮廬に住み住みて至らむ国のたづき知らずも（16三八五〇）

と対応し、添加された必然性も了解されるのである。

また「功」ということばも、次の歌に「京兆《みさとづかさ》に出でて訴へむ」(16三八五九)とあって、朝廷に対する功績と考えることもできるが、京職に訴えることによって得られる「五位の冠」は、少なくとも官人としての昇叙ではなく、民間の功績によって得られるもので、この歌もそのような庶民の間の歌と考えなければならない。その功績とは金品を貢上するとか(続紀に例が多い)、善行をなすとか、いわば功徳に近いものである。しかもそれを「功」ということばによって表現するのは、仏教によって定着したのではなかったろうか。

夕畢功(「長谷寺法華説相図銘」)
夫功未畢(「東大寺曼荼羅織銘」)

これらは何れも写経や曼荼羅の刺繍のことを指しており、憶良の言によれば「礼拝三宝、無日不勤」という功徳の一つであろう(沈痾自哀文)。同様の写経、造像のことは、

乗此功徳(「金銅釈迦仏造像記」)
以此功徳(「観心寺金銅阿弥陀仏造像記」)

のように「功徳」ともいわれている。

　こうして見ると、仏教に関しない語は「䒾莢」「雙六」「佐叡」「過所」「五位」の五語にすぎないことになり、漢字音の世界はほとんど仏教的世界だったといえるようである。植物も外来のものは集中に少なくない。橘などがその代表的なものであろうが、これは和語によって受け入れられている。梅・楊の類は、それぞれ「め」「や」に字音を残していても、和語化しようとしている。だからこれら植物名とて万葉語と拒否し合うことばではないのである。外来の遊戯もこの時代には多く、碁、打毬なども集中漢文には見えるが、歌には登場しない。これはなお万葉語の中に入り得ていないということになる。むろん双六があるのだから、他のものも入ることが可能だったわけだが、「雙」を「すご」と訓ずるのは古い音で、双六流入の古さを思わせるという説によれば、その生活化の程度によるものともいえよう。排他的であったわけではない。これは「過所」という官人の日常用語とも同じ性質である。これらに対して唯一性質の違うのは「五位」で、たとえば「いつのくらゐ」と言うこともできるし、事実かつてはそう称したのであろう。それがやがて字音によって称せられるようになり、この時代にはこれが普通だったことを示している。そうした生活を反映したことばであって、漢語と和語との対立的表現世界が、生活を媒体として融和してくることを考えさせる唯一の例である。

　そこで、この漢語群より成る仏教的世界を導入することによって生じた、『万葉集』の変化が考えられねばならぬ。すでに掲げたように、世間の無常を厭うという歌ならびにそれと対応する歌が漢語によって作られているが、『万葉代匠記』が引用しているような「華厳経云、何能度生死海入仏智海」という「生死」の認識は、『華厳経』の思想背景をもってここに和歌化されたのであり、その中に呻吟する人間の把握は、この語を選びとることによって、可能であった。この歌の成立は明らかではないが、あの憶良とて、和歌にそれを述べることはしていない。この「生死の海」は憶良のいう「苦海」（5七九三の次）にひとしい内容を持つ。憶良が「黐鳥《もちどり》のかからはしもよ」（5八〇〇）といった世間は、この歌の次に見える「世間の繁き仮廬」というに同じである。同じながら恩愛の絆を父母妻子の上に見て、黐鳥のようにかからわしいと詠嘆することと、煩わしい廬と表現することとは、表現の上に大きな相違がある。その、即物的具体性ないし感情的表現に対する抽象性ないし思弁的表現は、憶良の段階では漢文や漢詩においてしか可能でなかったのである。「生死の海」ということばは、そのような漢詩的表現を、和歌の中にも受容したものであった。しかもこの歌は、苦海の果の彼岸を「潮干の山」という。作者には「山」が具体的に幻想されていたであろうし、それは家持が同じく無常を悲しみ、

うつせみは数なき身なり山川の清けき見つつ道を尋ねな（20四四六八）

と歌ったとおりに、清けき山川の姿であったにちがいない。さればこそ、河原寺の歌の作者は山を「しのひつるかも」と歌う。「しのふ」という、賞美の情において希求されるものが

彼岸であった。この「しのふ」ということばは、かつて国見歌において国土の充足に対して発せられたものであった。幻影の中に充足した荘厳仏土が描かれて、歌が成ったのである。

これと同じ詩の状況を見せるのが、添加したといった歌の第一作であり、「生死の……」の歌が「厭はしみ」とする、その感情をすら捨てた「無何有」の境において、「潮干の山」たる「藐姑射の山」を見ることができようという歌である。しかもそれは「置きてあらば」「近けむ」という仮定においてしか表現し得ないところに、河原寺の第二作のいう「たづき知らずも」の心境がある。それはさらに「鯨魚取り……」という歌で断定的に述べられる。海が潮干、山が枯れることにおいて恒常の山海にすら死を見出す。そのゆえに当然人間は死すべきものなのである。これまた家持が世間無常を悲しんで作った歌、

言問はぬ木すら春咲き秋づけば黄葉散らくは常を無みこそ　一は云はく、常無けむとぞ（19四一六一）

と似通っている。草木のうつろいにおいて人間の死を導き出すものである。

かくてこの一連四首は彼岸を願いながらなお現実の苦吟を脱し得ないものだが、そうした中で考えてみると、漢語による三首は、その中での彼岸希求の三首である。そこに、こうした仏教語によって存在せしめられた人間状況の、紛れもない独自性が感じられるではないか。

これは憶良（山上の操に似たる歌）の場合にもひとしい。

　布施置きてわれは乞ひ禱《の》む欺かず直に率去きて天路知らしめ（5九〇六）

すでに述べたように幼児古日の死を悼んだ哀歌の第二反歌であるが、長歌に述べられた哀切の情は第一の反歌で、黄泉の使に「幣（まひ）」をしようから「負ひて通らせ」と訴えられている。この一首が「山上の操に似たる」というのは、おそらく内容とするところ「幣は為む」――「布施置きてわれは乞ひ禱む」、「負ひて通らせ」――「欺かず直に率去きて天路知らしめ」の同一であるところを指すのであろうと思われる。その故に添えられたのがこの第二反歌で、ために「黄泉」――「天路」という齟齬を生じた。その点同一時の作か否か（あるいは別素材ないし別人か否か）不明だけれども、感情は長歌ともども同一のものであることは確かである。

その「稚ければ」という悲哀に発する切なる願望はあざむくことなく、ただに、天上に帰することへの一途な希求となる。このひたむきな純粋さこそ、かの彼岸欣求の情とひとしいものであって、「布施」ということばは、そのような真実を具現するために存在しているのである。

仏教語和歌の示すこのようなあり方は、『万葉集』以外の古代和歌を見ることによって、いっそう顕著になると思われる。記紀・続紀の歌謡・『風土記』歌謡・『琴歌譜』また『上宮聖徳法王帝説』所載の歌謡に漢語を見ることはないが、『歌経標式』には「薬師寺」という語があり、固有名詞ではあるが、「薬師」が仏足石歌では「くすりし」として登場するので、注意される。また『日本霊異記』所載の歌謡には、聖武朝に歌詠されたという難解な歌謡（中巻三十三話）に「南无々々」「仙さか」「さか」「知識」、孝謙朝の道鏡事件に関する歌謡（下巻三十八話）に「法師」「大徳」という語が見える。これらが何れも仏教語である点も万葉と全くひとしいが、そこで取上げるべきは「さか」（釈迦）という語である。既述のごとく『霊異記』のこの歌は難解で歌意を得ないが、これは他に仏足石歌にも二度現われる。

舎加の御足跡　石に写しおき　敬ひて　後の仏に　ゆづりまつらむ　捧げまつらむ　（仏足石歌九）

舎加の御足跡　石に写しおき　行きめぐり　敬ひまつり　我が代は終へむ　この世は終へむ（同一四）

周知のように「仏跡を慕ふ」十七首の内の二首であり、「慕ふ」という動詞は先にあげた潮干の山を「しのふ」という動詞を容易に連想させる。同じ精神をここに認めてよいであろう。また十七首と並ぶ四首は「生死を呵嘖せる」という四首で、これも「生死の二つの海」、山も海も枯れる苦海の迷いに基づく歌である。これらの様子は建碑の願文には次のように記されているとおりである。

伏願夫人之霊、駕遊入无勝之妙邦、受□□□□之聖□、永脱有漏、高証无為、同霑三界、共契一真。

諸行無常、諸法无我、涅槃寂静。

今問題にしている二首も、このような祈願の中に心熱く歌われたものであるが、その浄土は「よき人の　います国」であり、仏陀は「今の薬師　尊かりけり　珍《めだ》しかりけり」といわれている。「足跡主の　玉の装ひ　思ほゆるかも」という、荘厳の仏陀であった。これに対してわが身は「四つの蛇《へみ》　五つのものの　集まれる　きたなき身」であり、「雷の　光の如き　これの身」で、「死の大王　常にたぐへり」という。熱い祈願は、この両者の落差から発せられる。

しかもその祈願は、仏讃仰にわが身を埋没せしめる形において行なわれる。先に掲げたように仏足石を「行きめぐり　敬ひまつり　我が代は終へむ」とさえいうのである。「幸《さきはひ》のあつきともがら」は「参到《まゐた》りて　正目に見」た人であり、「羨し」くも「うれしくもある」人々であった。『万葉集』の挽歌には「福のいかなる人か黒髪の白くなるまで妹の声を聞く」(7一四一一)という一首があるが、ここで「福」とされるものは現世における長寿であり、先の歌でいえば「きたなき身」として長く生きることである。それと真向から対立する「福」が仏足石歌のそれであった。

「さか」はこうした輝ける「福」の姿として欣求・讃仰されるのであったが、そうした不可視の世界に俗塵を越えて輝くものを、これほど熱っぽく讃仰した歌は、実はこれまでには存在しなかった。古来の神々は、これを慰撫し、よって禍を免れるという物理的な関係において古代人と共存した。祝福によって幸のもたらされるものであった。ところが、「さか」は穢土を超越したところに輝く存在として人々の心を招いた。先の「無何有」も「藐姑射」も、それと同じ心情を写し出すことばであったし、「布施」ということばも、得失を越えた心で歌われることによって、幼児哀悼の詩のことばとなったはずである。

仏足石歌十七首には、「さか」というこのようなことばと密接に結びついた表現が多い。「八十種好《くさ》」（仏陀の具相）「万光」「永久《とことは》」「千代の罪」あるいは「諸人」「諸衆《もろもろ》」という「諸」、これら無数・無限を示すことばが多く見られるのは、「さか」の、あるいは仏の無辺際が必然としたものであった。この「永久」は、

これの世は　うつり去るとも　永久に　さ残りいませ　後の世のため　またの世のため
（仏足石歌一〇）

という一首で、世のうつろいを前提とし、それを既定条件として認めた上で逆接的に捉えて来た、仏世界の時間であった。永久の中に仏を置き、その超越への庶幾が無数・無限のこと

ばを要請するのである。

『万葉集』の仏教語の詩は、これほど顕著にはこの間の消息を語らない。しかし巻十六の四首はやはり希求と生死の迷いとを歌っていて、今の二十一首とひとしい。仏教語詩を万葉が獲得することによって得たものは、やはりこの超越への意志という、詩における新しい人間状況であったと思われる。

三　信仰と戯笑の間

むろん仏教は『万葉集』の中に、超越への意志だけをもたらしたわけではない。もっとも大きいその他のものは、何といっても「世間」の観念であろう。すでにあげた歌にも「世間の繁き仮廬」という表現があったが、『万葉集』に用いられる「よのなか」なる語は四十四回、内仮名書の九例を除けば「世間」なる用字が三十一回を占めることは、「よのなか」が「世間」の訳語であったことを物語っている。「世間無常」は「世間を常無きもの」、「世間仮」は「世間は空しきもの」という万葉語を生んだと思われる。しかも「俗中《よのなか》」という用字もあり（19四一六〇）、「世間」が「俗」において認められていたことも知るのである。そして、この「世間」という新しい認識の中で、父母・妻子という人間関係の把握も出て来るし（母父という表現が本来的なものであったと思われる）、「貧窮《びんぐ》」という仏典頻出の語も作歌の素材として生まれて来た。

先の漢字音のことばが仏教語に集中するというのは、この「世間」の観念が広く行き亘っていたことを証明するものにほかならない。あるいはまた、仏教の生活的浸透の上に、ともどもに生じたものであったともいえる。右にふれなかった万葉の漢語は、そのことに関係して来る。

先に述べたように、これらの語は戯歌の中にのみ登場する。再度分類して掲げると、次の如くである。

○数種の物を詠む歌（および同類）
　雙六・佐叡・香・塔・力士（意吉麻呂）
　莒莢・婆羅門（高宮王）
○無心所著歌
　雙六（安倍子祖父）
○嗤笑歌
　餓鬼（池田朝臣）
　法師・檀越（未詳）
　功・五位（未詳）

このほかに「餓鬼」が笠女郎に見えるわけだが、これも、

相思はぬ人を思ふは大寺の餓鬼の後に額づくがごと（4六〇八）

で、愛してくれぬ家持に悪態をついた一首、戯歌の趣である。この一首でも「餓鬼の後に額づく」は、後に額づくという無意味さと、本来額づくべきでない餓鬼に額づくという不当さとが、その馬鹿馬鹿しさとして歌われるわけである。そして家持を餓鬼に仕立てたところに女郎の憤懣があったとすれば、餓鬼は軽んぜられるべきものであった。これは池田朝臣の歌でも同様で、

寺寺の女餓鬼申さく大神の男餓鬼賜《たば》りてその種子播かむ（16三八四〇）

は相手をそのような餓鬼として嗤笑するのである。しかも「寺寺」であることによって大神朝臣に言い寄る女は、うようよと集まる奇怪な女餓鬼でしかないことをいうのである。「申さく」という卑下の表現、「播かむ」という継続の表現も、グロテスクさを倍増して効果的である。

餓鬼がこのように笑われるべきものとなるのは、一面で当然かもしれないが、しかし「死の大王　つねにたぐへり」風に言えば、餓鬼とてもっと厳粛にして畏るべきものであったはずで、そこにはすでに宗教の尊厳の崩壊があると考えてよい。実はこのように大仰ないい方

をするのは、法師・檀越についても同様のことがいえるからで「戯嗤僧歌」と「法師報歌」とは、

法師らが鬚の剃杭馬繫ぎいたくな引きそ僧は泣かむ（16三八四六）
檀越や然もな言ひそ里長が課役《えつき》徴らば汝《いまし》も泣かむ（16三八四七）

という一組である。前者檀越の歌は法師のくせに鬚ののびていることを揶揄したもの、揶揄されるような堕落が法師そのものにあるにしても、こう檀越から揶揄される程度の権威しか、僧は有していなかったのである。しかも檀越への言訳が租税の取立てであるとは、俗にすぎる。

また高宮王の二首も「詠数種物歌」で嗤笑の歌ではないが、

莢蒾に延ひおほとれる屎葛絶ゆることなく宮仕せむ（16三八五五）
婆羅門の作れる小田を喫む烏瞼腫れて幡幢に居り（16三八五六）

というユーモラスなものである。数種のものを詠むのだから、どのようにも歌意は作り得たであろうに、前者で、「宮仕」の絶ゆることなきさまを「屎葛」によって表現したのと同じ気持が、第二首にもあったろう。婆羅門僧正という高貴の僧の所領の田を喫む烏は不遜な存

在だが、それによって仏罰を受けると、幡幢に止まっているというのである。この異様な印度式説法は、仏法の尊厳において神秘なものでさえあらねばならぬのに、烏がそこに止まるというのは、やはり謹厳な歌などではない。

同じく「詠香塔厠屎鮒奴歌」である意吉麻呂の、

香塗れる塔にな寄りそ川隅の屎鮒喫める痛き女奴（16三八二八）

も、一見「な寄りそ」といっていて香気を放つ仏塔は清浄さを認められているようでいながら、屎鮒・痛き女奴と取合せられること自体に、卑猥さがある。これは題そのもの（与えられたものか自ら課したものか不明）の卑猥さでもあろうから、その時点ですでに「香塔」は荘厳のものではなかったのである。意吉麻呂の「詠白鷺啄木飛歌」も白鷺の木の枝をくわえて飛ぶ姿に力士舞を想像したもので、

池神の力士舞かも白鷺の桙啄ひ持ちて飛びわたるらむ（16三八三一）

と詠む。枝を桙といったのが力士舞の連想であって、この仏楽たる伎楽の、もっぱらマラフリ舞たるところのみを抽出して興じた一首であった。

こうして仏教語をめぐる歌い方は、何れも仏教的なものを笑いの対象として戯歌を作って

いるのであり、これは『霊異記』においても同様である。「汝をぞ……」という難解歌（中巻三十三話）は意味をとり難いが、道鏡に関する二首は天下こぞって歌ったものという一種の童謡《わざうた》で、「法師等を裙《も》著《はき》とな侮りそ……」（下巻三十八話）、「……大徳食し膨れてを来む」（同）というものである。

これらのあり方は、先の荘厳な仏土欣求の歌に比べると、はなはだ異質な歌だといわなければならない。一体、あのように希求した仏の世界が戯笑の対象となるというのは、どういう事なのか。彼らにとって、貫徹した哲理の美しさに輝く仏の世界は、やはり彼岸にしか過ぎなかったのである。彼らの住んだ世界は下級官人の底辺の世界であった。「雙六」「佐叡」といった遊具に戯れてそれを言ってみる世界、せめて五位になりたいという生涯の念願の中に恋を戯れてみる世界、それをかつて「愚の世界」といった事がある（「愚の世界――万葉集巻十六の形成」『中西進万葉論集』六巻『万葉集形成の研究』所収）。

そのような世界で、人々は時として仏の希求を目ざしながら、しかし済度されない。自虐を払拭し得ない信仰と戯笑との間に身を置くという、この往復運動には、重苦しく鬱積したふてぶてしさがある。天平という爛熟の時代の、底辺社会に重圧された陰鬱な人間状況であった。

これは、同じ笑いであっても、あの民衆歌のもっていた明るい笑いとは本質的に違うものだ。

山城の久世の若子が欲しといふわれ　あふさわにわれを欲しといふ山城の久世（11二三六二）

葛飾の真間の手児奈をまことかもわれに寄すとふ真間の手児奈を（14三三八四）

ここには皮肉・無意味・揶揄・自虐といった要素は一かけらもない。この正統の歌の世界に対して、救済に頼らざるを得ない現実を背負いながら、それに背を向けてみる嘲笑は、はなはだしく乾燥した抒情である。この小詩形の身上とするものは、本来悲傷の表現であった。今、その上に思わぬ変質がおとずれたのである。数種の事物を並べて歌を詠んでみるという試み自体もそうだし、心の著く所の無い歌、通常ノンセンス詩と考えられているものを作るというのも同じである。このような詩に対する態度は、詩の言語が内発されるといったものではない。むしろ所与の言語をどう利用するかによって、人間の存在が決定されることになる。あるいは、無意味に存在する、というあり方において人間の状況が語られることになる。詩語を語り歌うことによって人間はいっそうふしあわせになる。

四　結

超越を語るにしろ、さらにそれを戯笑するにしろ、これらは従来の和歌の抒情にとっては大きな改変であったといわねばならない。漢語という『万葉集』にとってきわめて異質な言語がそれと密接に結びついているということは、詩とことばとがいかに深くかかわっているかを物語るものに他ならない。ことばをかえていえば、異質な表現が異質な言語によって支えられているということだが、これはひとり『万葉集』ばかりの問題ではないはずである。そこに、好むと好まざるとにかかわらず和語をもって綴った歌と、漢文文書として成立した記紀その他の文との相違もあったはずである。これらの間には、単に語彙のみならず、広く叙述の問題として考えてみなければならないものもあろう。

有名に過ぎるけれども、『古事記』の序文の中で太安万侶は、

上古の時、言意並びに朴にして、文を敷き句を構ふること、字に於きて即ち難し。已に訓に因りて述べたるは、詞心に逮ばず、全く音を以ちて連ねたるは、事の趣更に長し。

と述べている。安万侶の認定の中には、本来のものはすでに「上古」のものとされているが、その本来の「心」「事」の趣を、「心に逮ばず」「更に長し」という筆録の間に、捉えあぐねているのである。ことに仮名書にすることによって「事の趣更に長し」というのは、単に文字遣が冗長になる、といった表面上のことを述べているのではない。あくまでも「事の趣」であって、ことばの必然とするそれが、表記によって、心をこえて長くなる、その違和をいうのである。

『万葉集』がもつ少数の漢語は、この「心」「詞」の「逮ぶ」か否かという関門を経た上

で、和訓を排して定着したものである。そのゆえに単語の問題を越えて抒情とかかわり合う結果となったのだった。

桜楓社版後記

『万葉集』の原質に関する問題を論じた諸考を収めたのが、この書物である。よって原論と名づけた。

この数年、私は『万葉集』とは何かという厄介な問題に捉えられて来た。自ら好んで選んだ問題ではない。そうならざるを得なかったのである。『万葉集』には、きわめて困難な個別的問題も多い。しかし、それを考えていくと、もっとも根底の『万葉集』の理解が、いかにあるべきかに、つき当ってしまう。そしてこの問題は、事をどう理解してゆくかという、研究の手続きと不可分になる。この、文学史における『万葉集』の位置づけと研究方法との二者をさけて、いかに個別的な疑問に解答を与えてみても、それは砂上の楼閣にすぎないかもしれない。いや積極的に、無意味だというべきだろうか。

近年私を悩ませて来たのは、以上のような低迷である。この書物の第一章はそんな疑問に対して綴った諸篇であるが、今回旧稿をとり出してみると、十数年以前から、方法論の問題は私につきまとっていたようである。二十歳代に書いたものは未熟さが目立つが、あえて加えてみた。

第二章に収めた諸稿は、私の基本的な『万葉集』の把握である。この把握はすでに旧著

『万葉史の研究』（桜楓社刊）にも発しているが、私には、『万葉集』とはこういうものだと思える。学界通行の理解とかなり異る面もあることは、容易に賢察せられると思うが、私も他説を知らぬではない。しかし、これが私の『万葉集』に接して以来の持論である。

第三章は『万葉集』の認識の仕方とその表現方法を考察したものである。五年前、私は『万葉集』の歌を「詩」として扱った『万葉の詩学』なる一書を企画した。よって昭和四十六年度の一年間、教室（東京都立大学大学院）で詩の形式と方法を講じてみた。しかし以下の諸項を完成させることができず、かつ方法論の一部を旧著『万葉の世界』（中公新書）に述べたこともあって、中途半端な形に終った。この章中冒頭の二篇がそれである。以下の三篇も表現を通して『万葉集』とは何かを追ったもので、全章の態度とひとしい。

おそらく、私は「万葉集原論」を生涯の課題としていくことだろう。書中重複があるのも、その試行錯誤の跡である。なお草稿たる自覚が強いが、及川篤二社長の強い勧誘と、編集部渡辺信子氏の骨折によって、一まず上梓を決意した。両氏に深謝しつつ、江湖の批判を仰ぐ次第である。

なお、この書物は整稿の最終段階で恩師久松潜一先生の逝去に遭遇した。一昨日最後のお送りをして、今ここに擱筆の夜を迎えた。処女作を生前の師に捧げたのと同様、この一書を師の霊前に捧げることをお許し頂きたい。

おわりに収録論文の初掲をノートする。全稿、一書の体裁をととのえる加筆を除いて、ほとんど初稿のままである。

文学史の方法　一—三（前半）「国文学」昭和四十四年十二月、三（後半）—六「文学」昭和四十五年四月
文学研究の方法　「言語と文芸」昭和四十五年一月
万葉集研究の方法　『万葉集講座』昭和四十八年十一月
【付載】「国文学」昭和三十四年一月
研究と批評
Ⅰ古典論と古典研究　「波」昭和四十八年十一月・四十九年十一月、二のみ「読売新聞」昭和四十八年七月二十八日付夕刊
Ⅱ研究における主体　「言語と文芸」昭和四十九年五月
Ⅲ評論と学問の間　「国文学」昭和三十七年五月
Ⅳ注釈　『国語年鑑』昭和五十年九月
万葉集の構造　『和歌文学講座』昭和四十五年三月（四十三年十月執筆）、五のみ「学術月報」昭和四十五年八月
万葉集の生成　『万葉集』（日本の古典、世界文化社）昭和四十九年十一月
万葉集の原点　「文学語学」昭和四十三年十二月
万葉集の集団性　「ほるぷ」昭和四十七年七月・八月
万葉歌の形式　『万葉集研究』昭和四十八年五月・四十九年六月

万葉歌の方法　『万葉集研究』昭和五十年六月
古代的知覚　「文学」昭和五十年四月
古代文学の言語　『論集上代文学』昭和四十五年十一月
万葉集の漢語　「文学語学」昭和四十五年十二月

昭和五十一年三月八日、紀尾井町の夜

中西　進

解　題

犬飼公之

『万葉集原論』は、書名からもうかがわれるように、また、中西氏自身が「後記」に記しているとおり『万葉集』の原質を探った論である。中西氏のことばによると、氏は『万葉集』とは何かという厄介な問題に対して、「個別的問題」を越えて「もっとも根底の『万葉集』の理解が、いかにあるべきか」を追究した。その課題は「文学史における『万葉集』の位置づけと研究方法との二者をさけて、いかに個別的な疑問に解答を与えてみても、それは砂上の楼閣にすぎないかもしれない。いや積極的に、無意味だというべきであろうか」という思いに発していたという。

これが氏の生涯を賭けた課題でもあったことは、これまた氏が「後記」に記した次のことばに明らかであろう。「おそらく、私は「万葉集原論」を生涯の課題としていくことだろう」。

収められた論考は、昭和三十四年を始めとして昭和五十年までに書かれている。戦後三十年。世にいわゆる歴史社会学的研究があり、あるいは、文芸学があり、民俗学的研究があり、それぞれが文学研究のシューレとしてあって、それぞれに問題をかかえたまま、文学の方法論は先行き見通しの不透明な閉塞状況を呈していた。氏はその全貌を見据えたうえで、文学そのもののあるべき原質を探り、文学研究の基本のありようを追究し論じたのである。したがってそれはもはや『万葉集』という限定を越える。現象学が人々の意識の俎上にのってきた頃でもあった。

この著は昭和五十一年（一九七六年五月）に出版された。氏の『万葉集の比較文学的研究』（一九六三年一月）が刊行されてから十三年。『万葉史の研究』（一九六八年七月）が出版されてから八年後のことである。氏は『万葉集の比較文学的研究』の冒頭近くに「昭和三十年代の万葉学の位置を定めたい」といっている。そこに明らかなように『万葉集原論』は『万葉集の比較文学的研究』や『万葉史の研究』の視座を踏まえながら、その後を継ぐ時期における氏の理論的な軌跡とその骨格を示す著であったといえよう。

青木生子氏は『万葉集原論』に対する書評において「万葉研究の第一人者であると同時に、その枠をこえた幅広い文学活動をしている著者」の「原質をうかがう恰好なものである」という（「新しい方法論の提唱——中西進著『万葉集原論』」『解釈と鑑賞』一九七七年一月）。そのとおりであろう。それとともにこれは、それ以降現在に至るまでもつねに文学研究における先駆的指導者でありつづける氏の、さらに古代学を踏まえて現代を問い、日本という限定を越えて古代という地平が持つ普遍的な心的領域を探りながら、世界のなかの日本文化を問う氏の理論的な基盤をうかがうことができるものといえる。

中西氏は、鮮明な志向を持って古代日本文学の原質を探っている。それを実現する方法として氏は比較文学を選びとった。その中心はもとより中国文学との比較にある。それが『万葉集』の研究方法としてきわめて有効だと考えたからであって、氏は古代日本文学研究の方法論としてそれを確立し、万葉研究として飛躍的に成熟させた。

そんなことはいまさら言うまでもない。しかし、その方法の選択を含めて、氏が古代日本文学の原質を探り取ろうとした視座は重要であろう。一言でいうと、それは安易な絶対化を拒否しようとすることにある。相対化することにおいてはじめて古代日本文学は合わせ鏡のこちら側で鮮明な存在を主張しうる。そのような根底的な視座がなければ、『万葉集の比較文学的研究』において「万葉集を日本文学史のみならず、世界文学史の中に位置づける」というような発言が生まれるはずはない。それは氏の学問的展開を経た現在も、氏の意識のなかにありつづける。たとえば『キリストと大国主』（一九九四年）などにまで連なり展開している。「古代」を問うことも、また、その視座のうえにある。現代を相対化しようとするのである。氏の諸論が示すように、中西氏はつねに現代と、現代の文学と、現代を生きる人間を意識しながら古代を探っている。

氏は、また、文学そのものにこだわり、徹底的に「生きた文学」をとらえようとする。文学研究なのだから文学にこだわるのはあたりまえだともいえそうだが、言うほどに文学研究が文学そのものを相手どってきたとはいえない。冷えた文献として相手どるのではなく、文学が文学として自立しうる学的領域を見定めようとする視座である。だから氏は、自然科学的合理主義のなかに拉致された文学研究に対して危惧を持つ。現代文明に対する発言にもそれは貫かれている。氏は言う。「もうわれわれは決定論的にだけ現象を見る科学主義から抜け出し、混沌をエネルギーとして総体的に秩序化することとしかないように思われる」と（朝日新聞一九九五年一月十五日付朝刊）。

「時間」に対する把握もそれである。文学史における「史観の不当な拡大」「外的因果としての歴史」に文学が埋没することを危惧し、文学そのものにおける歴史を問う。氏が問いつづける状況性へのこだわりもそれで、これまた氏の一貫した視座であった。

それに重なりあうことだが、氏は人間に執着する。当然のことながら、文学なるものは人間がことばによって表現したものであり、それ以外のものではあり得ない。その人間は否応なく「時間」と「空間」のなかに存在している。だから人間を総量的にとらえるために、生きた時間、生きた空間が問われなければならない。一言でいうと氏は主体的な生を重視するのである。そのような視座のなかで、氏の、いわゆる「作家論」がある。『万葉集原論』に先立って刊行された『柿本人麻呂』（一九七〇年）もそれである。氏はそこでまさしく人麻呂の主体的な生を浮き彫りにし、詩人・人麻呂の魂をとらえる。その視座は、『山上憶良』（一九七三年）や『旅に棲む——高橋虫麻呂論』（一九八五年）にも引き継がれている。氏は憶良や虫麻呂という、万葉史のなかでことさら人間そのものに執着し、そのことにおいて特徴的で、万葉史の大きな屈折点に位置し得た歌人をとりあげ、生の苦悩を知的に執拗に追い求めた憶良の姿を、また、いたましいほどに人間の悲しみに全身を濡らしている虫麻呂の姿を浮き彫りにする。この視座も中西学の背骨に絶え間なく流れる持続音である。

人間を総量的にとらえようとするなかで、氏は特に人間の知覚や思惟の深海に羅針をむけた論であり、それは『古典と日本人』（一九八一年）に収められた諸論に展開していく。『万葉集原論』における「古代的知覚」は、知覚を含めて古代日本人の意識を直接探った論であり、それは『古典と日本人』（一九八一年）に収められた諸論に展開していく。この視座は『狂の精神史』（一九七八年）や『日本文学と死』（一九八八年）のように、日本文学のなかを貫流する精神を史的に探った論にも認められるし、われわれは、また、古代日本人の「私」のありようとして、「日本の「私」――表現様式を軸として」（『日本文学における「私」』一九九三年）のような展開を見ることになる。

人間と文学への氏のこだわりは、神を探るという展開にも見られる。神々と共生していた古代をとらえることにおいてそれは必然的でもあった。『神々と人間』（一九七五年）における一つの主題は、まさしく神と共生する人間が培った文学をとらえることであり、その文学史を描くことであった。一方、文学は人間の創造力・想像力によって造形される世界であって、氏は人間の創造性・想像性の根底を神話世界に見出してもいく。神話素の摘出もその展開であり、神話を生み出す力、神話がはたらきかける力を探って、『神話力――日本神話を創造するもの』（一九九一年）などにまとめられている。

『万葉集原論』において展開された中西氏の論を、単純化しありきたりなことばでいってしまうことは、論の深みをそこなう恐れはあるが、氏の主張をまとめておきたい。

一見して明らかなように氏はここで「万葉集研究の方法」「万葉集の構造」「万葉集の表現」の三つの大枠を設定し『万葉集』の原質を探りとる。

「一　万葉集研究の方法」において、氏は文学を生むものはあくまでも「主体的な生」であり「個別の生存者の行為」であることを強調する。文学が文学として自立しうるために依拠する基盤を人間の生に求めたといえよう。だから文学史も「文学それ自体について、歴史的理解という定立を試みること」であるという。文学研究は「人間の学」であることに依拠しながら、あるべきは文学性の究明であり、作品の美的価値を定め、歴史的価値を求めることでなければならないというのである。したがって、文学の研究を学問として成立させるためには「主観をいかに客観化するか」が必要な要件であり、研究における主体のかかわりは、結局対象をいかに「よむ」かにかかっているという。氏は自然科学的な方法のなかに組み込まれ、実証主義に拘束されて没個性的・没主体的な文学研究が横行していることに対して、もっと自由な肉眼によって古典を読もうといい、それによって「人間を蘇らせ」「憔悴した研究を蘇生せしめること」を期待するという。文学研究は「厳密な学的事実による創作」が必要であるというのである。

氏は具体的に研究すべき目標をあげる。その一つは「創造力の過程」。想像は形象（イマージュ）として結果してくるが、作品を生む契機ともいうべき現実を出発として置き、結果としての形象を他極に据えて、そこに位置づけられるものが「過程」であり、作品の評価はこの一つのムーブマンにあるという。二つには「言語の特質」。文学は言語が表現のすべてであって、言語の特質は作品の特質にほかならないと。三つには「特有の構造」。つまり「作品の総体の存在のしかた」をとらえることにある。四つには「修辞の技巧」。「そこに積極的な作詩の領域」があるという。作意的であるというだけではなく、万葉の作歌の場を考えるとむしろ連帯のなかにそれを見ることができるともいう。

「二　万葉集の構造」において、氏は『万葉集』は未精撰の雑纂で、その歌々は多元的な性格を持ち合わせるという。

氏は万葉史を五期に分かち、第一期（初期万葉）と第二期の画期を壬申の乱とし、第二期（白鳳万葉）は持統崩御をもってとじられ、第三期（平城万葉）は長屋王が自尽した天平元年をもって次と画し、第四期（天平万葉）は『万葉集』に年代の知られる宝字三年をもって画し、それ以降『万葉集』が最終的にまとめられたであろう時期を第五期とする。氏が万葉史において意図しているのは主として二つ。和歌史を儀礼的で呪的なことば（詞）から抒情詩へ展開し昇華していく過程としてとらえること。もう一つはそこに覆いがたく中国文学の影響が認められることにある。もとより影響のありようには濃淡深浅の違いがあって、総じて外的な影響・形式的な模倣から、創作意識そのものを培うような、あるいは歌人の倫理思想をかたちづくるような内面化があり、さらには中国文学を培養基としながらむしろ中国文学的なものを捨象することによって作歌していくような史的展開が認められるという。

「万葉集の生成」について、氏は「問題はまだ解決していない」といい、「多くの巻が奈良朝の終りごろ、光仁朝にできたろうとは思われるけれども」「万葉集が現在のような二十巻に定着したのは、ずっと後で平安朝も後半に入ってからではないか」とみる。

氏は『万葉集』を概観すると「第一部」(巻一—巻七)、「第二部」(巻八—巻十六)、「第三部」(巻十七—巻二十)と大きく三部に分かたれるという。「第一部」は最初にできあがった部分で、「原万葉」(巻一の約三十首)の歌々に同時代の巻二相聞部・挽歌部が加えられまとめられた。その編纂は人麻呂の掌中にあったという。巻三は巻一・二の終わった後を継ぐかたちでまとめられ、山部赤人ら八世紀前半の宮廷歌人に至る歌群を中心とするという。そしてこれがまとめられる時に「原万葉」への追補や、巻一への追補なども行われた。その最終的な追補は奈良朝の終わり、宝亀年間ではないかという。また巻三の追補はさらに遅れ、完成は大伴家持ないしはその周辺によるのではないかという。巻四は巻二にこぼれた相聞歌を拾い、巻六は巻一・三の雑歌を継ぐかたちでまとめられ、ほぼ聖武朝から最後は田辺福麻呂の私家集を添える。巻五は山上憶良を中心にした歌群で解体することなく一まとまりのまま収められ、巻七は作者未詳歌が巻三と同じ経緯のなかでまとめられたという。

「第二部」の巻八・九は作者判明歌を置き、次の三巻は無名歌を、さらにその後に特殊な諸巻を置くという体裁をとる。巻八は全体が四季によって分類され、新しい文学意識をみることができる。巻九は人麻呂歌集・高橋虫麻呂歌集・笠金村歌集・田辺福麻呂歌集をほとんどそのままのかたちで切り継ぎしたもの。家持の編纂だろうという。巻十は巻八に対応して、無名歌をもって巻八と同様の構成を持ち、万葉のなかで年代のわかるもっとも新しい天平宝字三年より後の歌々を含む。巻十一・十二は相聞の歌々を収める無名歌の集団。人麻呂歌集を各部の冒頭に置くことで、巻七の譬喩歌や巻十と同じだが、最下限は巻十より新しいようだという。巻十三は長歌のみを集めた巻。巻十四は東国民衆の集団生活のなかにうたわれた歌。巻十五は新羅に遣わされた一行の歌群と中臣宅守・茅上娘子の贈答歌から成り、巻十六は由縁を持った歌、戯歌、民謡などユニークな歌々を集めているという。「第三部」は家持の歌を年代順に並べ、家持歌集とよんでもよいような様相を示す。巻十七は大伴池主が、巻十八は久米広縄が書いたもの。巻十九と二十の前半は家持が、巻二十の後半は大原今城が書いたものと思われるという。

このように全体を概観したうえで、氏は「万葉集の原点」を作者未詳歌に求める。『万葉集』は「未詳歌という巨大な寡黙世界を底辺として作られたピラミッド」としてとらえられるというのである。未詳歌群に没個性的な集団歌としての性格を認め、貴族和歌にもそれを拒絶しない同質のものがあるととらえる。氏は万葉歌に生活性といっていいような和歌の古代性を読みとり、そのうえにそれぞれ文学としての達成があったというのである。

「三　万葉集の表現」において、氏は万葉歌の形式と内実を問い、「情調」を重視する。枕詞は「情調を基とした語と語（句と句）の連合の表現であ」るといい、序詞も連合という点で枕詞と同じであるという。氏はそこに音楽性を認め、特にリズムをとりあげる。「形式としてのリズム」としては、音、語、句そして句のまとまり（片歌）の反復や、五音・七音を一つのまとまりとする反復を見ることができる。しかし、ことばは意味なくしてありえないし、イメージを持ち合わせる。だからリズムも意味内容と相応じたものであり、意味はことばに先在しそれによってリズムも作られるという。また、万葉歌は物象の提示とそれによる心情の展開という方法を一つの基本にする。そこにはイメージによって決定された心情のリズムを読みとることができるという。逆に、リズムがことばに先行するものもある。態（スタイル）とか場面にリズムを考える場合がそれで、言語はリズムにおける一つの場面を作りながら表出されるというのである。

氏は、また、万葉歌の形式として、イメージのありようを重視する。その第一は「物象化のイメージ」。譬喩歌・寄物歌を含めて、生活的な心情を物象化するというかたちのものである。あるいは、民衆歌に見られるような現実の転換としての「空想的イメージ」もある。また、貴族圏の人々も自己の心象風景として一つの幻想をうたったといい、こうしたありようを積極的におしすすめると仮構歌が成立してくるという。さらに「事実の所有としてのイメージ」があるという。文学における自然は、文学に創造された自然であり、心象としての自然であって、『古今集』以降に見立てとして増大していくありかたであるととらえる。

さらに氏は歌体とのかかわりにおいて「万葉歌の方法」を問い、旋頭歌から短歌への展開を追う。旋頭歌は「片歌」の唱和が本来のあり方である。この複数による形成が失われる時点で、短歌は「一人」の詩形の最小の単位となった。旋頭歌は主題の提示と内容のある叙述を分かち持つが、それが一本化されることで寄物陳思歌への展開があり、この形式において人々は抒情の表現を手に入れたという。一方、複数によってうたう歴史は、宴席歌における短歌の連鎖方式として展開し、作者未詳の連衆の作にも認められる。また、連歌の鼻祖といわれる歌には、中国伝来の戯れの定着がみられ、漢詩の聯句なる技巧がみられるという。

中国文学の影響は長形式の歌にもみられる。記紀の長歌謡は周辺の景物を列挙し心情を叙述する傾向をみせ、万葉長歌は事物や事柄を直叙する。氏はその違いを辞賦による影響とみる。辞賦をうけとめた精神は、直叙性を一つの極点にまで伸長しようとする志向であり、それは詠物の歌の誕生とも軌を一にするというのである。

そして氏は万葉歌の表現の基底に古代的知覚を探る。基本の知覚は「見る」ことにあったという。古代的知覚においては「見る」ことによって存在が生じる。「見る」ものが「見えるもの」だという現象存在を重視するのである。氏は「うつしみ」なる語も「現し見」ではないかという。対象としての「身」ではなくて、生きてあること自体をさす、現実体験といったものだというのである。

また、古代人にとって「目」には生命がやどるものであり、「見る」ことは生命の発動を意味したという。その「見る」を「見ゆ」が受ける。やがて「見る」ことの呪性を含めた本来的な機能が失われてくると、「見ゆ」ということばが一語のごとく慣用されることになる。さらにまったく失われてしまうと、現象はすべて見えるものだから事実を述べればそれですむことになる。「見ゆ」などといわないでもよいことになるというのである。

氏は、ふたたび古代文学の言語を問う。文学の言語は分化した個々において定立するのではなく、文脈のなかで対応的・状況的なあり方をする。また、言語は人間に先立って存在し、人間のさまざまな状況を表出する。だから文学の研究とは言語の持つ人間状況を問うことであり、こうした状況において人間とは何かを問うことが、同時に言語行為とは何かを問うことであって、そこに文学が人間学たり得る条件を具備するという。

言語が状況的であるゆえに、記紀の歌謡は転用を可能にしたし、万葉歌にみられる「の」という助詞による重ねの表現も必然であった。言語はつねに次の言語との連接という状況のなかにある。特にその「音」による連接は口誦言語の特性として次々と状況のなかに生きつづける。その音楽性こそ万葉歌の口誦性を物語る。書記されることで言語は断片的に認識され、音楽性を失い、思考の対象となり、視覚化されることで生じる固着を持つとともに、もとに戻って読めるという無時間性も持つ。それは日本語の変容そのものではなく、漢字漢語を受容することで獲得した変容だという。

氏は『万葉集』の漢語を問題として、漢語という異質な言語が異質な表現をもたらし、新たな人間状況を作りだしたという。『万葉集』に漢字音語ははなはだ少ないが、それらは和語化や和訓を排して定着した強固な他者であって、そのゆえに単語を越えて抒情とかかわりあうことになったという。それは多く仏教語に関するものであった。そうした仏教語がもたらしたものは、一途な希求における超越への意志という新たな詩における人間状況であった。その一方で、人々は仏教語に関する戯笑歌をも作る。そこには仏土を欣求しながら済度されないことによってもたらされた自虐的な鬱積したふてぶてしさがあるという。天平という爛熟の時代の底辺社会に重圧された陰鬱な人間状況があるという。

ここに収められた論はすべて『万葉集』の原質にかかわる。中西氏のことばを引いていうと「『万葉集』の原質に関する問題を論じた」議論であった。そして氏はそれ故にこの本を「万葉集原論」と呼んだという。「よって原論と名づけた」と（「後記」）。一言でいうと『万葉集原論』は、『万葉集』とは何かという、その根元的・普遍的な問いに向かい立ち、それにかかわる議論を博捜し批判し、その上で、「原論」と呼ぶべき自らの主張を提示し展開した書であったといえよう。それが当時の万葉学の現況を超克する有効な方法であったのであろう。

中西氏が『万葉集原論』において提起した課題は大きく重い。公刊されてから四十数年を経過して今なお、というよりもむしろ一層きわだってさえある。しかもそれは『万葉集』の問題でありながら、『万葉集』を越えて広がっている。たとえば氏は文学史の方法を問い「文学史における「歴史」の問題は文学史論のみならず同時に文学論としてその質を決定する問題」なのだといい、「問題に対する明快な解答は」まだ残念ながら得られていないという。氏の主張から四十数年を経過した現在にあっても（その問われわれも提起された課題に手を拱《こまね》いていたわけではないが）、いまなお「明快な解答」をとらえ得たとは言いがたいであろう。

氏はまた「自然科学の模倣によって文学を喪失し人間を放逐していった学問に対して、人間学に正当な人間の復権を要求する」ことを提起している。自然科学の方法に対する過信や偏重が「人間不在の国文学」や「憔悴した研究」を生み出したといい、それ故に「人間復権の科学」として国文学を蘇生させようというのである。そのとおりであろう。私は文学離れの進む現況を思いながら、また現代人の体内に巣くういいようのない不安を思いながら、中西氏が『万葉集原論』で提示した課題をうけとめている。まさにそれはいずれも今日的な課題であり、むしろわれわれにとって永遠の課題であるのかもしれない。

（宮城学院女子大学名誉教授）

＊この解題は『中西進万葉論集』第七巻（講談社、一九九五年）に付されたものをもとに、加筆・修正したものです。

本書の原本は、一九七六年に桜楓社から刊行され、一九九五年に小社から刊行された『中西進万葉論集』第七巻に収められました。

中西　進（なかにし　すすむ）

1929年生まれ。東京大学大学院修了，文学博士。国際日本文化研究センター名誉教授。現在，高志の国文学館館長。専門は日本文学，比較文学。瑞宝重光章，文化勲章受章。主な著書に『万葉集の比較文学的研究』（読売文学賞・日本学士院賞），『万葉と海彼』（和辻哲郎文化賞），『源氏物語と白楽天』（大佛次郎賞），『中西進万葉論集』（全八巻），『中西進著作集』（全三六巻）など多数。

講談社学術文庫

定価はカバーに表示してあります。

万葉集原論《まんようしゅうげんろん》

中西《なかにし》　進《すすむ》

2020年3月10日　第1刷発行

発行者　渡瀬昌彦
発行所　株式会社講談社
　東京都文京区音羽2-12-21 〒112-8001
　電話　編集（03）5395-3512
　　　　販売（03）5395-4415
　　　　業務（03）5395-3615
装　幀　蟹江征治
印　刷　株式会社廣済堂
製　本　株式会社国宝社
本文データ制作　講談社デジタル製作

ISBN978-4-06-519089-0

「講談社学術文庫」の刊行に当たって

これは、学術をポケットに入れることをモットーとして生まれた文庫である。学術は少年の心を養い、成年の心を満たす。その学術がポケットにはいる形で、万人のものになることは、生涯教育をうたう現代の理想である。

こうした考え方は、学術を巨大な城のように見る世間の常識に反するかもしれない。また、一部の人たちからは、学術の権威をおとすものと非難されるかもしれない。しかし、それはいずれも学術の新しい在り方を解しないものといわざるをえない。

学術は、まず魔術への挑戦から始まった。やがて、いわゆる常識をつぎつぎに改めていった。学術の権威は、幾百年、幾千年にわたる、苦しい戦いの成果である。こうしてきずきあげられた城が、一見して近づきがたいものにうつるのは、そのためである。しかし、学術の権威を、その形の上だけで判断してはならない。その生成のあとをかえりみれば、その根は常に人々の生活の中にあった。学術が大きな力たりうるのはそのためであって、生活をはなれた学術は、どこにもない。

開かれた社会といわれる現代にとって、これはまったく自明である。生活と学術との間に、もし距離があるとすれば、何をおいてもこれを埋めねばならない。もしこの距離が形の上の迷信からきているとすれば、その迷信をうち破らねばならぬ。

学術文庫は、内外の迷信を打破し、学術のために新しい天地をひらく意図をもって生まれた。文庫という小さい形と、学術という壮大な城とが、完全に両立するためには、なおいくらかの時を必要とするであろう。しかし、学術をポケットにした社会が、人間の生活にとってより豊かな社会であることは、たしかである。そうした社会の実現のために、文庫の世界に新しいジャンルを加えることができれば幸いである。

一九七六年六月

野間省一

日本の古典

古事記（上）（中）（下）
次田真幸全訳注

本書の原典は、奈良時代初めに史書として成立した日本最古の古典である。これに現代語訳・解説等をつけ、素朴で明るい古代人の姿を平易に説き明かし、神話・伝説・文学・歴史への道案内をする。（全三巻）

207〜209

竹取物語
上坂《うえさか》信男全訳注

日本の物語文学の始祖として古来万人から深く愛された「かぐや姫」の物語。五人の貴公子の妻争いは風刺を盛った民俗調が豊かで、後世の説話・童話にも発展する。永遠に愛される素朴な小品である。

269

言志四録《げんししろく》（一）〜（四）
佐藤一斎著／川上正光全訳注

江戸時代後期の林家の儒者、佐藤一斎の語録集。変革期における人間の生き方に関する問題意識で貫かれた本書は、今日なお、精神修養の糧として、また処世の心得として得難き書と言えよう。（全四巻）

274〜277

和漢朗詠集《わかんろうえいしゅう》
川口久雄全訳注

王朝貴族の間に広く愛唱された、白楽天・菅原道真の詩、紀貫之の和歌など、珠玉の歌謡集。詩歌管絃に秀でた藤原公任の感覚で選びぬかれた佳句秀歌は、自然の美をあまねく歌い、男女の愛怨の情をつづる。

325

日本霊異記《にほんりょういき》（上）（中）（下）
中田祝夫《のりお》全訳注

日本霊異記は、南都薬師寺僧景戒の著で、日本最初の仏教説話集。雄略天皇（五世紀）から奈良末期までの説話百二十篇ほどを収めて延暦六年（七八七）に成立。奇怪譚・霊異譚に満ちている。（全三巻）

335〜337

伊勢物語（上）（下）
阿部俊子全訳注

平安朝女流文学の花開く以前、貴公子が誇り高く、颯爽と行動してひたむきな愛の遍歴をした。その人間悲哀の相を、華麗な歌の調べと絢い合わせ纒め上げた珠玉の歌物語のたまゆらの命を読み取ってほしい。

414・415

日本の古典

懐風藻
江口孝夫全訳注

国家草創の情熱に溢れる日本最古の漢詩集。近江朝から奈良朝まで、大友皇子、大津皇子、遣唐留学生などの佳品百二十編を読み解く。新時代の賛美や気負に燃えた心、清新溌剌とした若き気漲る漢詩集の全訳注。

1452

常陸国風土記
秋本吉徳全訳注

古代東国の生活と習俗を活写する第一級資料。筑波山での歌垣、夜刀神をめぐる人と神との戦い、巨人伝説・白鳥伝説など、豊かな文学的世界が展開する。華麗な漢文で描く、古代東国の人々の生活と習俗とところ。

1518

吉田松陰　留魂録
古川　薫全訳注

大文字版

死を覚悟して執筆した松陰の遺書を読み解く。志高く維新を先駆した思想家、吉田松陰。安政の大獄に連座し、牢獄で執筆された『留魂録』。松陰の愛弟子に対する最後の訓戒で、格調高い遺書文学の傑作の全訳注。

1565

古典落語
興津《おきつ》　要《かなめ》編(解説・青山忠一)

名人芸と伝統——至高の話芸を文庫で再現！　人情の機微、人生の種々相を笑いの中にとらえ、庶民の姿を描き出す言葉の文化遺産・古典落語。「目黒のさんま」「時そば」「寿限無」など、厳選した二十一編を収録。

1577

古典落語（続）
興津　要編(解説・青山忠一)

日本人の笑いの源泉を文庫で完全再現する！　大衆に支えられ、名人たちによって磨きぬかれた伝統話芸、古典落語。「まんじゅうこわい」「代脈」「妾馬」「酢豆腐」など代表的な十九編を厳選した、好評第二弾。

1643

日本後紀 (上)(中)(下)全現代語訳
森田　悌《てい》訳

『日本書紀』『続日本紀』に続く六国史の三番目。延暦十一年から天長十年の四十年余、平安時代初期の律令体制再編成の過程が描かれていく貴重な歴史書。漢文編年体で書かれた勅撰の正史の初の現代語訳。

1787〜1789

日本人論・日本文化論

梅原 猛著
日本文化論

〈力〉を原理とする西欧文明のゆきづまりに代わる新しい原理はなにか？〈慈悲〉と〈和〉の仏教精神こそが未来の世界文明を創造していく原理となるとして、仏教の見なおしの要を説く独創的な文化論。

22

山本七平著
比較文化論の試み

日本文化の再生はどうすれば可能か。それには自己の文化を相対化して再把握するしかないとする著者が、さまざまな具体例を通して、日本人のものの見方と伝統の特性を解明したユニークな比較文化論。

48

加藤周一著
日本人とは何か

現代日本の代表的知性が、一九六〇年前後に執筆した日本人論八篇を収録。伝統と近代化・天皇制・知識人を論じて、日本人とは何かを問い、精神的開国の要を説いて将来の行くべき方向を示唆する必読の書。

51

内藤湖南《こなん》著（解説・桑原武夫）
日本文化史研究（上）（下）

日本文化は、中国文化圏の中にあって、中国文化の強い影響を受けながらも、日本独自の文化を形成してきた。著者はそれを深い学識と日中の歴史事実とを通して解明した。卓見あふれる日本文化論の名著。

76・77

山本七平著
日本人の人生観

日本人は依然として、画一化された生涯をめざす傾向からぬけ出せないでいる。本書は、我々を無意識の内に拘束している日本人の伝統的な人生観を再把握し、新しい生き方への出発点を教示した注目の書。

278

S・ウォシュバン著／目黒真澄訳（解説・近藤啓吾）
乃木大将と日本人

著者ウォシュバンは乃木大将を Father Nogi と呼んだ。この若き異国従軍記者の眼に映じた大将の魅力は何か。本書は、大戦役のただ中に武人としてギリギリの理想主義を貫いた乃木の人間像を描いた名著。

455

日本の歴史・地理

福沢諭吉著（解説・小泉 仰）
明治十年丁丑《ていちゅう》公論・瘠我慢《やせがまん》の説
西南戦争勃発後、逆賊扱いの西郷隆盛を弁護した「丁丑公論」、及び明治維新における勝海舟、榎本武揚の挙措と出処進退を批判した「瘠我慢の説」他を収録。諭吉の抵抗と自由独立の精神を知る上に不可欠の書。

675

金達寿《キムタルス》著
日本古代史と朝鮮
地名・古墳など日本各地に現存する朝鮮遺跡や、記紀に見られる高句麗・百済・新羅系渡来人の足跡等を通して、密接な関係にあった日本と朝鮮の実像を探る。豊富な資料を駆使して描いた古代日朝関係史。

702

金達寿著
古代朝鮮と日本文化 神々のふるさと
高麗神社、百済神社、新羅神社など、日本各地に散在する神々は古代朝鮮と密接な関係があった。神社・神宮に関する文献や地名などを手がかりにその由来をたどり、古代朝鮮と日本との関わりを探る古代史への旅。

754

朝河貫一《あさかわかんいち》著（解説・由良君美）
日本の禍機《かき》
世界に孤立して国運を誤るなかれ――日露戦争後の祖国日本の動きを憂え、遠く米国からエール大学教授の朝河貫一が訴えかける。日米の迫間で日本への批判と進言を続けた朝河の熱い思いが人の心に迫る名著。

784

石村貞吉著（解説・嵐 義人）
有職故実《ゆうそくこじつ》（上）（下）
国文学、日本史学、更に文化史・風俗史研究と深い関係にある有職故実の変遷を辿った本書には官職位階・平安京及び大内裏・儀式典礼・年中行事・服飾・飲食・殿舎・調度輿車・甲冑武具・武技・遊戯等を収録。

800・801

直木孝次郎著
日本神話と古代国家
記・紀編纂の過程で、日本の神話はどのような潤色を加えられたか……。天孫降臨や三種の神宝、ヤマトタケルなどの具体例をもとに、文献学的研究により日本の神話が古代国家の歴史と形成に果たした役割を究明。

928